华兹生汉诗英译的生态翻译学研究

湖南省社科基金后期资助项目（项目批准号：23ZDBH001）

李炳廷◎著

湖南人民出版社·长沙

图书在版编目（CIP）数据

华兹生汉诗英译的生态翻译学研究 / 李炳廷著.

长沙：湖南人民出版社, 2024. 11. — ISBN 978-7-5561-3720-6

Ⅰ. I207.227；H315.9

中国国家版本馆CIP数据核字第20242PJ556号

HUAZISHENG HANSHI YINGYI DE SHENGTAI FANYIXUE YANJIU

华兹生汉诗英译的生态翻译学研究

著　　者	李炳廷
责任编辑	刘　烨
装帧设计	谢俊平　刘阁辉
责任印制	肖　晖

出版发行	湖南人民出版社〔http://www.hnppp.com〕
地　　址	长沙市营盘东路3号
邮　　编	410005
经　　销	湖南省新华书店

印　　刷	湖南贝特尔印务有限公司
版　　次	2024年11月第1版
印　　次	2024年11月第1次印刷
开　　本	710 mm × 1000 mm　1/16
印　　张	14.25
字　　数	295千字
书　　号	ISBN 978-7-5561-3720-6
定　　价	45.00 元

营销电话：0731-82221529　　（如发现印装质量问题请与出版社调换）

序

  我与炳廷相识已经 20 年了。20 年前，我在湖南师范大学外国语学院兼做硕士研究生导师，他成了我的开门弟子。我们师生关系亲密无间，常在一起讨论学术，偶尔也远足郊游。从那时起，炳廷就留给我憨厚朴实、勤奋好学的印象。他对知识始终怀揣着炽热渴望，对学术充满着无限热情。在学术研究中，炳廷总是精益求精、一丝不苟、刻苦执着，常让我为之叹赏。这部书稿就体现他对学术研究的执着与热爱。

  炳廷的博士论文以华兹生的汉诗英译研究为题，这在我看来极富挑战性。因为华兹生是国际公认的汉学大家，其深厚的学术造诣与对中国文化的热爱使他在中国典籍英译领域取得了举世瞩目的成就。他译的中国诗歌在西方甚为流行，尤其是《寒山诗一百首》（*Cold Mountain：100 Poems by the T'ang poet Han-Shan*，1962），在美国"垮掉的一代"中风靡一时。华兹生不仅翻译了许多中国诗歌，还翻译了不少中国经典，如《荀子》《庄子》《韩非子》《史记》等。我 20 世纪 90 年代就读过华兹生选译的《韩非子》（*Han Fei Tzu：Basic Writings*，1964），其译笔之流畅传神令我惊叹。炳廷对华兹生译的中国诗歌作了深入的品读研究，在黄振定教授指导下完成了博士论文《华兹生汉诗英译研究》。获得博士学位以后，他心无旁骛，继续深耕于中国诗歌英译研究，在这个领域先后发表了 40 多篇论文。又在博士论文的基础上深入拓展，将多年的心血凝结成这部新作《华兹生汉诗英译的生态翻译学研究》。

  本书运用生态翻译学理论，深入探讨了华兹生的汉诗翻译活动。不仅梳理了生态翻译学的起源、发展及主要观点，还以生态翻译学为指导，详细分析了华兹生的汉诗翻译经历、译诗成就与影响、译诗选本策略、翻译方法与策略等。本书通过对华兹生翻译活动的全面考察和分析，提出了许多创造性的学术观点和见解。这些观点和见解丰富了我们对华兹生翻译活动的认识，为进一步研究汉诗英译提供了借鉴。难能可贵的是，炳廷还从华兹生的译诗实践中提炼出中国文化外译的启示，这对我们今天文化外译工作无疑具有重要的借鉴意义。本书所体现的跨学科学术视野也值得充分肯定。生态翻译学将生态学与翻译学相结合，其学科交叉尝试为我们研究翻译现象开辟了一个新的学术路径。生态翻译学强调翻译过程中的生态平衡与和谐共生，将翻译活动置于一个广阔的文化生态系统中，有助于揭示翻译与文化、社会、历史等多元因素之间的互动关系。本书对生态翻译学跨学科方法的运用，不仅揭示出华兹生译作的独特魅力，也为汉诗英译研究提供了新的思路和方法。因此，炳廷的《华兹生汉诗英译的生态翻译学研究》是对华兹生汉诗英译研究的一份重要贡献，体现炳廷勇于尝试和创新的精神。

　　作为炳廷的老师和朋友，我为他的这部著作付梓感到由衷高兴。出于对炳廷为人治学的了解，我相信，这部著作不仅是他过去学术成果的总结，更是他未来学术创新的起点。

　　　　　　　　　　　尹飞舟　　（湖南师范大学翻译传播研究所所长）

目　录

第一章　绪论

　　美国汉学家华兹生(Burton Watson)是中国文化典籍翻译大家，典籍译作涉及中国哲学、史学、文学、佛学等多个领域，成绩斐然，堪称当代中国文化外译之执牛耳者。他的典籍译作不仅数量多，范围广，而且质量高，深受西方读者认可，已有十余部译作被收入《联合国教科文组织翻译集·中国系列丛书》(*The Chinese Series of the Translations Collection of UNESCO*)，多部译作作为美国大学文科生通识教育的教材使用，在西方产生了广泛的影响。华兹生曾于 1979 年获哥伦比亚大学翻译中心金奖（Gold Medal Award），并分别于 1981 年和 1995 年两度获翻译金笔奖（PEN Translation Prize）[①]。他挚爱中华传统文化，一生致力于中国文化典籍翻译，为中华文化在西方的传播做出了突出贡献。本书运用生态翻译学适应选择理论对华兹生汉诗英译的心路历程，翻译成就和影响，选本特点与策略，翻译理念、语言、诗体、文化翻译方法与策略等展开研究。生态翻译学立足翻译生态与自然生态的同构隐喻，从生态视角审视翻译，对翻译生态进行描述和研究，为华兹生的汉诗翻译研究"提供了一种全新的研究范式"[②]。本章主要论述本书的研究背景与意义，华兹生汉诗翻译的研究现状，本书研究思路和方法，研究视角与内容等。

[①]　翻译金笔奖（PEN Translation Prize）是美国最著名的翻译奖之一。该奖项由美国笔会翻译中心（PEN American Center）颁发，专门为文学翻译家设置。

[②]　方梦之. 生态范式 方兴未艾（序一）[M]//胡庚申. 生态翻译学：建构与诠释. 北京：商务印书馆，2013：i—viii.

第一节　研究背景与意义

　　文化强国、文化自信已成为新时代的主旋律。在新时代背景下，讲好中国故事，推动中国文化走出去，增强中华文明的传播力影响力已成为当前文化领域的一项重要工作。在中国文化对外传播的历史进程中，除了本土译者对中国文化外译事业的不懈努力与卓越贡献，西方译者的贡献也不容忽视。他们的翻译经验和方法同样值得我们反思、学习和借鉴。就中国文化典籍翻译成就而言，华兹生先生就是众多西方杰出译者中的代表性译者之一。鉴于他在中国文化英译领域的非凡影响力，本书以他的汉诗翻译为研究案例，运用生态翻译学的理论探讨其译诗特点，分析其译诗实践所蕴含的当代价值。

一、研究缘起

　　提高中华文化的外译水平，增强中华文明的传播力影响力是党的二十大报告中关于文化工作的重要论述。为了借鉴中外译家的翻译经验，提高中华文化的外译水平，本书将视野投放到中西文化交流的历史长河中去考察，希望从中筛选代表性译者，分析其翻译理念和方法，为当今中国文化外译提供参考。这是本书写作的主要缘由。

　　考察中西文化交流史不难发现，西方汉学家不论是在过去还是现在都是推动中国文化走出去的重要力量。他们在不同的历史时期都扮演过文化"摆渡人"的重要角色。明末清初有来华耶稣会士将四书五经等中国文化典籍译成拉丁文，介绍到西方，在西方社会产生较为广泛的文化影响。19世纪初，新教传教士罗伯特·马礼逊（Robert Morrison）、外交官德庇时（John Francis Davis）等人陆续来华，译介了大量的中国文化典籍，在一定程度上塑造了英语国家的中国文化观。鸦片战争以后，西方外交官、商人、传教士侨居中国的人数大大增加，开启了系统译介中国文化典籍的新纪元，促成了西方业余汉学向专业汉学转型。西方专业汉学家的出现，进一步提升了中国文化西传的广度和深度，来华传教士理雅各（James Legge）、来华外交官翟理斯（Herbert Allen Giles）、庄延龄（Edward Harper Parker）是其中的杰出代表，一度成了中国文化西传的主力军。20世纪以来，西方译者在译介和传播中国文化的事业上依然发挥着重要作用。韦利（Arthur David Waley）的中国古代诗歌译作、霍克斯（David Hawkes）的中国古代文学与文化译作、华兹生的中国典籍译作、宇文所安（Stephen Owen）的唐诗译介等均在西方社会广为流传，影响甚大。

华兹生是美国当代著名汉学家，其中国文化典籍译作在西方社会认可度高。他翻译的古典汉诗时间跨度长，从《诗经》《楚辞》直至唐诗宋词，诗歌类型全，古体诗、近体诗、汉赋、宋词均有译介。诗歌题材丰富多样，山水诗、送别诗、隐逸诗等都有造诣，是一位颇值得研究的译者。本书以他的汉诗英译为例，运用生态翻译学适应选择理论对他的翻译选本特点、诗歌翻译理念、策略和方法等进行探讨。生态翻译学认为在翻译过程中，译者通过选择目标读者、顺应译语文化、译语诗学与语境，在语言维、交际维、文化维等维度进行适应选择转换，实现翻译目的①。生态翻译学的翻译系统论与整体论、翻译生态的论、翻译行为的论，翻译方法的论、翻译过程的论、翻译标准的论、译品生命的论、译者追求的论，以及译学发展的论②等生态翻译思想对于分析与研究华兹生的汉诗翻译具有指导意义。

西方译者具有以母语为译入语的先天优势，对西方社会的文化需求、时代语境、诗学诉求、读者品味等有较为敏锐的把握，能够把控好译文的可读性，其翻译理念、翻译策略和方法等值得研究。因此，本书以生态翻译学为理论基础，将华兹生的汉诗翻译活动置于文化语境、诗学译者、读者原作、译作赞助人、翻译传统等构成的翻译生态体系中进行考察，分析其译诗特点，提炼归纳其选本策略、翻译理念、方法、策略等，以期为中国文化外译提供借鉴和参考。

二、研究意义

中国古典诗歌是中国传统文化的重要组成部分，生动形象地反映了我国古代劳动人民的生活情趣、审美体验、处世哲学、价值理念，是我国古代文苑中的瑰宝，至今仍在我们的现实生活中发挥着重要作用。关于诗的本质特征，我国古代诗哲先贤早有论述。《尚书·虞书·舜典》云："诗言志，歌永言，声依永，律和声。"《毛诗序》云："诗者，志之所之也，在心为志，发言为诗，情动于中而形于言。"《庄子·天下》云："诗以道志。"《荀子·儒效》云："《诗》言是，其志也。"这里"志"侧重指思想情感、理想志向。古人认为，诗可以表达思想感情，寄托理想，抒发悲伤或欢乐的情绪。陆机在《文赋》提到"诗缘情而绮靡，赋体物而浏亮"，进一步阐发诗歌抒发情志的功能，体现了我国古代文论家对于诗歌一脉相承的认知。这些诗论与古典诗歌成为我国古代诗歌文化的一部分。

---

① 胡庚申.傅雷翻译思想的生态翻译学诠释 [J].外国语，2009（2）：48.
② 许钧.开发本土学术资源的一面旗帜（序二）[M]//胡庚申.生态翻译学：建构与诠释.北京：商务印书馆，2013.

儒家认为诗具有社会功能。两千多年前先贤孔子将诗歌的社会功能概括为四个方面：诗，可以兴，可以观，可以群，可以怨，即诗可以兴人之情志，可以观社会之兴衰，可以结群交友，可以刺社会不良之风气。中国传统文人深受儒家诗教传统的影响，吟诗唱和蔚然成风，"嘉会寄诗以亲，离群托诗以怨"，日常生活写诗吟咏性情，宦海沉浮写诗观政教得失。诗歌已成为古人实现艺术化人生的重要手段和途径。诗在古代外交场合也被广泛使用。在我国历代对外文化交流活动中，诗歌的译介与征引随处可见。孔子曰："不学诗，何以言？"诗歌因其丰富的喻义在中国传统社会被视为表达兴致、交流思想的不二选择。

古人常写诗进行哲学思考，抚今追昔，念天地之悠悠，哀人生之须臾，窥世间万物之本真。诗与哲学的结合升华了诗的社会功能，因此诗很早就见用于中国古代宗教科仪。《诗经》中的雅诗是古人朝会宴飨时奉献给祖先和神灵的乐章，王维的七言绝句《送元二使安西》谱曲"阳关三叠"，用于祭祀和怀念先祖。可见，在中国人的传统生活中，处处见诗歌，宗教文本诗歌化，诗歌文本宗教化。自佛教传入中国以来，佛教译文的诗歌化与世俗化，不仅影响了中国传统汉诗的诗体形式和创作内容，更是让高雅的诗歌艺术进入寻常百姓家，成为人们日常生活的一部分。因此，中国古代诗史不仅是文学艺术史，也是中国文化史和社会生活史。推动中国文化走出去，传播中国文化，必然包括译介和传播中国诗歌文化。

除了儒家思想的影响，道家和佛家思想为中国传统汉诗增添了别样的色彩。道家浑然无我、返璞归真的自然观，佛家遗世高蹈、空澄明净的人生境界进一步丰富了中国古典诗歌的思想和主题。因此，古典汉诗无不传达了我国古代人民独有的情感体验和文化观念。19世纪以来，中国传统诗歌被大量地译成英文，走进西方世界，成为中西文化交流中的活跃因子。本书对美国汉学家华兹生的汉诗翻译进行研究，具有以下四点意义：

首先，传统汉诗以儒、释、道文化为主基调，洋溢着三种文化之美，语言优美、境界高雅、易记易颂，是精彩纷呈的文化景观，对中华传统文化的传播发挥了重要作用。华兹生将大量的汉诗翻译成英语，部分译作在西方实现了经典化，丰富了中国古典诗歌在英语国家的译介谱系与维度。为当前我国文化外译提供参考和借鉴，推动中国诗歌文化在世界范围内传播。

其次，华兹生是汉诗翻译行家，实践经验丰富，总结这些经验可用于指导诗歌翻译实践。虽然汉诗言简义丰，翻译难度大，但由于他在处理汉诗翻译的难点时，采取较为合适的翻译策略和方法，往往能取得良好的翻译效果。华兹生在处理翻译难点时展现了杰出的翻译才智，他所采取的汉诗翻译策略和方法以及在译文忠实性与可读性之间维持平衡的技巧可以指导文化外译实践工作。

再次，华兹生在译诗理念上提出了一些新的观点，对中国诗歌理论建构具有参考意义。华兹生的汉诗翻译理论既继承了西方传统的翻译思想，又在自身翻译经验的基础上发展了西方译诗传统，在译诗理念上有一定建树。整理和研究华兹生的译诗理念，提炼其合理内核，将其系统化、条理化，可以洋为中用，丰富和发展中国诗歌翻译理论。

最后，本书运用生态翻译学相关理论研究华兹生的汉诗翻译活动，对生态翻译学的拓展、华兹生翻译思想的建构等具有多重意义。一方面以华兹生汉诗翻译为个案，可以在译诗研究中检验和发展生态翻译学。生态翻译学目前是一个新兴的理论体系。诚如蓝红军教授所言，作为原创理论生态翻译学体现了中国学者对构建自己的理论的积极探索①。作为我国学者提出的新兴的原创理论，需要我国广大译学研究者继续推动其发展。撰写本书有意推动生态翻译学的发展。另一方面，目前鲜有学者从生态翻译学的角度对华兹生的翻译实践进行全面而系统的分析。运用生态翻译学探讨华兹生的汉诗翻译可以丰富和发展华兹生的翻译思想，提升华兹生翻译研究的深度和维度。

第二节　华兹生中国典籍翻译研究现状

华兹生翻译中国典籍作品 30 多部，涵盖中国古代哲学、史学、宗教、文学等多个领域。中国古代哲学译作主要包括《荀子：基本作品》（*Hsun Tzu: Basic Writings*，1963，2003）、《墨子：基本作品》（*Mo Tzu: Basic Writings*，1963，1970，2003）、《韩非子：基本作品》（*Han Fei Tzu: Basic Writings*，1964，2003）、《庄子：基本作品》（*Chuang Tzu: Basic Writings*，1964，1996）、《庄子全译》（*The Complete Works of Chuang Tzu*，1968，1969，1970）、《墨子、荀子、韩非子基本著作选读》（*Basic Writings of Mo Tzu, Hsun Tzu and Han Fei Tzu*，1964）、《论语》（*The Analects of Confucius*，2007）等译作。这些中国古代哲学译作均由哥伦比亚大学出版社（Columbia University Press）出版。其中，《荀子：基本作品》入选哥伦比亚大学东方经典系列译作（*Translations from Oriental Classics Series*），《庄子全译》则入选联合国教科文组织翻译集·中国系列丛书（*The Chinese Series of the Translations*

---

① 蓝红军. 从学科自觉到理论建构：中国译学理论研究（1998—2017）[J]. 中国翻译，2018（1）：7—16.

Collection of UNESCO）。

华兹生的中国古代史学典籍译作尤以《史记》影响最盛，主要有 1961 年、1969 年、1993 年等不同版本。这些不同的译本，有些章节是全译，有些章节是节译，均由哥伦比亚大学出版社出版。其中，1961 年的《史记》译本入选联合国教科文组织翻译集·中国系列丛书，是哥伦比亚大学历史系主编的《文明的记载：资料与研究》（*Records of Civilization：Source and Studies*）的系列丛书之一。此外，华兹生还翻译了《汉书》（*Courtier and Commoner in Ancient China：Selections from the History of the Former Han*，1974）和《左传》（*The Tso Chuan：Selections from China's Oldest Narrative History*，1989），均由哥伦比亚大学出版社出版。

佛教译作主要有《维摩诘经》（*The Vimalakirti Sutra*，1993）、《妙法莲华经》（*The Lotus Sutra*，1997；*The Essential Lotus：Selections from the Lotus Sutra*，2001）、《临济录》（*The Zen Teachings of Master Lin-chi：a Translation of the Lin-chi Lu*，1999）等，均由哥伦比亚大学出版社出版。

华兹生的中国古典文学译作主要有《早期中国文学》（*Early Chinese Literature*，1962）、《寒山：唐代诗人寒山诗百首》（*Cold Mountain：100 Poems by the T'ang Poet Han-Shan*，1962，1970）、《苏东坡：一位宋朝诗人诗选》（*Su Tung-Po：Selections from a Sung Dynasty Poet*，1965）等 11 部译作，以诗歌译作为主，较少译介古典小说、戏剧、散文等其他文体的文学作品。

华兹生杰出的中国典籍翻译成就引起了国内外学者广泛的关注。学者们对华兹生在史学、哲学、宗教和文学等领域的中国典籍译作进行评介、分析和研究，已取得了一批研究成果。具体研究情况和主要观点在下面进行详细论述。

一、华兹生史学典籍翻译研究现状

华兹生史学典籍译作是中西学者关注度最高的译作。学者们对华兹生的史学典籍译作进行较为深入的评价，尤以华译《史记》《左传》为甚。相关研究成果主要涉及到华译史学典籍的翻译风格、译本可读性与忠实性、华兹生译本与其他同类译本的对比研究等。

首先，关于华译史学典籍的翻译风格，学者们普遍认为其主要特征是通俗流畅，口语化特征明显。例如，华兹生的导师古德里奇（C. S. Goodrich）曾对华译《史记》的风格特征进行过研究。他从风格、注释、翻译用语、汉语人名和头衔等方面对华兹生的《史记》译本进行评价，认为华兹生的译本较少使用注释，未对原文中的文化现象如汉语地点、人名、头衔等做精到的解释，译文呈现出口语化、通俗化的风格，未能再现原文古雅的文风。古德里奇批评华兹生的《史记》译本在行文风格上与原文有一定的差距①。华兹生撰文对导师的批评逐一进行了反驳，称他应赞助人哥伦比亚大学东方研究委员会的要求翻译，译本主要针对西方大众读者，而非专业人士，他较少使用注释是基于迎合读者的考虑②。从华兹生的回应可以看出，他认为译文应该具有通俗流畅的风格特征。

除了论述华译《史记》翻译风格，还有学者从读者意识的角度对华译《左传》的翻译风格进行研究，认为华译《左传》译风流畅，语言浅白，在一定程度上背离原文古雅的风格特征。例如，杜润德（Stephen Durrant）在《美国东方学会会刊》上发文《消除边界与填补空白：〈左传〉和普通读者》（*Smoothing Edges and Filling Gaps：Tso Chuan and the " General Reader"*），论述了华译《左传》与《左传》原文行文风格的差异。他说，因为华译《左传》译本问世，西方读者才得以欣赏这部风格最为独特的中国古代历史著作。译文通俗流畅，可读性强，非常适合西方大众读者阅读。同时，他也委婉地批评了华兹生通过调整原文人名、简化中国官衔名称与等级改变原文风格的做法。他认为原文中的人名和官衔都是原文风格的细微表现，是原文风格的一部分，一旦舍弃，原文独特的风格就会发生变化，译文逐渐演变成一种新闻语言。即使出于减轻读者阅读压力的目的，这种译法也不值得肯定③。多拉恩德指出了华兹生史学翻译风格中的读者意识，但他对华兹生出于读者考虑而改变原文风格的译法持否定态度。这些研究成果从不同的层面揭示了华兹生史学典籍英译的风格特征。

其次，关于华兹生史学典籍忠实性与可读性，学者们普遍认为华兹生的史学典籍译本的最大特点是可读性强，同时也兼顾了忠实性。正是由于他的译本在可读性强的基础上兼顾了忠实性，所以他的译本才流传广，影响甚，为传播中国文化发挥了重要作用。例如，华裔汉学家杨联陞（Lien-sheng Yang, 1961）在《哈佛亚洲研究学刊》（*Harvard Journal of Asiatic Studies*）撰文，分析了华译《史记》的特点，称华译《史记》最大的特点是具有很强的可读性，因而其译作广为接受。同时，他也委婉地批评译者过多关注译文的可读性，而在某些方面牺牲译文的忠实性，如译文中部分措辞偏离了原文④。科尔（Allan B. Cole, 1962）认为，尽管翻译《史记》对于西方学者而言是一项非常艰巨的任务，原文很难理解，但是华兹生还是

① C. S. Goodrich. A New Translation of The Shih Chi [J]. Journal of the American Oriental Society, 1962 (2)：190—202.

② Burton Watson. Brief Communications：Rejoinder to C. S. Goodrich's Review of Records of the Grand Historian of China [J]. Journal of the American Oriental Society, 1963 (1)：114—115.

③ Stephen Durrant . Smoothing Edges and Filling Gaps：Tso Chuan and the "General Reader" [J]. Journal of the American Oriental Society, 1992 (1)：36—41.

④ Lien-sheng Yang. Review：Records of the Grand Historian of China：Translated from the Shih Chi of Ssu-ma Ch'ien [J]. Harvard Journal of Asiatic Studies, 1961 (Vol. 23)：212—214.

成功地完成了这项工作。虽然译本省略了原文的人名和头衔，在忠实性上做了部分牺牲，但总的来说译文不仅忠实可靠，而且可读性强①。毕莎普（John L. Bishop）（1962）如此评价华兹生的《史记》译本，华译《史记》忠实地再现了原文的宏大场面及戏剧性场景。阅读该译本不仅让西方读者享受其快乐，而且能掌握诸多文化信息②。冯秋香（2006）以多元系统理论为指导，围绕华译《左传》的可读性做了专题研究，认为华兹生的译文兼顾了忠实性与可读性，为传播中华文化做出了贡献③。

再次，华兹生史学典籍译本与其他译本的对比研究。学者们认为与其他译本相比，华译本在可读性方面具有优势。哈代（Grant Hardy，1996）在《中国文学》上撰文《〈史记〉的荣耀》，对比分析了华兹生和倪豪士（William H. Nienhauser, Jr.）《史记》译本，认为华兹生的译本根据年代重新编排了原文，行文流畅，可读性强，表达生动形象，阅读时轻松愉悦，而倪豪士的译本则非常严谨，每章都附有大量的脚注，解决了诸多困扰西方《史记》学者的历史问题，如年代问题、地理问题、版本问题等，适于专业研究者使用。作者最后评价说，两个译本因读者取向不同，有各自的优点。从译本可读性的角度来看，华兹生的译本无法超越；但作为历史学家，他更看好倪豪士的译本④。巴雷特（T. II. Barrett，1994）尤其推崇华兹生的译本，认为华兹生的译本在可读性方面具有极大优势，称除了法国汉学家爱德华·沙畹（E. Chavannes）以外，目前只有通过华兹生的译本，西方读者才可以理解司马迁的伟大的历史作品⑤。黄朝阳（2010）对比研究了华兹生与倪豪士两个不同的《史记》英译本⑥，肯定了华译本可读性强的特点。荆兵沙（2020）对比分析了华兹生与道森的《史记》英译本，认为两位译者在译文结构安排和叙事策略的选择等方面有相同之处，但在接受对象的定位、翻译策略选择、翻译技巧使用等方面存在差异⑦。王晶晶（2021）运用比利时语言学家杰夫·维索尔伦的顺应论对比分析了华兹生与倪豪士《史记》英译本中语境顺应情况，认为华译本在顺应译

① Allan B. Cole. Review: Records of the Grand Historian of China, 1961 [J]. Annals of the American Academy of Political and Social Science, 1962 (Vol. 341): 144—145.
② John L. Bishop. Review: Records of the Grand Historian of China [J]. Books Abroad, 1962 (3): 336.
③ 冯秋香. 华兹生英译《左传》可读性分析 [D]. 大连理工大学, 2006.
④ Grant Hardy. Review: His Honor the Grand Scribe Says [J]. Chinese Literature: Essays, Articles, Reviews, 1996 (Vol. 18): 145—151.
⑤ T. H. Barrett. Review: Records of the Grand Historian [J]. Bulletin of the School of Oriental and African Studies, University of London, 1994 (3): 651
⑥ 黄朝阳. 文本旅行与文化语境——华兹生英译《史记》与倪豪士英译《史记》的比较研究 [J]. 湖北民族学院学报, 2010 (3): 152—155.
⑦ 荆兵沙. 巴顿·华兹生与雷蒙·道森英译《史记》之比较 [J]. 渭南师范学院学报, 2020 (10): 20—25.

语语境方面明显优于倪译本，可读性更强①。

最后，还有学者对华兹生史学典籍译介的叙事结构特征、文化形象翻译、翻译历史语境与文化影响等做了研究。例如，李秀英女士（2006，2007）不仅探讨了华兹生英译《史记》的叙事结构特征②，还对 20 世纪中后期美国对外文化战略与华兹生《史记》英译两者之间的关系做了研究③。吴涛（2012）等人以华译《史记》中的"文化万象"词英译为例分析华兹生的文化词汇的翻译方法，认为华兹生通过采用意译、替换和改写等方法重塑了原语语境中的形象④。温柔新（2007）从语音、词汇、句法、话语表达方式、叙事视角等层面分析了华译《汉书》东方朔形象的再现⑤。吴原元（2011）对华译《史记》在美国的译介语境及其文化影响做了研究⑥。科尔、毕莎普、哈代、巴雷特、李秀英、吴原元等中外学者高度肯定了华译史学典籍的成就。

二、华兹生哲学和宗教典籍翻译研究现状

与华兹生的史学典籍翻译研究相比，华译哲学典籍研究力度相对较弱，研究成果相对较少。目前，相关研究主要涉及到华兹生哲学与宗教典籍译作的可读性、准确性与翻译用语特点等。

首先，有不少学者对华兹生哲学和宗教典籍译本的可读性与准确性做了研究。学者们充分肯定了华译本的可读性与准确性。萨珀尔（Alexander Coburn Soper，1966）评价了 1964 年华译版《韩非子》，认为该译本翻译准确，表达清晰，脚注虽然简单，但对一些有争议的内容和事件解释得当⑦。华裔汉学家刘殿爵（D. C. Lau，1966）认为华译《韩非子》译本虽然可读性极强，但译文的精确性还有待提高，如译本有一些打印错误，漏译了中文原文中的部分短语等⑧。资博里恩（Brook Ziporyn，1998）对华译《维摩诘经》做了评价，认为华兹生的译本优雅，精确性高，又不失可读性，对原文本的解读和翻译严谨可靠。通过华兹生的翻译，

① 王晶晶. 华兹生与倪豪士《史记》英译中语境顺应的对比研究 [D]. 山东大学，2021.
② 李秀英. 华兹生英译《史记》的叙事结构特征 [J]. 外语与外语教学，2006（9）：52—55.
③ 李秀英. 20 世纪中后期美国对外文化战略与《史记》的两次英译 [J]. 大连海事大学学报，2007（1）：125—129.
④ 吴涛，杨翔鸥. 中西语境下华兹生对《史记》"文化万象"词的英译 [J]. 昆明理工大学学报，2012（3）：102—108.
⑤ 温柔新. 华兹生《汉书》选译本中东方朔形象的再现 [D]. 大连理工大学，2007.
⑥ 吴原元. 略述《史记》在美国的两次译介及其影响 [J]. 兰州学刊，2011（1）：159—163.
⑦ Alexander Coburn Soper. Review：Han Fei Tzu：Basic Writings [J]. Artibus Asiae，1966（4）：317—318.
⑧ D. C. Lau. Review：Han Fei Tzu：basic writings [J]. Bulletin of the School of Oriental and African Studies，University of London，1966（3）：634—637.

又一部博大精深、赏心悦目的东方经典成为英语文化的一部分①。

其次，华兹生哲学和宗教典籍译本与其他同类译本的对比研究。学者们认为华译本在通畅性方面具有优势。葛瑞汉（A. C. Graham）（1969）对比分析了韦利译本与1968年华译本，认为华译本更加精炼，更加通畅，但韦利的《庄子》在抽象词语的翻译，原文本中无法用英语表达的文本的翻译等方面做得更好②。冯舸（2011）对翟理斯、理雅各及华兹生三个不同《庄子》译本的特点做了对比分析，认为华兹生的译本最为通俗流畅③。王宏（2006）对比分析了华裔汉学家梅贻宝（Y. P. Mei）与华兹生的《墨子》译本，认为华译本具有可读性强的特点④。这些研究成果均指出了华兹生译本通俗晓畅、可读性强的翻译特点。

最后，对华兹生哲学和宗教典籍译本译语特点的研究。学者们指出华译本在译语上的突出特点是运用当代英语翻译。蒋洪新（1998）以华译《韩非子》为例，论述了华兹生的中国文化修养及运用当代英语翻译的特点。他认为华兹生的中国文化功底在西方汉学界凤毛麟角，这种深厚的中国文化功底为他翻译《韩非子》奠定了坚实的基础。蒋洪新充分肯定了华兹生运用晓畅优美的当代英语翻译的特点，称其译文不论在措辞层面，还是语气与风格层面，都堪称翻译典范。⑤ 梅克汉姆（Makeham J.）（2009）在其研究成果《论语》中指出了华译中国典籍的用语特点，认为华兹生译本的主要译语特点是紧贴原文的措辞和词序，用现代体口语翻译⑥。刘敬国（2015）对华译《论语》做了评价，认为该译本的主要特点是语言表达简洁平易，译文的形神均贴近原文⑦。这些研究成果大多指出了华兹生哲学、宗教译本运用当代英语翻译，措辞和句法结构忠于原文语言的特点。

三、华兹生汉诗翻译研究现状

华兹生的汉诗译本是继华译史学典籍之后中西方学者关注最高的译作。目前，已有不少学者对华译汉诗进行了研究，相关研究成果涉及到华译汉诗的语言特点、译诗选本特点、译诗策略与传播效果、华兹生译诗的得失及华译汉诗与其他译者的

① Brook Ziporyn. Review: The Vimalakirti Sutra [J]. The Journal of Asian Studies, 1998 (1): 205—206.

② A. C. Graham. Review: The complete works of Chuang Tzu [J]. Bulletin of the School of Oriental and African Studies, University of London, 1969 (2): 424—426.

③ 冯舸.《庄子》英译历程中的权力政治 [D]. 华东师范大学，2011.

④ 王宏.《墨子》英译对比研究 [J]. 解放军外国语学院学报，2006 (6): 55—60.

⑤ 蒋洪新，尹飞舟.伯顿·华兹生的《韩非子》英译本漫谈 [J]. 外语与外语教学，1998 (6): 46—47.

⑥ J. Makeham. The Analects of Confucius [J]. Journal Of Chinese Studies, 2009 (1): 454—461.

⑦ 刘敬国.简洁平易，形神俱肖——华兹生《论语》英译本评鉴 [J]. 天津外国语大学学报，2015 (1): 23—28.

汉诗译本的对比研究等。

第一，在华译汉诗翻译语言研究方面，学者们积极地评介了华兹生运用当代英语翻译，译文通俗流畅的译语特点。例如，李祈（Li Chi）（1965）撰文对比分析了华兹生与克拉克（Clark）的苏轼诗歌译文，认为克拉克苏轼译本措辞古雅，还存在不少误译，与华兹生生动通俗的译文形成鲜明对比。华兹生译诗集《苏东坡：一位宋朝诗人诗选》中的译文抓住了原文的神韵，读起来引人入胜①。在研读了华译《一位率性的老人：陆放翁诗歌散文选》（*The Old Man Who Does as He Pleases*：*Selections from the Poetry and Prose of Lu Yu*）之后，王红公（Kenneth Rexroth）（1974）高度评价了华兹生的汉诗译作，认为华兹生的陆游译诗集运用当代英语翻译，通俗流畅，完全可以与埃兹拉·庞德（Era Pound）的《华夏集》（*Cathay*）、宾纳（Witter Bynner）的《玉山：中国诗集》（*The Jade Mountain*：*A Chinese Anthology*），以及韦利的译诗集一道存放于美国诗人图书馆②。伊维德（W. L. Idema）（1985）在《通报》上撰文，认为华兹生对该诗集中不同诗体形式的诗歌都做了深入的研究，译文用当代美国英语表达，可读性强，同时也忠于原文。与韦利的译诗相比，华译本更贴近原文本，他更喜欢华译本③。倪豪士（2000）高度评价华译《白居易：诗歌选集》（*Po Chu-i*：*Selected Poems*），认为华兹生的译诗可与韦利比肩。他以华译《三月三十日题慈恩寺》为例论述了华译汉诗的译语特点，认为"华译汉诗运用当代英语翻译，可读性很强，对美国当代读者具有很强的吸引力"④。

第二，关于华兹生译诗选本的研究，学者们普遍认为华兹生翻译选本精细，但也存在根据自己的个人爱好安排选本篇幅，忽视原诗在中国诗歌史的地位等不足。毕莎普（1963）认为华兹生的译著《早期中国文学》以选译汉诗名篇为主，译研结合，对中国早期主要文学作品做了精到的翻译、描述和解读⑤。傅汉思（Hans H. Frankel）（1986）认为华兹生的译诗集《哥伦比亚中国诗选：从早期到 13 世纪》（*The Columbia Book of Chinese Poetry*：*From Early Times to the Thirteenth Century*）选本明智，精挑细选，特别重视选择翻译重要诗人的诗作，确实是一项了不起的成

---

① Li Chi. Review：Su Tung-P'o：Selections from a Sung Dynasty Poet [J]. Pacific Affairs, 1965—1966 (3/4)：374.

② Kenneth Rexroth. Review：On The Old Man Who Does As He Pleases [J]. The American Poetry Review, 1974 (4)：54—55.

③ W. L. Idema. Review：The Columbia Book of Chinese Poetry, from Early Times to the Thirteenth Century by Burton Watson [J]. T'oung Pao, 1985 (4/5)：295—296.

④ William H. Nienhauser, Jr. Review：Po Chu-i：Selected Poems [J]. Chinese Literature：Essays, Articles, Reviews, 2000 (Vol. 22)：189.

⑤ John L. Bishop. Review：Early Chinese Literature [J]. Books Abroad, 1963 (2)：220.

就。因为该译诗集选本精到，译文忠实准确，可读性强，对普通读者极具吸引力①。但也有学者持不同观点，指出该译诗集在选本方面存在不足之处。例如，美国当代翻译家西顿（J. P. Seaton）批评该书选本存在缺陷，认为中国古代各个时期诗人的诗作没有得到均衡的体现。华兹生根据自己的个人爱好安排选本篇幅，如李白只译了195行，寒山却译了200行，而苏东坡比他们两人都译得多。此外，此书中《诗经》诗作收集过多，但选诗种类又不如庞德、韦利、白芝（Birch）等译家宽泛②。西顿是西方少有的批评华兹生汉诗选本不当的学者。

第三，研究华兹生译诗的学者们一方面肯定华译汉诗可读性强、通俗流畅的译风，另一方面也对译本的忠实度、漏译、误译等问题进行了批评。例如，关于赋诗翻译，华裔汉学家涂经诒（Ching-I Tu）（1972）认为华兹生的译著《中国赋：汉魏六朝时期赋体诗》（*Chinese Rhyme-Prose: Poems in the Fu Form from the Han and Six Dynasties Periods*）拓宽了西方读者的汉诗视域，标志着西方中国文学研究的新发展，为中国赋体诗在西方的传播做出了独特贡献③。同时，涂经诒也指出了该译本中存在音译词过多，部分词语在理解上偏离原文等问题。他逐一分析了造成这些问题的原因，并提出了修改建议。西方赋体诗翻译与研究专家康达维（David R. Knechtges）（1974）也充分肯定了华兹生赋体诗译文的价值，称翻译赋体诗是一件非常困难的事，但华兹生克服了这些困难，他的译文不仅精确，而且可读性强。同时，康达维也批评了华译赋体诗的不足，详尽地分析了华兹生赋体诗译文中的错误。康达维认为尽管该译本存在不少瑕疵，但仍是西方英译赋体诗的最佳作品之一④。

关于华兹生的译诗集《哥伦比亚中国诗选：从早期到13世纪》，学者们的评价也普遍较高，但对该译诗集中存在的问题也提出了尖锐的批评。例如，西顿在评介该译诗集时说："作为一名大学教师，我愿意把这本书作为教材；作为译者，尽管通常我都有所保留，但我仍然看好这本书；作为英语诗歌的普通读者和爱好者，我彻底被这本书征服。"⑤在褒奖华兹生的诗歌译文时，西顿也逐一批评了该译诗集的不足之处。首先，译文存在漏译现象。其次，译诗集中译文的质量参差不齐，

---

① Hans H. Frankel. Review: The Columbia Book of Chinese Poetry: From Early Times to the Thirteenth Century by Burton Watson [J]. Harvard Journal of Asiatic Studies, 1986 (1): 288—295.

② J. P. Seaton. Reviews: The Columbia Book of Chinese Poetry by Burton Watson [J]. Chinese Literature: Essays, Articles, Reviews, 1985 (1/2): 151—153.

③ Ching-I Tu. Review: Chinese Rhyme-Prose [J]. The Journal of Asian Studies, 1972 (1): 135—136.

④ David R. Knechtges. Reviews: Chinese Rhyme-Prose: Poems in the Fu Form from the Han and Six Dynasties Periods [J]. Journal of the American Oriental Society, 1974 (2): 218—219.

⑤ J. P. Seaton. Reviews: The Columbia Book of Chinese Poetry by Burton Watson [J]. Chinese Literature: Essays, Articles, Reviews, 1985 (1/2): 151—153.

有些诗译得好，有些译诗欠佳。西顿认为苏轼和陆游的诗译得非常好，也许后来译者难以超越，但是阮籍的诗只译得较为准确。保罗·克罗尔（Paul W. Kroll）（1985）一方面褒奖华兹生的译诗集《哥伦比亚中国诗选：从早期到 13 世纪》，称"华兹生的中国文学译本介于学术与普通读物之间，他通俗的译诗风格已成为美国汉学界不少译者师法的翻译模范"①。一方面批评华兹生的汉诗译本存在过度依赖日语译文，忽视汉语原文本等问题。

关于华译汉诗的得失，傅汉思一方面赞扬华兹生忠实准确的译风，另一方面也指出华兹生的译诗在风格上与原文有一定差异，认为原语诗人各有其风格，但英语译文很难读到这种差异性②。霍克斯（David Hawkes）（1962）也认为华译汉诗有得有失，例如华译寒山诗忠实通畅。但也存在注释过于随意、过度依赖日文注释而导致误译等问题。例如，霍克斯指出由于华兹生参考日本汉学家入矢义高（Iriya）的某些错误解释，导致译本中存在一些误译现象③。此外，还有部分中国港台地区学者对华译汉诗的得失做了详尽的评价。例如，香港学者陈伟强等人（2004）评介了华译杜甫诗歌的得失，认为华兹生通过做脚注的方式解释杜甫诗歌的意义及成就，对读者理解原诗不无裨益，但有些解释存在纰漏。

第四，在华兹生的汉诗译本与其他译者的译本对比研究方面，不少学者认为华兹生的汉诗译本在可读性方面具有明显的优势。霍克斯（1962）对比分析了华兹生、韦利、施耐德（Snyder）等三个译者的关于寒山诗的译文，认为华兹生的寒山译诗比韦利的更接近口语，比施耐德的译本更为忠实，介于这两个译本之间④。祁华（2011）对比分析了华兹生与许渊冲两个不同的《楚辞》译本，认为"由于译者在文化意识、翻译目的、审美倾向等方面的差异，两种译文精彩纷呈，各具特色"⑤。也有学者将华兹生与其他译者的汉诗翻译风格做了对比分析，如陈晓琳（2013）认为"华兹生汉诗翻译风格的主要特点是简洁、忠实、可读"⑥。

第五，华兹生译诗策略与传播效果的研究。学者们认为华兹生主要采取紧贴原文、直译为主，以及适当"本土化"翻译技巧，取得理想的译诗效果，对中国传

---

① Paul W. Kroll. Reviews：The Columbia Book of Chinese Poetry：From Early Times to the Thirteenth Century by Burton Watson ［J］. The Journal of Asian Studies, 1985（1）：131—134.

② Hans H. Frankel. Review：The Columbia Book of Chinese Poetry：From Early Times to the Thirteenth Century by Burton Watson ［J］. Harvard Journal of Asiatic Studies, 1986（1）：288—295.

③ David Hawkes. Review：Cold Mountain：100 Poems by the T'ang poet Han-shan by Burton Watson ［J］. Journal of the American Oriental Society, 1962（4）：596—599.

④ David Hawkes. Review：Cold Mountain：100 Poems by the T'ang poet Han-shan by Burton Watson ［J］. Journal of the American Oriental Society, 1962（4）：596—599.

⑤ 祁华.《楚辞》英译比较研究——以许渊冲译本和伯顿·沃森译本为案例 ［D］. 合肥工业大学，2011.

⑥ 陈晓琳. 伯顿·华兹生译中国古诗词翻译风格研究 ［D］. 河北师范大学，2013.

统文化外译具有借鉴意义。华裔汉学家施友忠（Vincent Y. C. Shih）（1963）非常赞赏华兹生的寒山译本，详尽地分析了该译本采取的主流的翻译策略，认为华兹生紧贴原文语言翻译，成功地传达了原文的情感。华兹生的译诗足以证明译者可以打破不同文化之间的障碍，抓住另一种诗歌文化的精髓①。施友忠指出了华兹生紧贴原文翻译的译诗特点。胡安江（2009）在《解放军外国语学院学报》上撰文论述了华兹生寒山诗英译本"本土化"的翻译策略以及华译寒山诗的加注技巧，认为这些译诗策略"使得中国文学史上的边缘诗人寒山和归属他名下的那些寒山诗在国际汉学界、比较文学界和翻译界都赢得了巨大的声誉"②。魏家海（2010）从描写的角度对原诗《楚辞》和华兹生的译诗神话意象组合、香草与配饰意象组合、时间意象组合的特点进行了分析，指出译者主要采用了直译法③。王文强（2023）对华译汉魏六朝赋英译本进行研究，分析了华兹生赋体诗的翻译策略及其体现的读者意识和翻译理念④。李红绿（2019）以华兹生的禅诗英译为例，探讨了华兹生的译诗策略及其对中国文学"走出去"的借鉴意义⑤。林嘉新（2020）以华译杜甫诗歌为例，从译者的诗性原则与文献意识出发，分别探讨了华兹生的译诗韵律、语体、修辞等方面的翻译策略和方法⑥。胡安江（2023）对华兹生的中国文学海外传播效果进行了评估和研究⑦。此外，林嘉新、徐坤培（2022）以副文本为切入点，探究深度翻译策略下华译本重塑的庄子形象，并结合译本生成的社会文化语境，分析语境与译者深度翻译策略选择的关系⑧。

　　总的来说，国内外学者对华兹生的中国史学、哲学、佛学、文学等译作均有论述。相比而言，对华译哲学与宗教译本关注度较低，而对华兹生的史学翻译、汉诗翻译论述较为深入。学者们普遍认为华兹生的译本具有通俗流畅，可读性强的特点，体现了较强的读者意识。不仅如此，因华兹生紧贴原文翻译，译本忠于原文，

---

① Vincent Y. C. Shih. Review: Cold Mountain [J]. The Journal of Asian Studies, 1963 (4): 475—476.

② 胡安江. 美国学者伯顿·华生的寒山诗英译本研究 [J]. 解放军外国语学院学报, 2009 (6): 75—80.

③ 魏家海. 伯顿·沃森英译《楚辞》的描写研究 [J]. 北京航空航天大学学报, 2010 (1): 103—107.

④ 王文强. 踔厉奋发，踵事增华：华兹生《汉魏六朝赋英译选》研究 [J]. 外语研究, 2023, 40 (02): 80—86.

⑤ 李红绿. 中国文学"走出去"之翻译策略——以美国汉学家华兹生的禅诗英译为例 [J]. 浙江树人大学学报, 2019, 19 (01): 71—75.

⑥ 林嘉新. 诗性原则与文献意识：美国汉学家华兹生英译杜甫诗歌研究 [J]. 中南大学学报, 2020, 26 (04): 180—190.

⑦ 胡安江. 中国文学海外传播效果评估研究——以美国汉学家华兹生的中国文学英译为例 [J]. 上海翻译, 2023 (02): 73—78+95.

⑧ 林嘉新, 徐坤培. 副文本与形象重构：华兹生《庄子》英译的深度翻译策略研究 [J]. 外国语（上海外国语大学学报）, 2022 (02): 111—120.

大多数学者认为华兹生的典籍译本也忠于原文，是西方大众读者较好的中国文化读物。当然，学者们对华兹生典籍译本中华译汉诗与原诗风格背离、译诗选本不均、文化误译与漏译等问题也毫不客气地进行了批评。

近年来，华译汉诗研究成果逐年增加。学者们从各个不同层面论述了华兹生汉诗翻译的特点，其中不乏洞见，对本课题研究大有裨益。但是，从目前研究成果来看，华兹生汉诗翻译研究也存在研究手段单一、系统性不足等问题，至少以下几个方面值得加强：

其一，华兹生汉诗翻译研究的整体性、系统性有待提升。当前国内外学者对华兹生汉诗译作做了探讨，但研究对象较单一，重复研究较多，某些译诗如华译寒山诗一直是研究热点，学者们探讨较多，但华兹生的其他译诗还有相当一部分没有进入研究者的视野。如果研究仅聚焦于华兹生翻译的某类诗歌，得出的结论过于片面，失之偏颇，难以令人信服。此外，对华兹生的译诗特点、译诗风格等分析还不够深入，研究的系统性不够。部分研究成果以散点式评论为主，没有整合形成合力，理论不强，具有进一步提升的学术空间。

其二，华兹生汉诗翻译的研究深度也有待提升。当前国内外相关学术成果大多从语言层面对比分析华兹生的汉诗译文与原文的对应度和忠实度，多从诗歌语言与诗歌风格对等层面分析华译汉诗的特点及成败，侧重分析华译汉诗是否忠实于原文语言，是否忠实于原文语意，不少结论过于简单片面。无可否认，语言对等与语意忠实都是华兹生汉诗翻译研究的范围。但是，华兹生汉诗翻译研究不应该局限在语言一个维度，相关研究可以突破语言研究的藩篱，从不同层面和维度研究探讨华译汉诗的特征，拓展华兹生汉诗翻译研究的广度和深度，实现研究内容的立体化和多维化。

比如可以从语言对比研究向文化翻译研究铺展，将赞助人、意识形态与诗学因素等纳入研究范围，从而在形象建构、诗学观念、文化影响等较宽广的视角下论述华译汉诗的特点及其当代价值。

其三，华兹生汉诗翻译研究应考虑华兹生的母语文化背景。当前多数研究成果以原文本为中心，探讨译文忠实度，缺乏结合华兹生的母语文化背景探讨华译汉诗。在进行译文对比研究时，部分研究在分析华兹生汉诗译文的忠实性与可读性时也较少考虑华兹生的母语文化背景，对华兹生如何利用母语与母语文化优势平衡译文的可读性与忠实性缺少深入分析。华译汉诗之所以得到西方读者的认可与其母语文化背景、译语把控能力间的矛盾关系、读者定位有很大关系。以母语为译入语的译者对译入语的读者的审美品位更加敏锐。研究华兹生汉诗翻译的得失不可忽视华兹生以母语为译入语的语言和文化背景。

总之，当前相关研究大多忽视了华兹生以母语为译入语、以母语文化为译入文化的翻译背景，这样容易忽视译者的母语优势与目标读者意识，尤其容易忽视华兹生汉诗译本在可读性方面的优势。华兹生的汉诗翻译研究如果不考虑译者的母语文化背景与读者的阅读诉求，仅对译文进行平面而非立体的对比，得出的结论难免失之偏颇。

翻译即"适应选择"。生态翻译学"回归社会、文化环境，对翻译的方方面面进行思考，大胆选择了达尔文进化论的'选择适应'学说，借用'自然选择'、'适者生存'等基本原理构建译学理论"，为翻译研究提供了理论新途径与新范式①。生态翻译学的适应选择理论对于分析华兹生如何发挥母语和母语文化优势，选择与定位目标读者，怎样选择合适的翻译方法和策略，如何使译文适应译语文化等具有一定的指导意义。因此，本书运用生态翻译学的相关理论研究分析华兹生汉诗翻译的缘由，译诗选本特点，目标读者的适应与选择，汉诗语言、文化与诗体翻译策略等，并在此基础上归纳概括出华兹生的汉诗翻译理念及其对中国文化外译的价值和借鉴意义。

第三节　研究思路与方法

本书以生态翻译学的适应选择论、三维转换论、设置的问题域为主要理论依据，形成研究思路，制订研究方案。本书主要运用文献综合法、定性与定量研究法、例证法、对比分析法等多种研究方法探讨华兹生的译诗经历，译诗成就，读者定位与选本理念，语言、文化与诗体翻译策略，生态译诗思想及其当代价值等。

一、本书的研究思路

生态翻译学设置的问题域，如"何为译、如何译、谁在译、为何译"及其指向的研究对象为华兹生汉诗翻译研究提供了研究思路。"何为译"指向"文本移植"，侧重研究翻译的本质特征与文本转换属性，分析译者的翻译理念与思想；"如何译"阐述翻译的"适应选择"，侧重研究译者在语言、文化、交际等维度采取的适应性转换方法与策略；"谁在译"强调基于译者生存，引入"以译者为本"的翻译理念，侧重分析译者在翻译中的主体地位，对自身的适应与选择，对读者的适应

---

① 黄忠廉，王世超. 生态翻译学二十载：乐见成长 期待新高 [J]. 外语教学，2021（6）：12—16.

与选择，对译语与原语的适应和选择；"为何译"关涉"适者生存"与"译有所为"，侧重研究译本质量与翻译的文化影响①。

在"何为译"的问题上，华兹生对翻译本质问题有较为深刻的认知，继承和发展了相关西方传统译诗理论，践行"忠实""通俗""通畅"的翻译理念。华兹生对译诗本质的认知体现了他对西方传统诗学的选择性适应。在"如何译"的问题上，华兹生放弃保留原诗韵律，选择力求保留原诗的语言结构与文化意象，再现原诗的语言和思想之美，在诗歌翻译的形式与内容、忠实性与可读性之间维持平衡。可以看出，华兹生在译诗时采取了适应选择变通策略，对中国文学走出去具有启示意义。在"谁在译"的问题上，华兹生充分体现了译者的主体性，既有对自己的情感和兴趣的适应选择，也有对目标读者的选择与定位。他以西方大众读者为目标读者，选择和采取了与之相适应的翻译底本，采取与之相适应的方法和策略，解决了"为何译"的问题，既实现了生态翻译学所倡导的"为"在"求生"、"为"在"弘志"、"为"在"适趣"等主观动机，也达成了"为"在促进文化交流与沟通、"为"在激励文化渐进、"为"在催生社会变革的客观目的②。华兹生三度荣膺美国翻译金笔奖，多部诗歌译作被收入联合国教科文组织翻译集·中国系列丛书，其禅诗译作寒山译诗在美国成为经典，寒山成为美国嬉皮士的精神偶像，为中国文学的传播与推广做出了巨大贡献，充分彰显了译者应"译有所为"的翻译精神。

本书采取理论探索与实践分析相结合的原则，运用生态翻译学的相关理论研究分析华兹生汉诗翻译的特点，归纳总结译诗实践的当代价值。研究工作分四步展开。

首先，追溯华兹生的汉诗翻译的人生经历，从译者自我选择与适应的角度研究华兹生其汉诗翻译的缘起，分析情感与兴趣因素对华兹生汉诗翻译的影响。生态翻译学认为，翻译始于译者的自我选择与适应，情感和兴趣是译者进行翻译活动必不可少的，是译者"追求"的需要。这也正是"欲令读者哭，先须作者自己哭；欲令读者笑，先须作者自己笑"的道理。同时情感和兴趣的作用也是无数译者为翻译事业孜孜不倦（奋斗）的动力所在。③华兹生选择以汉诗翻译为职业，与他的个人成长经历有关，与他的学识才情相适应。

华兹生不仅翻译了大量的汉诗，而且对汉诗有较为深刻的研究。从他的汉诗研究成果来看，既有他对汉诗语言特征的论述，也有对汉诗意象、汉诗诗体、汉诗主

---

① 胡庚申. 罗迪江. 生态翻译学话语体系构建的问题意识与理论自觉 [J]. 上海翻译，2021（5）：11—12.

② 胡庚申. 生态翻译学的研究焦点与理论视角 [J]. 中国翻译，2011（2）：5—9.

③ 胡庚申. 翻译适应选择论 [M]. 武汉：湖北教育出版社，2004：103.

题等的分析。华兹生的汉诗论述精辟独到，没有深厚的中国文化功底是无法做到的。他深厚的中国文化功底是他长年累月学习的结果，而一切主要源于他对中国文化的热爱。华兹生选择以译介中国典籍为职业体现了他对自我兴趣与情感的选择与适应。

其次，从适应与选择读者的角度分析华兹生译诗选本的特点。华兹生是一位有着明确读者定位的译者。他以西方大众读者为目标读者定位，采取与之相适应的选本策略。生态翻译学认为，从译者对"内"适应的角度来看，为了提高译品"整合适应选择度"的目的，译者总是在可能的情况下，尽量不译那些自己无把握或把握不大的作品；尽量选择那些与自己的能力相适应、相匹配的作品去翻译。在选择适合自己能力、个性、爱好的作品翻译方面，翻译家林纾是最典型例子①。从译者对"外"适应的角度来看，特定的翻译生态环境，如历史语境、赞助人、读者等因素影响甚至决定着译者的翻译选本。华兹生的译诗选本也遵循着这些原则，受到自我情趣与目标读者阅读需求的影响。

再次，从语言、文化与交际目的三个维度的适应选择转换分析华兹生汉诗翻译的特点及其体现的译诗思想和理念。在译语层面，华兹生认为翻译用语既要忠实原文，也要顺应译语语境。他主张通过紧贴原诗措辞，保持译文的忠实性；通过用当代美国英语翻译，适当变通，提高译文的可读性，体现了忠实、通俗、通畅的翻译理念。在文化层面，华兹生采用异化为主的翻译策略，通过附加注释，提高译文的可读性，同样践行了忠实、通畅的译诗理念。在诗体层面，华兹生主张放弃押韵，紧贴原诗结构翻译，体现了忠实与变通的理念。《华夏古诗英译之我见》一文，华兹生将自己的译文与加里·斯奈德（Gary Snyder）、比尔·波特（Bill Porter）、北京大学许渊冲教授、浙江大学郭建中教授的译文进行了对比分析，总结了自己的翻译经验。他认为要翻译好中国诗歌，两种理念非常重要：其一，需要研究英文诗歌，特别是美国诗歌。虽然 19 世纪的英文诗歌都是押韵的（当然惠特曼除外，他是 19 世纪很重要的一位诗人），但到了 20 世纪就变了。今天，美国诗歌押韵的极少，有人认为押韵古板、生硬，甚至是多余和害义的，最多也就是部分押韵和半押韵。故此，翻译华夏古诗没必要押韵，所以也就没有必要同情那些为了押韵而害义的译者。其二，"参照我和其他一些西方译者的做法，把古雅的汉诗翻译成当代英语。大家应该记住，即便是古诗，译为英语时仍应为新诗。故此，当用新音来译，要用当代英语，不要用诸如'君'（thee）和'汝'（thou）那样的古语。语句要与汉语一样简洁明了。因为不用考虑韵律，所以可以直白和坦率"②。显然，华兹生

---

① 胡庚申. 翻译适应选择论［M］. 武汉：湖北教育出版社，2004：103—106.

② 伯顿·沃森. 我的中国梦——1983 年中国纪行［M］. 胡宗锋，译. 西安：陕西师范大学出版总社，2015：195—200.

在译文的忠实性与通畅性、押韵与害义之间做了适应性选择，体现了在忠于原文的大背景下，选择性变通，适应译语语境、译语文化和主流诗学的生态译诗思想。

最后，本书对华兹生的整个汉诗翻译实践进行总结与反思，分析华兹生汉诗翻译体现的生态翻译思想，以及在语言维、文化维、交际维采取的适应性翻译策略和方法，探讨其生态译诗思想和理念及其对中国文化走出去的启示。华兹生坚持紧贴原诗语言和原诗诗体结构翻译，忠于原诗语言和形式结构，同时他以译语语境、译语文化和主流诗学为取向，也进行选择性变通，放弃用韵，用当代英语翻译古雅的中国诗歌。华兹生的译诗实践体现了适应选择、适者生存、兼容并包等生态翻译思想。华兹生在汉诗语言、文化意象、诗体等层面采取的翻译策略不仅取决于原文、原语文化和诗学，还受制于译语语境、译语文化和诗学等多重因素。

生态翻译学认为翻译是译者生存、发展、实现自我价值的本能需要，是译品生效、长存、再生的价值体现。译者在翻译过程中总是尽量适应翻译的生态环境，努力表现自己的适应能力，主动优化多维度适应选择转换，不断追求最佳的整合适应选择度①。华兹生的译诗实践反映了他积极选择翻译策略与方法，努力适应翻译的生态环境，追求译品长存的翻译理想，对中国文化外译具有启示意义。

简而言之，本书的研究思路可概括为：追溯译者的才情之选，探讨华兹生的译诗缘起；整理译者的译诗成就，分析目标读者的选择与定位，探讨华兹生汉诗翻译的选本特点；理清译者的语境、文化与诗学之选，探析华兹生的译诗翻译用语策略，文化意象与诗体形式翻译策略，并以此为基础阐述译者的诗歌翻译理念。最后，归纳总结译者的译诗实践，提炼华兹生的译诗理念，探讨其当代价值。

二、本书的研究方法

在论述的过程中，本书主要采用了文献整合法、对比分析法、宏观与微观相结合法、综合法和归纳法、抽样统计法、例证法等。

第一，文献整合法。通过收集、阅读，综合整理与本研究相关的文献，以文献为本，归纳总结出华兹生汉诗英译的主要方法和策略、理念和思想。同时，充分利用前人的研究成果，积极把握国内外有关华兹生汉诗翻译研究的最新研究动态，以生态翻译学为理论指导，在较高的平台上开展本研究工作。

第二，对比分析法。对比分析华译汉诗与其他译者的同类译诗之间的异同，从语言、文化、交际等不同层面对比分析华译汉诗的特点。以语言、文化意象、风格与诗体为例，将华兹生的译文与原诗进行对比分析，论述其译诗得失。

第三，宏观与微观相结合法。本书力求从宏观和微观等不同层面揭示华兹生汉

---

① 胡庚申. 翻译适应选择论 [M]. 武汉：湖北教育出版社，2004：108.

诗翻译的特点。既从微观层面分析华兹生在语言维、文化维与交际维转换中体现的翻译特征，探讨他如何保留原诗的微观艺术特征；也从宏观层面分析华译汉诗翻译所体现的生态翻译思想和理念，探讨他的汉诗翻译思想和理念及其对中国文化外译的启示。

第四，综合法和归纳法。综合法和归纳法是本书运用得较为普遍的方法。归纳总结华兹生的汉诗英译成就、译诗选本特点、译诗策略和方法等，揭示其译诗的文化影响与当代价值。通过综合归纳，把华兹生的具体译诗经验上升为抽象的译诗理念，用以指导译诗实践，建构诗歌翻译理论。

第五，抽样统计法。通过抽样统计对华兹生的汉诗翻译策略和方法进行定量研究。通过抽样统计以具体数据说明华兹生在文化翻译策略和方法上的倾向性特征。

第六，例证法。以华译汉诗为例，分析华兹生译诗的得失，描述华兹生的汉诗翻译特征，论证华兹生在翻译过程中所遵守的翻译理念，并对这些翻译理念、翻译方法与策略进行分析和归纳，提炼其当代价值。

第四节　研究视角与研究内容

华兹生以翻译传统汉诗为职业。他的职业选择在很大程度上是自己的个人选择，是他根据自己在成长过程中形成的对中国文化的个人爱好与情趣所做出的适应性选择。在选择汉诗底本时，华兹生有明确的目标读者定位，他根据目标读者定位选择合适的翻译底本。为了使译文适应译语语境，在翻译古典汉诗时，华兹生在语言、文化、交际等不同维度做了适应选择转换。华兹生的汉诗翻译实践体现了生态翻译学的思想和理念。因此，本书以生态翻译学为研究视角，对华兹生汉诗翻译实践进行研究。

一、本书的研究视角

本书运用生态翻译学相关理论探讨华兹生的汉诗翻译活动，审视其汉诗翻译的历程，译诗成就与文化影响，读者定位与选本特点，汉诗语言、文化、诗体等方面的翻译方法和策略，体现的译诗理念和思想。生态翻译学的核心思想源自达尔文的进化论，并受到生态现代化理论研究与现代哲学研究生态转向的影响。生态现代化理论的形成与 20 世纪两次哲学研究转向有很大的联系。20 世纪哲学研究由主体性向主体间性转变，由主体中心观向整体观、系统观转变。随着逻各斯中心主义的解构，主体性的消解与主体间性的提出，逐渐形成了整体论与系统论的哲学思潮。

生态整体观提倡整体是一个和谐平衡的系统，系统中个体成员互为平等，都是构成整体的重要组成部分，都应该得到尊重和保护。整体论强调维护整体的多样性、多元性与丰富性。现代生态整体观、系统观直接促成了生态哲学的形成。20世纪70年代提出的"深层次生态学"主张生态共生、生态平等与生态和谐等理念，为生态翻译学的形成提供了理论基础。翻译研究由此开启了生态研究与翻译研究相结合的新范式。生态翻译学借鉴了西方生态哲学的相关理念与东方生态智慧，提出运用生态系统论、整体观研究翻译活动。21世纪初，我国学者胡庚申（2008）、王宏（2011）、王宁（2011）等最早从生态学的角度研究翻译活动，为生态翻译学在中国的创建、传播与发展做出了大量的研究工作。

生态翻译学的核心观点源自生态科学与翻译活动的相似性和同构性。"适应与选择""适者生存"等生态原则引入翻译研究，构成了生态翻译学的主要理论基石。从生态哲学的视角来审视翻译活动，翻译活动是由原语文化生态与译语文化生态构成的一个大生态系统。在这个系统中，原语文化与译语文化、原文与译文、译者与读者平等共生，都应该得到尊重和保护。在翻译实践中，译者必须秉持对原语文化生态的尊重，努力在译文中保留其独特特质，以此捍卫文化的多元性。同时，译者也需对译语文化生态的差异性保持敏感，重视译文读者的审美取向，确保译文既能和谐地融入译语文化环境，又能为译语读者顺畅地接受与理解①。生态翻译学的视角赋予了翻译活动更深的意义。翻译不再是语言间的转换或文化的单向改造，而是一场文化生态间平等共生的交融。

生态翻译学为华兹生汉诗翻译研究提供了切实可行的理论依据。生态翻译学倡导的翻译选择适应论、文本移植论、三维转换论、译有所为论等理论对于分析华兹生如何进行自我适应与选择，如何适应与选择目标读者，如何协调原语文化与译语文化，原作者、译者与读者，原文与译文等各元素之间的关系，如何维护翻译生态的多样性平衡，维持译文的忠实性与可读性等具有指导意义。

在翻译实践中，译者对译本的忠实性与可读性关注最多。每个译者都有一个既忠实又可读性强的理想化译本。译本的忠实性与可读性是决定诗歌翻译质量的重要因素。译本的可读性与译文的措辞、语法规范、行文是否契合母语文化和语言背景有关，而译本的忠实性与原文的意义、风格、文化价值和内涵等诸因素是否在译文中保留有关。译本的忠实性与可读性通过语言、文化、交际等三维转换来体现，关涉整个翻译生态体系的和谐。生态翻译学的三维转换理论对于分析华兹生在语言

---

① 王宁.生态文学与生态翻译学：解构与建构［J］.中国翻译，2011（2）：10.

维、文化维、交际维三个维度采取的翻译策略和方法具有重要意义。华兹生如何在语言维、文化维、交际维方面既忠实地传达原诗的语意和文本特征，保留原诗的语意、文化价值和内涵，再现原诗的交际意图，又确保译文的可读性，实现翻译目的等，这些问题都可以借用生态翻译学的相关理论来讨论和分析。因此，生态翻译学为华兹生汉诗翻译提供了一个新的研究视角，对华兹生诗歌翻译研究具有一定指导意义和启发意义。

二、本书的研究内容

本书将华兹生的汉诗翻译置于生态翻译学的视野之下考察，从华兹生的译诗缘起，译诗成就与文化影响，译诗选本策略，语言、文化与交际等不同维度采取的译诗策略和方法及体现的译诗理念，意识形态、翻译传统、主流诗学与赞助人等对华兹生译诗的影响，华兹生汉诗翻译的当代价值等几个方面展开论述。华兹生汉诗译介成果多、范围广，在西方产生了较大的反响，是一位杰出的文化大使，伟大的翻译家。他的多部译作已成为西方学者学习中国文化的必备参考书目，被世界各大图书馆广泛收藏。深入研究华兹生汉诗翻译活动，挖掘其译诗的成功经验，可以为中国文化外译提供参考和建议。本书以华兹生汉诗翻译为研究对象，以生态翻译学为研究视角，着重对以下几个问题进行探讨：

（1）华兹生对中国文化有何体验和认知？他的中国文化学识才情对汉诗翻译有何积极影响？

（2）华兹生的汉诗翻译选本有何特点？这种特点与华兹生的读者定位是否相符？对中国文化外译有何借鉴意义？

（3）华兹生在语言、文化、交际等层面采取了哪些适应转换策略？对中国文化外译有何借鉴意义？

（4）华兹生坚持怎样的译诗理念？他如何平衡译文的忠实性与可读性的关系？对中国文化外译有何启示？

本书撰写坚持问题导向，着力围绕以上几个问题展开论述。根据以上问题，本书研究内容可以分为以下几个重要组成部分。首先，本书结合华兹生的成长经历论述他的中国文化情缘与汉诗功底，分析他的中国文化才情与文化底蕴对他英译汉诗的积极意义，同时论述华兹生以自我情趣为导向的翻译职业选择与译诗事业之间的关系。其次，本书以目标读者的适应选择为研究理路，探析华兹生的目标读者定位与他汉诗翻译选本的关系。再次，本书以华兹生的三维适应转换为研究理路，分析华兹生的诗歌语言、文化意象与诗体形式的翻译策略和方法及其体现的译诗理念和思想。最后，本书对华兹生的译诗实践进行全面的归纳总结，论述其选本策略、译诗方法、策略与理念对中国文化外译的借鉴意义和价值。

关于中国文化的外译，国内已有不少学者做了相关研究工作，为本研究提供了可借鉴的研究思路和方法。例如，谢天振（2014）在《中国文学走出去：问题与实质》一文中对中国文学走出去所面临的认识误区进行了分析。张丹丹（2015）在《中国文学借"谁"走出去——有关译介传播的6个思考》一文中探讨中国文学走出去应采取的方式，剖析了中国文学走出去所面临的问题。还有一些学者以某些文学作品的译介为例，探讨中国文学走出去应采取的策略和方法，如鲍晓英（2015）从莫言英译作品的效果探讨了中国文学对外传播应采取的策略。朱振武、杨世祥（2015）以莫言小说《师傅越来越幽默》的英译为例，分析中国文化走出去语境下中国文学英译的误读与重构。耿强（2014）在《中国比较文学》上撰文，以"熊猫丛书"为个案，对中国文学走出去政府译介模式的效果做了探讨。这些研究成果注重实证，对中国文化的外译和传播提出了一些颇有借鉴价值的观点。本书承续他们的研究工作，以生态翻译学为理论基础，以华兹生的汉诗翻译为例，采用具体翻译文本分析与理论归纳提炼相结合的方式，进一步充实和拓展相关研究。

华兹生毕生致力于中国文化典籍译介，其中汉诗译介成果颇丰，出版10余个汉诗译本，涉及的中国诗人多，译诗时间跨度长，译诗选本从早期诗歌经典《诗经》《楚辞》直至唐诗宋词，纵横一千多年的诗史。华兹生对各个不同时期的代表性诗人均有译介，部分诗人有译诗专集。华兹生译介的汉诗不仅数量多，而且质量高，深受广大西方读者的喜欢，部分汉诗译作成了广大西方读者了解中国文化、学习汉诗的案头必备书目①。华兹生之所以取得如此大的成就与其译诗方法、策略和理念是分不开的。

在译诗实践中，华兹生在忠于原诗的基础上，在语言、文化、交际等三个维度上采取了适应性转换策略，确保译诗顺利地融入译语文化生态。在语言维，他在忠于原诗语言措辞的基础上运用当代英语翻译，使译文语言符合译语语法规范、句法和词法特点，确保译文符合西方大众读者通俗流畅的口语化文风。在文化维，他采取异化为主的翻译策略，同时根据译语文化语境对文化意象采取不同的适应转换策略，如添加注释或背景阐释，使译文易于理解、易于接受。在交际维，他根据译语语境和诗学形成译语语篇，使译文读者对译文的反应与原文读者对原文的反应大致相同，实现了汉诗翻译的交际目的。华兹生的译诗理念与实践相得益彰，充分体现了适应选择的生态翻译思想，对中国传统文化外译具有借鉴意义。

---

① John Balcom. An Interview with Burton Watson [J]. Translation Review, 2005（1）：7—12.

第二章　生态翻译学概述

生态翻译学采用跨学科研究方法将生态学的研究范式以及生态现代化思想引入翻译学领域，是生态学与翻译学跨学科融合结出的硕果。生态现代化思想是在批判"人类中心主义"的基础上发展起来的，既继承了进化论、系统论、整体论、存在论、控制论、信息论等西方生态学的思想，也受到东方生态智慧的影响。以清华大学胡庚申为首的中国学者率先将生态现代化思想引入翻译领域，创建和推动了生态翻译学学科的发展。胡庚申提出的翻译适应选择论通过将达尔文生物进化论中的"适应/选择"学说引入翻译研究，将翻译定义为"译者适应翻译生态环境的选择活动"，将翻译的"语境"扩展为"翻译生态环境"。"翻译生态环境"是由原文、原语和译语等建构和呈现的"生态世界"，是语言、交际、文化、社会、作者、读者、委托者等构成的互联互动的系统。该系统是制约译者最佳适应和优化选择的多种因素的集合体。胡庚申将翻译过程描述为"由译者主导的适应与选择的交替循环过程。这个过程译者既要适应，又要选择；适应中有选择，即适应性选择；选择中有适应，即选择性适应"充分体现了生态辩证思想。[①] 许钧认为，生态翻译学是中国学者首创的贯中西、融古今、汇文理的翻译研究范式，"至少提出了'十论'，包括翻译生态的'平衡和谐'论；翻译文本的'文本移植'论；翻译主体的'译者责任'论；翻译行为的'适应选择'论；翻译方法的'多维转换'论；翻译过程的'汰弱留强'论；翻译标准的'多维整合'论；译品生命的'适者长存'论；译者追求的'译有所为'论；以及译学发展的'关联序链'论"[②]，充分肯定了生态翻译学的学术价值。

---

① 胡庚申. 生态翻译学：产生的背景与发展的基础 [J]. 外语研究，2010 (4)：65—66.

② 许钧. 开发本土学术资源的一面旗帜（序二）[M]// 胡庚申. 生态翻译学：建构与诠释. 北京：商务印书馆，2013.

第一节　生态翻译学的起源和发展

　　生态翻译学得益于全球生态思潮与现代生态学学科的兴起。以胡庚申为首的中国学者为生态翻译学的形成和发展做出了巨大贡献。1972 年 6 月，在瑞典斯德哥尔摩召开首届联合国人类环境会议，会议发表了《人类环境宣言》，宣告环境问题成为人类共同面临的重要问题。本次会议在人类生态文明史上具有重要意义，标志着人类社会进入了以生态文明为导向的新时代。人类面临的生态问题不是单纯的经济问题和科技问题，而是如何平衡经济、科技发展与环境保护的哲学问题、文化态度问题。简而言之，生态问题是生态哲学与生态文化问题。所谓"生态哲学"，就是从广泛关联的角度研究人和自然相互作用的基本问题的学说。该学说由研究生物与环境关系的生态学向研究人类社会与自然界的普通关系扩展而形成。① 所谓"生态文化"，其核心在于推崇人与自然的和谐共处，积极捍卫环境，并确保资源的持久利用。这种文化倡导人类与自然界的协同进步和可持续发展，反对任何形式的对自然的剥削和破坏。生态文化的兴起，象征着人类社会对自然价值观念产生深刻变革，从过去的以人类为中心、对自然任意索取的观念，逐渐转向追求人与自然和谐共生的新理念。这种转变不仅体现了人类对自然的尊重，而且是对未来发展方式的深刻反思和积极探索。

　　胡庚申在生态学适应选择论的基础上率先建构了较为完整的生态翻译学（Eco-translatology）学术话题体系。他从生态学视角对翻译进行综观的整体性研究，倡导"翻译即适应与选择"的生态翻译观。胡先生倡导的生态翻译学具体阐述了"翻译适应选择论"对翻译文本、翻译过程、翻译原则、翻译方法、翻译标准等的解释功能。在他看来，翻译过程是译者适应与译者选择的交替循环过程；翻译原则是多维度的选择性适应和适应性选择；翻译方法是"三维"（语言维、文化维、交际维）的适应性转换；评价标准是转换过程中读者反馈以及译者素质等的综合考量与多维评价。胡庚申的生态翻译学研究成果发表后，在国内学界引起了广泛的共鸣，有一大批学者加入生态翻译学研究的阵营。截至目前，生态翻译学说不仅在国内产生了广泛的影响，而且在国外学界具有一定的影响力，已成为代表当前

---

① 佘正荣. 生态智慧论 [M]. 北京：中国社会科学出版社，1996：3—4.

中国翻译理论研究的成果之一，正如黄忠廉、王世超所言："中国译学界如要跻身国际，关键性指标恐非引介西学的数量，也非传统译论的梳理总结，而是贡献具有普世吸引力和广泛影响力的中国原创理论或学科。生态翻译学正是这样的一次尝试和实践。"①

一、全球生态思潮的形成

全球生态思潮源于人类对其自身与生存环境关系的思考。中西文明均对人与生存环境有过论述。我国古代早有哲人提出了人与自然和谐相处、天人合一的生态观。西方哲学倡导主客二分、物我二分的"天人相分"的二元对立思维模式，形成了以人类为中心的生态观，即"人类中心论"。"人类中心论"将人类置于自然界的中心地位，以人类的利益和需求为出发点和归宿，本质上表现为一种"人类中心主义"的倾向。根据《韦伯斯特第三次新编国际词典》的定义和阐释，"人类中心主义"包含三个核心观点："第一，人是宇宙的中心；第二，人是一切事物的尺度；第三，根据人类价值和经验解释或认知世界。"② 这些观点的潜在核心逻辑是一切以人类的利益和价值为中心，以人为根本尺度去评价和安排整个世界③。西方的人类中心论思想最早可以追溯到古希腊的智者学派哲学家普罗泰戈拉（Protagoras）。他提出了一个著名的命题：人是万物的尺度，是存在的事物存在的尺度，也是不存在的事物不存在的尺度。

"人类中心主义"把人的价值凌驾于万事万物之上，把人的价值标准作为判断万事万物的尺度，鼓吹人可以任意支配和改造自然。步入工业文明时代以后，人类的活动范围日益扩大，改造自然的能力显著提升，人类与生存环境面临的矛盾越来越突出，生存环境越来越脆弱。人们开始反思人与生存环境的关系，尝试重塑人与自然的关系。从 20 世纪 70 年代初期开始，人类社会开始倡导生态文明的理念，朝着生态文明的新时代迈进。在生态文明时代，人的价值判断标准在经济、政治、文化等各个领域均摆脱了"人类中心主义"的桎梏。人类社会生活与哲学理念都发生了重大转变，标志着人类社会从工业文明时代进入后工业文明时代。在经济上人类社会从经济发展一个维度的发展演变成发展与环保两个维度的双赢；在哲学上从认识论转型为存在论，由"人类中心论"转型为生态整体论，由"主客二分"转型为现象学倡导的主体间性，人与自然的关系由人与自然的对立转变为人与自然的共生④。

---

① 黄忠廉，王世超. 生态翻译学二十载：乐见成长 期待新高 [J]. 外语教学，2021（6）：12—16.
② 余谋昌，王耀先. 环境伦理学 [M]. 北京：高等教育出版社，2004：48.
③ 余正荣. 生态智慧论 [M]. 北京：中国社会科学出版社，1996：226—227.
④ 曾繁仁. 生态美学基本问题研究 [M]. 北京：人民出版社，2015：2—3.

全球生态思潮因全球生态危机和现代环境保护运动而激发，促使人类社会从工业文明转型为生态文明。生态危机主要表现为自然资源破坏以及生态环境恶化。全球性的生态环境恶化主要包括大气污染、水质污染、森林滥伐、土壤侵蚀和沙漠化、垃圾泛滥、生物灭绝、能源短缺等。日益严重的生态危机，引发了人们对环境问题的空前关注，从而爆发了一场遍及全球的环境运动，如被称为"地球峰会"的联合国环境与发展大会于 1992 年在巴西城市里约热内卢召开。这次会议标志着人类对于可持续发展的认识达到了新的高度，为未来的环保道路奠定了坚实的基础。会议的重要成果包括通过了《地球宪章》《气候变化公约》等一系列国际协议，为全球环境保护制定了明确的目标和行动指南。除了联合国层面的环保行动外，各种民间环保组织如雨后春笋般涌现，如绿色和平组织、海洋保护协会、动物基金会以及动物解放阵线等。这些组织汇聚了众多环保志士，形成了一股强大的社会力量。生态问题已成为全球性的问题。生态学不再局限于其学科范围，而是作为新的世界观，重塑人类的生存观与行为准则。

生态危机的逼压使人们开始重新认识和反思人与自然的关系，而生态运动的发展则促进了生态主义思潮的兴起。生态主义是在对生态危机进行反思的基础上伴随着现代环境运动的发展而兴起的。和其他许多社会运动一样，生态主义运动最初没有理论准备。但是当运动发展到一定程度和规模，并且力图继续演进与发展时，就有理论上的要求，这样方可规范和协调运动的行为，实现运动的目标。20 世纪 70 年代后，生态主义成为西方社会的一种强有力的政治和哲学话语。生态学学科也伴随着全球生态主义思潮的兴起而愈发兴盛起来。生态学不再是简单地研究有机体与其周围环境（包括非生物环境和生物环境）相互关系的自然科学，已经成为一门集人文科学与自然科学为一体的"颠覆性的学科"。现代生态学改变了三百年来的社会价值观、世界观，推动了工业文明向生态文明的转变。生态意识觉醒，生态观念广泛影响政治、经济、文化等各领域。生态哲学、生态社会学、生态政治学、生态人类学、生态经济学、生态文艺学、生态美学、生态法学等应运而生，不仅具有学科建设意义，而且具有引领社会思想变革的强大精神力量①。

生态主义思潮经历了动物福利论（Animal Welfare）、生命中心论（Biocentrism）、生态中心论（Ecocentrism）、深层生态学（Deep Ecology）等诸多理论形态。动物福利论以辛格（Peter Albert David Singer）的动物解放论和雷根（Tom Regen）的动物权利论为代表。动物解放论认为个体的利益应当得到平等考虑。动物权利论把道德关怀的视野从人类自身扩展到了人类以外的动物，为保护动物生存权利提供理论论证。生命中心论在动物福利论的基础上又有了较大的发展，不再把道德对象的范围局限

---

① 鲁枢元. 生态批评的空间［M］. 上海：华东师范大学出版社，2006：1.

于狭小的动物世界。该理论抛弃了生命等级的观念，最大程度地维护生命的平等原则。生态中心论则进一步将价值概念从生物个体扩展到整个生态系统，赋予有生命的有机体和无生命的自然界以同等的价值意义。深层生态学是生态主义发展到最新阶段提出的概念，最早由挪威学者阿伦·奈斯（Arne Naess）提出。奈斯认为，浅层生态学关注人类利益，着重处理环境退化的表面问题，如污染和资源耗竭。而深层生态学则更关心整个自然界的福祉，致力于探寻环境危机的深层次根源，涉及社会、文化和人性方面。

深层生态学实际上是人类社会进入后现代时期以生态整体主义为理论支点的生态哲学。这种生态哲学体现了生态整体主义的共生理念。后现代生态文明时期，人类社会已经清晰地认识到"人类中心"理论带来的社会弊端和生态危机，主张以主体间性与生态整体理念代替人类中心主义。当然，这种哲学理念上的替代不是简单地否定启蒙主义倡导的人文精神，而是后现代时期对人类中心主义的发展和扬弃。① 阿伦·奈斯认为深层生态学的"深"就是指深层追问与探索社会与人文的生态问题，其思想渊源是一种中西哲学的交融，包含了西方的斯宾诺莎、海德格尔、非人类中心的神学思想与浪漫主义文化意识，同时也包含了东方的道家思想，佛教文化与印度甘地通过非暴力获得真理的思想，以及现代生态学理论与心理学等②。

全球生态思潮促成了现代生态思想、生态学、生态哲学等生态文化理念与翻译学的结合。对此，生态翻译的主要倡导者胡庚申认为，生态翻译学既是全球生态思潮影响下社会文明转型在译学研究方面的一种表现，也是现代哲学思想转型的必然结果。社会文明转型方面，20世纪60年代以来，人类社会逐步开始了从工业文明到生态文明的转型。1972年，联合国发布了《人类环境宣言》，将自然环境保护提到全人类关注的高度。我们国家也非常重视生态环境问题，提出了可持续发展观与科学发展观。现代哲学思想转型方面，20世纪以来，在思想界与哲学领域发生了由主客二分观到主体间性观、由中心观到整体观的转变。20世纪70年代，阿伦·奈斯提出深层生态学，将生态学引入哲学与伦理学领域，倡导生态自我、生态平等与生态共生等重要生态哲学理念。此后美国生态哲学家戴维·格里芬等人进一步发展了这些生态哲学理念。这一过程显示了当代哲学实现了由认识论到存在论、由人类中心观到生态整体观的转向③，预示全球生态思潮已逐渐形成。

二、生态学的出场

早期生态学家普遍认为达尔文（Charles Robert Darwin）是生态思想的伟大倡导

① 曾繁仁. 生态文明时代的美学探索与对话 [M]. 济南：山东大学出版社，2013：66.
② 曾繁仁. 生态美学基本问题研究 [M]. 北京：人民出版社，2015：6—7.
③ 胡庚申. 生态翻译学：产生的背景与发展的基础 [J]. 外语研究，2010（4）：62—63.

者，对生态学的开创和发展做出了重要贡献。他们认为达尔文的《物种起源》是生态学的著作。该书中提出的以"自然选择"为代表的进化论思想、生物进化与生物对环境的适应性演进之思想对生态学的形成起着非常重要的作用①。

自达尔文之后，生物进化与生物对环境的适应性演进之思想又经历了一段时间的发展。在此基础上，"生态学"一词才得以提出。1865 年，勒特（Reiter）将两个希腊词"logos"（研究）和"oikos"（房屋、住所）合并成新词"Ökologie"，此词为"生态学"一词词源的雏形。因此，"生态学"一词源自希腊文，后来进入德语，演变成"Oecology"，然后借译成英语，成为英语词汇。直至 19 世纪后半叶才简化成英语词汇"Ecology"。

现在学界普遍认为"生态学"一词最早由恩斯特·海克尔（Ernst Heinrich Philipp August Haeckel）于 1866 年提出。恩斯特·海克尔生于德国波茨坦，早年在柏林、维尔茨堡和维也纳学医，曾师从著名学者缪勒、克里克尔与微尔等人。他是达尔文进化论的捍卫者与传播者。"生态学"一词首次出现在恩斯特·海克尔 1866 年出版的两卷本《普通生物形态学》一书中。在该书第一卷第 8 页的脚注里，他首创"生态学"一词，并在该书第二卷对"生态学"一词的词源与结构进行了说明，详细地阐释了该词的内涵。但曾有学者认为美国散文家亨利·梭罗（Henry David Thoreau）最早于 1854 年在他的代表作《瓦尔登湖》一书中提出了"生态学"的概念。但是，经考证，"生态学"的概念最早出自亨利·梭罗之手是沃尔特·哈丁等人误读。在 1958 年哈丁等人编撰的《梭罗通信集》一书的第 502 页，提到了梭罗在 1858 年的书信中提出"Geology"（地质学）一词。哈丁等人在整理时误将"Geology"（地质学）看作"Ecology"（生态学），导致学术界对于生态学的出处产生分歧②。

海克尔最初提出"生态学"时，"生态学"只不过是生物学中的一个分支，一门研究"三叶草""金龟子""花斑鸠""黄鼠狼"之间相互关系的学问，但其中包含了"有机体""关联性"这样一些现代生态学的重要内涵。1866 年，恩斯特·海克尔在《普通生物形态学》（Generrlle Morphologie der Organismen）一书中从词源上对"生态学"概念进行了阐释。他说，"Ecology"这个词前半部分"eco"来自希腊语，表示"房子"或者"栖居"；后半部分"logy"来自"logos"，表示"知识"或"科学"。这样，从构词法上说"生态学"就是指有关人类美好栖居的学问。这门学问将人的生存问题带入自然学科。恩斯特·海克尔认为生态学是关于生物与其周围环境相互关系的科学，其中环境包括有机环境和无机环境③。因此，早

---

① 王如松，周鸿. 人与生态学 [M]. 昆明：云南人民出版社，2004：77.
② 梁士楚，李铭红. 生态学 [M]. 武汉：华中科技大学出版社，2015：2—5.
③ 鲁枢元. 生态批评的空间 [M]. 上海：华东师范大学出版社，2006：3.

期的生态学被定义为"研究生物与环境以及生物与生物之间相互关系的生物学分支科学"①。

继海克尔之后，又有很多学者围绕生物个体特征、生物的形态、种类及其与周围环境相互关系、生态结构等展开研究，有的学者侧重个体生态学研究，如英国生态学家埃尔顿（Elton，1927）认为生态学是研究生态科学的自然历史；苏联生态学家卡什卡洛夫（1945）认为生态学研究应包括生物的形态、生理和行为的适应性。有的学者侧重种族生态学研究，如澳大利亚生态学家安德烈沃斯（Andrewartha，1954）认为生态学是研究有机体的分布与多维度的科学。还有的学者侧重生态系统生态学研究，如美国生态学家奥德姆（Odum，1958）认为生态学是研究生态系统的结构和功能的科学。20世纪90年代，我国学者也加入了生态学研究的行列，针对生态学发表了相关的学术观点。例如，我国生态学家马世骏（1980）提出生态学是研究生命体系和环境体系相互关系的科学，强调必须把生物看成是有一定结构和调节功能的生命体系，把环境看成是诸要素相互作用组成的一个环境系统②。

20世纪后，生态学迅速发展，成为综合性学科。其研究不仅仅限于生物个体、种群和群落，还涉及包括人口、资源、环境等重大问题。20世纪20年代初美国学者 R. E. 帕克等人提出了社会生态学，主要研究动物和人类的社会组织及社会行为与生态环境之间的关系。

20世纪60年代后，社会生态学的研究再次发生了革命性变化，由注重自然生态转变为侧重社会生态，逐渐演变成独立学科。传统生态学主要研究不同生物在自然状态下的关系，而社会生态学主要研究作为社会主体的人与周围环境及各种事物之间的关系。根据袁鼎生的生态艺术哲学理念，社会生态学经历了生态主、客体互相依靠的古典依生关系，生态主体、客体互相竞争的近代竞生关系，生态主、客体和谐与共的现代共生关系。他认为，在古代依生关系构成的统合体中，主客体的生态地位、生态自由是不平衡的，生态张力与生态聚力此消彼长，形成了一种平衡的整体生态结构。近代生态主体为了获得充分的生态自由，极力改变主体依生于客体的生态关系，建构一种主体统合整体的新的生态结构，形成主体主导的生态和谐关系。近代生态主体与客体形成了竞生关系，导致生态结构失和。现代主体与客体之间形成的共生关系，既创造性承续了古代客体化生态和谐的精髓，又凭借近代竞生性和高扬主体生态自由，消除了古代依生性和谐的相应局限和诸多弊端，形成了更高生态的和谐③。

---

① Victoria Neufeldt. Webster's New World College Dictionary, 2nd ed [Z]. New York & Cleveland: MacMillan, 1996: 429.

② 梁士楚, 李铭红. 生态学 [M]. 武汉: 华中科技大学出版社, 2015: 1—2.

③ 袁鼎生. 生态艺术哲学 [M]. 北京: 商务印书馆, 2007: 291.

三、生态学与翻译学 "联姻"

生态学关注个体对生存环境的反应，研究单个物种的种群对于环境的反应，探讨生物群落的组合和结构以及生态系统运作过程等。生态系统中各个物种不仅会进行适应性选择，优胜劣汰，适者生存，也存在互利共生的关系。互利共生是两个不同物种间的互惠关系，是生态系统内部生态主客体相互关联的普遍特征，可增加双方的适应度。不同生物体以紧密依存、多元共生的关系生活在一起①。生态学的生态整体论、适应选择论、多元共生论、生态环境论、关联依存论等理论对于翻译学研究具有一定的跨学科理论同构意义和价值，为生态学与翻译学的 "联姻" 奠定了学理基础。

生态翻译学 "立足翻译生态与自然生态的同构隐喻，审视翻译现象，研究和描述翻译生态整体和翻译理论本体"②。生态翻译学聚焦翻译 "生态"、直面文本 "生命"、关注译者 "生存"。2000 年，胡庚申首次提出生态翻译学（Eco-translatology）概念，将 "生态学"（Ecology）和 "翻译学"（Translatology）两个词语融合成一个新词，在 "生态学" 与 "翻译学" 两门学科之间建立了 "联姻" 关系。他尝试运用 "生态学" 的相关理念分析和研究翻译现象，重构翻译理论，提出 "翻译的 '关联序链' 认知路径、'类似同构' 的生态特征、'适应/选择' 的理论体系以及 '论/学一体' 的同源贯通" 等生态翻译观，为生态翻译学形成和发展奠定了理论基础③。胡庚申认为生态翻译研究是一项具有跨学科性质的交叉研究④，是一项利用生态系统的理性特征、从生态学视角对翻译学进行综观的整合性研究⑤。

为了夯实生态翻译学的学理基础，以胡庚申为首的中国学者不断地从生态学中吸取学术养料，以丰富和发展生态翻译学的话语体系和学术架构。胡庚申提出的翻译适应选择论将达尔文生物进化论中的 "适应/选择" 学说引入翻译研究，将翻译定义为 "译者适应翻译生态环境的选择活动"，将翻译的 "语境" 扩展到 "翻译生态环境"，认为 "翻译语境的内涵是原文、原语和译语所呈现的 '世界'，是语言、交际、文化、社会以及作者、读者、委托者等互联互动的整体"⑥。他将翻译过程描述为由译者主导的适应与选择的交替循环过程，对于译者来说，既要适应，又要选择，"适应中有选择，即适应性选择；选择中有适应，即选择性适应"⑦。此外，

---

① 麦肯齐，鲍尔，弗迪. 生态学 [M].孙儒泳等，译. 北京：科学出版社，2004：153.
② 胡庚申. 生态翻译学：建构与诠释 [M]. 北京：商务印书馆，2013.
③ 胡庚申. 生态翻译学：产生的背景与发展的基础 [J]. 外语研究，2010（4）：62—66.
④ 胡庚申. 生态翻译学的研究焦点与理论视角 [J]. 中国翻译，2011（2）：5—9.
⑤ 胡庚申. 生态翻译学：生态理性特征及其对翻译研究的启示 [J]. 中国外语，2011（6）：96—99.
⑥ 胡庚申. 生态翻译学：产生的背景与发展的基础 [J]. 外语研究，2010（4）：62—66.
⑦ 胡庚申. 生态翻译学：产生的背景与发展的基础 [J]. 外语研究，2010（4）：62—66.

胡庚申还通过梳理西方译论，探寻生态翻译学在西方译学传统中存在的理论依据。他认为彼得·纽马克将翻译过程中的文化介入分为五大类，第一大类就体现了生态翻译学的学术特征。戴维·卡坦则对翻译生态文化的分类进一步明确和细化，"提出了翻译的生态环境包括物理环境、政治环境、气候、空间以及临时场景等"。米歇尔·克罗宁提出"要关注语种'翻译的生态'的问题，呼吁在不同语种的翻译之间要保持'健康平衡'"①。这些西方传统译论均蕴含着生态翻译学的研究旨趣。生态学对于翻译学的理论同构意义，中西译论的跨学科生态论述为胡庚申提出的生态翻译学奠定了良好的理论基础。

除了运用生态学理论从理论层面探究生态翻译学的理论话语体系建构，生态翻译学学者还尝试运用新创建的生态翻译学话语分析和阐释翻译现象。例如，胡庚申运用生态翻译学阐释傅雷的翻译思想，认为"傅雷翻译思想中体现了翻译生态的和谐统一、翻译主体的'译者中心'、翻译行为的'适应/选择'、翻译过程的'汰弱留强'、译者追求的'译有所为'、译品生命的'适者长存'"等生态翻译思想②，实现了经典翻译思想的拓展和深化研究。除了胡庚申先生，国内还有一大批学者运用生态翻译学研究和阐释翻译现象。孙琳、韩彩虹（2021）从生态翻译学视角切入，以刘宇昆英译本《北京折叠》为例，阐述如何基于翻译生态整体环境，采取"选择""适应"机制以顺应交际意图的实现。生态翻译学强调译者中心性、"适应与选择"的联动过程及语言、文化、交际三维之转换，对文化负载词英译研究具有一定的启示意义。③ 这些研究显示，生态翻译学在国内已逐渐从一门新兴学科演变成一门成熟的显学。

中国学者倡导的生态翻译学思想在学界产生了广泛的反响。澳门理工学院思创·哈格斯认为胡庚申依托东方哲学理念和生态智慧发展起来的生态翻译学聚焦"翻译生态的'平衡论'、翻译文本的'生态移植'、翻译主题的'译者责任'、翻译行为的'适应选择'、翻译方法的'多维转换'、翻译过程的'适者生存'、译者追寻的'译有所为'，有望打破西方翻译理论的'一统天下'并终结东西方翻译理论生态'严重失衡'的局面"；同时也有利于构建东西方翻译理论真正平等对话的平台④。目前以"生态翻译学"为主题检索 CNKI，截止到 2023 年 10 月已有 2700 多篇研究论文运用生态翻译学研究翻译现象。可见，近年来生态翻译学研究取得了丰硕的研究成果。与此同时，国际上一些知名翻译学者也都做出了积极的点评，如

---

① 胡庚申. 生态翻译学：产生的背景与发展的基础 [J]. 外语研究，2010（4）：63—66.

② 胡庚申. 傅雷翻译思想的生态翻译学诠释 [J]. 外国语，2009（2）：47—53.

③ 孙琳，韩彩虹.《北京折叠》中文化负载词的英译——生态翻译学视角 [J]. 上海翻译，2021（4）：90—94.

④ 思创·哈格斯. 生态翻译学的国际化进展与趋势 [J]. 上海翻译，2013（4）：1—4.

根茨内（Edwin Gentzler）认为生态翻译学是一种"功能强大的研究模式"；西班牙的福尔德恩（Roberto Valdeón）认为生态翻译学是"一种新兴的翻译研究范式，具有巨大的研究和学习潜力"；丹麦多维罗普（Cay Dollerup）认为生态翻译学"甚至对西方的翻译实践也具有优于西方翻译理论的解释力"；南非波厄斯（Marion Boers）认为生态翻译学是一种新的理论，"将从纤纤细芽成长为硕果累累的参天大树"①。

国内外生态翻译学学者从问题出发，围绕"何为译""如何译""谁在译""为何译"等基本问题进行了深入的探讨。在研究过程中，国内生态翻译学研究基本上形成了以生态整体主义为理念，以东方生态智慧为依归，以文本生命、译者生存、翻译生态为研究对象，构建出一套较为系统的理论话语体系，完成了生态翻译学相对独立的知识体系和理论框架②。国内学界大量地从生态学视角对翻译现象和案例进行描述和解释，相关成果呈井喷之势，显示出生态翻译学作为一个新兴翻译研究范式的旺盛的生命力。

自胡庚申首倡生态翻译学以来，"生态学"与"翻译学"的"联姻"已不知不觉走过了二十多个春秋，取得了丰硕的理论研究成果。目前不仅在国内译界应者云集，研究队伍蔚为壮观，在国际上也取得了一定的话语权。冯全功先生将生态翻译学的发展历程划分为"立论""倡学""创派"三个时期：2001—2004 年为立论期，胡庚申以论文宣读为起点，围绕"翻译适应选择论"进行研究，试建创新而富生命力的译论话语，为理论发展奠定基础；2005—2009 年为倡学期，"新颖的研究视角和话语吸引了跟随者，为年轻的理论积攒人气、积聚力量"；2010 年至今为创派期，创建了研究会，创办学刊，召开了系列性研讨会，产出高质的研究成果后汇成专著，成为生态翻译学的标志性成果。③ 冯全功对生态翻译学的概述睿智而客观，精确地描述了生态翻译学的演进历程。

① 许钧. 开发本土学术资源的一面旗帜（序二）[M]//胡庚申. 生态翻译学：建构与诠释. 北京：商务印书馆，2013.
② 胡庚申. 生态翻译学：建构与诠释 [M]. 北京：商务印书馆，2013：11.
③ 冯全功. 立论、倡学与创派——《生态翻译学：建构与诠释》评介 [J]. 山东外语教学，2015（6）：106—110.

第二节　生态翻译学的核心理念

　　生态翻译学运用自然科学的生态学研究范式探讨人文社会科学领域的翻译学问题，在自然科学与人文科学之间寻找共性。生态翻译学倡导的译者主体论、翻译适应选择论、翻译生态环境论是生物选择适应论、生态系统论、生态整体论、生物关联论等生态学理论在翻译领域的相似性同构，是生态翻译学的核心理论，打破了人文学科的单一封闭研究架构，为发展传统译论开辟了新路径。生态翻译学体现了胡庚申等学者非凡的思维和胆识，为译论研究开辟了思路，提醒译界学者即便在文史哲之外也应看到自然科学与社会人文学科之间存在的共性①。

　　生态翻译学坚持翻译元素关联与整体理念，认为在翻译系统内各个组成成分相互关联、相互作用、互相影响，使翻译生态成为一个统一的相互关联的翻译整体，构成了与生态学类似的"翻译生态环境"。"翻译生态环境"是生态翻译学对当代翻译生态的反思与积淀，具有广阔的解释空间②。方梦之认为"翻译生态环境"是生态翻译学的核心概念，可分为客观环境和主观环境，是"影响翻译主体生存和发展的一切外界条件的总和"。客观环境包括"经济环境、文化语言环境以及社会政治环境"等；主观环境包括由"原文作者、译者、读者、翻译发起人、赞助人、出版商、编辑、译文审查者、译评人、营销者、版权人等"构成的"翻译主体在翻译生态场中形成关系"③。"翻译生态环境"中各元素关系如果是和谐的、健康的、合理的，译者就能够取得理想的翻译结果。

一、翻译和谐与整体理念

　　生态学倡导生态整体论与生态和谐论，认为生态体系是一个生物与生物之间和生物与周围环境之间相互联系、相互作用、互相关联、和谐共生的统一体。在生态系统中，各生态元素互相依存，共生和谐，生态系统整体协同，和谐稳态地发展。也就是说，在生态系统中，生物个体之关系不是一种相互隔绝独立、互不关联的个

① 杨自俭.译学理论研究的一个新视角（序）[M]//胡庚申.翻译适应选择论.武汉：湖北教育出版社，2004.
② 方梦之.再论翻译生态环境 [J].中国翻译，2020（5）：20—27.
③ 方梦之.论翻译生态环境 [J].上海翻译，2011（01）：1—5.

体与个体的关系，而是一种系统关系中的个体与个体，个体与局部，局部与局部、局部与整体的关系。这种系统关系网构成了一个有序的关联链。在生态系统中，任何一个个体或局部，都占据着一个不可替代的生态序位，是整体生态体系运转不可或缺的环节。

生态系统中各生态个体物竞天择、适者生存，自由发展，具有各自独立的生态序位、相对均等的生态自由，彼此之间相生依存、共赢共进，形成了一个和谐共生、互相关联的生态整体，共同建构了一种和谐的生态关系，维持生态体系的动态平衡。生态学的生态整体论、生态关联论与生态系统论贯穿在生态学的各分支学科。例如，作为现代生态学的分支学科，群落生态学认为群落是由多种生物种群有机结合的整体，各生物个体与种群互相联系、互相影响，研究的内容主要包括：1）群落的组成与结构；2）群落的性质与功能；3）群落的发展及演变；4）群落内的种间关系；5）群落的丰富度、多样性与稳定性；6）群落的分类与排序；7）群落的类型与分布规律等①。

生态学的关联论、整体论对生态翻译学的建构具有十分重要的借鉴和指导意义。生态翻译学就是在利用翻译活动（翻译生态）与自然界（自然生态）所具有的类似性和同构性的基础上进一步发展起来的。在《生态翻译学：生态理性特征及其对翻译研究的启示》一文中，胡庚申先生指出了生态学与生态翻译学的类似性和同构性学理依据。不论自然生态系统还是翻译生态系统，也不论系统大小或层次高低，其生态系统的理性特征非常显著。这些生态系统的理性特征可以概括为：（1）注重整体/关联；（2）讲求动态/平衡；（3）体现生态美学；（4）关照'翻译群落'；（5）昭示翻译伦理，以及（6）倡导多样/统一。② 胡先生的论述充分说明了生态学的关联论、和谐共生论、整体论对于生态翻译理论建构的重要意义和价值。

生态学的和谐论与整体论强调生态环境与生物体相互影响、相互作用。生态系统内各组成成分间有着互动和谐的联系，其中任一成分的变动，都将引起其他成分的变动。翻译生态与自然生态具有同样的逻辑理路，故形成了生态翻译学的翻译关联论、翻译整体论与系统论。所谓翻译关联论就是指翻译生态系统内各相关利益者之间同样存在着内在的双向互动关系，彼此之间互相影响和关联。在生态系统中，生物与生物之间、生物与生存环境之间通过相互作用而形成一种和谐的生态平衡。外界环境条件的变化会引起生物形态构造、生理活动及遗传特性等的变化。生物为适应环境变化也需进行适应性调适③。翻译生态也遵循这些规律。所谓翻译整体论

① 梁士楚，李铭红.生态学 [M].武汉：华中科技大学出版社，2015：98.
② 胡庚申.生态翻译学：生态理性特征及其对翻译研究的启示 [J].中国外语，2011（6）：96.
③ 胡庚申.生态翻译学：建构与诠释 [M].北京：商务印书馆，2013：44—46.

就是指翻译生态系统中各元素相互作用，形成一个动态平衡的整体。译者是翻译生态中的一员，必须根据读者、市场、赞助人设置的翻译条件和要求采取适当的翻译方法和策略。翻译赞助人也必须根据市场的翻译要求选择合适的译者。整个翻译生态是形同自然生态，是一个相互关联、互相影响、和谐共生的整体。

二、翻译研究中的东方生态智慧

除了借鉴现代生态学的思想和理论，生态翻译学也从传统的东方智慧中吸取养料。在中国传统哲学家的眼中，人与自然相处的最高境界天人合一，顺应自然。中国文化在开端处的着眼点是生命和自然①，蕴含着丰富的生态哲学智慧。

儒家主张中庸之道，讲究天人合德、天人合一，至诚不渝，以"能尽物之性，则可以赞天地之化育，则可以与天地参矣"。《周易·序卦》认为："有天地，然后万物生焉。"《尚书·周书·泰誓》指出："惟天地万物父母，惟人万物之灵。"《周易》乾卦《彖》辞曰："大哉乾元，万物资始。"《周易》坤卦《彖》辞曰："至哉坤元，万物资生。"《荀子·礼论》强调："天地者，生之本也"，"天地合而万物生，阴阳接而变化起"。在儒家看来，天地是化育之母，人可以通过发挥主观能动性促进天、地、人三才并进，促进人与自然和谐地发展。因此，中国儒家思想体现了一种积极进取的实践理性和道德精神，表现了既要改造和利用自然，也要保护自然的态度。

中国道家思想的代表老子和庄子也认为天地是万物之母。《庄子·达生》说："天地者，万物之父母也；合则成体，散则成始。"天地者，自然也。道家认为，人应该回归自然，顺应自然，日出而作，日落而息。道家的哲学观是一种生态和谐的哲学观，体现了人作为社会活动的主体，其生态活动应该遵循自然客体的运行规律。老子和庄子认为自然是事物的一种自生自发的本来状态。他们提倡保持事物的原初自然状态，要求人们顺应自然的本来势态，反对人出于自己的功利性需求，随意违反人的自然本性，强行干预和破坏人自给自足的天然状态。道家思想包含的生态原理、生态原则和生态智慧等思想有着历史的合理性与必然性，在今天依然值得推崇。佛家对天地与自然的看法与道家有相似之处，认为生命主体的存在是依靠自然界的健康存在来维持的，人类只有和自然环境融合，才能共存并获益，除此之外不能找到别的生存办法②。

中国哲学以人为本，重视生命与自然的生态哲学观实际上和西方哲学有相通之处。在人类文明之初，中国人与古希腊人关于"自然"的认识也许还是比较接近

---

① 牟宗三. 中国哲学十九讲 [M]. 上海：上海古籍出版社，1997：43.
② 佘正荣. 生态智慧论 [M]. 北京：中国社会科学出版社，1996：7—25.

的。比如，泰勒士（Thales）把自然比作"母牛"，老子则把自然比作"玄牝"，都倾向于把自然看作一个包括人类在内的、独立的、完整的、充满活力的、具有化育万物且拥有自己心灵的生命体①。道家主张人应该回归这个生命体，与这个生命体互相依存，体现了中国传统的生态智慧。海德格尔认为，人与自然相处的最高境界是人在大地上和谐"诗意的栖居"②。实际上，海德格尔这种生态自然观与中国传统生态智慧具有相通之处。

生态翻译学吸收了中国传统生态智慧，以中国古代哲学中的"天人合一""道法自然""以人为本""适中尚和"的经典智慧为依归，构建了翻译生态体系，揭示了翻译生态理性，提出了生态翻译伦理③。生态翻译学对翻译本体研究中关于"何为译""谁在译""怎样译""为何译"等翻译学的根本问题的回答都可以看到中国传统生态智慧的影响，认为翻译应该顺乎自然，崇尚中庸之道，不可拘泥于忠实与通畅一端，应该在两者之间讲究动态平衡。胡庚申先生认为，生态翻译学是在与中西方译论的相互碰撞中、在与中国生态智慧的融合会通中逐渐形成的本土化研究范式④。作为生态翻译学的主要创始人，胡庚申先生明确地指出了生态翻译学中蕴含的东方生态智慧。

三、翻译适应选择论

物竞天择、适者生存是达尔文自然选择学说的一个重要的组成部分，认为自然选择使那些较不适应环境的个体淘汰，最能适应环境的个体得以保存和繁荣。现代生态学吸收了达尔文的进化论思想，提出物种中具有最高适合度的个体将会对未来做出特别高的贡献。适合度高的物种普遍含有与之相应的遗传成分，从而改变后代的遗传基因，提高存活率。这个过程称为自然选择或"最适者生存"。有机体所具有的有助于生存和生殖的任何可遗传特征都是适应自然选择的结果⑤。

在《物种起源》出版后不久，英国社会学家斯宾塞（Herbert Spencer）根据达尔文生存竞争的思想，提出适者生存的概念，用以描述自然选择的原理。同时，他进一步将这个生物学的概念引入社会历史领域，认为社会进化过程如同生物进化过程一样，生存竞争的原则同样起着支配作用，适者生存同样有效。进入人文社科领域以后，适应选择论得到了广泛的发展。目前，适应选择论已被认为是人类社会发

① 鲁枢元.生态批评的空间［M］.上海：华东师范大学出版社，2006：7—8.
② 海德格尔.海德格尔选集·上［M］.上海：三联书店，1996：318—451.
③ 方梦之.生态范式方兴未艾（序一）［M］//胡庚申.生态翻译学：建构与诠释.北京：商务印书馆，2013.
④ 胡庚申，罗迪江.生态翻译学话语体系构建的问题意识与理论自觉［J］.上海翻译，2021（5）：15.
⑤ 麦肯齐，鲍尔，弗迪.生态学［M］.孙儒泳等，译.北京：科学出版社，2004：11.

展的普遍规律之一。为了适应客观环境，主体既要遵循生态规律，也要发挥主观能动性，进行适应性选择，融入整体生态环境。任何主体的生态活动，既要符合生态体系的生态规律，考虑其他主体的生态关切，还要遵循环境的生态规律，以实现自身、他者、环境的生态和谐。

生态翻译学根据翻译活动的规律性认知，借鉴"求存择优"的自然生态法则而得以发展。达尔文生物进化论中的"适应/选择"学说对于"翻译生态环境"中译者适应与选择行为的相互关系、相关机理、基本特征和规律具有启发意义和指导价值。生态翻译学从"适应"与"选择"的视角对翻译的本质、过程、标准、原则和方法等做出新的描述和解释，论证和构建了一个以译者为中心的"翻译适应选择论"①。翻译首先是译者对自我的选择与适应。生态翻译学认为，译者首先根据自己能力、情感和兴趣决定是否选择将翻译作为人生事业。然后再在此基础上，选择适合自己能力、个性、爱好的译本。在翻译过程中，译者总是尽量适应翻译的生态环境，努力表现自己的适应能力，主动优化多维适应选择转换，不断追求最佳的整合适应选择度。② 译者不仅要选择译本，而且要选择目标读者，根据目标读者的阅读诉求采取与之相适应的翻译策略和方法。

适应选择论认为"翻译就是译者的'选择'和'适应'"③。译者需要"适应"读者、原文、原语和译语所呈现的"世界"，即翻译生态环境；"选择"对翻译生态环境具有适应度高的翻译策略和行文方式④。翻译过程就是"译者适应和译者选择的交替循环过程"，是译者对"以原文为典型要件的翻译生态环境的'适应'和以译者为典型要件的翻译生态环境对译文的'选择'"⑤。适应与选择是一个理论的两个方面，相互关联，互相制约，有机地融合在翻译生态框架中。一方面，译者要适应原语生态环境对译文文体、语意等美学与诗学方面的制约，另一方面，译者应该发挥自己的主体能动性，选择出切合译语语境的最优表达。"适应"和"选择"是译者作为环境之主人的能动性抉择。译者可以也应该打破译入语文化的传统规范，协调与其他翻译主体的关系，做出适应性选择转换⑥。

从翻译适应选择论不难看出，生态翻译学就是利用翻译活动与自然活动的类似性与同构性建立起来的学说。没有引入生态学界的"适应/选择"学说，也就不可能产生翻译学的"适应/选择"学说，更遑论构建翻译适应选择论的理论体系。如

---

① 胡庚申. 生态翻译学解读 [J]. 中国翻译, 2008 (6): 11—15.
② 胡庚申. 翻译适应选择论 [M]. 武汉:湖北教育出版社, 2004:108.
③ 胡庚申. 适应与选择:翻译过程新解 [J]. 四川外语学院学报, 2008 (4): 90—95.
④ 胡庚申. 从术语看译论——翻译适应选择论概观 [J]. 上海翻译, 2008 (2): 1—5.
⑤ 胡庚申. 生态翻译学解读 [J]. 中国翻译, 2008 (6): 11—15.
⑥ 刘雅峰. 译者的适应与选择:外宣翻译过程研究 [D]. 上海:上海外国语大学, 2009.

果没有以翻译适应选择论为理论体系基础，就不可能"进一步提出和拓展宏观生态理念、中观本体理论、微观文本操作的生态翻译学的"、'三层次'研究；如果没有生态翻译学的'三层次'研究，也就无法建构相对完整的生态翻译学理论体系"①。从这个意义上来说，生态翻译学就是在广泛借鉴生态学思想的基础上建立起来的跨学科、跨领域翻译理论体系。

四、三维转换论

三维转换理论主要解决"怎么译"的问题，构成了生态翻译学的翻译方法体系。所谓三维转换就是指译者根据译语生态环境在语言维、文化维、交际维三个维度采取适应性选择转换策略将原文转换成译文。译文生态环境包括译语语言、译语文化、译语社会、译文读者、译文赞助者和委托者等构成的关联互动的整体。译者在语言、文化、交际三个维度选择适当的翻译策略和方法，既要尽可能保留原语文化生态，也要适应译语文化生态。

三维转换中语言维转换重点关注原语文本中存在的"可移植性"的语言现象。尽管原语和译语有差异，但在词汇、句法等方面存在对应关系。原语语意可用多种译语表达，译者需选择最贴近、恰当的译文以适应译语文化。译者在语言维采取的翻译方法可以分为两类。一类紧贴原文、逐字对译，如直译、音译等；另一类根据语意进行适当变通，如增译、减译、语序调整、转译等。译者在语言维的转换与生态学上将一种植物从一个地方迁移至另一个地方颇为相似，即是将一种语言生态系统中的"生命体"——文本移植到另一种语言生态系统中去。

三维转换中文化维转换关注的重点是原语文本内文化现象的"不可移植性"。原语文本中存在大量的特色文化词汇和意象。对于某些特定文化背景下的词汇和意象，译语往往难以找到直接对应的表达方式。在翻译这类内容时，译者应遵循文化生态共存和文化多样性的原则，采取恰当的翻译策略。这既要求保留原语中的文化特色，又要兼顾译语读者的文化背景和审美习惯，确保译文的可读性。为实现这一目的，译者通常会采用两种翻译方法：一种是音译结合注释，以保留原语音韵和文化内涵；另一种是直译结合注释，以直观展现原文意义并辅助读者理解②。

三维转换中交际维转换关注的重点是原语文本功能的"可移植性"。任何文本都具有交际功能。译者在交际维的策略主要是根据原文本的交际对象选择适当的文体和风格再现原文本的交际功能。原语文本的交际功能因语境不同，交际的目的和功能均不同。在翻译时，译者不仅要保留原语文本隐含的字面意义与文化深意，而

---

① 胡庚申. 生态翻译学：产生的背景与发展的基础 [J]. 外语研究, 2010 (4)：62—66.
② 李红绿, 赵娟. 藏族诗歌《米拉日巴道歌》英译的生态翻译学研究 [J]. 牡丹江大学学报, 2018, 27 (07)：86—88.

且还应再现原语文本的交际功能。原语文本翻译成译语后，译文所面对的交际对象为译语读者，他们对原文本的某些异质性特征难以理解，这些都需要译者做一些适应性调整。

第三节　适应选择论与三维转换理论之关联

三维转换理论与适应选择论是生态翻译学本体理论重要的组成部分，两者之关系是生态翻译学关注的焦点。适应选择论主要解决"翻译是什么"的问题，三维转换理论侧重解决"怎么译"的问题。弄清了什么是翻译的问题，也就不难知道解决怎么译的问题。实际上，生态翻译学有关翻译方法和策略的研究范式主要建立在"翻译即适应选择"的理念之上。适应选择论与三维转换理论通过"翻译即文本移植""翻译即生态平衡"等理念紧密地联系起来。

"翻译即文本移植"的理念说明，文本移植是一个动态的翻译过程，涉及到原语文本离开原语生态环境转移到译语生态环境后在语言、文化、交际等三个维度的适应问题与"重生"问题。"翻译即适应选择"强调译者是基于原语生态与译语生态之间的生存状态而翻译的。译者采取适应性强的翻译策略，确保被移植文本能够在译语语言、文化、交际等维度"适者生存""强者长存"。"翻译即生态平衡"意在说明翻译生态系统也是一个动态平衡的体系。除了在原作者、读者、翻译发起人、编辑者、出版商、译文审查者、营销者、译品版权人等之间维持平衡和谐外，译者还需在语言、文化、交际等维度确保原文本与译本的平衡。因此，三维转换理论与适应选择论彼此关联，是一个不可分割的整体。

与"翻译即文本移植"一样，"翻译即生态平衡"要求译者在语言、文化、交际等维度适应翻译生态环境，选择运用与翻译生态环境相适应的翻译方法。这种翻译方法的选择可称为"选择性适应"方法或"适应性选择"方法。译者的"选择性适应"或"适应性选择"是多方面的、全方位的，贯穿在翻译活动的不同阶段、不同层次、不同维度。成功的翻译是多维度地适应社会、语言、文化、读者、文本等翻译生态环境的结果①。三维转换理论与适应选择论经常结合在一起指导翻译实

---

① 刘艳明，张华. 译者的适应与选择——霍克思英译《红楼梦》的生态翻译学解读 [J]. 红楼梦学刊，2012（2）：283.

践，分析翻译现象，称之为"三维转换中的适应性选择"，即语言维的适应性选择转换、文化维的适应性选择转换与交际维的适应性选择转换。

一、译者的适应与选择

生态翻译学认为，译者是整个翻译活动的主体和中心。译者的主体性通过翻译过程中的适应选择来体现。在理解阶段，译者应该主动适应原语文化生态，发挥主观能动性，理解原文。在翻译阶段，译者应该根据译语社会和文化背景进行适应性选择转换，以实现跨文化交际的目的。在整个翻译过程中，译者应该讲究生态理性，在翻译主体与客体之间、主体与外部生态环境之间维持翻译生态平衡。因此，翻译过程就是译者适应和选择的循环往复过程，整个过程都体现了译者的主体意识。

译者是翻译过程的核心要素，是翻译活动的中心，具有动态的双重身份。一方面，译者是原文本的阐释者，接受原语翻译生态环境的选择与制约；另一方面，译者又是译文的产出者，根据翻译生态环境对译文进行选择与操纵。翻译的成功与否在很大程度上取决于译者对翻译生态环境构成要素的把握，及其对翻译生态环境的适应和选择①。译者中心论强调的是译者在翻译过程中的核心地位。从理解原文到产出译文，译者始终处于决策的中心，处理着所有的"矛盾"和挑战。作为跨文化交流的桥梁，译者不仅连接不同的语言，更在深层次上沟通不同的文化，使得"有效交流"成为可能。在这个过程中，译者既是翻译工作的主体，凭借其专业知识和技能推动着翻译活动的进行，同时也是确保翻译质量和流畅性的关键因素②。译者主体论也好，译者中心论也罢，均表明译者的适应与选择在整个翻译过程中起着决定性作用，对"谁在译"的问题做出积极回应。

"翻译即适应与选择"本质上指译者的选择性适应与译者的适应性选择。翻译活动能够进行取决于译者对自我情感、兴趣与价值的适应与选择。生态翻译学认为，满足自己的情感和坚持自己的兴趣和爱好是无数译者为翻译事业孜孜不倦的动力所在③。追求自己的翻译理想是译者实现自我生存价值的一种表现，是译者从事翻译事业的精神基石。兴趣、爱好和理想是翻译活动得以有效发起、开展的内驱力。译者选择什么翻译决定了翻译的材料和内容。译者为谁翻译决定了译文的目标读者，决定了翻译策略和方法。翻译过程中信、达、雅难以兼得时需要译者做出选

① 刘艳明，张华.译者的适应与选择——霍克思英译《红楼梦》的生态翻译学解读 [J].红楼梦学刊，2012（2）：281.
② 李红绿，廖迫雨，赵娟.生态翻译学视角下《春园采茶词》英译研究——以茂叟、德庇时译本为例 [J].长江工程职业技术学院学报，2022，39（03）：75—78.
③ 胡庚申.翻译适应选择论 [M].武汉：湖北教育出版社，2004：103.

择，神似与形似两者难以实现时也需要译者做出选择，意美、形美、音美三者之间孰轻孰重也需要译者做出选择。解决这些问题都需要译者在适应特定翻译生态环境的基础上做出判断，进行适应性选择①。因此，翻译实际上是以译者为主导，以文本为依托，以跨文化信息转换为宗旨的译者适应与译者选择行为②。

二、语言维的适应选择转换：顺应译语语言生态

"语言维的适应选择转换"就是指译者在翻译过程中对原文语言形式的适应选择转换。语言维的适应性选择转换是在不同语法规则方面、不同语言结构层次上进行的③。翻译是两种不同语言之间的转换。汉诗英译是汉英两种语言之间的转换。由于汉英两种语言在句子结构、语法规范、修辞技巧等方面存在较大差异，在翻译过程中对原诗的语言做适应性选择转换不仅是非常必要的，而且也是最基本的翻译要求。译文需按英语语法规范、句子结构特点进行适应性转换才可保证其可读性，才能获得读者的认可，实现翻译之目的。在英译汉诗时，译者通常会顺应译语语言生态，根据原诗语言表达的意思在语言维对译文做适应选择转换，下面以华译《苏台览古》为例加以说明：

旧苑荒台杨柳新，	Old gardens, a ruined terrace, willow trees new;
菱歌清唱不胜春。	caltrop gathers, clear chant of songs, a spring unbearable;
只今惟有西江月，	and now there is only the west river moon
曾照吴王宫里人。	that shone once on a lady in the palace of the king of Wu④.

从语言维的角度来看，华兹生翻译的《苏台览古》在句法、时态和词汇层面都展现了其顺应译语语言生态的高超技巧。在句法层面，华兹生灵活运用了英语的句式结构，使得译文在表达上既忠实于原诗，又符合英语的语法习惯。例如，他通过使用并列句和从句的结合，将原诗中的意象和情感巧妙地串联起来，形成了一幅连贯而完整的画面。这种句法结构的选择不仅保证了译文的准确性，还增强了其在英语中的表达力。在时态层面，华兹生根据诗歌的内容和情感需要，根据英语语法规范灵活地运用了不同的时态。例如，"Old gardens, a ruined terrace, willow trees

---

① 胡庚申. 生态翻译学的"虚指"研究与"实指"研究 [J]. 解放军外国语学院学报，2021（6）：120.

② 胡庚申. 生态翻译学：译学研究的"跨科际整合" [A]，王宏主编. 翻译研究新视角 [C]. 上海：上海外语教育出版社，2011：14.

③ 胡庚申. 从术语看译论——翻译适应选择论概观 [J]. 上海翻译，2008（2）：1—5.

④ Burton Watson. The Columbia Book of Chinese Poetry from Early Times to the Thirteenth Century [M]. New York：Columbia University Press, 1984：209.

new"中使用了现在时来描述眼前的景象,而"that shone once on a lady in the palace of the king of Wu"则通过过去时来回忆过去的辉煌。这种时态的转换不仅准确地传达了原诗的时间线索,还为译文增添了一种历史感和怀旧情怀。在词汇层面,华兹生的选词精准而富有诗意。他既保留了原诗中的文化元素,又通过地道的英语词汇来表达诗意。例如,"caltrop gathers, clear chant of songs, a spring unbearable"中的"caltrop""chant""unbearable"等词汇既传达了原诗的意象和情感,又在英语中具有相似的诗意效果。

三、文化维的适应选择转换:顺应译语文化生态

"文化维的适应选择转换"就是指译者在翻译过程中选择保留、替代、删除等翻译手段完成文化词汇的适应选择转换,使译文顺应译语文化生态。翻译不仅是两种语言之间的转换,也是两种文化之间的转换。文化维的适应选择转换既要关注原语文化内涵的跨文化传递与阐释,避免从译语文化视角出发曲解原文,也要关注译文在译语文化生态的适应度。译者在进行原语语言文化转换时,要注意原语文化和译语文化的差异,确保译文适应译语语言所属的整个文化系统①。因此,在翻译诗歌时,译者除了对原诗语言进行适应选择转换以外,还需对原诗中的文化词汇进行适应选择转换,特别是原诗文化意象的适应选择转换。汉诗是汉文化的优秀成果,文化意象精彩纷呈。这些文化意象既是汉诗的精髓,但同时也是翻译的难点。因此,将汉诗译成英文时,译者尤其要重视文化意象的适应选择转换,确保汉诗中的文化意象顺利地融入译语文化生态。这样方可取得较为理想的译诗效果。在翻译汉诗时,译者通常会选择合适的翻译策略和方法,对原诗中的文化意象做适应选择转换,使所译文化意象顺应译语文化生态,使之易为目标读者所理解、所接受。下面以华译《越中览古》为例加以说明:

越王勾践破吴归, Kou-chien, king of Yüeh, came back from the broken land of Wu;
义士还家尽锦衣。 his brave men returned to their homes, all in robes of brocade.
宫女如花满春殿, Ladies in waiting like flowers filled his spring palace
只今惟有鹧鸪飞。 Where now only the partridges fly.②

---

① 胡庚申. 从术语看译论——翻译适应选择论概观 [J]. 上海翻译,2008(2):1—5.
② Burton Watson. The Columbia Book of Chinese Poetry from Early Times to the Thirteenth Century [M]. New York:Columbia University Press, 1984:209.

从生态翻译学文化维角度来看，华兹生在翻译《越中览古》时在顺应译语文化生态方面做出了精心的考虑和处理，特别是在文化意象和文化典故的翻译上。首先，华兹生对于原诗中的文化意象进行了恰当的转换。例如，"义士还家尽锦衣"中的"锦衣"，在中国文化中象征着荣耀和富贵，华兹生将其译为"robes of brocade"，这里的"brocade"在英语中指的是一种华丽、贵重的织物，与"锦衣"在文化内涵上较为接近，从而在英语读者中产生了相似的文化共鸣。其次，对于原诗中的文化典故，华兹生也进行了妥善的处理。如"越王勾践破吴归"一句，涉及到了中国古代吴越争霸的历史背景，华兹生通过直译的方式，将"越王勾践"译为"Kou-chien, king of Yüeh"，并补充了"came back from the broken land of Wu"，这样的翻译既保留了原诗的历史信息，又通过解释性的语言帮助英语读者理解这一文化背景。此外，在"宫女如花满春殿"一句中，"如花"在中国文化中常用来形容女子的美貌，华兹生将其译为"Ladies in waiting like flowers"，这样的翻译既保留了原诗的意象，又在英语中产生了相似的审美效果。而"春殿"则被译为"his spring palace"，这里的"spring"不仅指春天，还隐含着生机和活力的意味，与"春殿"在原诗中的文化内涵相契合。"只今惟有鹧鸪飞"一句中的"鹧鸪"，在中国文化中常用来表达凄凉、哀怨的情感，华兹生将其译为"partridges"，虽然在英语中"partridges"并不完全等同于"鹧鸪"的文化内涵，但考虑到英语读者的文化背景和接受度，这样的翻译已经尽可能地传达了原诗的情感色彩。华兹生在翻译《越中览古》时尽可能地顺应了译语文化生态，使得英语读者能够在理解原诗的基础上感受到中国文化的魅力。

从这个译诗案例可以发现，为实现原语文化在文化维的适应选择转换，译者必须充分尊重原诗所蕴含的文化内涵。对于原诗中的独特文化意象，应采用直译、音译等策略，以最大程度地保留其原有文化韵味，确保这些文化精髓能准确无误地传递给译语读者。当然，有时单纯的直译或音译往往无法完整地展现原诗的文化底蕴，译者还需要考虑译语读者的文化背景和理解能力。为了确保译文能在译语文化环境中获得良好的整体适应度，译者可以通过添加注释、提供文化背景知识等方式，为译语读者搭建一座通向原诗主题和诗境的桥梁，使他们能更好地理解和欣赏原诗的美学价值和文化内涵。这样，译者既传递了文化，又促进了文化的交流。在华兹生的《越中览古》译诗中，这种对原诗文化的尊重与对译语文化的考量体现得淋漓尽致。

四、交际维的适应选择转换：顺应交际意图

"交际维的适应选择转换"是指译者在翻译过程中完成基于原文交际意图的适应选择转换，实现原文与译文语际间的信息交流。交际维的适应选择转换"要求

译者除语言信息的转换和文化内涵的转递之外，把选择转换的侧重点放在交际的层面上，关注原文中的交际意图是否在译文中得以体现"①。翻译不仅是两种语言、两种文化之间的转化活动，而且还是以实现交际为目的的跨语言、跨文化交际行为。翻译活动的首要交际目的是实现语际间的信息交流，使译文读者从译文获得的信息反应与原文读者从原文中所获得的信息反应大致相同。为了实现交际目的，译者应该顺应译文读者的情感体验和感受，选择采取合适的翻译策略，根据原语语篇形成译语语篇，传达原文的交际意图。下面以华译《春夜洛城闻笛》为例，说明译者在交际层面如何根据原语语篇形成译语语篇。

谁家玉笛暗飞声，	In what house, the jade flute that sends these dark notes drifting,
散入春风满洛城。	Scattering on the spring wind that fills Lo-yang?
此夜曲中闻折柳，	Tonight if we should hear the willow-breaking song,
何人不起故园情。	Who could help but long for the gardens of home?②

从交际维角度来看，华兹生在翻译这首诗时，不仅注重了单个词句的翻译，更从整体上考虑了译诗如何帮助读者理解原诗的语篇信息，进而更好地传达原诗的交际意图，实现翻译的交际目的。首先，华兹生通过精准的翻译和生动的英文表达，成功地再现了原诗的意境和情感。他保留了原诗中的关键文化意象，如"玉笛""春风""洛城"等，并通过解释性的翻译和生动的英文表达，使这些文化意象在英语读者中产生了相似的情感共鸣。这样的翻译不仅传达了原诗的字面意义，更重要的是传递了原诗所蕴含的深层情感。

其次，华兹生在翻译过程中，注重了译诗的连贯性和整体性。他通过合理的句式结构和词汇选择，使译诗在传达原诗意义的同时，也保持了自身的语篇连贯性。这样的翻译不仅有助于英语读者理解原诗的各个部分之间的关系，还能使他们更好地把握原诗的整体意义。

在翻译这首诗时，华兹生通过精准的翻译、生动的英文表达以及注重译诗的连贯性和整体性等方式，成功地实现了翻译的交际意图。他的译文不仅传达了原诗的字面意义和深层情感，更重要的是在英语读者中产生了相似的情感共鸣和交际效果，从而促进了不同文化之间的交流，实现了翻译的交际目的。

---

① 胡庚申. 从术语看译论——翻译适应选择论概观 [J]. 上海翻译，2008（2）：1—5.

② Burton Watson. The Columbia Book of Chinese Poetry from Early Times to the Thirteenth Century [M]. New York：Columbia University Press, 1984：210.

第四节　生态翻译学对传统译论的发展

20世纪初，胡庚申先生将达尔文的适应选择论、现代生态思想用于翻译研究以后，形成了生态翻译学的理论雏形，后通过广大学者的不断探索、改进和发展，逐渐建构起生态翻译学较为完善的话语体系和理论框架。生态翻译学采用生态视野和"跨科际整合"的内在逻辑对翻译现象进行研究，为翻译研究指出了新的学术门径，创新了传统翻译研究的理论架构和话语体系，将翻译研究带入一个新的阶段。生态翻译学在立论时采取的演绎论证、调查实证等研究方法克服了中国传统文论经验论弊端，① 通过借鉴现代生态学"重逻辑"与"重证据"的治学方法确保了该理论体系的完整性与系统性，在国际翻译学界获得了好评和认同。

生态翻译学打破了生态学与翻译学两大学科的壁垒，在固守翻译学科本体研究的基础上实现了两大学科的融合。这个新兴的理论体系既打破西方翻译理论话语权"一统天下"的局面，又融合了西方生态理论与中国生态智慧；既坚持以问题为导向以求解生态翻译学面临的新问题，又坚守了生态翻译学话语体系构建的理论自觉，构建了具有充分描写力与解释力的生态范式②。生态翻译学经历不断的发展，从最初的翻译适应选择论、生态翻译话语理论体系，进而发展成新生态主义翻译观。生态翻译学以生态为本原，诠释了翻译过程的本质，为翻译研究提供了一个新的路径，为翻译研究输入了新的活力，对传统翻译理论中的译者理论、读者理论、翻译标准、翻译方法等均有所发展。

一、生态翻译学对译者理论的发展

传统译论倾向于以原文本为中心或读者为中心建构翻译观，对原语文本和译文的可读性较为关注，常常忽视译者在翻译活动中的重要性。中国传统译论倡导据案而传的案本论，严复先生提出"信"的翻译标准以原语文本为中心，强调译文应该忠实于原文，将原文置于首位。同时，中国传统译论也强调译文的可读性，如东汉以来佛教翻译提出的意译论、严复提出的"达"与"雅"的翻译标准，林语堂

---

① 刘云虹，许钧. 一部具有探索精神的译学新著——《翻译适应选择论》评析 [J]. 中国翻译，2004 (6)：42—45.

② 胡庚申，罗迪江. 生态翻译学话语体系构建的问题意识与理论自觉 [J]. 上海翻译，2021 (5)：16.

提出的"美"的翻译标准，与西方传统译论倡导的透明的、畅通的翻译标准有异曲同工之妙，均以译语为中心。在传统译论中，译者要么隐身，要么紧随原文，亦步亦趋，要么一仆二主，同时服侍好原文作者和译语读者。在传统译论中，译者的主体性被消解，一直处于翻译的边缘位置。翻译研究"文化转向"以后，翻译的主体地位得到了重视。意大利翻译家劳伦斯·韦努蒂主张译者应该采用异化翻译，让读者感受到译者的存在。译者在翻译中应充分彰显自己的主体性。译者的主体性贯穿于整个翻译过程中，体现在译者的译语文化意识和读者意识之中。译者具有多重身份："一、译者以读者的身份研读原作；二、译者以作者的身份再现原作；三、译者以创造者的身份传达原作；四、译者以研究者的身份理解原作。"① 译者的这些身份都是译者主体性的具体表现。

生态翻译学特别关注译者在翻译中的作用与地位，认为翻译是译者与翻译生态环境互动的整体性研究，而这恰恰是传统译论容易忽视的地方。生态翻译学一直将描述和解释译者在翻译过程中所扮演的角色视为翻译研究的根本问题之一。胡庚申先生在译者主体性研究的基础上，提出"以译者为中心"的翻译观，从"三元"关系、诸"者"关系、译者功能、译品差异、意义构建、适应选择、翻译实践等不同角度对之加以论述，提出了从"译者主体"论过渡到"译者中心"论的观点②。他的"翻译即适应与选择"旗帜鲜明地贯彻了"译者为中心"的理念，将翻译定义为"译者适应翻译生态环境的选择活动"。他运用"适者生存"的自然法则，提出译者"自我适应"的适应机制和"事后追惩"的制约机制，论证了翻译过程中译者的中心地位和译者主导作用③。

生态翻译学吸收了生态学的"自我实现"理念。所谓"自我实现"就是指生物圈中一切存在物都应该努力适应环境，都有生存、繁衍和充分体现个体自身以及在大写的"自我实现"中实现自我的权利④。在翻译过程中，译者像生物圈的生物一样，总是在努力适应翻译生态环境，充分发挥自己的主体性，根据翻译生态的动态变化规律做出适应性选择，在原文与译文、译者与作者、译者与读者、译文与译语文化以及译者自身之间维持"平衡"⑤，主导整个翻译活动，实现自己的价值。

生态翻译学借用生态学相关理论发展了译者行为理论。生态翻译学提出的"事后追惩"理念，认为任何一项翻译活动完成之后，整个翻译生态系统会根据"适者生存""汰弱留强"的法则对译者的翻译行为做出选择性仲裁，对于（译者

① 田德蓓. 论译者的身份 [J]. 中国翻译，2000 (06)：21—25.
② 胡庚申. 从"译者主体"到"译者中心"[J]. 中国翻译，2004 (3)：12—18.
③ 胡庚申. 傅雷翻译思想的生态翻译学诠释 [J]. 外国语，2009 (2)：47—53.
④ 曾繁仁. 生态美学基本问题研究 [M]. 北京：人民出版社，2015：7—8.
⑤ 胡庚申. 生态翻译学：产生的背景与发展的基础 [J]. 外语研究，2010 (4)：63—66.

和译文的）"适者""强者""优者"做出嘉奖和鼓励，对"不适者""弱者""劣者"进行撤稿、批评和不同程度的淘汰，这些观点多为传统译者理论所未发①。生态翻译学提出的"译有所为"理念从译者的主观动机层面界定了译者的翻译目的，如通过翻译以求生存，通过翻译以弘己志，通过翻译以适读者，通过翻译以移己情，通过翻译以博认可等。这些观点也是对传统译者理论的发展。

当然，生态翻译学以译者为中心的翻译观，也受到了部分学者的质疑。例如，王宏先生认为，"生态翻译学是对各种翻译现象的宏观研究，因此，不宜只提以译者为中心或只从译者视角研究翻译，而是应从参加翻译活动的一切生命体（译者、译文读者、原文作者、翻译发起人、翻译研究者等）的角度研究翻译"②。任何理论都是在批评与质疑中成长和发展。生态翻译学也是如此，批评者有之，鼓舞者也有之，"作为原创理论，生态翻译学体现了中国学者对构建自己的理论话语的积极探索"③，发展了译者主体论和译者中心论。生态翻译学在译者主体论基础上提出的译者中心论是对原语中心论和译语中心论的反叛和发展，对译者理论做出的新的探索，推动了翻译学译者理论的发展。

二、生态翻译学对翻译读者理论的发展

传统译论推崇读者在翻译活动中的作用。不少学者主张译者应该以服务读者为己任，应该对读者负责。胡适先生在《译书》一文中曾说："译者要对原作者负责任""对读者负责任""对自己负责任"。④ 林语堂先生也持相似的观点，他说译者需负三种责任："第一是译者对原著者的责任，第二是译者对中国读者的责任，第三是译者对艺术的责任。三样责任心备，然后可以谓具有真正译家的资格。"⑤ 西方传统译论也认可读者在翻译中的重要作用。翻译关联理论认为翻译是一种涉及原作者、译者和读者三元关系的交际行为，必须将读者纳入翻译过程加以考察，确立读者在翻译中的重要地位。这种观点与中国传统译论中对读者负责的观点极为相似。美国翻译家尤金·A.奈达（Eugene A. Nida）提出的读者反应论尤其重视读者在翻译中的地位，认为评价译本的优劣主要看译语读者对译文的反应是否与原语读者对原文的反应大致相同，而不宜拘泥于原文与译文的词汇、句法、语法和修辞手段的对应程度。

---

① 胡庚申. 生态翻译学的研究焦点与理论视角 [J]. 中国翻译，2011（2）：5—9.
② 王宏. 生态翻译学核心理念考辨 [J]. 上海翻译，2011（4）：11.
③ 蓝红军. 从学科自觉到理论建构：中国译学理论研究（1998—2017）[J]. 中国翻译，2018（1）：7—16
④ 胡适. 译书 [A]. 胡适文集（第10卷）[C]. 欧阳哲生编. 北京：北京大学出版社，1998：733.
⑤ 陈福康. 中国译学理论史稿 [M]. 上海：上海外语教育出版社，2000：327.

接受美学和阐释学盛行时，读者被推到了翻译活动的中心。接受美学打破传统译论以作者和文本为中心的研究范式，强调读者的中心地位，认为读者具有阐释文本的主观能动性。读者的阅读、反应和创造性理解是文学意义生成的主要依据，因此决定着译作的价值、翻译的标准和策略等。① 翻译家施莱尔马赫在《论翻译的方法》中提出两种翻译途径，一种是尽可能让作者安居不动，而引导读者去接近作者；另一种是尽可能让读者安居不动，而引导作者去接近读者。从施莱尔马赫的论述中可以看出，读者支配着译者采取的翻译途径和方法。国内也有不少学者持相似的观点，认为读者在翻译活动中占据着中心地位。例如，有学者从文化距离的视角出发提出读者在翻译活动中的关键作用：译者在着手翻译时要"选择"读者，"适应"读者，立体关照读者，提升与"苛求"读者的期待视野，跨越文化距离，争取更大的读者群，扩大译作的接受阈，延长译作的共时和历时寿命②。这些译论实际上是对传统译论一仆二主的新阐释。译者不仅要做原作者的仆人，忠于原作，也要做读者的仆人，注意译文的可读性。

传统译论认为读者在翻译活动中起着重要作用，不仅影响译者的翻译策略与方法，还直接决定译作的质量，占据翻译的中心地位。这些观点显然有合理的成分，但由于部分观点孤立、片面地论述读者的角色，没有将读者与其他影响翻译的因素结合起来论述，导致夸大了读者在翻译中的地位与作用。与传统译论不同的是，生态翻译学将译者、读者、原文、作者、委托者、原语和译语所呈现的语言、文化、社会等视为一个互联互动的系统，认为这个系统中的任何一个元素都会对翻译产生影响。通过借鉴生态学中的生态群落概念，生态翻译学创造了一个新术语"翻译群落"，用它指翻译活动中涉及的所有主体，包括译者、读者、作者、资助者、出版者、评论者等。由于以译者为代表的"翻译群落"的"思维方式、教育背景、兴趣爱好、翻译理念、审美标准、实践经验等不同，各个不同主体在翻译活动中都发挥着重要作用"，必须根据主客观、内外部环境的差异进行不同程度的适应与选择，发挥主观能动性，以适应整体翻译生态环境③。

由于吸收了整体论、系统论、和谐共生的生态理念，生态翻译学的读者选择与适应理论实现了对读者中心论的超越，在传统读者译论的基础上取得了新的发展。关于读者在翻译活动中的定位，生态翻译学认为："在适应翻译生态环境的过程中，读者是翻译生态环境中的重要元素之一，对译者的翻译选择会起到一定程度的

---

① 杨平. 读者反应批评——文学翻译批评新视角 [J]. 北京第二外国语学院学报, 2009, 31 (08): 36—40.
② 屠国元, 李静. 文化距离与读者接受：翻译学视角 [J]. 解放军外国语学院学报, 2007 (02): 46—50.
③ 胡庚申. 生态翻译学：生态理性特征及其对翻译研究的启示 [J]. 中国外语, 2011 (6): 96—99.

制约作用。"① 在翻译过程中，译者应该选择目标读者，然后根据目标读者的语言和文化背景翻译。显然，与传统译论一样，生态翻译学认同读者在翻译活动中的重要性，但因为从系统论的角度定义读者的角色，所以读者并没有被提升到中心的地位，仅是"重要元素之一"。由于生态翻译学借鉴生态学和谐共生的思想，所以对读者作用与功能的界定超越了以文本为本体的简单性思维范式，视读者、原作者、译者与其他翻译主体为多元一体的和谐共生统一体，在翻译过程中均发挥着重要作用。

三、生态翻译学对翻译方法体系的发展

传统译论主要从语言、文化与交际三个层面论述翻译方法体系。这三个层面通常彼此独立，泾渭分明。从语言层面论述翻译的翻译方法有很长的历史。这种论述方式以原文为中心，将是否忠实于原语语言作为建构翻译方法论的基点，用来衡量译文水平与质量。中国古代佛教翻译的直译与意译之争主要围绕译文是否忠实于原语文本而展开。忠于原文，才能行远不耻；言之有文，才能行远愈芳。早期汉文佛典翻译倡导的五失本三不易②主要从胡汉语言的差异论述佛教翻译方法和原则。西方早期译论存在语言学派和文艺学派两大派别。西方早期语言学派建立的翻译方法体系以传统语文学为依据，并在语言学的影响下得到了大力发展。现代译论也不乏从语言学的角度论述翻译方法的成果。卡特福德（Catford）、奈达通过借鉴现代语言学的相关理论各自建构了自己的翻译方法体系。以传统语文学和语言学为指导，以原语文本为中心建立起来的翻译方法体系在今天依然具有很强的生命力和影响力。

20世纪90年代后，苏珊·巴斯耐特（Susan Bassnett）和安德烈·勒弗维尔（André Lefevere）倡导的文化翻译理论大行其道。翻译研究进入了所谓的"文化转向"时代。安德烈·勒弗维尔认为，翻译方法受译语国家诗学、意识形态及赞助人等外在文化因素的影响和控制。翻译的实质是译者在诗学、意识形态及赞助人

---

① 刘艳明，张华. 译者的适应与选择——霍克思英译《红楼梦》的生态翻译学解读 [J]. 红楼梦学刊，2012（2）：280—289.

② 五失本三不易是早期汉文佛典翻译的主要方法和原则。原出前秦道安的《摩诃钵罗若波罗蜜经钞序》（《出三藏记集》卷八）："译胡为秦有五失本也：一者胡语尽倒，而使从秦，一失本也；二者胡经尚质，秦人好文，传可众心，非文不合，斯二失本也；三者胡经委悉，至于咏叹，叮咛反复，或三或四，不嫌其烦，而今裁斥，三失本也；四者胡有义说，正似乱辞，寻说（别本作"检"）向语，文无以异，或千五百，刈而不存，四失本也；五者事已全成，将更傍及，反腾前辞，已乃后说，而悉除此，五失本也。然《般若经》三达之心覆面所演，圣必因时，时俗有易，而删雅古以适今时，一不易也；愚智天隔，圣人巨阶，乃欲以千岁之上微言，传使合百王之下末俗，二不易也；阿难出经，去佛未久，尊者大迦叶令五百六通迭察迭书，今离千年而以近意量裁，彼阿罗汉乃兢兢若此，此生死人平平若此，岂将不（别本加一"以"字）知法者勇乎，斯三不易也。"

的影响下对原文的操控。"文化转向"的时代背景下，翻译研究所要关注的焦点不是语言问题，而是研究翻译过程中复杂的文本操控是如何发生的。换句话说，翻译研究必须在更广阔的历史文化视野中展开讨论。

从交际层面研究翻译方法的代表人物主要有纽马克（Peter Newmark）、哈蒂姆（Hatim）和梅森（Mason）等人。纽马克将翻译方法分为语义翻译和交际翻译两大类别。语义翻译主要从语言层面提出，重视的是原文的形式和原作者的原意，而不是目的语语境及其表达方式，更不是要把译文变为目的语文化情境中之物。纽马克认为，交际翻译的目的是努力使译文对目的语读者所产生的效果与原文对原语读者所产生的效果相同。因此，交际翻译法是集归化、意译和地道翻译优势为一体的翻译理论，译者在交际翻译中有较大的自由度去解释原文、调整文体、排除歧义，甚至是修正原作者的错误。哈蒂姆（Hatim）和梅森（Mason）认为，所有的翻译在某种程度上视翻译为交际，翻译应该以目的语读者或接受者为导向。因此，译者运用翻译方法的目的不是复制一串串的语言单位，而是传递原文信息，保留原文的功能和使其对新的读者产生作用。显然，纽马克、哈蒂姆和梅森等人从交际层面建构的翻译方法体系完全不同于语言学派和文化学派倡导的翻译方法体系。

单一地从语言，或从文化，或从交际层面建构方法体系忽视了翻译现象的复杂性，均有不足。单纯从语言层面建构翻译方法体系虽然可操作性较大，但译者仅仅是一个语言与文本的转换者，忽视了翻译的艺术性，否定了译者的创造性。单纯从文化层面建构翻译方法体系夸大了译者对翻译的操控能力。叛逆与改写只有在少数文化语境下才能找到合适的土壤，大部分情况不能忽视原文本和读者等因素对译者的制约。正如曾文雄所言，"文化转向"在认识论和方法论上存在偏差，试图否定翻译学的本体论研究，用文化研究取代语言研究，夸大了文化的制约因素，没有形成普遍的翻译理论，也没有合理地描写翻译过程，对外部因素切入翻译研究的结论也只是经验性的归纳。① 单纯从交际层面建构翻译方法体系夸大了读者对翻译方法的影响力。为了实现交际目的与顺应读者的诉求，译者通常会删除原文中的语言表述或随意增添新的内容，确保译文通顺易懂，清晰直接，规范自然，符合特定的语域范畴，这样就会导致"欠额翻译"或"超额翻译"。这些也是因侧重实现翻译交际目的而产生的不可避免的翻译现象。

翻译是一个复杂的活动，受制于整个翻译生态环境的影响。翻译生态环境中译者、读者、原作者、原语与原语文化、译语文化、诗学等要素都是译者多维度适应和选择的前提和依据，都是制约译者选择翻译方法和策略的因素。因此，译者应根据文本类型甚至同一个文本中的不同内容采取与之相应的翻译方法。在翻译过程

---

① 曾文雄."文化转向"核心问题与出路［J］.外语学刊，2006（2）：90—96.

中，为了最大程度地平衡原文与译文、译者与读者、原语与译语、译语文化与原语文化，需对文本在不同层面实行多维度适应性转换。生态翻译学将翻译方法视为一个系统，从语言、文化、交际三个维度提出了综合而非单一的翻译方法体系。生态翻译学认为，译者应该本着具体问题具体分析的原则，根据不同的翻译内容采取不同的翻译方法，分别在语言维、文化维、交际维这三个维度采取不同翻译方法完成原文的适应性转换，使译文读者真切地感受到原文作者想要传递的思想感情和情感态度，在原文作者与译文读者之间打开一条绿色通道。

四、生态翻译学对传统翻译评价体系的发展

中国传统译论通常以原文或译文为中心建立静态的翻译评价标准。玄奘提出求真喻俗的翻译标准，强调译文既要忠实于原文，也要通俗易懂。严复提出信、达、雅的翻译标准，同样要求译文既要忠实，同时行文还需通畅和高雅。傅雷提出形似和神似的翻译评价标准，突显译文与原文在神、形两个层面的对应度，与许渊冲提出的"音美、意美、形美"的翻译评价标准有异曲同工之妙。总之，中国传统译论主要建构了"案本""求实""神似""化境"的翻译评价体系。这个评价体系主要以译文中心，强调译文忠实度和可读性。

西方传统译论建构的翻译评价系统与中国传统译论不同，翻译标准更趋多元化，但也重视原文和译文的对应关系、译文的风格的再现等。西塞罗认为译作应该超过原作，译文不必字当句对，而是保留原语语言总的风格和力量。贺拉斯在《诗艺》中说过，忠实于原文的译者不会逐词死译，而是活译。宗教翻译家哲罗姆认为，翻译始终不能与原文字当句对，而必须采取灵活的翻译原则。奥古斯丁认为翻译风格的选用主要取决于读者的要求。英国翻译家泰特勒在《论翻译的原则》一书中提出三大翻译原则和标准：（一）译作应完全复写出原作的思想；（二）译作的风格和手法应和原作属于同一性质；（三）译作应具有原作所具有的通顺。① 虽然西方传统译论谈及翻译标准时偶尔会涉及到译者和读者，但总体上还是以译文和原文为中心论述翻译标准。

生态翻译学虽然尚未全面系统地建构翻译评价体系，但胡庚申先生等生态翻译学研究先行者已就翻译评价体系有所论述。在《生态翻译学解读》一文中，胡庚申先生提到生态翻译学的译评标准是多维转换程度、读者反馈以及译者素质，从而得出最佳翻译是"整合适应选择度"最高的翻译这个结论②。从这个论述可以看出，生态翻译学建构的翻译标准将译文（多维转换程度）、读者、译者、原文（整

---

① 谭载喜. 西方翻译简史 [M]. 北京：商务印书馆，2004：129.
② 胡庚申. 生态翻译学解读 [J]. 中国翻译，2008（6）：11—15.

合适应选择度）等翻译过程中涉及的各个翻译元素均纳入了考虑范围，摆脱了传统译论以译文或以原文为中心建构的一元翻译标准模式。

　　生态翻译学在翻译评价体系上的另一个创新是提出了"事后追惩"机制。所谓"事后追惩"，也是一种比喻的说法，指的是译事之后对译文的评判与处理①。翻译活动的每一个阶段，译者都应做出适应性选择。在每一个阶段翻译结束后，各翻译主体会根据"适者生存""汰弱留强"的生态原则对译文再作出最终的选择和评价。"事后追惩"机制是一个动态的评价机制，推动、终止或完成整个翻译活动。"事后追惩"将译者、译文、读者、赞助人、原文、市场等翻译生态环境中的各个要素紧密地联系起来，对译文进行全面有效的分析、评价和总结。译者、读者、赞助人、出版商等主体在各个不同的翻译阶段都可能成为评价译文质量的关键因素。其中，译者处于该机制的中心，决定着"事后追惩"的有效运行，践行"优胜劣汰"和"适者生存"的基本评价原则。生态翻译把事后追惩机制引入翻译评价领域，体现了共生和谐、多元共存、动态平衡的生态观念，适应了当今社会对翻译质量评价提出的多样化、多元化需求。

　　总的来说，生态翻译学的翻译活动与生物进化有共通之处，都遵循"适应/选择"的原则。在翻译生态环境中，译者需适应文化、语境等要素，做出最优选择。这种适应与选择相互关联，揭示翻译的本质、过程、标准和方法，②在译者理论、翻译读者理论、翻译方法体系、翻译评价体系均有所发展。生态翻译学倡导的译者中心论、读者主体论与制约论、三维适应选择转换论、"整合适应选择度"与"事后追惩"的动态评价机制均突破了中西传统译论的原文中心论、译文中心论与读者中心论，别具特色地将生态学与翻译学结合在一起，创新了中国"本土术语系统和翻译学说"，"无不彰显胡庚申先生等生态翻译研究者'开发本土学术资源'三十年如一日的定力和拓荒创新的功力"③。

---

①　胡庚申.生态翻译学：建构与诠释［M］.北京：商务印书馆，2013：225.

②　胡庚申.傅雷翻译思想的生态翻译学诠释［J］.外国语，2009（2）：48.

③　许钧.开发本土学术资源的一面旗帜（序二）［M］//胡庚申.生态翻译学：建构与诠释.北京：商务印书馆，2013.

第三章　自我适应与选择
——华兹生汉诗翻译的心路历程

生态翻译学将生态学物竞天择的"自然选择论"引入翻译学，确立适应选择论为其主要理论基础，认为译者的适应性选择决定着翻译的成败。作为翻译的主体，译者的个人气质、艺术功力、行文习惯自觉或不自觉地会在翻译过程中反映出来，直接影响到译文的形成。① 译者的主体性常常通过其适应性选择表现出来。翻译过程实际上就是译者不断做出适应与选择的过程，比如自我适应与选择，读者适应与选择，适应与选择原文，在翻译的过程中进行适应选择转换等。其中，译者根据自己的情感、兴趣与能力做出适应性选择尤为重要，直接决定着能否发起翻译活动，达成翻译目标。因此，译者的自我适应与选择是翻译活动开展的第一步，具有重要的意义②。

华兹生将汉诗翻译作为自己的人生事业，是他对自我人生经历、自我学识才情的适应和选择。在童年时代，他经常去华人开的洗衣店洗衣服。洗衣店的老板非常友善，经常赠送他有中国文化特色的礼物，比如中文画报等。有时，他也向老板借中文书籍等。这段独特的童年经历为他后来选择翻译中国文化典籍播下了爱的种子，成为了他选择翻译汉诗的初心。在美国海军服役三年后，他在童年时代播下的种子开始生根发芽。他决定去哥伦比亚大学学习汉语，以便今后去中国留学或找工作。在哥伦比亚大学学习期间，他选择汉语专业，专攻古汉语，开始译介中国典籍，包括翻译中国古典诗歌，先后得到了陆义全牧师（Rev. Lutley）、古德里奇博士（Dr. L. Carrington Goodrich）、华裔汉学家王际真（Chi-chen Wang）等人的指点，对中国文化有了深入的了解和研究。哥伦比亚大学硕士毕业后，华兹生一直侨居日本，从事中国典籍译介，广泛地涉猎了中国古代典籍。他对中国文化怀有深厚的情感，先后三次到访中国。终其一生，他从未停止翻译与传播中国文化的梦想。

---

① 胡庚申. 傅雷翻译思想的生态翻译学诠释 [J]. 外国语, 2009（2）: 49—53.
② 刘艳明, 张华. 译者的适应与选择——霍克思英译《红楼梦》的生态翻译学解读 [J]. 红楼梦学刊, 2012（2）: 283—284.

华兹生的自我适应与选择促成了他的汉诗翻译成就。他出版汉诗译著 10 余部，他的翻译成就与他个人对中国文化的情感与兴趣是分不开的，是他对自我情感、兴趣与能力的适应选择结果。

第一节　童年印记与结缘中国文化

每个人都有难以忘却的童年记忆，对人的一生可能产生持续的影响。成年后，人们选择的道路与职业、追求的事业与理想有时可能与童年有一定联系。研究显示，相当一部分成功人士的梦想都是在童年时期形成的。梦想在童年时期一旦成形，就会对人的内心产生影响，可能成为人们为之奋斗的不懈动力。

华兹生结缘中国文化始于童年时期。童年时，在他家乡新罗谢尔（New Rochelle）车站附近有一家华人开的洗衣店。他经常拿着父亲的衬衫请他们清洗。洗衣店的华人老板对他非常友好。每逢节日，老板经常送给他一些节日礼物，有时其中还有中文书籍。据他自述，有一年圣诞节，洗衣店的人送给他一盒荔枝干和一罐茉莉花茶，随这些礼物还附送了一份中文画报。这是他第一次读到汉字。看着这些优美的汉字，华兹生对中国文化产生了兴趣，想更多地学习和了解汉字。有一次，他问洗衣店的老板能否借给他一些识读汉字的书籍。这位华裔老板很友善，借给他一本小开本的中英对话手册。凭借这本手册，华兹生学会了一到十的中文写法。后来，华兹生对中文书籍愈发感兴趣，多次向华裔老板借阅汉语书籍。老板每次尽力相助，借给他不少汉语书籍。通过这些书籍，华兹生不仅学会了不少汉字，而且产生了进一步学习汉语的想法，燃起了学习中国文化的激情。因此，在童年时代，他便对中国文化留下了较为深刻的印象[①]。

读七年级的时候，华兹生随父亲去纽约做生意。他父亲经常带他到当地的唐人街游玩。华兹生比较喜欢中国小饰品、玩具或书籍，他父亲常买一些带回家给他。通过阅读一些简单的汉语书籍，观看当地和唐人街的一些华人文化，华兹生又积累了一些中国文化知识，认识了一些汉字，对中国文化留下了较为美好的印象。

情感是决定译者自我适应与选择的首要因素。胡庚申先生认为情感和兴趣是译

---

① John Balcom. An Interview with Burton Watson［DB/OL］. (2011-04-04)［2014-10-15］. http：//site.douban.com/106369/widget/notes/134616/note/143615399/.

者进行翻译活动必不可少的，是译者"追求"的需要，同时情感和兴趣的作用也是无数译者为翻译事业孜孜不倦的动力所在①。从华兹生的整个翻译生涯来看，他在童年时对中国文化留下的美好记忆、产生的兴趣对他从事翻译事业的确产生了深远的影响。他通过与美国华人交流，接触了汉语，对中国文化留下了深刻的印象。他在童年时代形成的对中国文化的强烈情感成为激励他翻译与传播中国文化的动力。

第二节　求学经历与汉诗翻译的开端

童年时期播下梦想的种子，需要青年时期浇水、施肥、培育，才能破土而出，开花结果。华兹生童年时期结缘中国文化，爱上中国文化，已经播下了学习、翻译与研究中国文化的种子。青年时代，他立志学习汉语和中国文化，开始为梦想拼搏。这是他根据自己的情感、兴趣与理想做出的适应性选择。

1943 年春天，华兹生参加了美国海军。二战结束后，他在马绍尔群岛（Marshall Islands）的埃尼威托克岛（Eniwetok）附近的一艘轮船上服役。1945 年 9 月，该船停泊在日本东京湾（Tokyo Bay）横须贺海军基地（Yokosuka Naval Base）时，华兹生离开军舰，上岸学习了一些简单的日语，并通过与日本人交流进一步了解了日本的汉学研究情况。1946 年 2 月离开日本时，华兹生已决定退役后学习日语和汉语。不久，他从海军退役后。根据《美国退伍军人权利法案》（G. I. Bill），他获得一笔教育津贴。凭借这笔津贴，华兹生向哥伦比亚大学申请学习日语和汉语，获得成功。华兹生之所以申请去哥伦比亚大学上学，因为这所大学不仅地处他最喜欢的纽约市，而且可以提供汉语和日语的学习课程。可以说，华兹生选择哥伦比亚大学作为逐梦之所，完全是出于顺应自身情感和理想的现实需要。

1946 年底，华兹生如愿进入哥伦比亚大学学习汉语②，开启了逐梦之旅。这一年，华兹生刚好 21 岁，正值风华正茂的年龄。选择去哥伦比亚大学学习对于华兹生实现翻译中国文化的梦想具有重要意义。在哥伦比亚大学求学期间，华兹生把汉语作为主攻专业，开始系统地学习汉语和中国文化。在哥伦比亚大学学习的第一

---

① 胡庚申. 翻译适应选择论［M］. 武汉：湖北教育出版社，2004：103.
② John Balcom. An Interview with Burton Watson［DB/OL］.（2011-04-04）［2014-10-15］. http：//site. douban. com/106369/widget/notes/134616/note/143615399/.

年，华兹生的汉语导师卡里顿·古德里奇博士去中国休假，由英国汉学家陆义全牧师教华兹生阅读和书写繁体汉字。陆义全牧师曾在四川做过传教士，他的特点是汉语口语非常好，能讲一口流利的汉语。华兹生当时非常羡慕他，希望自己今后能去中国继续学习汉语。在哥伦比亚大学的第二年和第三年，古德里奇博士休假回国，开始教华兹生汉语。古德里奇博士的父母均是牧师，在中国传教。他本人出生于中国，从童年时期就讲汉语，中文水平很高。古德里奇博士当时特别强调学生应该多阅读汉语作品，因为学习汉语最难的一环就是阅读汉语作品①。根据导师的要求，华兹生阅读了大量的古代汉语作品，这为他后来翻译和研究中国古代典籍创造了良好的条件。

1950 年，华兹生打算攻读中国文化研究方向的硕士学位，选修古德里奇博士的中国文献课程，在《古今图书集成》（*Ku-chin t'u-shu chi-ch'eng*）一书中寻找论文选题。在阅读中国古代作品时，华兹生对其中的游侠（"yu-hsia" or "wandering knights"）主题很感兴趣。他觉得这些主题趣味性强，值得研究和关注。华兹生仔细查阅了《史记》和《汉书》，最终在这两本史书中找到了两个游侠主题的章节。他决定以游侠主题作为硕士论文选题。

1951 年，华兹生选修了华裔学者王际真指导的阅读课程，请他指导阅读《汉书》中的《游侠传》和《史记》中的《游侠列传》。王际真教授英文造诣很高，翻译过不少中国文学作品，当时是哥伦比亚大学的名师。华兹生非常仰慕王际真教授。在他的指导下，华兹生翻译了《史记》中的《游侠列传》，于 1951 年 6 月获得硕士学位。王际真教授是一位要求非常严格的老师，对译文的质量要求很高。在翻译《游侠列传》时，华兹生主要采用古雅的英语直译。由于过于注重原文，译文的措辞显得非常生硬，缺乏文采，有时甚至难以理解。华兹生把译文交给王际真老师后，没少受到老师的批评。尽管费尽心机，但译文还是难以获得老师的认同。华兹生为此对自己的翻译方法提出了质疑，接受了王际真先生翻译理念的影响，认为翻译中文不仅要译出原文的意义，而且要用通俗、自然的英语表达②。华兹生逐渐转变了翻译理念，对翻译有了更深的看法，更加注重译文的通俗性，并开始在翻译实践中采用通俗流畅的翻译理念。据华兹生自述，在后来的翻译生涯中，他一直坚持通俗地道的翻译理念，从来没有动摇过、放弃过。

硕士毕业后，华兹生花光了三年海军服役所得的津贴，无钱攻读博士学位，打算先找一份工作。但是，根据当时汉语语言文学专业的就业局势，他在美国很难找

---

① Burton Watson. The Shih Chi and I [M]. Chinese Literature: Essays, Articles, Reviews, 1995 (Vol. 17): 199—206.

② Burton Watson. The Shih Chi and I [M]. Chinese Literature: Essays, Articles, Reviews, 1995 (Vol. 17): 199—206.

到工作。他起初打算去中国大陆谋业，但由于当时的局势，他无法去那里择业。当时中国台湾与中国香港的社会秩序又较为混乱，出于安全考虑，他也不便去那里找工作。最后，他不得不放弃了去中国找工作的想法。对于不能去中国找工作，华兹生当时还感到非常遗憾。后来，他决定去与中国相隔较近的日本工作，在那里他可以继续学习中国语言和文化。正当华兹生忙于找工作时，当时在哥伦比亚做客座教授的汤川秀树（Dr. Yukawa Hideki）和一些日本留学生向他伸出了援助之手，帮助他在京都（Kyoto）找到了两份工作。一份工作是在同志社大学（Doshisha University）当英语教师，另一份工作是担任京都大学（Kyoto University）汉学家吉川幸次郎教授（Prof. Kojiro Yoshikawa）的研究助理。

1951年秋天，华兹生去了日本京都，在日本同志社大学教英语，同时担任吉川幸次郎教授的研究助理，还在日本京都大学继续学习中国语言文学系的研究生课程。吉川幸次郎当时得到美国基金援助，正在研究中国文学中的平行结构，尤其是杜甫诗歌中的平行结构。应吉川幸次郎的要求，华兹生负责把他的研究成果翻译成英文。也就是在这个时期，华兹生开始系统地译介杜甫诗歌。后来，华兹生又参加了吉川幸次郎教授的中国诗歌讲座课程和研讨会，对中国古典诗歌有了更深的了解，为他后来的汉诗翻译做了较好的知识储备。在京都呆了一年之后，哥伦比亚大学的德·巴里（Wm. Theodore de Bary）写信告诉华兹生，他们正在编辑一套《中国传统源流》（Sources of Chinese Tradition）的书籍，问他是否可以撰写其中关于汉代思想的一个章节，并随函附上了一份撰写该章需要阅读的汉语文本清单，包括《论衡》（Lun Heng）、桓宽的《盐铁论》（Yen-t'ieh lun）、《淮南子》（Huai-nan Tzu）的部分章节、《汉书》和《史记》的大部分原文等。该清单由日本学者角田柳作（Ryusaku Tsunoda）拟定。华兹生接受了德·巴里的翻译和研究任务。据华兹生自己回忆，在翻译和撰写该章内容时，他感到收获颇多。这项工作不仅提高了他的汉语能力，而且充实了他的中国文学、历史等知识，为他后来研究与翻译《史记》以及中国古典汉诗发挥了不可估量的作用①。撰写完这章之后，华兹生修改了自己的硕士论文，向《哈佛亚洲研究会刊》（Harvard Journal of Asiatic Studies）投稿，确定今后继续研究《史记》与中国文化。

1953年，华兹生申请福德基地海外协会会员（Ford Foundation Overseas Fellow）的资助，获得批准，开始全身心投入《史记》的研究工作。1955年春季，华兹生重新整理了之前他对《史记》所做的相关研究工作，把已经取得的研究成果撰写成论文。当年夏季重回纽约时，他已经写出了博士论文的初稿。随后一年，哥伦比

① Burton Watson. The Shih Chi and I. Chinese Literature：Essays，Articles，Reviews，1995（Vol. 17）：199—206.

亚大学聘请他编辑和扩充《中国传统源流》一书。同时，他在哥伦比亚大学继续攻读博士学位。这一年是华兹生收获颇丰的一年。他对中国文化的起源、发展和演进有了更深入的看法。

1956 年 6 月，华兹生以《史记》为研究主题在哥伦比亚大学获得博士学位。两年后，他的博士论文以《司马迁：中国伟大的历史学家》（*Ssu-ma Ch'ien Grand Historian of China*）为题由哥伦比亚大学出版社出版发行。1956 年秋天，华兹生获得哥伦比亚大学考廷奖学金（Cutting Fellowship）资助，可以去日本或中国等国家从事研究和翻译工作。当时，他的老师建议他去台湾学习汉语口语，但鉴于他在京都工作过，生活起居，查找资料更为方便，他最终选择了京都，准备在那里开始《史记》的英译工作[①]。迄今为止，华兹生已经英译了 130 卷《史记》中的 80 卷，是目前《史记》英译本中最为完整的译本。因为译笔通畅，可读性强，在西方引起了强烈的反响。

1983 年夏天，华兹生有幸第一次游历中国，直接体验中国文化。那次经历与他的信仰和兼职工作有关。华兹生信仰佛教，平时在日本的一个佛教组织创价学会（the Soka Gakkai）做兼职翻译。那年夏天，创价学会为他提供在中国为期三天的旅游经费。华兹生趁机游历了特别仰慕的中国城市和文化景点。在回忆录中，他写道，有一次在游览西安城时，他走上一个十二层的屋顶花园，那里播放着供外国人跳舞的迪斯科音乐。他端着一杯加了苏打水的威士忌酒，坐在那里，若有所思地凝望着这一片广阔的土地——当年辉煌的长安城。他觉得西安城的这种为游客服务的地方，晚上偶尔来放松一下还可以，但对于一个像他那样想学汉语口语的人来说用处不大[②]。当时他还想在中国找一份工作呆一段时间，体验一下中国文化。但由于他在中国只能当英语教员，且他觉得自己不是特别适合在中国学习汉语等原因，所以他最后放弃了在中国找工作的想法，随后回到日本。

1983 年的中国之行给华兹生留下了深刻的印象。他据此写了一本长篇游记散文《中国之旅》（*China at Last*），描叙了他在中国旅游时的所见所闻。从书名"终于抵达中国"可以看出，华兹生对中国文化的深切热爱。在此书的开篇，华兹生以辛酸的笔调写道，他一生的夙愿就是去游历中国，亲身体验中国文化。尽管启程时遇到了不少困难，但当想到能去中国旅游，完成夙愿时，他觉得一切困难皆可克

① Burton Watson. The Shih Chi and I. Chinese Literature：Essays, Articles, Reviews, 1995（Vol. 17）：200—202.
② 伯顿·沃森. 我的中国梦——1983 年中国纪行［M］. 胡宗锋，译. 西安：陕西师范大学出版总社，2015：138.

服①。至于为何有这种感受，他自己也觉得说不清，道不明，"也许情深不寿，抑或味淡而久，现在身份是游客的我不得而知。但我猜测，即便在此得以久居，也不会消磨我热爱这个国家的初衷"。他认为，中国人"头脑清醒、心地善良，平静而快乐，这种处变不惊的能力是我最羡慕的中国特色"②。在旅游期间，每经过一处历史景点，他都会情不自禁地想起与之关联的典故和传说，以优美的笔调呈现出来。在北京期间，他还特意拜访了戴乃迭和杨宪益夫妇，看了北京的早市（morning markets），欣赏了京剧表演（performance of Peking Opera），体现出他对中国人、事、物的无比喜爱。对于能在中国现场观看戏剧，他非常高兴："20世纪40年代末，当我还在哥伦比亚大学上学时，纽约有一个中国剧团，在曼哈顿桥下的一个剧院定期演出。这个剧团都是用广东话演出，我当然一个字都听不懂，剧场零零散散的观众大多是些老太太。但我常去那里，主要是为了了解中国的乐曲和看由我所熟悉的部分中国文学作品改编的剧目。几年前中国的一个京剧团访问日本时我在电视上看过，因此有机会看到现场演出，我真是太高兴了。"③

1990年春天，华兹生获得香港中文大学翻译研究中心（the Research Center for Translation of the Chinese University of Hong Kong）提供的译林奖学金（Renditions Fellowship）的资助，在香港度过六个月，再度翻译《史记》，修改早期译作。这是他第二次来到中国。2011年10月，他的日本朋友山口弘务（Yamaguchi）先生陪他再次访问中国。这是华兹生先生阔别28年后再度造访西安。虽然已是86岁高龄，但华兹生不顾旅途辛劳，在西安大街上一边行走，一边回忆1983年他第一次造访西安时的街景。他特意到韩城参观了司马迁的祠墓，拜访了他一生最为钦佩、为之付出大量研究心血的史圣司马迁。陕西译界人士纷纷邀约，他还颇有几分微词，觉得影响了他欣赏中国的雅兴④。他太想利用这次难得的机会走访西安城区，感受一下西安人的生活，切身体会一下中国文化。通过华兹生的三次中国之行，可以看出他对中国文化寄托着的深厚情谊。研究中国文化、译介中国文化是他一生的事业。这种孜孜不倦、忘我投入的事业心与他对中国文化执着、眷恋的中国情是分

---

① Burton Watson. China at Last. [DB/OL]. (2012-08-05) [2015-09-15]. http：//blog. sina. com. cn/s/blog_ 4fb6e10b0102e13p. html.

② 伯顿·沃森. 我的中国梦——1983年中国纪行 [M]. 胡宗锋，译. 西安：陕西师范大学出版总社，2015：156—157.

③ 伯顿·沃森. 我的中国梦——1983年中国纪行 [M]. 胡宗锋，译. 西安：陕西师范大学出版总社，2015：18.

④ 华兹生2011年游历西安的报道详见狄蕊红女士对他的采访：狄蕊红. 86岁美国汉学家28年后再访西安——访汉学家、翻译家巴顿·华兹生. 秦泉安先生对此做了整理，详见秦泉安. 翻译家巴顿·华兹生教授的汉学情结 [DB/OL]. (2015－07－14) [2015－10－15]. http：//cul. qq. com/a/20150714/041266. htm.

不开的。

总而言之，华兹生童年时期与中国文化初次接触留下的美好回忆，青年时期被博大精深的中国文化所吸引，孜孜不倦地学习和逐梦中国文化，中、晚年时期倾注大量心血译介和研究中国文化，并三度造访中国，每次都艳羡不已，说明他对中国文化怀有深厚的情感。这种浓浓的中国情奠定了他选择汉诗翻译事业的情感基础，不仅开启了他翻译中国古典汉诗的人生之旅，而且造就了他译介中国文化时孜孜不倦的翻译态度，勤奋严谨的翻译学风。华兹生浓浓的中国情非一日所得，非一日所成，是他自童年时代起反复接触，不断探索，逐步认识中国文化的过程中形成的。华兹生浓浓的中国情是他研究与译介中国文化的不竭动力。他为之奋斗一生，最终结出累累硕果。

第三节　华兹生汉诗翻译与研究的终生追求

华兹生的汉诗译介动力源自他对中国文化发自内心的无比喜爱。他广泛地涉猎中国文化典籍，阅读了大量的古典汉诗和中国古代散文。在接受约翰·巴尔克的采访时，他曾说，"我几乎阅读了现存所有的中国早期至汉末的古典散文，以及中国早期至唐宋时期现存的所有的诗歌。这样的阅读几乎消耗我全部的视力"①。如果没有对中国文化投入足够的情感，就难以想象会有如此宏大的阅读计划。在那次采访中，华兹生还谈到了他翻译汉诗的经历。他说，他非常喜欢汉诗，自他能读懂汉诗以来，他就开始翻译汉诗。

在哥伦比亚大学学习汉语的第二年，他的老师古德里奇博士有时在课后会在黑板上写一些简短的唐诗，解释其意义。华兹生通常记下这些唐诗，回宿舍后尝试将之翻译成英语。这是他翻译汉诗的开端。他说，他当时翻译汉诗主要是源于个人爱好，他觉得汉诗中的唐诗常常表达了一种深厚的情感，引起他强烈的共鸣。他当时翻译唐诗纯粹出于个人爱好，锻炼自己的学识才情之举，从没有想过出版自己的汉诗译作。后来，即便他出版的汉诗译作受赞助人的资助，他仍然会选译一些他自己比较喜欢的诗歌。华兹生说，起初他翻译汉诗时由于受汉语原文的影响很大，常常

---

① John Balcom. An Interview with Burton Watson [DB/OL]. (2011-04-04) [2022-6-15]. http://site. douban. com/106369/widget/notes/134616/note/143615399/.

使用生硬造作的英语翻译。尽管他全力以赴，但译文的效果并不理想。后来，他改变了翻译理念，运用通俗地道的英语翻译，终于取得了理想的效果。翻译汉诗时，华兹生精益求精，孜孜不倦，永不言弃。翻译汉诗成了他人生最大的情感寄托，在很大程度上体现了他对自我情感的适应与选择。

一、华兹生的汉诗翻译成就

华兹生出版的汉诗主要包括《早期中国文学》（*Early Chinese Literature*）（1962）、《寒山：唐代诗人寒山诗百首》（*Cold Mountain：100 Poems by the T'ang Poet Han-Shan*）（1962，1970）、《苏东坡：一位宋朝诗人诗选》（*Su Tung-P'o：Selections from a Sung Dynasty Poet*）（1965）、《宋诗概说》（*An Introduction to Sung Poetry*）（1967）、《中国抒情诗：从 2 世纪至 12 世纪诗选》（*Chinese Lyricism：Shih Poetry from the Second to the Twelfth Century*）（1971）、《中国赋：汉魏六朝时期赋体诗》（*Chinese Rhyme-Prose：Poems in the Fu Form from the Han and Six Dynasties Periods*）（1971）、《一位率性的老人：陆放翁诗歌散文选》（*The Old Man Who Does as He Pleases：Selections from the Poetry and Prose of Lu Yu*）（1973）、《哥伦比亚中国诗选：从早期到 13 世纪》（*The Columbia Book of Chinese Poetry：from Early Times to the Thirteenth Century*）（1984）、《苏东坡诗选》（*Selected Poems of Su Tung-P'o*）（1994）、《白居易：诗歌选集》（*Po Chü-i：Selected Poems*）（2000）、《杜甫诗选》（*The Selected Poems of Du Fu*）（2002）、《陆游后期诗选》（*Late Poems of Lu You*）（2007）等等。译著颇丰，主要涉及到中国古代早期到 13 世纪的诗作。

据华兹生自述，他最早翻译出版的古诗，并非中国人创作的汉诗，而是日本作家用汉语创作的中文古诗，日本人称之为汉诗。他的这部汉诗译著是他为唐纳德·基恩（Donald Keene）编著的《日本文学选读》而翻译的，该书于 1955 年由格罗夫出版社（Grove Press）出版。他的第二本汉诗译著是唐代僧侣诗人寒山的诗歌，于 1962 年出版。这是华兹生翻译出版汉诗诗集的开端。

在华兹生出版的 10 余部汉诗译作中，综合性译诗集有 5 部。根据出版时间，这些译作主要包括 1962 年出版的《早期中国文学》（*Early Chinese Literature*）。该书是华兹生最早出版的综合性译著之一。该书论述了中国古代文学、史学、哲学等各学科的特点和发展历程，以及各学科之间的相互影响与交融。其中，第四部分《中国早期诗歌》且译且论，选译并论述了自《诗经》《楚辞》至汉赋、乐府民谣、西汉末年五言诗等，覆盖了近一千年的诗歌史。

1967 年由哈佛大学出版社（Harvard University Press）出版发行的译作《宋诗概说》（*An Introduction to Sung Poetry*）。该书共七章，分北宋初期、中期、末期以及南宋初期、中期、末期等几个阶段，依次介绍了宋诗的写作背景、主要特点、代表性诗歌流派、代表性诗人和诗作。该书原作出自日本汉学大师吉川幸次郎之手，与其《元明诗概说》二书在日本并称为中国断代诗史研究之先驱。吉川幸次郎曾自许该书为其年近六十时用力最勤之作。[①]翻译该书时，华兹生征得原作者的同意后适当增删了部分内容。

　　1971 年哥伦比亚大学出版社出版的《中国抒情诗：从 2 世纪至 12 世纪诗选》（*Chinese Lyricism*: *Shih Poetry from the Second to the Twelfth Century*）是华兹生的第三个综合译诗集。该书共十章，译介了自 2 世纪至 12 世纪近一千年来中国抒情诗中的名篇诗作。1971 年哥伦比亚大学出版社出版的《中国赋：汉魏六朝时期赋体诗》（*Chinese Rhyme-prose*: *Poems in the Fu Form from the Han and Six Dynasties Periods*）是华兹生针对中国特有的诗体——赋体诗所做的一次综合性译介。在该书中，华兹生对赋的起源与发展，赋的特征与流变做了论述，并译介了宋玉、贾谊、司马相如、王粲、曹植等十三位著名赋作家的名篇赋体诗。华兹生的译作《哥伦比亚中国诗选：从早期到 13 世纪》（*The Columbia Book of Chinese Poetry*: *from Early Times to the Thirteenth Century*）一书于 1984 年由哥伦比亚大学出版社出版。该书选译了从中国早期至十三世纪的汉诗，是华兹生译作中选译作品跨越时间最长的一部综合性译著，上承《诗经》《楚辞》，下至宋词，分十二章，依次译介了中国古代三种重要的诗体形式：诗体诗（包括四言诗、五言诗、绝句、律诗等）、赋体诗和词。在该书的序言部分，华兹生解释了选译这段时间汉诗的原因。他认为到 13 世纪，汉诗早期的诗体形式已经度过了发展和创作灵感的高峰期。尽管后来继续有人写诗，但文人的兴趣点已转移到其他诗歌形式或其他文学体裁如戏剧与小说等上去了。总的来说，这五个综合性诗集，译诗水准高，可读性强，其论述和评论也较深刻，很受西方读者青睐。

　　华兹生还集中译介了中国五位著名诗人的诗作，出版了多部译诗专集，如 1962 年美国树丛出版社出版了华译《寒山：唐代诗人寒山诗百首》（*Cold Mountain*: 100 *Poems by the T'ang Poet Han-Shan*）一书。该译本于 1970 年由哥伦比亚大学出版社再版。寒山诗是典型的口语体白话诗，20 世纪以来受到日本学者的推崇。华兹生选译寒山诗有多方面的原因。首先，寒山诗的口语体适于译成当代美国英语；其次，华兹生选译寒山诗也多少受到日本文化的影响。最后，华兹生信奉佛教，选译寒山和他的信仰有一定关系。1965 年，哥伦比亚大学出版社出版了华兹生的译诗专集《苏东坡：一位宋朝诗人诗选》（*Su Tung-P'o*: *Selections from a Sung Dynasty Poet*）。后来，华兹生对该译本进行修订和加工，于 1994 年出版了

---

①　吉川幸次郎. 宋诗概说 [DB/OL]. (2013-08-29) [2015-8-10]. baike. baidu. com/view/11255387. htm? fr=Aladdin.

《苏东坡诗选》（*Selected Poems of Su Tung-P'o*）。华兹生凭借此书荣获翻译金笔奖。

1973 年哥伦比亚大学出版社出版了华译《一位率性的老人：陆放翁诗歌散文选》（*The Old Man Who Does as He Pleases：Selections from the Poetry and Prose of Lu Yu*）一书。华兹生认为，陆游是一个情感丰富、风格多变的诗人。他的作品有两类截然不同的主题：一类是充满爱国主义感情的主题；另一类是充满生活情趣的主题。他坦言更喜欢陆游描写日常生活的诗歌。他说，对前一类诗歌，他难以感同身受，而后一类诗歌与美国的乡村诗歌有相通之处①。他非常喜欢陆游诗歌中精致的细节描写。

2000 年，哥伦比亚大学出版了华译《白居易：诗歌选集》（*Po Chü-i：Selected Poems*）一书。白居易的诗通俗易懂，在西方早已广为流传，在日本更受推崇。20 世纪 50 年代以来，华兹生一直侨居日本。他喜欢白居易的诗歌除了自身的原因，也可能受日本文化的影响较深。在多次访谈中，华兹生称，在中国古代诸多诗人的诗歌中，他最喜欢白居易的诗歌。2001 年，哥伦比亚大学出版社出版了华兹生的另一个译诗专集《杜甫诗选》（*The Selected Poems of Du Fu*）。华兹生认为，在中国所有诗歌中，杜甫诗歌是最难翻译的汉诗之一，让译者饱尝翻译之难②。华兹生的译诗专集从选本篇目到每篇具体的译文都非常精致。

华兹生选译的汉诗不仅时间跨度大，上溯《诗经》《楚辞》，下至唐宋诗词，纵横两千多年的诗史，而且选译的诗人也较多，从著名诗人到二流诗人，甚至匿名诗人的诗作都有所涉及。但是，相对而言，名家诗人是华兹生翻译的主体，部分著名诗人有译诗专集出版。华兹生的译诗选本精到合理，对汉诗主题与诗境的把握都较为精准。他翻译的绝大多数汉诗译作能够做到准确无误，这些都与他深厚的汉诗修养有关系。

华兹生扎实的中国文化功底源于他对中国文化的热爱和勤奋的钻研。他对中国古代哲学、史学、文学均有涉猎。在其译著中，华兹生不是简单地停留在汉诗翻译层面，还在译著中不遗余力地对汉诗的特点进行分析和论述。在论述汉诗时，他的观点较为深刻，富有洞见，不仅能够把握汉诗意象、主题与诗体的演变历程，而且能够以具体的诗歌文本为例，论述汉诗的特点。他的汉诗译作能在西方获得较高评价是他几十年辛勤逐梦的结果。

---

① Burton Watson. The Old Man Who Does As He Pleases：Selections from the Poetry and Prose of Lu Yu ［M］. New York & London：Columbia University Press, 1973：xiv.

② Burton Watson. The Columbia Book of Chinese Poetry：from Early Times to the Thirteenth Century ［M］. New York：Columbia University Press, 1984：218.

二、华兹生的汉诗研究

华兹生的汉诗论述常见于汉诗译著的译序中。在序言中，他通常会对所译诗歌或诗史进行解读。有时，他也辟专章对汉诗意象和诗体形式等进行详尽的阐述，或者在每篇译文后附上散点式的介绍或评论。

在论述汉诗时，他常常从中西诗学对比的角度展开，以西方文化为背景进行对比阐释和解读，有些论述不乏深度，颇有见解。华兹生的汉诗论述涉及汉诗语言、汉诗意象、汉诗主题、汉诗诗体等诸多方面。由于广泛地研读过中国古代哲学、史学、文学、佛学等典籍，他在论述时常常从宏观的角度入手，从微观层面展开，得出的结论颇有新意。华兹生的汉诗研究和论述彰显了他深厚的中国文化底蕴和汉诗功底，为他翻译汉诗奠定了坚实的基础，也是他之所以取得突出翻译成就的主要原因之一。

（一）华兹生论汉诗语言

华兹生采用西方文法对汉诗中的数、时态等因素进行论述，并着重对汉诗中的平行结构、汉字书写系统、汉语口头语言与书面语言的特征等做了分析。华兹生对汉诗语言的论述主要包括以下几个方面。

第一，华兹生对汉字的书写系统与汉文化传承之关系做了论述。汉字书写系统比较稳定，公元前 2 世纪左右，汉字开始定型、规范。此后，书写系统的变化微乎其微。由于汉字较为稳定，中国文学就具有很强的传承性，过去的文学与现在的文学紧密联系，不同地域的文学也有很强的关联性，甚至使用汉字或受中国文化影响的国家，其文化也表现较强的传承性[1]。汉文化的传承具有很强的生命力，与汉字的稳定性有很大的关系。华兹生认为，汉字在中国文化的传承中发挥着重大的作用。汉字字型自秦代以来变化较小。几千年前的中国诗歌文化能够传唱至今与汉字的使用不无关系。华兹生的这些论述虽然是常识性的介绍，但对西方大众读者而言却是必要的，有助于他们了解汉诗一脉相承的语言特征。

第二，华兹生就汉语文言文的语法和行文特点及汉诗洗练的语言风格做了论述。华兹生认为，简练是汉语文言文的一个重要特点[2]。这个特点是由多重因素导致的。例如，文言文的语序较为稳定，无主语句非常普遍，双音节和多音节词较少，单音节词占多数等原因造成了文言文洗练的风格。汉语文言文只区分"实词"和"虚词"两类。在行文中，虚词常常省略，如在汉诗中仅偶尔插入少量的连词，

① Burton Waston. Early Chinese Literature [M]. New York：Columbia University Press，1962：10.
② 华兹生对汉语文言文和行文特点的论述主要见于他《早期中国文学》《中国抒情诗：从 2 世纪至 12 世纪诗选》等译著中。

大部分连词需要读者根据上下文和逻辑关系补充。有时候汉诗中甚至还省略实词。由于过于精炼，西方读者阅读汉诗时常常感到非常困难，有时甚至疑惑不已，找不出句子的主语①。文言文崇尚简练的文风，句式普遍简单，通常为三字、四字或五字。在《诗经》中，四字结构最为明显，单音节词用得非常普遍，几乎全是无主语句。在他的译著中，华兹生对汉语的这些特点都有过不同程度的论述，说明他对汉诗的行文风格是颇为熟悉的。华兹生对文言文精炼的文风持十分肯定的态度，他说，"汉语文言文是一种最伟大的语言。两千多年来，一直是世界上创作最优美的诗歌和散文的工具，其流畅和精炼是世界上其他语言无法比拟的"②。

　　第三，华兹生还就汉语口头语言与书面语言的关系做了论述。口头语言与书面语言分离主要是两者发展不均衡所致。汉字的发音在不同的时代、不同的地域差别很大，而汉字的书写系统又非常稳定。汉语口头语言的易变性与书面语的稳定性形成鲜明对比。由于两者发展并不均衡，后来差距越来越大，最终形成了口头语言和书面语言两种不同的语言形式。华兹生在译著《中国抒情诗：从 2 世纪至 12 世纪诗选》的序言中，他对汉语口头语言与书面语言的分离现象做了简单的分析。他认为，宋代是口头语言与书面语言分离的重要分水岭。从汉末到宋朝初年，汉语口头语言与书面语言的区别相对较小。因为当时的人们将唐代白居易的诗歌谱成曲吟唱，说明当时口头语言与书面语言的差别还不是很大。但是到了宋代中期，口头语言与书面语言的差别明显加大。宋代中期的普通读者已很难听懂当时的文言汉诗，也鲜有宋诗谱曲成歌以供吟唱之用。这说明在宋代文言文与汉语口头语言已有显著的区别。到了宋末，用文言文创作的诗歌更加难以听懂，创作汉诗主要是为阅读而写，非为听众而写。当然，汉语口头语言与文言文虽有分离之势，但文言文也不是全然不受口头语言的影响，不是一成不变的。文言文的风格也在变化和发展，尤其是用文言文创作的诗歌，经常从口语中借用短语和句子，因而更加贴近口头语言③。这是华兹生对汉语口头语言与书面语言两者关系的主要观点。这些观点有些是一些常识性的论述，已广为接受，并无太多新意。有些观点虽有新意，但还具有争议性。例如，宋代是否是汉语口头语言与书面语言重要的分水岭目前还没有定论。但他以唐代白居易的诗歌被大众吟唱为例来说明他的观点还是具有一定的合理性，也说明他对中国诗歌的发展历史以及各个不同阶段所体现出的特征有较为清晰的认识，有自己独到的看法。

　　第四，华兹生对文言文的某些语法特点，如名词无单复数区别，动词无时态标

---

① Burton Watson. Early Chinese Literature ［M］. New York：Columbia University Press, 1962：10-12.

② Burton Watson. Early Chinese Literature ［M］. New York：Columbia University Press, 1962：15.

③ Burton Watson. Chinese Lyricism：Shih Poetry from the Second to the Twelfth Century ［M］. New York & London：Columbia University Press, 1971：4—5.

识等，是否更适于诗歌创作这一问题进行了论述，并对刘若愚先生就此问题提出的一些观点提出了异议。刘若愚先生在《中国诗歌艺术》（*The Art of Chinese Poetry*）一书中认为，汉语名词无单复数的区别对诗歌创作利大于弊，汉语文言文动词缺少时态标识，在写诗方面更具有优势①。华兹生不同意这种看法。在他看来，汉语名词无单复数的区别有利于诗歌创作的观点是一种把普遍性凌驾于特殊性上的做法。名词无单复数的区别强调名词的普遍性，有单复数的区别则突显名词的特殊性。在英诗发展的古典主义阶段，名词的普遍性更受重视，这种观点无可厚非。但在 20世纪，读者们更崇尚真实性，这种观点是难以令人接受的。他以鸟的单复数为例加以说明。他认为单数的鸟和复数的鸟所表达的意义有较大的区别。一只鸟可能暗示孤独，而一群鸟既可能暗示威胁，也可能表示愉快。它们可以呈现不同的诗境，但与诗歌的优劣好坏并无太大关系。在创作英语诗歌时，诗人们虽然不会明确地写出具体的数量，但还是会区分单数和复数。因此，英诗总体上呈现的是一幅模糊的画面，但还是朝精确明晰的方向移动。与英诗不同，汉诗并不严格地区分单数和复数，所呈现的诗境也明显不同。华兹生据此认为英诗与汉诗并无优劣之分，只是呈现的诗境有所差异。前者似风景画，后者似空白油画。华兹生还以英语名词没有性的标志来说明英诗并不比法语诗歌、意大利诗歌更有诗意②。在论述这一观点时，华兹生虽然没有借用过多的诗学理论进行深层分析和论述，但他的观点总体上是合情合理的。

对于刘若愚提出的汉语比英语更适合诗歌创作的观点，华兹生从汉语是否具有超时态性，以及运用同一种时态是否更有利于创作诗歌两个方面加以驳斥。他认为，汉语动词缺少时态标识并不一定意味着汉语比英语更适合诗歌创作。在他看来，无论是英语还是汉语，都不可能存在绝对超时态的表达方式。一方面，动词时态是可以根据上下文或语境推导出来的。另一方面，叙述者如果一味地采用同样的时态叙事，这并不是一件好事，如同讲英语的人可以用一般现在时讲述过去的事情也可以用一般过去时讲过去的事，如果一味地使用一种时态，语法上传达的意义就会一成不变，叙事的效果反而不佳。因此，一种语言的语法特点与诗歌质量并无太大关系，不能把某些凑巧的语法现象看成是文学创作的缺点或优势。华兹生认为，汉语文言文适于诗歌创作的优点主要体现在其洗练的文风上，如无须使用连词，词语具有多功能性，无屈折变化，词性转换非常简便等③。可以看出华兹生对汉语缺

① James J. Y. Liu. The Art of Chinese Poetry ［M］. Chicago：University of Chicago Press, 1962.

② Burton Watson. Chinese Lyricism：Shih Poetry from the Second to the Twelfth Century ［M］. New York & London：Columbia University Press, 1971：6—9.

③ Burton Watson. Chinese Lyricism：Shih Poetry from the Second to the Twelfth Century ［M］. New York & London：Columbia University Press, 1971：8—9.

少动词时态是否更有利于诗歌创作这一观点的论述是比较深刻的。

实际上，刘若愚和华兹生的观点均具有合理性。他们的分歧在对于汉诗创作的目的和功能有不同看法。中国传统诗学崇尚诗歌情感的表达功能和诗境的营造艺术，遵循善与美的原则，诗歌内容的真实性与准确性反而不是最为关注的因素。相比而言，西诗更加关注诗歌内容表达的真实性，讲究真、善、美的原则。其中，真置于显要的位置。刘若愚和华兹生分别从中国传统诗学和西方传统诗学立论，得出的结论也就难免不同。不过，通过华兹生的论述可以看出，他对文言文及汉诗语言的特点是非常了解的。

第五，华兹生还较为详尽地论述了汉诗平行结构的特点，着重分析了汉诗平行结构功能和效果。他主要从诗体结构层面对汉诗平行结构的功能展开论述。华兹生认为，汉诗中的平行结构与汉诗以诗行为单位结句的特点有关。汉诗诗体一般都以诗行为单位完成句子意思的表达。通常一行诗就是一句话，以诗行为单位结束句意的表达。因为汉诗以诗行为单位结句，所以相邻的两个诗行在结构上黏合得不太紧密，有彼此分离的倾向。为了克服这个问题，诗人需采用平行结构和押尾韵两种方式来加强两个诗行之间的黏合性。其中，平行结构主要通过重复相同的句法结构来强化两个诗行之间的联系①。

华兹生认为平行结构是实现汉诗音韵美的一个重要策略和传统。他对平行结构在汉诗中的运用情况从正反两面做了论述。他说，如果平行结构运用得当，这种诗歌结构形式除了产生结构上的对称感，还可以增强诗歌的节奏感与音韵表达效果，提高诗歌表情达意的强度和深度，表达一种精深的、富有哲理的智慧。汉诗中的平行结构可以通过重复长度相等、结构平行的语法结构和句法结构创造一种音韵上的回环往复感，给诗歌带来富有节奏的波动②。但是如果平行结构运用欠妥，使用不当，用得过滥，也会产生一些不好的审美效果，有时还难免单调乏味。例如，六朝时期，诗人们喜欢按固定僵化的风格写作，过分注重技巧，语言中的平行结构繁多，骈句盛行，用得精致的例子很少，读者经常被平行结构机械的叮当声弄得烦恼不已，只有到了唐代大师的手中，汉诗中的平行结构才大放异彩③。

华兹生还对中西诗歌使用平行结构的差异性，西方读者对平行结构的审美感受做了论述。与汉诗相比，西诗中的平行结构就少得多。他认为，这与西诗求新求异，勇于创新的诗学传统有关。囿于文化差异，中英读者对平行结构的审美态度大为不同，如大诗人杜甫诗中的平行结构运用得非常纯熟，汉语读者普遍赞赏，但如

---

① Burton Watson. Chinese Lyricism: Shih Poetry from the Second to the Twelfth Century [M]. New York & London: Columbia University Press, 1971: 16—17.

② Burton Watson. Early Chinese Literature [M]. New York: Columbia University Press, 1962: 14.

③ Burton Watson. Early Chinese Literature [M]. New York: Columbia University Press, 1962: 103.

果译成英语平行结构，不做变通处理，译文的可读性就会大大降低①。这样一来，中西读者对杜甫诗歌的印象就会有较大差距。

在论述平行结构时，华兹生既看到了诗体结构对诗人运用平行结构的制约和影响，也看到了平行结构的优势和劣势以及不同中国诗歌发展时期平行结构的使用情况。他还从读者的视角谈到了中西方读者对平行结构的不同的审美态度。华兹生的论述说明他对汉诗平行结构有着较为全面的认知和理解。

（二）华兹生论汉诗意象

意象是构成诗境的重要元素，是诗歌的诗眼，在营造诗境、表达情感等方面担当着重要的作用。诗无意象就无法表达诗人所要表达的思想和主旨。华兹生对汉诗意象的研究用力最勤，论述也较为深刻。他从汉诗意象与诗人生活环境两者之关系，汉诗意象的传统解读以及汉诗意象总的发展趋势等三个方面做了论述。

首先，华兹生论述了中国人的生活环境与中国早期汉诗意象使用情况的关系。早期诗歌以当时人们的生存环境为创作背景，诗歌意象取材于当时的生存环境。华兹生认为，《诗经》中的诗歌就能很好地说明这一点。这个诗集中的大多数诗歌与外出狩猎、收获庄稼、求爱婚庆、节庆宴客、献祭祭祖、参战卫国等有关。这些诗歌中的意象自然也与这些活动有关。因此，在《诗经》中并无特别奇异的意象，反映了当时中国北方广大劳动人民的现实生活②。

《诗经》风格朴实，与当时人们的生活密切相关，所运用的意象自然也取材于人们的日常生活。《楚辞》中的意象稀奇古怪、神秘虚幻，充满了巫神文化特质。这种意象特质与生活在长江流域的人们的信仰和热情奔放的性格有关。六朝时期的诗歌意象生硬而衰弱，颓废而绝望，曲调哀婉悲悯，抒发了令人悲伤、令人沮丧的情感，与当时国家秩序混乱，外敌入侵，家园不保，瘟疫和饥荒不断，诗人们的生存环境恶劣有关③。在唐诗中，杨柳意象用得较为普遍。之所以造成这种诗歌现象主要与唐代送别的习俗有关。在唐代，城市的河流或运河的两岸都种有杨柳树。唐人在送行时习惯折下杨柳树枝，送给远行的人以示留恋和惜别之情④。这是华兹生对中国早期诗歌意象的特点及其与环境关系的大致论述。

---

① 华兹生. 杜甫诗选 [M]. 长沙：湖南人民出版社，2009：50.

② Burton Watson. The Columbia Book of Chinese Poetry：from Early Times to the Thirteenth Century [M]. New York：Columbia University Press，1984：15.

③ Burton Watson. The Columbia Book of Chinese Poetry：from Early Times to the Thirteenth Century [M]. New York：Columbia University Press，1984：105.

④ Burton Watson. Chinese Lyricism：Shih Poetry from the Second to the Twelfth Century [M]. New York & London：Columbia University Press，1971：130—131.

从华兹生对意象的论述来看，他还是较为准确地抓住了中国各个不同时期汉诗典型意象及其呈现的风格特征，如《诗经》的朴实风格，《楚辞》的浪漫风格，六朝诗歌的感伤风格。他把诗人们的生存环境看成是他们运用某类诗歌意象的一种决定性因素也具有一定的合理性。华兹生的这种观点实际上是一种生活环境决定论，即诗歌源于生活。这种观点也是一种普遍的诗学观点。

华兹生还通过抽样统计对汉诗意象的发展趋势做了论述。根据他对《唐诗三百首》中自然意象出现的频率所做的统计，汉诗意象与英诗意象一样，其发展具有抽象化的趋势。华兹生对不同时期运用诗歌意象的特点及其发展趋势做了论述。

第一，他论述了《诗经》《楚辞》中的意象具有具象化的特征。例如，在《诗经》中，尤其在国风或民歌部分，汉诗倾向于运用具体意象。各种各样的树木、植物、鸟儿或昆虫都有具体名称，读者几乎读不到"鸟""树"等笼统抽象的术语①。与《诗经》中的意象一样，《楚辞》中的绝大部分意象也是具体可感的，即使是神秘虚构的鸟类、兽类或蛇类，也都具有具体形象。不过，《楚辞》中意象已经具有由具体意象向抽象意象发展的趋势。

第二，华兹生论述了魏晋六朝时期诗歌意象朝抽象化、文人化演变的趋势。华兹生以左思《咏史诗》的意象为例加以说明②。在此诗中，左思运用的意象"鸟"与《诗经》中的意象明显不同。《诗经》中如果写到"鸟"一般会说出"鸟"的具体种类及具体名称，但左思只运用了一个抽象笼统的术语"鸟"。诗人关注的焦点从"鸟"的具体名称向"鸟"的形状、颜色或习性转移。他写到的"鸟"与农夫或樵夫所看到的"鸟"不同，不再是一只具体的"鸟"，而是文人笔下的"鸟"，一只寄托着诗人情感，浸润着诗人思想的抽象的"鸟"③。意象的文人化倾向是意象抽象化的一个主要原因。华兹生还以阮籍作品中的意象为例说明汉诗意象抽象化的另一个原因。建安时期，在阮籍的作品中，人的伤感普遍化，无处不有、无可逃避。由于人们的情感表达的普遍化，所以诗歌意象也随之发生了改变，向抽象化、象征化的方向发展。到了魏晋六朝时期，抽象的术语的使用更为普遍，诗歌中的抽象意象已超过具体意象④。因此，环境的变化在某种程度上也影响到诗歌意象的抽象化发展趋势。

---

① Burton Watson. Chinese Lyricism：Shih Poetry from the Second to the Twelfth Century ［M］. New York & London：Columbia University Press，1971：124.

② 华兹生引用左思的四句诗是：习习笼中鸟，举翮触四隅。落落穷巷士，抱影守空庐。这四句诗是左思《咏史诗》第八首的开头几行诗。

③ Burton Watson. Chinese Lyricism：Shih Poetry from the Second to the Twelfth Century ［M］. New York & London：Columbia University Press，1971：122—137.

④ Burton Watson. Chinese Lyricism：Shih Poetry from the Second to the Twelfth Century ［M］. New York & London：Columbia University Press，1971：105.

第三，华兹生着重论述了唐诗自然意象的特点及唐代诗人创作诗歌时运用自然意象的倾向性特征。通过统计《唐诗三百首》中不同意象的出现频率，华兹生发现，《唐诗三百首》（共 317 首）中共有 51 次提到"树/木"，26 次提到"森林"等抽象名词，使用频率明显高于具体类型的树木名称如"杨柳树"（共 29 例，是树木类意象中运用频率最高的具体意象）。野生植物意象的运用情况也是如此，抽象名词"草"大致提到 42 次，明显高于具体植物类意象"莲"（共 8 例，是此类意象中出现频率较高的具体意象）。抽象名词"花"共提到 87 次，远远超过具体花名"芙蓉"（共 9 例，花一类意象中出现频率最高的具体意象）的出现频率。鸟类意象也是如此。笼统抽象的"鸟"出现 31 次，具体类型的鸟合计在一起才提到 25 次。与早期诗歌相比，唐诗明显具有抽象化的特征。但是，华兹生认为汉诗意象朝抽象的演进路径并不是无止境的、绝对的，不会走向极端，使用过于宽泛的、抽象的意象。因此，唐代诗人使用意象虽然有抽象化趋势，但大多在中间层面加以应用，所使用的意象既不会过于抽象宽泛，也不会十分具体①。

汉诗在《诗经》的春秋时期侧重使用具体意象，六朝时期意象逐渐抽象化。到了唐代，抽象意象的应用已较为普遍。这是华兹生对汉诗发展趋势的大致论述。从他对汉诗意象抽象化发展趋势的论述可以看出，华兹生不仅对汉诗诗史在宏观上有较为清晰的认识，而且对汉诗在某一个具体时期的诗作也非常熟悉。这说明华兹生具有扎实的汉诗功底，大量地研读过汉诗原典与相关著作。

第四，华兹生从诗体分工层面对汉诗意象的抽象化趋势做了分析。汉诗意象抽象化的趋势与诗、赋的分工有关。赋的篇幅较长，侧重铺陈。写赋的诗人喜欢大量运用具体的动物、植物甚至矿物质名词来营造一种华丽的氛围，或渲染一种宏大的气势。因此，在赋体诗中，具体名词使用较为普遍。相比而言，诗的篇幅相对较小，没有空间进行详细而冗长的描写。写诗的诗人只会抓住那些最能表达诗人情感的细节，运用最富代表性的名词来表达情绪。如果诗人选择缺乏传统联想意义的具体名称，那么这些意象只能在具体层面起作用，意义的表达就会受到限制，至多只是一个个性化符号，不能表达更精细的思想和情感②。但如果选择抽象名词，所指意义就不会过于确定，反而有传达更多意思的可能。因此，唐诗运用抽象意象较多，所描绘的通常是一幅较为概括的风景画，有山脉、树木、鸟类，但疏于细节描

①　Burton Watson. Chinese Lyricism: Shih Poetry from the Second to the Twelfth Century [M]. New York & London: Columbia University Press, 1971: 130—132.

②　Burton Watson. Chinese Lyricism: Shih Poetry from the Second to the Twelfth Century [M]. New York & London: Columbia University Press, 1971: 133.

写①。华兹生的这些观点精辟而新颖。

第五，华兹生对中国早期汉诗意象的传统解读方式做了批评。他指出中国早期传统意象的解读方式的最大特点是具有十分明显的政治倾向性②。尤其自儒家思想成为中国正统思想以后，从政治和道德的角度解读诗歌意象的倾向性更加明显，其中有一些解读是牵强附会之举，不足为取。华兹生以《诗经·北风》一诗的意象解读为例加以说明。他说，《诗经·北风》明显是一首爱情诗，但毛本《诗经》却从政治层面解读，把诗中的"寒风"解读为"残酷的政府"，把原诗中男女私奔、追求爱情解读成农民逃离家园，以摆脱政府残酷的压迫，把原诗中情侣之间私下的困境说成一场公众危机，把原诗永恒紧迫的情景描述成具体短暂的政治事实。华兹生认为，这样的解读显然有悖于原诗的主旨。之所以有这样的解读完全是因为儒家思想的影响。儒家认为，诗虽是一种表达感情的方式，但最适宜社会与政治批评。直到宋代，才有学者对汉诗的政治解读做了一些反拨，放弃了一些牵强附会的政治解读，把有"风"的某些诗歌重新解读为浪漫的爱情诗③。尽管如此，华兹生认为，从社会意识和政治批评的角度解读诗歌意象依然是儒家文学的理念，并未淡出诗人和评论家的视野。

儒家学者一般从政治和道德层面解读自然意象，将其视为人类价值与活动的一套符号。华兹生认为，由于受政治性解读的影响，汉诗中的某些自然意象后来开始用作政治象征符号④。因此，汉诗的政治解读影响了汉诗创作，强化了政治解读的合理性。例如，杜甫诗歌有明显的政治批评意识，他的诗歌有的抱怨沉重的赋税、兵役或米价的上涨等，西方读者对此类诗歌通常会感到非常吃惊，因为在西方诗歌中的"社会意识"是现代发明⑤。但是，汉诗中的"社会意识"是儒家思想对汉诗创作的影响和支配。因为儒家思想的影响，中国传统诗歌的人文色彩较为浓厚，对常人所面对的各种现实问题关注较多，对英雄行为、战争与暴力的关注较少。即使写到了这些主题，大多是遣责而不是颂扬。中国爱情诗也写得非常克制、非常理性。不像西方诗歌或者印度诗歌有对女性胸部、臀部等身体本身的描写，更多地关

---

① Burton Watson. Chinese Lyricism: Shih Poetry from the Second to the Twelfth Century [M]. New York & London: Columbia University Press, 1971: 132—133.

② 华兹生对汉诗意象的传统解读在《早期中国文学》《中国抒情诗：从 2 世纪至 12 世纪诗选》《哥伦比亚中国诗选：从早期到 13 世纪》等译著中均有论述。他认为有些解读是牵强附会之举，并不合理。

③ Burton Watson. Early Chinese Literature [M]. New York: Columbia University Press, 1962: 210—211.

④ Burton Watson. Chinese Lyricism: Shih Poetry from the Second to the Twelfth Century [M]. New York & London: Columbia University Press, 1971: 125.

⑤ Burton Watson. Chinese Lyricism: Shih Poetry from the Second to the Twelfth Century [M]. New York & London: Columbia University Press, 1971: 229—230.

注揭示人物身份特征的服饰或个人使用的物品，失礼行为的描写也极为委婉①。在华兹生看来，汉诗的这些创作特征明显受儒家思想的影响。

华兹生对汉诗意象传统解读的批评有些是常识性的，但其中也不乏比较新颖的观点。例如，他说，汉诗意象与西诗意象不同，有较强的社会意识，深受儒家文化的影响。儒家传统的政治性解读强化了儒家文学理念在中国文学中的统治地位，影响了中国后期的文学理念和诗歌创作。华兹生的有些论述虽然不够深入，但可以为西方读者理解华译汉诗提供相关知识背景，即阐释学家所说的阐释者理解文本所需要的历史视域和理解前结构。华兹生结合儒家思想来论述汉诗意象说明他对汉诗意象的儒家文化背景是比较了解的，对汉诗意象的深层隐喻意义有一定的研究。

综合来看，华兹生对汉诗意象的论述既有历史宏观的梳理，也有某个时期的详细的研究。例如，他通过抽样统计的方式分析唐诗中自然意象的特点。他还对汉诗意象与诗人生活环境关系做了一些论述，从中西文化对比的角度对汉诗意象的解读方式做了批评，分析了汉诗意象与西诗意象的异同。华兹生有关汉诗意象的论述有些虽然是老调重弹，但也不乏新颖的论调。

（三）华兹生论汉诗主题

华兹生对汉诗中的感伤诗、爱情诗、友情诗与隐逸诗等都有较为细致的论述，对这些不同汉诗主题与儒家、道家、佛家三种文化之间的关系也做过较为深入的分析。下面就华兹生对这些主题的研究和论述做一番探讨。

首先，华兹生对感伤主题有过详细论述。华兹生主要从感伤主题的演变和儒家文化的影响两个方面论述汉诗中的感伤诗歌。汉诗感伤主题的演进路径是从具体化向抽象化、普遍化转变。例如，《诗经》中的感伤诗表达了个人的具体感伤情绪。这种情绪通常由某些具体原因引发，可以找到医治的途径。但是《楚辞》中的悲伤情绪是一种更为普遍的感伤情绪，就难以医治②。汉代的《古诗十九首》承续了《楚辞》的感伤诗风，表达了一种普遍的忧伤情绪。建安时期，由于社会秩序日益腐化堕落，有一批诗人如王粲、刘桢、曹氏家族成员创作了一些具有现实主义感伤色调的诗歌，对社会底层人们的悲伤与抱怨情绪进行描写。例如，在阮籍的作品中，人的伤感普遍化，人生充满悲剧，绝望而无助，所传达的普遍化的悲观情绪已

---

① Burton Watson. The Columbia Book of Chinese Poetry: from Early Times to the Thirteenth Century [M]. New York: Columbia University Press, 1984: 3.

② Burton Watson. Chinese Lyricism: Shih Poetry from the Second to the Twelfth Century [M]. New York & London: Columbia University Press, 1971: 30.

与早期诗歌明显不同，不再是某种可以医治的具体的人生痛楚①。汉诗早期诗作中的具体感伤情绪已让位于一种普遍化的感伤情绪。

汉诗感伤诗歌有两种以时间流逝为主题的感伤诗。一种是悲秋主题，一种是老年主题。华兹生将前者追溯到《诗经·唐风》中的部分诗歌如《蟋蟀》，以及《楚辞·九辩》中的悲秋主题等。《九辩》的部分组诗以时间飞逝、肃杀的秋天与寒冷的冬天为主题，暗示着青春远去与希望破灭，抒发了一种普遍的伤感，对中国后期诗歌的影响甚大，是时间流逝感伤主题的一种典型类型。时间感伤主题的另一种类型是老年主题。绝大多数中国诗人都创作过一些以自我年老为主题的诗歌。这些诗歌表达了一种难以抗拒的时过境迁之感。宇宙无限，时空不止与短暂的人生形成鲜明的对比。中国诗人常常感叹人生无常、天地永恒②。华兹生的这种观点主要是基于阅读中国诗歌作品时的一种普遍的感觉，有些论述严谨性难免有所欠缺。与汉诗相比，英诗中同类题材传达的思想差异性较大，感叹时间流逝、悲天悯人的英诗也少得多。

汉诗中的感伤主题深受儒家思想的影响。这些汉诗一方面表现了诗人对统治者的不满情绪。世风日下，社会环境不佳，人们生活困苦，儒家主张诗可以怨。诗人通过写诗明志，既表达自己对生存环境的绝望与感伤情绪，也暗讽当下，希望政府有所作为。另一方面，诗人怀才不遇，壮志难酬，儒家积极入世的思想受阻。他们深感时间无情，此生虚度，通过写诗表达自己才华未展、理想未竟的人生。这两个方面是中国诗人创作时间感伤诗歌的重要原因，也是西方读者难以理解此类汉诗，觉得不可理喻的地方③。西方诗人更乐于歌咏青年时期的爱情、狩猎的乐趣，描写激动人心的战斗，很少因时间流失、怀才不遇而感伤。这是汉诗与西诗在诗歌主题方面体现出的一些差异性。这种差异与中西诗学传统及儒家积极入世的价值取向不无关系。可以看出，华兹生一般以自身的英美诗歌背景为参照，从中西文化对比的角度展开论述。因此，他更容易察觉中英诗歌的差别之处。这也说明华兹生对汉诗中的中国文化背景是有一些了解的。

华兹生对汉诗中的爱情诗歌也做过论述，重点论述了汉诗爱情主题深受儒家文化影响的特点。他主要以《诗经》和《玉台新咏》中的情诗为例来说明儒家思想对汉诗中爱情诗的影响。例如，《诗经》中的情诗主要采取省略的文风来描写情人之间的爱情，诗人很少描写情人的外表或身体，爱情故事非常简短，情人的言语和

---

① Burton Watson. Chinese Lyricism: Shih Poetry from the Second to the Twelfth Century [M]. New York & London: Columbia University Press, 1971: 68—70.

② Burton Watson. Early Chinese Literature [M]. New York: Columbia University Press, 1962: 252.

③ Burton Watson. Chinese Lyricism: Shih Poetry from the Second to the Twelfth Century [M]. New York & London: Columbia University Press, 1971: 73—99.

动作描写、情感的倾诉只偶尔有之。情人着装和服饰描写虽然较多，但这些描写的目的主要是想告诉读者诗中主人公的社会地位和财富，而不是为描写而描写①。这种描写情诗的方式对主人公的社会地位关注较多，对情感的关注反而相应降低，明显受儒家思想的影响。

六朝以来的爱情诗，即使诗风发生一些变化，有些情诗充斥着细节描写，但也没有公开描写身体的细节。华兹生以《玉台新咏》中的情诗为例，对中国情诗中的女性形象做了一个大致的描述。《玉台新咏》中的情诗对女性的职业、出身、教育和能力较为关注，如编织绣花、唱歌跳舞，弹琴捣衣等，这些都是儒家对传统女性的重要评价依据。外表重点描写发饰、服饰、着装等，因为这些因素可以揭示女性的社会地位和财富。对女性性感部分如胸部和臀部等描写几乎没有，而这些身体部位在其他文化的情诗中是非常重要的部位，经常着重描写②。这种描写女性的方式也明显受到了儒家思想的影响。唐代诗人也写了大量的爱情诗，受儒家思想的影响更深，比六朝时期的诗人更加保守，笔调更为委婉。即使是描写夫妻之间的爱情，也写得十分克制。绝大多数诗人只有在妻子死后才重温对妻子的深情厚意，才写诗悼念。他们在创作情诗时表现得如此理性和克制，显然与儒家思想颇有渊源。

华兹生还论述了中国传统文论中两类不太常见的爱情诗。一类是宫女诗歌，另一类是同性恋诗歌。宫女诗以宫女的爱情为题材，描写她们失宠憔悴、处境困苦、情爱受挫的不幸遭遇。这类诗在汉魏六朝时期已开始流行，如在徐林编辑的《玉台新咏》中就收录了不少宫女诗。到了唐代，创作宫女诗愈发盛行，甚至成为唐诗中一大重要的主题。华兹生分析了此类诗歌盛行的原因，认为"宫女把所有的幸福都寄托在皇帝的宠信上。有时难免失望沮丧，但永不怀恨。她们的处境与进京求仕的诗人们极为相似。作为公职的应聘者，诗人们同样希望自己的才干得到皇帝赏识。宫女的处境让他们深有感触"③。他们以宫女为题创作诗歌，影射自己的处境，表达自己的政治理想和诉求。除此之外，华兹生还提到早期诗歌中的同性恋诗歌。在《玉台新咏》中，有些诗用描写妇女花哨的语言描写年轻男人，把描写女性之美的相似理念用来描写男性。诗中男人所表现的欲望和女人类似④。这是同性恋诗歌的明显表现。

---

① Burton Watson. Chinese Lyricism: Shih Poetry from the Second to the Twelfth Century [M]. New York & London: Columbia University Press, 1971: 90.

② Burton Watson. Chinese Lyricism: Shih Poetry from the Second to the Twelfth Century [M]. New York & London: Columbia University Press, 1971: 90—99.

③ Burton Watson. Chinese Lyricism: Shih Poetry from the Second to the Twelfth Century [M]. New York & London: Columbia University Press, 1971: 115.

④ Burton Watson. Chinese Lyricism: Shih Poetry from the Second to the Twelfth Century [M]. New York & London: Columbia University Press, 1971: 92.

隐逸诗是华兹生论述颇为深入的一类诗。华兹生主要论述了儒家、道家、佛家三种文化对中国隐逸诗的重要影响。中国古代的早期隐士主要受儒家、道家两种思想的影响。在儒家看来，归隐本质上是一种政治抗议。只有当社会环境恶劣、政府机构腐败时，才志之士才会选择归隐。他们希望通过归隐保持自己的节操。在儒家看来，归隐实际上是一种不得已之举，有时甚至还是一种以退为进，积极入世的表现。他们希望新的统治集团上台后，自己能得到足够的重视，获得人尽其才的机会①。因此，对大多数隐士而言，即使选择归隐，他们骨子里仍有着心忧天下的情怀。

对于信奉道家的人而言，隐士选择归隐大多是出于个人动机。他们希望通过选择归隐能够寄情于山水，获得更多的自由，为个人的安全与生存寻找机会，而非为个人未来的政治职业谋划。有时，他们甚至希望通过隔世修炼可以得道成仙，有朝一日能放浪形骸，骑着仙鹤飞舞于蓝天。华兹生以阮籍为例说明道家思想对归隐的影响。阮籍是竹林七贤之一，生活在一个政治阴谋不断、社会动荡不安的时代。为了给自己寻找生存机会，他努力修炼道家的弃世思想，与《老子》和《庄子》为伴，率性而为，以酒遣怀，在竹林中吟鉴清风明月，在深山中奏乐度过光阴②。阮籍选择归隐除了受当时生存环境所迫，还受到了道家思想的影响。

中国古代的大多数隐者受儒道两种思想的影响。华兹生以古今隐逸诗人之宗的陶渊明为例说明儒道两种思想对归隐者的影响。陶渊明主动放弃仕途，努力修炼道家弃世心境，在宁静的乡村生活与家庭生活中找到了乐趣。但他始终无法战胜心中的孤独感和挫败感。这种孤寂和挫败感表面上源于命运不公，时势不济，职场不顺，出身不佳，实际上是受儒道两种思想的影响。虽然他选择归隐，师法道家，但他内心深处仍然是一介儒生，有着儒家心系天下的服务意识和情怀。因为这个原因，陶渊明的诗才会在开篇时罗列各种乐趣，悠然自在地享受乡村生活，诗的结尾却仍然难以释怀，充满了未竟的渴望③。

六朝时期受过良好教育的青年贵族也是如此。他们深受儒道两种思想的影响。一方面，他们以儒家积极入世的思想为指导，希望在政府公共部门选择职业，在社会上充分实现自己的人生价值。另一方面，在当时恶劣的政治生态环境下，从政要冒一定的风险。他们也希望像道家隐士一样安全自在地生活。而一旦选择归隐，他

---

① Burton Watson. Chinese Lyricism: Shih Poetry from the Second to the Twelfth Century [M]. New York & London: Columbia University Press, 1971: 73—84.

② Burton Watson. Chinese Lyricism: Shih Poetry from the Second to the Twelfth Century [M]. New York & London: Columbia University Press, 1971: 73—74.

③ Burton Watson. Chinese Lyricism: Shih Poetry from the Second to the Twelfth Century [M]. New York & London: Columbia University Press, 1971: 79.

们就可能过得孤独而困苦。因此,他们在思想上充满了矛盾,流连于儒道两种思想之间,承受两种欲望的撕裂和折磨①。

自汉代佛教传入中国后,中国古代隐逸诗受佛家的影响逐渐加大,尤其是唐宋以来的隐逸诗作。佛教刚传入时,由于要断绝与家庭的联系,出身良好的贵族青年是难以接受的。虽然佛教吸引了他们,但对他们的影响相对较小。在当时大多数诗人的诗作中,佛教还只不过是一种朦胧的退隐心境或归隐风景画中的美丽装饰品②。但随着佛家思想的影响逐渐深入,佛家最终与儒家、道家熔于一炉,深入地影响了中国后期诗人的诗歌创作理念。

华兹生还论述了友情诗与归隐诗的联系。他将隐逸诗与友情诗结合起来论述,隐逸诗和友情诗看似不甚相干,实际上彼此关系颇为紧密。中国古代的隐士,不管是与家人一起归隐还是独自归隐,他们可以摆脱各种社会纽带,唯有友情除外③。通过与朋友交流,隐士即使归隐南山,也能了解社会动态,化解心中的孤单感。因此,与朋友保持联络对隐士而言就非常重要,意味着与世界并没有完全隔离。因为这个缘故,在中国的友情诗中常常可以读到友情与隐逸主题相结合的诗歌。这类诗歌在唐诗中尤为明显,通常描写拜访一位隐士朋友却碰巧不遇④。对唐人而言,这些诗歌具有很深的哲学内涵,揭示了人生无常、世事多变的思想。

华兹生对汉诗主题的论述较为全面。在论述时,华兹生主要从文化的层面剖析不同汉诗主题的特点。有时他也结合诗歌的时代背景来论述。这说明华兹生不仅对汉诗主题非常熟悉,而且对汉诗主题背后的文化因素、时代背景也非常了解,也说明华兹生有较好的汉诗修养。

(四) 华兹生论汉诗诗体

华兹生选译的汉诗自早期诗歌《诗经》《楚辞》至宋朝诗歌。他对汉诗诗体的论述也以这段时间内的诗歌为基础而展开。他将汉诗诗体分为三种主要形式:诗、赋与词,对中国历代诗体做了考察,论述了汉诗诗体的发展、传承与演变。华兹生把诗看成是最重要的汉诗诗体形式。因此,他对诗的论述较多,论述也较为深刻。在《中国抒情诗:从 2 世纪至 12 世纪诗选》一书中,他对四言诗体、五言诗体、

---

① Burton Watson. Chinese Lyricism: Shih Poetry from the Second to the Twelfth Century [M]. New York & London: Columbia University Press, 1971: 73—78.

② Burton Watson. Cold Mountain: 100 Poems by the T'ang Poet Han-shan [M]. New York: Columbia University Press, 1962: 11.

③ Burton Watson. Chinese Lyricism: Shih Poetry from the Second to the Twelfth Century [M]. New York & London: Columbia University Press, 1971: 84.

④ Burton Watson. Chinese Lyricism: Shih Poetry from the Second to the Twelfth Century [M]. New York & London: Columbia University Press, 1971: 113.

七言诗体的特点及其发展与联系做了较为详尽的论述。

华兹生以中国早期诗歌集《诗经》中的四言诗为源头论述了四言诗体的特点，变化和发展以及对后世汉诗的影响。对四言诗体特征的论述主要涉及到四言诗体的押韵特点如押尾韵，诗行特点如行末结句，句式结构特点如对偶结构等。华兹生对四言诗体的发展做了简单梳理。他把四言诗体看成是中国最古老的一种诗体形式。在周代这种诗体颇为流行，深受贵族和平民的喜欢。大约在孔子时代，四言诗体突然失去了魅力，不再是主流诗体受到人们的垂青。在汉代，四言诗体主要用于写作歌功颂德的诗篇，鲜有成功之作能得到人们的足够重视。在华兹生看来，《诗经》对后期诗歌的影响主要体现在隐喻以及自然意象的运用上，但四言诗体对中国后期诗歌的影响并不太大。事实上，《诗经》中自然意象的运用、隐喻的使用，的确对中国后期诗歌产生了影响。但四言诗体的影响并不像他所说的那样对后期诗歌没有多大影响，只是以不同的形式影响后期诗歌而已。华兹生的这种观点有偏颇之处。

汉代出现了五言和七言两种新诗体，华兹生对这两种诗歌也有过详细的论述。五言诗和七言诗在形式上与四言诗的区别不仅是每行诗的字数增加了，而且有一个明显的标志，副词或虚词的运用相对较少。对于四言诗来说，虽然每行诗有四个汉字，但诗行中经常加入了无意义的虚词。因此，一个诗行通常只有二至三个强烈的节拍。五言诗、七言诗受民歌和童谣的影响较大。到了东汉时期，五言诗体和七言诗体逐渐成为重要的文学创作工具，从边缘走向中心。六朝后期是五言诗和七言诗的重要发展时期。到了晋朝，五言诗和七言诗已经度过了发展期，进入了成熟期。隋朝末年至唐朝初年，汉诗诗体无太大创新，只是对六朝后期诗歌风格的延续①。

华兹生认为，到了8世纪，汉诗进入了中国诗歌史上最灿烂的时期，诗体创新层出不穷，涌现出了许多新的诗体，出现了许多颇有才气的原创性诗人如李白、杜甫等。他们的诗歌技术精湛，非常重视诗歌韵律、声调在诗歌中的应用，创造出了许多驰名中外的诗歌。诗歌韵律在唐代得到了空前的重视。唐代诗体的创新与新的诗歌韵律的应用有关。许多唐代诗人接受了沈约②的观点，开始根据声调和韵律规则创作诗歌，结果创造出了一种新的诗体，即"今体诗"③。华兹生非常赞赏唐诗

① Burton Watson. Chinese Lyricism: Shih Poetry from the Second to the Twelfth Century [M]. New York & London: Columbia University Press, 1971: 48.
② 沈约将四声的区辨同传统的诗赋音韵知识相结合，强调声调在诗创作中的作用，规定了一套五言诗创作时应避免的声律上的毛病，即诗歌创作中应避免的八种不理想效果，统称为"八病"，即平头、上尾、蜂腰、鹤膝、大韵、小韵、旁纽、正纽。陆侃如、冯沅君等（1999）认为"八病"之说非全出自沈约。在沈约之时，还是草创，到唐人著述才详论"八病"。"四声八病"说为后来近体诗的产生奠定了基础。
③ Burton Watson. Chinese Lyricism: Shih Poetry from the Second to the Twelfth Century [M]. New York & London: Columbia University Press, 1971: 110—113.

在诗体形式上的创新。盛唐诗歌因其诗体形式上的创新充分彰显了它在中国诗歌史，甚至世界诗歌史上的重要地位。与唐诗相比，宋诗在诗体上没有太多的创新之处。华兹生对宋诗诗体的论述较少。可以看出，华兹生对汉诗诗体的发展历程把握得比较准确，对重要的诗体发展时期论述较多，分析得当。

华兹生对赋的诗体发展与演变做了较为系统的梳理。他认为，早期赋作由韵文和散文两部分组成，韵文部分的诗行不太规则。六朝时期，赋作家感到赋的结构过于自由，创作时很难把握，就把赋的形式和结构改造得更有规则、更加紧凑。在唐代，赋作家不仅强调结构和形式的整洁性，而且还注重词语的声调效果和模式，结果他们创作了一种新的赋，称之为律赋。到了宋代，赋作家又放弃了律赋整洁的结构和句子形式，创作了一种更为自由的赋，称之为文赋。文赋是散体赋，形式多变，句式松散，形同散文①。从这些论述可以看出，华兹生对赋的发展和演变是非常清楚的。华兹生还对赋的诗体特点做了常识性介绍。在他的译著《中国赋：汉魏六朝时期赋体诗》一书中，华兹生对早期赋的韵文部分、散文部分和结尾部分的不同文本功能以及散文与韵文的比例做了简单介绍。此外，他还对赋的诗行长度、韵律风格与修辞特征做了简单论述。在华兹生看来，赋是一种非常华丽的诗体形式，平行结构较多，用典较多，象声词使用较多。描写情感和行为的二项式（bi-nomes）结构乐感强，名词类别长，经常是少见而又奇异的物体名称，常常弄得读者眼花缭乱②。这是华兹生对早期赋诗体特征的总体看法和印象。

相比而言，华兹生最有新意的论述主要见于对诗、赋两种诗体关系的论述。诗与赋是两种关系非常紧密的诗体形式。华兹生既从诗歌创作的技法层面论述了诗与赋的关系，诠释了赋的描写方式、叙述技巧、措辞手法对早期五言诗的影响，还从诗性分工的层面论述了诗在劳动分工中的优势以及赋失去创造力、吸引力的原因。在论述赋对诗的影响时，华兹生主要通过比较二三世纪诗人所创作的赋与诗来说明他的观点。在论述诗在诗性分工的优势时，华兹生主要从诗体形式和诗歌主题两个方面来论证他的观点。赋的韵文形式长度不限，语言华丽，描写详尽，诗就无须再在这些方面与赋一较长短，可以自由地朝赋的对立面发展，如提高诗体形式的简洁性，加强表达的精炼性等。这种诗性的劳动分工显然更有利于诗。其次，在主题方面，赋通常以节日庆典、献祭祭祖、歌功颂德等公众活动为主题，诗就无须再以此类公众活动为主题，可以尝试拓展出赋所不及的主题，尤其与公众题材对应的个性化题材。这样一来，诗就转向了更加个性化的创作道路。这种诗性的劳动分工，全

① Burton Watson. Chinese Rhyme-Prose: Poems in the Fu Form from the Han and Six Dynasties Periods [M]. New York & London: Columbia University Press, 1971: 11

② Burton Watson. Chinese Rhyme-Prose: Poems in the Fu Form from the Han and Six Dynasty Periods [M]. New York & London: Columbia University Press, 1971: 1.

都有利于诗体诗。唐代以后，好主题和思想都流入了诗，赋逐渐失去了吸引力①。华兹生对诗赋关系的论述具有一定的合理性，说明他不仅非常了解诗与赋的特点，诗与赋的发展与演变历史，而且非常了解这两种诗体的相互影响与交融。华兹生对诗与赋的关系有如此深入的看法，再次说明他的汉诗功底是非常扎实的。

华兹生对词也有过零星的译介和论述，但与他对诗、赋所做的译介相比，词的译介就显得非常地薄弱。他出版了数部诗和赋译著，尤其以诗的译著出版的数量最多。他虽然译过词，在译诗集中收录词的文，但没有出版过译词的专集。华兹生对词的论述也不够系统和详尽，通常是一些常识性的介绍，并没有深入展开。出于为译作提供一些所需的背景知识，华兹生才对词做一些简单的介绍。他认为，词出现在唐朝末年及五代时期，通常以男女之情为主题。评论家普遍认为词不如诗优雅可敬②。华兹生对词的译介态度可能随之受到影响。生态翻译学认为译者是翻译活动的中心，主张翻译是以"译者为中心"的智力活动，翻译底本的选择、翻译的投入、译文的质量与译者有着不可分割的联系。从华兹生对词的译介来看，这些观点具有一定的合理性。

三、华兹生的汉诗研究与汉诗翻译之关系

华兹生对汉诗语言特征、汉诗意象的发展趋势、汉诗主题的类型和特征、汉诗诗体的传承与演变等做了论述。华兹生良好的汉诗修养对他的汉诗翻译具有非常积极的意义。在论述汉诗时，他常常结合中国社会的历史和文化来展开论述，他的论述有些颇有深度，观点犀利新颖，如他对汉诗意象抽象化发展趋势，赋与诗的诗性劳动分工，中国隐逸诗所反映的文化特征等所做的论述。从论述效果来看，华兹生的相关论述为西方读者了解汉诗提供了较为丰富的背景知识，对于提高华兹生译作的可读性起到了一定的辅助作用。

生态翻译学认为，除了情感和兴趣，译者的文化背景、百科知识也是译者自我适应与选择的基础，会影响译者的翻译行为和结果。因为文化背景不同，华兹生对中国诗歌的观点和看法也不同。在论述中国诗歌时，他发出不少与国内评论家不同的声音。例如，他认为，宋诗虽无法挑战唐诗的伟大，但并不像本国评论家所说的单调乏味，诗意不纯，观点分散，情感不强烈等③。相反，他认为宋代诗人从单调而平静的生活中发现诗歌，运用质朴的语言和意象创造出优美而朴实的作品，虽不

---

① Burton Watson. Chinese Rhyme-Prose: Poems in the Fu Form from the Han and Six Dynasties Periods [M]. New York & London: Columbia University Press, 1971: 14—17.

② Burton Watson. Selected Poems of Su Tung-p'o[M]. Washington: Copper Canyon Press, 1994: 10.

③ Burton Watson. The Old Man Who Does As He Pleases: Selections from the Poetry and Prose of Lu Yu [M]. New York & London: Columbia University Press, 1973: xi.

如唐诗伟大夺目，但其题材比唐诗更广，哲理更深，意义更复杂，非常符合现代西方读者的口味①。再如，他认为陆游的爱国诗歌难以接受，但陆游描写日常生活的诗歌，尤其是乡村生活诗歌真实感人，是难得的经典佳作。此外，由于母语文化的影响，华兹生对某些传统汉诗也存在一些诗学误读。例如，他认为《离骚》虽然节奏感强，语言雄辩有力，意象奇异，完全有资格充当名篇，但以下几个方面影响他对该作品的欣赏：首先，诗人显得过于清高；其次，芳香植物所引发的隐喻对西方读者而言无任何弦外之音，难以理解。此外，他还觉得笼罩全诗的挫折和绝望的情绪一直没有得到释放也是该诗的一个弱点。他甚至质问诗人为何不采取措施做出有力的反击，改变局面②。这些误读与华兹生从小习得的西方文化背景有关。他难以理解屈原爱国忧民、心系天下的爱国情怀。这种舍生取义的东方集体主义精神与崇尚个性张扬的西方个人主义文化传统有时可能产生隔阂，译者一时难以逾越。当然，这样的论述主要散见于少数难以嵌入西方文化语境的汉诗，并不构成他的主流汉诗诗论。

华兹生对中国诗歌发展史的精准把握对他选择汉诗底本具有积极意义。在选择翻译底本时，他能够精确地把握汉诗生态的整体脉络，做出较为合理的选择，知道哪些汉诗是精华，值得大力译介，哪些汉诗是较为平凡的诗作，可以暂放一边。另一方面，在论述汉诗意象、汉诗诗体、汉诗主题、汉诗语言时，华兹生不仅以具体的诗篇为例展开分析和论证，而且以各个时期精确统计的诗歌数据作为支撑，得出的结论往往令人信服。华兹生在论述汉诗时涉及的诗歌题材之广、数量之多是一般汉诗译者无法比拟的。这说明他对中国古典诗歌在意象、主题、语言和诗体所体现的特征及表达的意义也有着较为深刻的理解。因此，在翻译汉诗时，他能够准确地理解和把握汉语原诗的主旨，正确地解读原诗的主题和诗意，在译语中找到与之相对应的合适的表达，从而译出精美的译文。

总体来说，华兹生的论述以中西文化为参照，以中国历史和社会背景为基石，以汉诗文本为依据，观点较为客观，结论较为可靠。虽然有些观点值得商榷，但瑕不掩瑜，他对汉诗的大部分论述是客观的，富有见地的，可以帮助西方读者更深入地理解译文，从而推动了华译汉诗在英语世界的传播。

① Burton Watson. The Columbia Book of Chinese Poetry: from Early Times to the Thirteenth Century [M]. New York: Columbia University Press, 1984: 332.

② Burton Watson. Early Chinese Literature [M]. New York: Columbia University Press, 1962: 239—240.

第四章　读者适应与选择
——华兹生汉诗英译的选本策略

译者、读者、原文作者、翻译赞助人等翻译活动中的参与者及关联者是翻译生态体系中的主体。生态翻译学认为，翻译活动中的各个主体，互相依存、互相影响、互相制约、和谐共生。作为翻译活动的主导者，译者不仅要调适与顺应自己的翻译理想与追求，更要积极主动地适应其他翻译主体的需求，采取多元化适应翻译策略，处理好翻译生态环境各要素的关系，维持"翻译群落"的生态平衡，实现"译有所为"的翻译目标①。读者是翻译生态体系中重要的参与者，对译者的翻译结果进行评估，以优胜劣汰的方式对译文进行筛选。为了实现求生、弘志、促进文化交流沟通等目的，译者需顺应读者的阅读兴趣和诉求。

每一个译者都有一个潜在的目标读者。华兹生是一个有强烈读者意识的译者，对译作有明确的读者定位，特别关注目标读者对自己译作的反应，重视自己的译作能否顺应读者的阅读诉求。他说："过去的书评一般会提到译作或原作在读者中的反馈，而现在书评似乎不流行了"，幸好"互联网上常有对新作的评论"，他可以根据这些评论指导自己的翻译活动。尽管"这些书评大多都没有署名，或者是署名人很陌生，让人不知道其代表的是行家的观点，还是只是有兴趣的业余人士的观点"，但这些评论还是可以帮助他了解读者的心声，及时调整翻译策略，使译文顺应读者的品味，足以让他欣慰②。华兹生将汉诗译作的目标读者定位为西方大众读者，认为以大众读者为翻译目标方能取得理想的翻译功效，实现求生、弘志、中西文化交流等翻译目的。从读者反馈来看，他的译作确实实现了这些既定翻译目标。

目标读者的定位是影响翻译选本的重要因素。华兹生不仅有明确的目标读者定位，而且他根据目标读者的需求选择翻译原本。在选择翻译底本时，他既注重原语

---

① 孙琳，韩彩虹.《北京折叠》中文化负载词的英译——生态翻译学视角 [J]. 上海翻译，2021（4）：90.

② 伯顿·沃森. 我的中国梦——1983 年中国纪行 [M]. 胡宗锋，译. 西安：陕西师范大学出版总社，2015：210—211.

文本的文学价值，也注重译文读者的阅读品位和知识背景，体现了他对目标读者的选择与适应。

第一节　目标读者的选择与适应

读者是译文的接受者和评判者。译作通过读者传播原作之思想和文化，提升其影响力，彰显翻译活动的价值。在翻译活动中，每一位译者都会自觉或不自觉地根据自己的翻译目的选择目标读者，然后根据目标读者的审美要求与知识背景，挑选翻译原本，然后再采取合适的翻译策略与方法进行翻译，使译文适应与满足目标读者的要求。在翻译中国文学典籍时，华兹生以西方普通大众为目标读者，根据西方大众读者的审美情趣、阅读品味以及西方读者时下所处的文化语境选择翻译底本，体现了强烈的读者意识。华兹生在选本时注重原作的普适性、情趣性、时效性、通俗性与新奇性，顺应了西方大众读者的阅读诉求，体现了以目标读者为导向的译诗选本理念。

一、华兹生选择的目标读者——西方大众读者

生态翻译学回归社会和文化环境，对翻译活动中涉及到的各种因素都进行了思考，选择以达尔文进化论的"选择适应"学说为翻译研究的理论基石，借用"自然选择""适者生存"等基本原理构建生态翻译学体系，提出了翻译适应选择论、三维选择适应转换论、翻译优胜劣汰论等学术思想[1]。翻译适应选择论强调"翻译就是译者的'选择'和'适应'"[2]。译者不仅要"选择"和"适应"原文，以及原语和译语所呈现的"世界"，即原语翻译生态环境；还需要"选择"目标读者，"适应"读者的阅读需求。

长期以来，读者一直是翻译研究关注的焦点之一。因为读者是译文的现实评判者，读者的审美品味和阅读需求是译者必须考虑的因素。杨绛女士倡导的翻译"一仆二主"之说强调读者在翻译活动中的主体地位，要求译者不仅要做好原文作者之奴仆，忠实地传达原文的内容和主旨，而且要以读者为"主子"，服侍好译文

① 黄忠廉，王世超. 生态翻译学二十载：乐见成长 期待新高 [J]. 外语教学，2021（6）：13—14.

② 胡庚申. 适应与选择：翻译过程新解 [J]. 四川外语学院学报，2008（4）：90—95.

读者，使译文符合读者的阅读品味①。现代翻译家林语堂和胡适就读者在翻译活动中的重要地位提出了相似的观点，都强调译者应该对读者负责。胡适认为译者需背负三种责任："对原作者负责任""对读者负责任""对自己负责任"②。林语堂先生与胡适的观点基本一致，提出译者应有三种责任："对原著的责任""对中国读者的责任""对艺术负责"③。从这些学者对译者、读者和原文作者三者关系的论述可以看出，在翻译活动中读者是一个不容忽视的重要因素。

生态翻译学的适应选择论为译者与读者之间的适应选择关系研究提供了一种新的范式和理念，对探讨华兹生译诗选本理念、翻译策略与方法等具有指导意义。在翻译古典汉诗时，华兹生非常重视读者对译作的反馈。他说："无论是为哥伦比亚大学的东方研究委员会从事中国作品翻译，还是在哥伦比亚大学的中国研究课堂上，我用的都是自己的译文。这样，我就可以亲自观察学生的反应，哪些地方他们满意，哪些译文他们难以理解。"以便能改进译文，现在"由于我已经多年不在哥伦比亚大学任教，故总是遗憾少有机会观察学生对我翻译的《妙法莲华经》有何反馈"④。可以看出，即便是课堂上的翻译练习，华兹生也注重学生（读者）对其译作的反应。他认为他为创价学会翻译的作品之所以依旧在销售，就是因为有读者的支持，读者喜欢这些译作。他从事翻译三十多年之所以一直乐在其中，也是因为读者的鼓励。他甚至期盼这些作品在未来的岁月里对英语读者仍有使用价值⑤。可以看出，华兹生是一位有着强烈读者意识的汉诗翻译家，将读者对译作的反应作为判断翻译能否实现既定目标和价值的一个重要因素。

华兹生不仅重视读者对译作的反馈，而且有明确的目标读者。所谓目标读者就是指译者对潜在读者的定位和考量。每个译者心中都有一个潜在的读者。华兹生选择的目标读者是西方普通大众而非专家学者，他所选译的汉诗作品主要为这些读者服务。在回应导师古德里奇对其译作的评价时，华兹生本人也明确地谈到了他的译作所针对的读者对象。他说，他的译本主要针对西方大众读者，而非专业人士⑥。华兹生认为，大众读者的阅读品味容易把握。例如，普通大众读者喜欢汉诗中的名

① 许均. 翻译论 [M]. 武汉：湖北教育出版社，2003：318.
② 胡适. 译书 [A]. 1923. 欧阳哲生编. 《胡适文集》第10卷 [C]. 北京：北京大学出版社，1998：733.
③ 陈福康. 中国译学理论史稿 [M]. 上海：上海外语教育出版社，2000：327.
④ 伯顿·沃森. 我的中国梦——1983年中国纪行 [M]. 胡宗锋，译. 西安：陕西师范大学出版总社，2015：210.
⑤ 伯顿·沃森. 我的中国梦——1983年中国纪行 [M]. 胡宗锋，译. 西安：陕西师范大学出版总社，2015：210—211.
⑥ Burton Watson. Brief Communications: Rejoinder to C. S. Goodrich's Review of Records of the Grand Historian of China [J]. Journal of the American Oriental Society, 1963 (1): 114—115.

篇诗作，李白、杜甫、白居易等诗人的诗歌深受西方大众读者喜爱。华兹生本人也非常喜爱李白、杜甫等人的诗歌，对这些诗人寄托了深厚的情感，甚至崇敬和膜拜。他说："我期望有机会全面了解西安，可以骑着自行车去逛那些汉代的陵园和城西的其他历史遗址，更多地接触李白和杜甫描述过的风景，亲自到终南山去看一看王维的辋川别墅①。"可以看出，华兹生有着强烈的大众读者意识，而正是这种读者意识使他在从事翻译活动时兢兢业业，选择合适的原本，努力提高译作的市场适应度。

如果译者心中有潜在的目标读者，他通常会根据目标读者的审美品位、阅读兴趣等因素选择合适的翻译原本，采取与之相适应的翻译理念，确保译文获得其认可。这样译作获得成功的可能性就会大大提高。反之，如果译者不考虑目标读者的阅读诉求，全凭个人兴趣选本，选的作品难免不能切合目标读者的需求，读者可能放弃购买和使用译作，译作的价值就难以彰显。简而言之，不能吸引译语读者参与阅读的译作难以产生较为广泛的影响，难言实现传播原语文化之目的。

华兹生不仅有明确的目标读者，而且他根据目标读者选择翻译底本。这既是华兹生译诗选本的一大原则，也是他成就翻译事业的主要原因。因为他以大众读者为目标读者，所以他较多地选择了西方大众读者认可度高的汉诗。华兹生选译的汉诗译著如《哥伦比亚中国诗选》《杜甫诗选》《苏东坡诗选》等一经出版，就在西方学界产生了强烈反响。在译著《早期中国文学》一书的扉页上，出版社介绍该书是"普通大众得以欣赏亚洲传统的得力之作"②。

华兹生将译者在中国文化翻译领域的生存和发展看成是合理地选择读者、适应读者的结果。由于他较为合理地处理了目标读者的适应选择问题，他实现了"译有所为"的翻译目标。"译有所为"有两重含义，从译者主观动机的视角看，"为"在求生、"为"在弘志、"为"在适趣、"为"在移情等。"译者生存"问题是生态翻译学的核心问题，是基于"翻译即适应选择"对"何为译"问题的求解结果，是立足于译者的生存境遇来寻求翻译得以安身立命之本③。解决"译者生存"问题离不开读者的支持。从翻译功用的客观视角来看，"为"在促进交流沟通、"为"在引发语言创新、"为"在激励文化渐进、"为"在催生社会变革等④。华兹生清晰明确的目标读者定位以及根据目标读者选择翻译底本的翻译实践不仅帮助他解决

① 伯顿·沃森. 我的中国梦——1983 年中国纪行 [M]. 胡宗锋，译. 西安：陕西师范大学出版总社，2015：135.

② Burton Watson. Early Chinese Literature [M]. New York：Columbia University Press, 1962：vii.

③ 胡庚申，罗迪江. 生态翻译学话语体系构建的问题意识与理论自觉 [J]. 上海翻译，2021（5）：12—13.

④ 胡庚申. 生态翻译学的研究焦点与理论视角 [J]. 中国翻译，2011（2）：59.

了"译者生存"等基本问题，而且在客观上促成了译品长存，推动了中国诗歌文化西传。

一个成功的译者必须处理好译作与读者的关系，不能把译作视为一种脱离社会和市场的抽象性存在，更不能把读者独立于翻译活动之外，而应该从译者、读者、译作之间的辩证互补关系来把握读者在翻译活动中的重要角色，理解读者对译者生存境遇的影响。

在翻译活动中，翻译选本意义重大，受制于译者所选择的目标读者。如果译者选择的原本能够顺应读者的阅读诉求，那么译作获得成功的可能性将大大提升。反之，译作经不起市场的考验，可能遭遇失败。华兹生选择西方普通大众为目标读者，根据他们的需求而译，选译中西方大众读者认同率较高的诗人李白、白居易、苏轼等的诗歌，不仅解决了译者面临的基本生存问题，而且实现了"译品长存"，在美国社会产生了文化影响，实现了自己的翻译抱负。

二、华兹生适应目标读者的理念

读者对译作的取舍态度可以借鉴应用语言学家舒曼（J. H. Schumann）关于人对外界信息的评价指标分为不同的类型。人的大脑对外界语言或信息有五个评价指标。人们通常会参照五个指标对所接受的外界语言或信息做出评价。这些评价指标可以反映出人对外界语言或信息的取舍态度和喜好程度。他所提出的五个指标主要包括人对外界语言或信息的需求（goal/need significance）、外界语言或信息给人带来的愉悦感（intrinsic pleasantness）、人对外界语言或信息的处理能力（coping potential）、外界语言或信息的新颖度与熟知度（novelty），以及外界语言或信息与社会规约和自我的相容性（norm/self compatibility）①。舒曼的这五个评价指标对于分析读者对译作的取舍态度以及译者为适应读者而采取的理念具有借鉴意义。

对读者而言，译作就是外界语言和信息。根据读者对译作的认可度，参照舒曼提出的五个评价指标，可以将译作分为五种类型：第一种类型，能满足读者需要的译作；第二种类型，能愉悦读者心情的译作；第三种类型，读者能理解（处理）的译作；第四种类型，新颖度或熟知度较高的译作；第五种类型，能适应读者与社会需求的译作。在这五类译作中，第三类译作"读者能理解（处理）的译作"和第四类译作"新颖度或熟知度较高的译作"通常是指那些与读者阅读品味相当、影响读者阅读兴趣的译作，可以归为同一类译作，即能适应读者阅读品味和兴趣的译作。第五类译作"能适应读者与社会需求的译作"通常是指那些适应读者或社

---

① J. H. Schumann. A Neurobiological Perspective on Affect and Methodology in Second Language Learning [C]. In Jane Arnold (ed.). Affect in Language Learning . Cambridge：Cambridge University Press, 1999：28—41.

会需求的译作。这类译本可以与第一类译作归为同一类译作，即能满足读者或社会需求的译作。根据这些译作类型，可以相应地将译者在翻译时顺应读者的理念分为三种类型：适读者之趣的理念、怡读者之情的理念以及择读者之需的理念。在翻译选本时，译者如果采取这三种理念，顺应读者的兴趣、情感与需求，其译作获得读者的认可度将大大增加。考察华兹生的汉诗译本可以发现，他重视读者的兴趣、情感与需求，在这三个层面较大程度地顺应了读者诉求，达成了翻译目标。

（一）适应读者的兴趣

适应读者的兴趣就是指译者选译的文本合乎目标读者的阅读品味。中国文化外译既可以以广大普通读者为受众目标，也可以以专家学者为受众目标。在从事翻译活动之前，如果译者能够考虑译作受众的文化背景、阅读品味和兴趣，根据其审美品味选择翻译原本，那么译作获得读者青睐的可能性就更大。读者的阅读兴趣既受译作熟知度的影响，也受译作新颖度的影响。根据接受美学的观点，读者在接受文学作品时都具有某种先在结构和思维定向，称之为"期待视野"。只有当译作的意义潜势被读者的期待视野对象化和现实化，译作才能被读者理解和接受。也就是说，读者对译本的兴趣、理解和接受具有历史性或历史视域。这种历史性或历史视域要求译本具有一定的熟知度。

译作的熟知度是影响读者阅读兴趣的一个重要因素。由于中西方文化背景不同，西方读者对中文文本传达的主旨和题材熟知度相对较低。但是，由于中西方读者对文学作品中所传达的真、善、美有着广泛的追求，因此也存在一些相通的阅读品味，存在着彼此都感兴趣的话题和作品。例如，中西文苑中的经典之作始终是中西方读者追逐的阅读对象。一方面，经典作品具有较高的熟知度，有利于异域读者建立起互文联想，能够有效地理解或解读译文。另一方面，也与经典作品所传达的普适性较高的思想、主题或题材有关。读经典作品能够使不同地域和国家的读者产生似曾相识的美学体验。因此，经典作品能够适应不同读者的阅读兴趣，易于为拥有不同文化背景的读者所接受。从这层意义上讲，中国文学走出去应该考虑西方广大读者的阅读兴趣和品味，优先选译中国文学作品中质量上乘、适应度广的经典之作。

中国文学作品中具有较高审美品质的经典之作主要包括经受了中外历代读者考验而流传下来名篇名作。这些作品能够经久不衰是因为它们具有上乘的美学品质，不仅体现了中国古代优秀的诗学传统，也契合了世界经典文学所共有的美学诉求。这些作品从形式到内容、从语言到思想都堪称精美，能够雅俗共赏，是中国文学作品中比较符合西方读者阅读兴趣的作品。纵观华兹生的各个译诗集，可以发现一个明显的特点：他较多地选译了汉诗中适于西方读者阅读品味的名篇名作。例如，

《哥伦比亚诗选：从早期到 13 世纪》被西方学者傅汉思评为一本选本明智、翻译准确、对普通读者极具有吸引力的书①。在这本书中，华兹生着重选译了陶渊明、李白、杜甫、王维、白居易、苏轼、陆游等中国古代一些著名诗人的名篇诗作。其中，陶渊明的诗 24 首，包括《归园田居》4 首、《饮酒》4 首、《移居》2 首、《拟古》1 首、《读山海经》等名篇；王维的诗 11 首，包括《鹿柴》《终南别业》《送别》等名篇；李白的诗 19 首，包括《送友人》《静夜思》《子夜吴歌》《将进酒》《望庐山瀑布》《黄鹤楼》《送孟浩然之广陵》等名篇；杜甫的诗 23 首，包括《重经昭陵》《春望》《无家别》《梦李白》《旅夜书怀》等名篇；白居易的诗 24 首，包括《不如来饮酒》4 首、《问刘十九》、《草堂》、《琵琶行·并序》等名篇；苏东坡的诗 22 首，包括《东坡》3 首、《春宵》、《和子由踏青》等名篇；陆游的诗 23 首，包括《农家》2 首、《游山西村》、《关山月》、《示儿》等名篇。其他诗人的诗作选译，都没有超过 10 首，而杜甫、苏东坡、白居易、陆游等中国著名诗人的诗作华兹生还另有译诗专集出版。

文学作品的新颖度也是激发读者阅读兴趣的另一个重要因素。与具有较高熟知度的经典之作不同，新颖性、异质性较大的作品的熟知度相对较低。在中西文化交流中，文学作品的新颖性和异质性是一把双刃剑，一方面，新颖性可以满足异域读者猎奇的文学心理，激发他们的阅读兴趣；另一方面，异质性可能因脱离读者的期待和历史视域，成为阅读中一道难以逾越的认知屏障，降低了读者阅读热情。化解这类矛盾在一定程度上依赖作品所展示的普适性美学内涵和思想。当新颖度较高的文学作品传达了普适性高的美学内涵时，读者将受猎奇、猎美的心理驱动点燃阅读激情，克服异质性造成的认知屏障。否则，作品的异质性将直接浇灭读者的阅读兴趣。华兹生对此有一定认知。他除了选译西方读者较为熟知且适合他们阅读兴趣的汉诗，还选译了不少异质性、新颖度、美学品味较高的汉诗。这些文学作品既具有普适性的美，也展示出与西方文学不同的异质性特征。例如，华兹生选择的汉赋兼具有异质性和美的特点，能够激起西方读者的阅读兴趣。赋是中国传统文学中独特的一种诗体形式，在西方文学中没有相近的文学形式，算得上是西方读者眼中一类新奇的文学样式。华译《中国赋：汉魏六朝时期赋体诗》由哥伦比亚大学出版社出版，后被收入联合国教科文组织翻译集·中国系列丛书，用于美国本科关于亚洲通识教育（undergraduate general education concerning Asia）的教材，在西方产生了较大的文化影响。在该书中，华兹生选译了宋玉的《风赋》、贾谊的《鹏鸟赋》、司马相如的《子虚赋》、王粲的《登楼赋》、曹植的《洛神赋》、向秀的《思旧赋》

---

① Hans H. Frankel. Review: The Columbia Book of Chinese Poetry: From Early Times to the Thirteenth Century by Burton Watson [J]. Harvard Journal of Asiatic Studies, 1986 (1): 288—295.

等名篇赋作。不少西方读者对这类华美而又异质性较大的名篇赋作颇感兴趣①。可见，优先选译契合西方读者审美兴趣和品味的作品不失为一种可行的翻译选本理念。

（二）适应读者的阅读情趣

翻译活动最终指向读者。读者在翻译优胜劣汰环节扮演着无可替代的角色。翻译理论家、实践家都十分重视读者在翻译活动中的地位和作用。从古罗马翻译家西塞罗倡导的"演说家式"的翻译，到中国当代著名翻译家许渊冲先生所提倡的翻译竞赛论都可以看出译者对读者阅读品味和审美诉求的考量。读者是译作的服务对象，是译作的接受者和潜在的评价者。他们对译作的取舍态度在一定程度上决定了翻译活动的成败，揭示译作的价值。在当前市场经济环境下更是如此，译作需要面向市场，接受读者的考验。

人类的所有认知活动总是在一定情感状态下进行的。一部作品如果能契合读者的情感之需，能够引起读者共鸣，那么这部作品就更容易获得读者的认可与接受。因此，一般说来，符合读者阅读情趣的优秀作品更容易通过市场检验，为读者所接受，产生较大的社会反响。为了译作能被译语读者所接受，在翻译选本时译者可以把读者阅读的情感特点纳入考量范围，优先选译能够愉悦读者、感染读者的作品。关于文学作品的怡情功能，英国著名哲学家、文学家弗兰西斯·培根在《论学习》一文中早有论述。他将怡情（delight）作为读书的三种主要功能之一。读书有时是为了获得一种情感上的体验和满足。译者不可忽视读者阅读的情感因素。阅读不是一种简单、机械地从一个文字到下一个文字的解读活动。在阅读的过程中，读者有一系列的心理活动参与其中。正如古德曼（Goodman）所言，"阅读是一种心理语言学上的猜谜游戏"②。一部作品可以给读者留下错综复杂的情感体验。读者对一部作品或喜欢或厌恶，这种情感反过来又会进一步强化他们对这部作品甚至同类作品的取舍态度。因此，为了打动读者、吸引读者，译者可以根据读者在阅读上的情感诉求选择翻译作品。澳大利亚汉学家杜博妮（Bonnie S. McDougall）曾就中国文学外译在《中国翻译》上撰文，倡导"文学翻译的快乐原则"（Literary Translation：The Pleasure Principle）③。她的观点同样突显了译作应有的怡情功能。

在选译汉诗时，华兹生注重原诗的怡情功能。他曾以《诗经》中的民歌、乐府诗歌、阮籍的咏怀诗为例，说明情感对于诗歌的重要性。他说，《诗经》中的民

---

① 李红绿，赵娟. 美国汉学家译诗选本研究 [J]. 外国语文，2017（4）：102.

② 胡庭山. 交互式阅读模式：情感因素在阅读过程中的作用 [J]. 北京第二外国语学院学报，2008（6）：80.

③ Bonnie S. McDougall. Literary Translation：The Pleasure Principle [J]. 中国翻译，2007（5）：22.

歌与世界上任何地方的民歌都相似，本质上都是讲述普通大众的故事，抒发的情感真实而生动，比其他诗歌更吸引人①。乐府诗中，真正美丽动人的作品是乐府民谣。这些诗歌描写了感人肺腑的爱情，批评了贪婪的官员，因其质朴真诚的情感而闻名②。阮籍的咏怀诗，像《古诗十九首》的诗歌与建安时期的诗歌一样，本质上都表达了一种悲伤与孤独的情感。鸟作为一种渴望逃避现实与追求自由的象征，在阮籍的诗歌中起着非常重要的作用，在他 85 首咏怀诗中，鸟被提到了 56 次，给人的印象非常深刻③。

华兹生不仅对汉诗所承载的情感因素有充分了解，而且他对于诗歌的怡情功能与读者阅读喜好两者之间的关系有较为清晰的认识。他认为汉诗中那些描写普通人情感的诗歌更能打动人心。因此，他从汉诗中选译的抒情诗较多。例如，在《哥伦比亚中国诗选：从早期到 13 世纪》一书中，华兹生从《国风·周南》中选择的《关雎》，从《国风·邶风》中选择的《柏舟》《北风》以及从《国风·秦风》中选译的《晨风》等都是中国古代抒情诗中的名篇。华兹生的另一部译诗集《中国抒情诗：从 2 世纪至 12 世纪诗选》是他向西方读者就中国抒情诗所做的一次大译介。该书共十章，采取译与论相结合的方式，且译且论，向西方读者介绍了自 2 世纪到 12 世纪中国抒情诗的特征、传承与演变，并集中译介了这段时期的名篇抒情诗作，为西方读者奉上了中国抒情诗的大盛宴。在该书中，华兹生选译的汉诗包括汉乐府中的民歌民谣、六朝时期的隐逸诗与友情诗、《玉台新咏》中的情诗、陶渊明的田园诗、谢灵运的山水诗、建安时期的惜别诗、李白和杜甫等人的送别诗、晚唐李商隐的爱情诗等。这些诗歌以非常优美的文学形式表达了古代中国人强烈而独特的情感，容易引起西方读者的共鸣。在翻译选本时，华兹生是比较注重原作的抒情功能和情感因素的。这也是他的译作能够获得西方读者认可的另一个重要因素。

（三）适应读者的时代诉求

根据读者的阅读需求选择原本，可以增强译本的可接受性，扩大译本的传播范围，这也是一种可行的翻译选本理念。不同时代的读者，阅读需求和评判读本的标准都有所不同。作为译者，虽然不能掌握所有读者的阅读需求情况，但对不同读者的整体时代需求可以做一个大致了解。译者通常以目的语读者的阅读需求作为选译原本的参考标准，可以对目的语读者类型进行大致划分，了解其阅读需求，为翻译

① Burton Watson. Chinese Lyricism：Shih Poetry from the Second to the Twelfth Century ［M］. New York & London：Columbia University Press, 1971：53—54.

② Burton Watson. Early Chinese Literature ［M］. New York：Columbia University Press, 1962：289—291.

③ Burton Watson. Chinese Lyricism：Shih Poetry from the Second to the Twelfth Century ［M］. New York & London：Columbia University Press, 1971：68—70.

选本提供参考。汉学者杜博妮曾就目的语读者的类型以及不同读者群的阅读需求做了划分。她对不同读者阅读需求的分析对于中国文学走出去之翻译选本具有一定的借鉴意义。

杜博妮将中国文学的西方读者划分为三种类型。第一种类型是致力于学习中国文化与文学的读者，杜博妮称之为忠实型读者（committed readers）。第二种类型是文学与翻译研究领域的中英文学者和学生等，杜博妮称之为兴趣型读者（interested readers）。第三种类型是带着文学价值的普遍期待阅读中国文学的读者，杜博妮称之为客观公正型读者（disinterested readers）。杜博妮认为，这三种类型的读者具有不同的阅读需求。前两种类型读者在整个阅读群中所占的比例较小，总体上不是西方读者群的主体，其阅读需求已经得到了很好的满足①。第三种类型的读者不像前两类读者一样热衷于中国文化，但正是中国文化外译应该争取的读者对象。相比而言，前两类读者因对中国文化本身怀有浓厚的阅读兴趣，阅读中国文学的愿望较为强烈，他们为阅读所设的条件相对较少，会主动克服困难阅读中国文学作品。与此相反，第三类读者对于阅读作品有一定的标准、偏好和习惯。他们不会将中国文学的翻译作品与原著进行对比，只会将这些译作与英语原创作品作对比②。换句话说，他们不会考虑译作的翻译身份特征，只在乎译作在内容和形式上所表现出来的趣味性和文学性。他们是经验丰富的本国语阅读者，通常会优先阅读那些在语言表述、美学品味、思想性和文学性上更加优秀的作品。唯有作品符合他们的阅读需求，他们才会尝试阅读。这类读者在整个阅读群中所占的人数比例大，是译作应该争取的主要读者群。要吸引这类读者就应该充分尊重他们的阅读需求。根据他们的阅读需求优先选译文学性和趣味性更强的原作。

读者对文学性和趣味性的判断通常源自于一脉相承的文化传统，并受到时代背景的影响而表现出不同形式。一时代有一时代之文学。每个时代的读者均有其独特的阅读品味和阅读需求。在选译汉诗时，华兹生顺应目的语读者的阅读习惯。他不仅对目的语读者的阅读需求有较为深刻的了解，而且对这种需求背后的文化传统和时代背景有充分的认识。例如，华兹生大量译介寒山诗，不仅出版了译著《寒山：唐代诗人寒山诗百首》，还在他的其他译诗集中大量收入寒山诗作。华兹生之所以大量选译寒山诗有多方面的原因。其中一个主要原因是他顺应了 20 世纪五六十年代美国大众对中国禅宗文化的阅读诉求。20 世纪五六十年代，美国社会充斥着反工业文明、反种族歧视、反战争的呼声。现代技术和机器使人异化、战争在肉体和精神上给人们造成伤害，而寒山诗歌所体现的自由无羁、直面人心、返璞归真、遗

① Bonnie S. McDougall. Literary Translation：The Pleasure Principle［J］. 中国翻译，2007（5）：22—23.
② Bonnie S. McDougall. Literary Translation：The Pleasure Principle［J］. 中国翻译，2007（5）：22—23.

世高蹈的超脱精神和人文情怀不啻为一剂良药。关于中国禅宗文化，早在 19 世纪中期就有中国劳工开始将其带到了美国。20 世纪以来，日本著名佛教学者铃木大拙和其他禅师通过在英美等国家出版英译禅宗典籍、撰写英文研究论著、主办佛禅文化讲座大大地推进了禅宗文化在美国传播的进程，产生了广泛的影响。到了 20 世纪 50 年代，中国禅宗文化已对美国垮掉派的文学创作产生影响。20 世纪 60 年代的美国嬉皮士更是将中国唐代的禅宗诗人寒山视为偶像①。华兹生最初选译和发表寒山诗也在这个时期。这些译作正好切合了当时美国大众阅读所需的时代主题，所以一经出版便在美国获得了好评。

读者的阅读品味和诉求通常还受制于文学传统。文学传统对读者阅读的影响无时不有、无处不在，像一只看不见的手，与读者所处的时代背景相结合，以一种难以察觉的形式对读者的阅读行为和习惯产生影响，从而使读者形成某种阅读倾向和阅读需求。除了应时代背景选译读者所需的寒山诗歌，华兹生还选译了与西诗传统相对较近的汉诗。例如，他选译了大量的宋诗，集中译介了宋代诗人苏轼、陆游等人的作品。华兹生坦言，他选译宋诗是因为他觉得宋诗在文学理念上与西诗更为相近。他说，尽管人们认为宋诗不如唐诗伟大，但在西方读者的眼中，宋诗宽广的主题、复杂的哲理、平淡的现实主义、表达的口语化转变等许多方面与西方诗歌一致②。1995 年，华兹生凭借其译作《苏东坡诗选》荣获翻译金笔奖。他的另一部宋诗译著《一位率性的老人：陆放翁诗歌散文选》获得了包括美国当代著名诗人王红公（Kenneth Rexroth）在内的广大读者的好评。王红公说："华兹生的这本陆游译诗集完全可以与庞德的《华夏集》（Cathay）、宾纳（Witter Bynner）的《玉山：中国诗集》（The Jade Mountain: A Chinese Anthology），以及韦利的译诗集一道存放于美国诗人图书馆。"③ 由于华兹生对宋诗的特征与西方文学传统之关系有较为深入的认知，对译作能否切合西方读者的阅读诉求有过权衡，所以他选译的宋诗赢得了读者的普遍认可和赞许。

在翻译选本时，译者需仔细斟酌，顺应读者的诉求。一个成功的译者应该具有清晰的读者意识，不仅要知道译作服务的读者对象，而且要了解读者的阅读审美品位、情趣爱好以及时下的文风和阅读诉求④。华兹生选译汉诗时具有的读者意识以

---

① 蒋坚松.《坛经》与中国禅文化的国外传播——兼论典籍英译的一种策略 [J]. 燕山大学学报，2014（4）：49—53.

② Burton Watson. The Old Man Who Does As He Pleases: Selections from the Poetry and Prose of Lu Yu [M]. New York: Columbia University Press, 1973: xi.

③ Kenneth Rexroth. Review: On The Old Man Who Does As He Pleases [J]. The American Poetry Review, 1974 (4): 54—55.

④ 李红绿. 中国文学走出去之读者意识研究——以美国汉学家华兹生译诗选本为例 [J]. 广州大学学报（社会科学版），2019, 18 (01): 106—113.

及他对读者的选择性适应是他的译作能够成功的重要因素。他的译作为西方读者奉上了一份精美的中华文化大餐，为弘扬中国文化作出了重大贡献，充分彰显了翻译活动的价值。

第二节 华兹生的译诗选本策略

生态翻译学讲求动态平衡，认为"在自然界中，生物与生物之间、生物与生存环境之间通过相互作用、互相影响，形成一定的生态平衡"①。翻译活动也是如此，翻译主体与翻译主体之间互相作用，互相影响。为了适应不同的翻译生态环境，译者必须根据自身情况，因地制宜、自我调适，不断调整自己，使自己与读者、赞助人等达成动态平衡。译者对目标读者的定位是译者自我适应与选择的结果。译者通常会根据自己的审美情趣选择目标读者，而目标读者一旦形成，就会对译者的选本、翻译理念等产生影响。译者、目标读者、选本互相影响，是一个动态和谐的生态整体。华兹生的汉诗英译活动也遵循这些生态规律，他的翻译选本既受他设定的目标读者的影响，也与他本人的喜好有关。

华兹生将目标读者定位为西方普通大众读者。为了译作能得到这些读者的认可，他根据他们的阅读品味选择翻译原本。他大量地选译了中西方读者认可度高的抒情诗、山水诗、田园诗，他的译诗整体上呈现出通俗化、大众化特征。从读者的阅读反馈来看，华兹生出版的十多部汉诗译作受到西方大众读者喜欢，在西方产生了广泛的影响，说明他的选本策略与他的目标读者定位是相辅相成的。

据世界联机书目数据库 WorldCat 统计，华兹生的译作在 170 多个国家和地区被 28277 个著名图书馆所收藏，其译作的收藏率堪与韦利（Arthur Waley）、理雅各（James Legge）等著名翻译家比肩。华兹生译作能受到如此广泛的关注与他以大众读者为导向的选本策略息息相关。通过研究华兹生汉诗译作可以发现，他主要采取了侧重选译名篇汉诗、注重选译抒情汉诗、选译有民族特色的汉诗、选择适于译成英语的汉诗、译诗参照底本的多元化等选本策略。

---

① 胡庚申. 生态翻译学：生态理性特征及其对翻译研究的启示 [J]. 中国外语，2011（6）：97—99.

一、选译汉诗名篇——以"美"打动大众读者

华兹生汉诗选本的第一个特点是侧重选译名篇汉诗，希望"美"能打动西方大众读者，获得他们的认可。名篇诗作是一个民族最优秀的文化成果，集中体现了一个国家的文艺成就和文化软实力，是一个国家傲然于世界民族之林，影响世界的文化因子。名人名作因其完美的艺术性与高度的思想性具有很强的文化穿透力，历经时间的锤炼而经久不衰，既曾打动过古人，也能陶冶今人，如《诗经》的朴实、《楚辞》的华美、陶渊明的闲逸、李白诗的飘洒、杜甫诗的沉郁等都是中华诗歌文化中最优美的音符，既是国人的精神食粮，也深为国外读者所喜爱。华兹生通过选译名诗名篇抓住了中华优秀文化的精髓，容易引起西方大众读者的共鸣。这是他的译诗经得起读者检验的重要原因。

华兹生的译著《早期中国文学》一书分为六个部分：《引言》（Introduction）、《中国早期历史》（History）、《中国早期哲学》（Philosophy）、《中国早期诗歌》（Poetry）、《中国早期诗歌纪事年表》（Chronology）、《索引》（Index）。其中，第四部分着重选译了《诗经》、《楚辞》、汉赋、汉乐府中的名篇。例如，他从《诗经》中选译了《国风·周南·桃夭》（Peach Tree Young and Fresh）、《国风·郑风·子衿》（Blue, Blue Your Collar）、《国风·魏风·硕鼠》（Big Rat, Big Rat）、《小雅·鹿鸣之什·采薇》（We Pick Ferns, We Pick Ferns）、《大雅·生民之什·生民》（She Who First Bore Our People）、《大雅·文王之什·文王》（King Wen Is on High）等名篇。他从《楚辞》中选译了《离骚》（Encountering Sorrow）、《九歌·云中君》（The Lord Among the Clouds）、《九歌·河伯》（Lord of the River）、《九章·怀沙》（Embracing the Sands）等名篇；他从赋篇中选译了贾谊的《鵩鸟赋》（The Owl）、司马相如的《上林赋》（Fu on the Shang-lin Park）及宋玉的《风赋》（Fu on the Wind），均为赋体诗中的名篇名作。他选择的乐府民谣主要有《上邪》（By Heaven!）、《悲愁歌》（Song of Sorrow）等诗歌。

华兹生的译著《哥伦比亚中国诗选：从早期到13世纪》分为十二章，收录了从中国早期诗歌至宋代诗词各个时代的代表性诗作：第一章《诗经》；第二章《楚辞》；第三章《早期歌谣、赋体诗和乐府民谣》（Early Songs, Poems in Rhyme-Prose Form, and Yüeh-fu Ballads）；第四章《汉魏诗歌》（Poems of the Han and Wei）；第五章《陶渊明》（T'ao Yüan-ming）；第六章《晋、六朝和隋朝诗人》（Chin, Six Dynasties, and Sui Poets）；第七章《盛唐诗人 I：王维、李白、杜甫》（Major T'ang Poets I: Wang Wei, Li Po, Tu Fu）；第八章《盛唐诗人 II：韩愈、白居易、寒山》（Major T'ang Poets II: Han Yü, Po Chü-I, Han-shan）；第九章《唐代其他诗人》（Other T'ang Poets）；第十章《两位主要的宋朝诗人：苏东坡、陆游》（Two Major

Sung Poets：*Su Tung-p'o*，*Lu Yu*）；第十一章《其他宋朝诗人》（*Other Sung Poets*）；
第十二章《宋词中的抒情诗》（*Lyrics in Tz'u Form*）①。

他曾就译诗选本感言，"从成千上万的汉诗中选译诗歌本是不可取之举。因
此，我只能尽可能多地选译著名而有影响力的代表性诗作。"② 在《中国抒情诗：
从 2 世纪到 12 世纪诗选》一书的封面上，华兹生还特别说明了该诗集没有大量收
集陶渊明、李白、白居易等一些著名诗人诗作的原因。他认为，这些诗人的诗歌在
西方已相对常见，该书给六朝时期的名篇诗作和宋诗多留一些空间。③ 但是，实际
上，该诗集中不仅收集了不少陶渊明、李白、白居易等诗人的诗歌，而且还有较为
详细的介绍和论述。也许华兹生认为该诗集选译的李白、白居易等人的汉诗数量还
不足以体现他侧重译名篇诗作的倾向性。可见，华兹生译诗选本时的名著意识很
强，对中国名人诗作尤其垂青。

二、选译抒情汉诗——以"情"感染大众读者

华兹生汉诗选本的第二个特点是注重选译抒情诗。抒情诗以集中抒发诗人在生
活中激发起来的思想感情为特征，或以景载情，或触景生情，或以景蕴情，侧重直
抒胸臆，颇受大众读者喜欢。英国著名浪漫主义诗人华兹华斯（William
Wordsworth）在《抒情民谣·序言》中称："好的诗歌是人的强烈情感的自然流
露。"中国早期诗学也强调情志对诗歌生发的重要性，如《毛诗序》中写道："诗
者，志之所之也，在心为志，发言为诗，情动于中而形于言，言之不足故嗟叹之，
嗟叹之不足故咏歌之，咏歌之不足，不知手之舞之，足之蹈之也。"寥寥数语即勾
勒出情志与诗歌的生发关系。陆机在《文赋》中则进一步予以阐释，"诗缘情而绮
靡"，强调诗歌表达情感的功能。

对诗歌情感的抒发，华兹生与华兹华斯、陆机等人持相似的观点。他认为好的
诗歌应该表达真实的情感。他说："诗歌通过精简优美的艺术形式表达思想和情
感。"④ 他以《诗经》中的诗篇为例予以说明："《诗经》中的民歌绝大多数描写普
通人的生活、职业、节日和出游、欢乐和艰辛，我们可以读到求爱之歌、婚姻之
歌、工作之歌、打猎之歌、伴舞和游戏之歌；我们也可以读到遗弃的情人和受冷落
的怨妇、残暴的官员、易变的友人、家人思念游子的悲伤、戍卒抱怨战争的劳苦

---

① Burton Watson. The Columbia Book of Chinese Poetry：from Early Times to the Thirteenth Century ［M］.
New York：Columbia University Press，1984.

② Burton Watson. The Columbia Book of Chinese Poetry：from Early Times to the Thirteenth Century ［M］.
New York：Columbia University Press，1984：13.

③ Burton Watson. Chinese Lyricism：Shih Poetry from the Second to the Twelfth Century ［M］. New York &
London：Columbia University Press，1971：front flap.

④ Burton Watson. Early Chinese Literature ［M］. New York：Columbia University Press，1962：2.

等。这些诗歌是《诗经》的灵魂，对现代读者最富有吸引力。通过精细的描写和情感的渲染，古代中国人的生活世界生动形象地表现出来，比任何其他文本更能打动人心，更能让我们清晰地感受古代中国人的情感世界。"①

华兹生垂青于中国古代抒情民歌，以"情"感染大众读者，选译此类诗歌也较多，如在《哥伦比亚中国诗选：从早期到 13 世纪》一书中，第一章《诗经》，共选择 35 首诗，其中"风"选的篇目数量明显多于"雅"与"颂"，"风"选译 27 首，约占全部《诗经》译诗篇目的 77.1%，"雅"选译 7 首，约占 20%，"颂"仅选译 1 首，约占 2.9%。其中，从《国风·周南》中选择的《关雎》(Gwan! Gwan! Cry the Fish Hawks)，从《国风·邶风》中选择的《柏舟》(That Cypress Boat Is Drifting)、《北风》(Cold Is the North Wind) 以及从《国风·秦风》选译的《晨风》(Swift Is That Falcon) 等都是中国抒情诗中的名篇。

华兹生的译诗集《中国抒情诗：从 2 世纪至 12 世纪诗选》是他向西方读者就中国抒情诗所做的大译介。下面以这个译诗集中收集的诗歌为例，分章节论述华兹生选译抒情诗歌的选本特点。

该书第一章《引言》(Introduction) 着重介绍中国三种不同形式的诗体：诗、赋、词。华兹生详细介绍了这三种诗体形式的特点，情感表达的不同风格，并对这三种诗体的翻译难点进行了分析和说明。

第二章着重译介了《古诗十九首》(The "Nineteen Old Poems" of the Han) 中的名篇抒情诗。华兹生从《古诗十九首》中选译了十三首古诗。《古诗十九首》是在汉代民歌基础上发展起来的五言诗，描写了人生最普遍的情感和思绪。《文心雕龙》称之为"直而不野，婉转附物，怊怅切情，实五言之冠冕也"。

第三章《建安诗人与新现实主义》(Chien-an and the New Realism) 着重译介了建安时期建安七子、曹氏父子等诗人的抒情诗。本章华兹生译介了诗歌主要包括建安七子中文学成就最高的诗人——王粲的抒情名篇《七哀诗》(Seven Sorrows)，情调凄婉悲怆，表达了诗人对战乱后人们生活疾苦的深切同情。华兹生还选译了曹操的《苦寒行》(Song on Enduring the Cold)、曹植的《送应氏二首》(Written on Parting from Mr. Ting) 与《赠白马王彪·并序》(Presented to Piao, the Prince of Pai-ma)。后两首是送别诗中的名篇。

第四章《乐府诗：民歌与仿民歌》(Yüeh-fu: Folk and Pseudo-folk Songs) 着重选译了陈琳、鲍照等人的抒情诗。本章华兹生以译介乐府诗中的民歌和仿民歌为主。乐府是汉武帝时设立的掌管音乐的官方机构，既为君王歌功颂德的诗文配备音乐，也兼职采集民谣民歌。汉乐府诗对建安诗歌的影响较大。华兹生在本章译介了

---

① Burton Watson. Early Chinese Literature [M]. New York: Columbia University Press, 1962: 203.

建安七子之一陈琳的乐府名篇《饮马长城行》（Song：I Watered My Horse at the Long Wall Caves）。该诗深切地谴责了修筑长城给人们带来的痛苦。全诗以修筑长城下层人士的口吻，采用对话形式写成，情感真切而感人。本章华兹生还译介了鲍照等以乐府诗见长的部分诗人的诗作。

第五章《隐逸诗及友情诗》（The Poetry of Reclusion，Friendship）着重译介了阮籍、左思、陶潜等人的抒情诗。隐逸诗多为性情之作，如华兹生选译竹林七贤之一阮籍的《咏怀诗》（Singing of Thoughts）、左思的《招隐诗》（Chao-yin-shih），均是隐逸诗中的杰作。本章华兹生还译介了陶渊明的田园诗如《和郭主簿》（Matching a Poem by Secretary Kuo）、谢灵运的山水诗如《石壁精舍还湖中作》（Written on the Lake，Returning from the Retreat at Stone Cliff）等。这两位诗人对唐宋山水诗、田园诗的影响非常明显。华兹生选译的友情诗主要包括谢灵运的《酬从弟惠连》（Replying to a Poem from My Cousin Hui-lien）、谢朓的《在郡卧病呈沈尚书》（In a Provincial Capital Sick in Bed：Presented to the Shang-shu Shen）、何逊的《相送》（At Parting）等，均表达了诗人与其友人之间的深情厚谊。

第六章《爱情诗与六朝后期的诗歌》（The Poetry of Love，Late Six Dynasties Poetry）主要译介了魏晋南北朝时期的爱情诗。其中，大多数诗歌选自《玉台新咏》（Yü-t'ai hsin-yung \ New Songs from the Jade Terrace）。《玉台新咏》继承了《楚辞》《诗经》的诗学传统，被誉为"中国的爱情诗集"，也被誉为"继《楚辞》《诗经》后的第三部伟大诗集"。华兹生选译的爱情诗主要包括建安七子之一徐干的《室思诗》（The Wife's Thoughts），该诗表达了诗人对妻子的无限思念："思君如流水，何有穷已时（Thoughts of you are like the flowing river—when will they ever end?）。"潘岳的《悼亡诗》（Lamenting the Dead），表达诗人无与言比的亡妻之痛，"望庐思其人，入室想所历（But seeing the house, I think of her; entering its room, I recall the past）"。沈约的《六忆诗》（Six Poems on Remembering）也同样表达了诗人对妻子的深切思念，"笑时应无比，嗔时更可怜（When she laughs, there's no one like her; when she sulks, she's more lovely than before）"。以及西晋文学家陆云的《为顾彦先赠妇往返》（For Yen Yen-hsien to Give to His Wife）和谢灵运的《东阳溪中赠答二首》（An Exchange of Poems by Tung-yang Stream）等，均系中国古代爱情诗中的名篇之作。

第七章《唐诗的创新与唐诗中的意象》（Innovations of The T'ang，Nature Imagery in T'ang Poetry）。本章华兹生选译的诗人诗作较多，如陈子昂的《登幽州台歌》（Song on Climbing Yu-chou Terrace）、张九龄的《望月怀远》（Watching the Moon with Thoughts of Far Away）、丘为的《寻西山隐者不遇》（Visiting a Recluse on West Mountain and Not Finding Him in）、皎然的《寻陆鸿渐不遇》（Looking for Lu

Hung-chien but Failing to Find Him)、韦应物的《寄李儋元锡》（*To Send to Li Tan and Yüan Hsi*）、《滁州西涧》（*West Creek at Ch'u-chou*）、王建的《新嫁娘》（*Words of the Newly Wed Wife*）、元稹的《遣悲怀》（*Airing Painful Memories*）、陈陶的《陇西行》（*Song of Lung-hsi*）、杜牧的《赠别》（*Sent in Parting*）、金昌绪的《春怨》（*Spring Grievance*）、韩偓的《已凉》（*Already Cool*）等抒情诗歌。

第八章《盛唐两位重要诗人：李白与杜甫》（*The High T'ang, Li Po and Tu Fu*）。本章主要译介了唐代两位大诗人李白和杜甫的抒情诗作，如李白的《赠汪伦》（*Presented to Wang Lun*）、《送友人》（*Seeing a Friend Off*），以及李白的五言乐府诗等，杜甫的《江村》（*River Village*）、《月夜》（*Moonlight Night*）、《客至》（*A Guest Arrives*）、《佳人》（*The Lovely Lady*）、《丽人行》（*Song of the Beautiful Ladies*）等。

第九章《唐诗的后期趋势》（*Later Trends in T'ang Poetry*）。本章主要选译了王维和寒山的佛理诗，如王维的《过香积寺》（*Visiting the Temple of Accumulated Fragrance*）、《竹里馆》（*Bamboo Mile Lodge*）等，以及四首《寒山诗》。中唐诗人主要译介了韩愈和白居易的诗作，晚唐诗人则主要译介了李贺和李商隐的诗歌，如李商隐的七律《春雨》（*Spring Rain*）、五律《凉思》（*Thoughts in the Cold*）、七律《无题》（*Untitled*）等均是抒情诗中脍炙人口的杰作。

第十章，《宋朝诗歌》（*Poetry of the Song Dynasty*）。本章华兹生主要译介了梅尧臣、王安石、苏东坡、黄庭坚、陆游等诗人的抒情诗作。[①]

从这个诗集中收集的诗歌以及章节的安排可以看出华兹生对中国的抒情诗是非常熟悉的。选本颇为周到，汉诗中的各类抒情主题几乎都有论述，名篇抒情诗更是论述和译介的重点。

除了抒情诗专集《中国抒情诗：从2世纪至12世纪诗选》中收录的不同译者的抒情诗，华兹生还集中选译了杜甫、苏东坡、白居易等人的抒情诗歌，出版了《杜甫诗选》《苏东坡诗选》《白居易：诗歌选集》《一位率性的老人：陆放翁诗歌散文选》等好几部抒情诗集。在其译作《杜甫诗选》中，华兹生提到了他在选译单个诗人诗歌底本时的想法。他说，杜甫诗歌流传下来的有一千四百多首，但使他扬名的名篇诗作仅一百多首。本译诗集选译的一百多首杜诗，涵盖了杜甫得以成名的绝大多数译作[②]。从他选译杜诗的名篇名作可以看出，在单个译诗专集中华兹生特别重视选译知名度高、脍炙人口的抒情诗。这说明华兹生不仅注重选译名篇汉诗，而且注重选译抒情诗歌。华兹生在选译白居易、苏东坡、陆游等其他诗人的诗

① Burton Watson. Chinese Lyricism: Shih Poetry from the Second to the Twelfth Century [M]. New York & London: Columbia University Press, 1971.
② 华兹生. 杜甫诗选 [M]. 长沙：湖南人民出版社，2009：36.

作时同样注重抒情诗中的名篇名作，这里不再一一赘述。

三、选译特色汉诗——以"奇"吸引大众读者

大众读者具有猎奇的心理。为了适应大众读者的这些心理，华兹生也注重选译具有中国民族特色的汉诗。但凡具有民族特色的诗歌，因其异质性特征较为明显，对猎奇心较重的域外读者具有较强的吸引力，容易激发他们的阅读兴趣。因此，在中西文化交流中，具有民族特色的汉诗也容易进入西方大众读者的阅读视野。由于以西方大众读者为目标读者定位，华兹生选译了不少具有中国民族特色的诗歌，如在《早期中国文学》和《哥伦比亚中国诗选：从早期到13世纪》两本书中，华兹生着重译介了最能反映中国古代民族特色的民歌，如他选的《诗经》中的部分民歌生动鲜活地描绘中国北方下层人们的爱、恨、离、愁。他选译的《楚辞·九歌》中的《河伯》（*Lord of the River*）、《山鬼》（*The Mountain Spirit*）、《云中君》（*The Lord Among the Clouds*）等部分诗歌最能反映中国南方巫神文化的特质。《中国抒情诗：从2世纪至12世纪诗选》一书继续了这一选本特点，选译与《诗经》中民歌一脉相承的抒情诗歌，如《古诗十九首》《汉乐府：民歌与仿民歌》，以及中国山水诗、咏怀诗、田园诗、友情诗、爱情诗等。这些诗歌都极度具有中国民族特色，深刻地揭示了古代中国人的情感世界。

华兹生的汉诗译作《中国赋：汉魏六朝时期赋体诗》与《寒山：唐代诗人寒山诗百首》特别突显了他以大众读者为导向，注重选译具有中国民族特色汉诗的选本特点。《中国赋：汉魏六朝时期赋体诗》聚焦于中国诗歌中一种特有的诗歌形式：赋体诗。中国赋体诗以"不歌而诵（不配乐歌唱而朗诵）"的方式叙事状物，体物写志，远袭《诗经》赋颂之传统，近承《楚辞》之华美，兼采诸子各家纵横捭阖之文风，讲究文采、韵律和节奏，篇内韵文一般通篇押韵，篇内散文句式飘逸，无固定之格式，类似散文，但更近于诗，通常被视为古诗的一个流派。汉赋是汉代最富时代文学色彩的代表性文学形式。建安至六朝时期尤推崇赋体诗，可以说赋体诗是中国古代独创的诗体形式，在西方无与之相近的文体。华兹生选译汉魏六朝时期的赋体诗一方面表明他对汉魏六朝赋体诗在中国文学史中特定地位的清晰认识，另一方面也体现他对赋体诗的重视。

华译《中国赋：汉魏六朝时期赋体诗》共十六个部分。第一部分，引言部分对赋体诗进行了详细的介绍。第二至十四部分，依次译介了宋玉的《风赋》（*The Wind*）、贾谊的《鹏鸟赋》（*The Owl*）、司马相如的《子虚赋》（*Sir Fantasy*）、王粲的《登楼赋》（*Climbing the Tower*）、曹植的《洛神赋》（*The Goddess of the Lo*）、向秀的《思旧赋》（*Recalling Old Times*）、潘岳的《闲居赋》（*The Idle Life*）、木华的《海赋》（*The Sea*）、孙绰的《游天台山赋》（*Wandering on Mount T'ien-t'ai*）、谢惠

连的《雪赋》(*The Snow*)、庾信的《小园赋》(*A Small Garden*) 等。这十三篇赋的译介让西方读者可以通过具体文本了解赋的特点。第十五部分,《赋体诗的早期批评》(*Early Critical Statement on the Fu Form*),华兹生译介了中国古代文人对赋的认知与批评,作为该书附录 I 放在书末,可以让西方读者了解中国古代文人对赋的认识。第十六部分,《荀况的两篇赋》(*Two Fu of Hsün Ch'ing*),其译介作为附录 II,放在书末,可以让西方读者欣赏到两篇时代较为久远的早期赋体诗,感受其文体特征①。《荀子·赋篇》是我国文学史上第一部以赋名篇的文学作品。华兹生从中选译了第一篇和第四篇。从本书的编排结构可以看出译者颇具匠心,对中国赋体诗的译介颇有理念,注重给西方读者提供赋体诗的背景知识,具有很强的读者意识。这就不难理解该书在西方大行其道的原因。

华译《寒山:唐代诗人寒山诗百首》共选译寒山诗作一百首,约占全部寒山诗作的三分之一,体现了译者对中国禅诗的喜爱与对中国禅文化的重视。中国佛教禅宗是印度佛教与中国本土文化尤其是儒道文化相激相荡的产物,对中国文学、艺术、文化产生了深远的影响②。以禅入诗是中国早期诗歌的一大特色,在唐宋诗歌中运用得较为普遍,是中国传统诗学的一种独特表现形式。后来传入日本、朝鲜等国家,对他们的诗歌文化也产生一定的影响。以禅入诗在王维、寒山等信奉佛教的诗人或诗僧中表现得尤为明显。禅诗大致可以分为两类:第一类是禅理诗,内有一般的佛理和禅宗所持的教义,富有哲理和思辨色彩;第二类是描写僧人和文人在生活中修行悟道的诗,如描写佛寺和山居生活的佛寺诗、山居诗等。前者如文人交游佛寺后所作的诗歌,如李白的《与从侄杭州刺史良游天竺寺》,后者如寒山的山居诗、王维隐居山林时所作的部分禅诗。这些诗歌表达了空澄静寂、超凡脱俗的心境。

华兹生本人也特别喜欢具有中国佛禅文化特色的寒山诗。事实上,他不仅喜欢寒山的诗歌,而且仰慕寒山的生活,对寒山的生平和诗歌有过较为深入的研究。1983 年,华兹生首次来华,特别拜访了寒山故居。据他自述,寒山一直是他喜爱的诗人之一。那次中国之行,一想到能去天台山走访寒山故居,目睹寒山诗中绘的山水,他就激动不已③。华兹生对寒山诗的主题及其反映的文化特色印象尤其深刻。他在封底上介绍该译本时写道:"寒山诗涉及的主题很广,既有对人生苦短的伤

---

① Burton Watson. Chinese Rhyme-Prose: Poems in the Fu Form from the Han and Six Dynasties Periods [M]. New York & London: Columbia University Press, 1971.

② 李红绿,赵娟. 美国汉学家华兹生译诗选本研究 [J]. 外国语文, 2017, 33 (04): 100—104.

③ 伯顿·沃森. 我的中国梦——1983 年中国纪行 [M]. 胡宗锋, 译. 西安: 陕西师范大学出版总社, 2015: 111.

感，也有对贫困、贪婪的抱怨……还有对自然世界与山林幽居无与伦比的描写。"① 读寒山诗很容易让我们想到汉魏六朝时期的隐逸诗、山水诗、咏怀诗。华兹生显然注意到了中国早期诗学传统在寒山诗作中的传承。他在该书的译序中以这样的方式介绍寒山诗："寒山诗作完全属于中国诗歌传统，他的语言反复回荡着中国早期诗人诗作的余音，尤其是六朝时期隐士诗人的诗作。"② 华兹生认为，中国古代的隐者既受儒家天下无道则隐、君子洁身自好、独善其身等精神操守的鞭策，也受道家返璞归真、遗世高蹈、恬淡虚无思想的影响，还受佛家自我消解、空彻澄明、静寂虚空思想的引悟。读寒山的诗作，可以清晰地感受到儒、道、佛三股文化游离在诗的字里行间，充满了独特的文化魅力。

华兹生的译作《中国赋：汉魏六朝时期赋体诗》与《寒山：唐代诗人寒山诗百首》一道折射出他注重选译中国民族文化特色诗歌的选本倾向，体现了他以"奇"吸引大众读者的译诗选本策略。

四、选择适于译成英语的汉诗——以"通"顺应大众读者

传统汉诗历经千年的发展与演变，形成了许多语言风格不一、特色鲜明的诗歌类型。有的诗歌语言高雅，如《诗经》中的雅颂诗篇；有的诗歌语言华丽，如《楚辞》；有的诗歌语言飘逸，如李白的诗歌；有的诗歌语言高度浓缩，如杜甫的诗歌；有的诗歌语言浅白，如唐宋诗人白居易、寒山、陆游等人的诗歌。这些语言风格各异的汉诗，有的适宜译成英语，译成英语后，语言风格变化不大，仍如原诗一样通顺流畅，为读者所喜爱。有的诗歌却不适宜译成英语，译成英语后原诗的语言风格发生了改变，或丧失了原诗的美学品味，甚至晦涩不畅，难以被理解和接受。

华兹生将原诗是否适宜译成英语当作翻译选本的一个条件，译文的可读性就不会受到太大影响。例如，汉诗中有些诗歌语言浅白，适宜译为英语，译成英语后行文风格依然畅通如故，能够迎合大众读者的阅读诉求。华兹生尤其垂青选译此类诗歌。因此，选择适宜译成英语的汉诗，以"通"顺应大众读者，成了华兹生汉诗选本的策略。在多部译诗集的序言中，华兹生多次提到他倾向于选择适宜译成英语的汉诗。例如，他选择白居易的诗较多，因为白居易的诗歌通俗易懂、语言浅白，深受国内外读者的喜爱，适宜译成英语。在《哥伦比亚中国诗选：从早期到13世纪》一书中，他选译白居易的诗歌最多，多达24首。对此，华兹生解释说："我觉得白居易的诗比其他任何重要诗人的诗都能更有效地译成英语……在（白居易

---

① Burton Watson. Early Chinese Literature ［M］. New York：Columbia University Press, 1962：back cover.

② Burton Watson. Early Chinese Literature ［M］. New York：Columbia University Press, 1962：12.

的诗歌更适宜译为英语）这一点上，我与韦利有同感。因此，我选择他的诗比较多。"① 可见，华兹生选译白诗较多与白诗通俗易懂、适宜译成英语的语言风格有很大关系。

在接受受约翰·巴尔克的采访时，华兹生再次解释了他大量选择翻译白居易诗歌的原因。他说："白居易是我最喜欢的中国诗人。相对而言，他的诗容易阅读，容易翻译，常带有一种幽默感。很多时候，我对他所说的话都能感同身受。"② 国内学者普遍认为白居易诗歌语言的最大特色就是"通俗"。读一下白居易的长篇叙事诗《长恨歌》和《琵琶行》就可以体会到这一点。白居易仙逝，唐宣宗写诗悼念：童子解吟长恨曲，胡儿能唱琵琶篇③。这段悼词描述了白居易的诗歌当时受人喜欢的情景。

白居易的诗歌多以日常生活为题材，语言生动自然、朗朗上口，不至晦涩难懂。这也是大众读者喜欢白居易诗歌的原因。据华兹生本人自述，他喜欢白居易的诗歌主要有两个原因：一是因为白诗语言通俗易懂；二是白诗多以日常生活为主题，情感真切化。因白居易的诗歌语言浅白、主题贴近生活，更适宜译成英语，读者容易理解和接受，所以他选译了较多的白居易的诗歌④。可见，华兹生选译白居易的诗歌除了本人喜欢白诗外，他还想照顾大众读者的阅读品味。下面以白居易的《客中月》（*The Traveler's Moon*）为例，分析一下华兹生选择翻译白诗的原因：

客从江南来，	A traveler has come from south of the Yangtze;
来时月上弦。	when he set out, the moon was a mere crescent.
悠悠行旅中，	During the long long stages of his journey.
三见清光圆。	three times he saw its clear light rounded.
晓随残月行，	At dawn he followed after a setting moon,
夕与新月宿。	evenings lodged with a moon newly risen.
谁谓月无情，	Who says the moon has no heart?
千里远相逐。	A thousand long miles it has followed me.
朝发渭水桥，	This morning I set out from Wei River Bridge;

① Burton Watson. The Columbia Book of Chinese Poetry: from Early Times to the Thirteenth Century [M]. New York: Columbia University Press, 1984: 242.

② John Balcom. An Interview with Burton Watson [DB/OL]. (2011-04-04) [2014-10-15]. http://site. douban. com/106369/ widget/notes/134616/note/143615399/.

③ 白居易. 白居易诗选 [M]. 汤华泉，释. 郑州：中州古籍出版社，2011：7—21.

④ Burton Watson. The Columbia Book of Chinese Poetry: from Early Times to the Thirteenth Century [M]. New York: Columbia University Press, 1984: 242.

暮入长安陌。　　by evening I had entered the streets of Ch'ang-an.

不知今夜月，　　And now I had wonder about the moon—

又作谁家客。①　　whose house will that traveler put up at tonight?②

　　白诗《客中月》没有用典，语言通俗易懂，非常浅白，表达了人在旅途，孤寂清冷、事事无常的思想。因为这首诗通俗浅白，相对而言更容易翻译成英语。华兹生运用通俗地道的当代英语翻译此诗，译语紧贴原诗，保留了原诗通俗浅白的语言风格，可读性强。因译文通俗畅晓，大众读者相对容易理解和接受。通过这首诗可以看出，从选本到翻译，华兹生特别关注译文的语言风格，注重译文是否顺应目标读者的阅读诉求。

　　华兹生以译文的通俗流畅顺应大众读者的语言要求，将原诗语言是否适宜译成英文作为选本的一个参考条件。这个选本策略曾在他的译著中有过多次阐述和说明。除了在《哥伦比亚中国诗选：从早期到 13 世纪》一书中以选择翻译白居易的诗歌予以解释说明，他还在《中国赋：汉魏六朝赋体诗》的序言中以赋体诗的选本为例进一步解释了他的选本策略。他说："我选择的十三篇赋。除一首外，其余都出自《文选》中的赋篇，在中国国内有很高的声望……我选择的这些赋除了我喜欢外，它们更适宜译成英语。"③可见，他选译赋诗主要基于三方面的考虑：其一，他选译的赋在国内应该有很高的声望，即应为名赋；其二，他选译的赋他本人要喜欢；其三，他选译的赋应该适宜译成英语。华兹生以原诗是否适宜译成英文为选本参照的理念体现了他选本时有强烈的读者意识。

　　华兹生的译诗集《苏东坡诗选》同样延续了他侧重选择适宜译成英语的汉诗的选本理念。在该译诗集的序言中，他说："我的译诗选集《苏东坡诗选》包括 112 首诗，2 首赋，以及从上述信件中节选的部分内容。……我选择的诗歌都是适合译成英语，是我所喜欢的诗歌。"④可以看出，华兹生之所以选择苏东坡的诗歌，不仅因为个人喜好，也是因为苏诗适宜译成英语。在《中国抒情诗：从 2 世纪至12 世纪诗选》一书的序言中，华兹生对译诗选本做了类似的说明，解释选择这些诗歌的两个主要参考因素。他说："这个诗集大约选择翻译了两百多首诗，选择这些诗不仅受我个人偏好的影响，而且根据我的判断，也最便于译成英文，能够代表

---

①　白居易.客中月［DB/OL］.（2011-05-04）［2014-10-15］. http://so.gushiwen.org/view_ 21735. aspx.

②　Burton Watson. The Columbia Book of Chinese Poetry：from Early Times to the Thirteenth Century［M］. New York：Columbia University Press, 1984：247.

③　Burton Watson. Chinese Rhyme-Prose：Poems in the Fu Form from the Han and Six Dynasties Periods［M］. New York & London：Columbia University Press, 1971：20.

④　Burton Watson. Selected Poems of Su Tung-p'o［M］. Washington：Copper Canyon Press, 1994：12.

某一个时期最好的风格和诗学倾向。"① 可见，华兹生选择翻译诗歌有个人喜好因素，但更重要的是他关注原诗是否通畅易懂，是否适宜译成通俗地道的英语。

华兹生还从是否适宜英译的角度对他选择翻译宋诗的缘由加以说明。在比较宋诗与西诗时，华兹生发现宋诗与西方现代诗歌有许多相似之处，认为宋诗颇像西方现代诗作。例如，宋诗所揭示的哲理性、所表现出的平淡的现实主义，在许多方面与当前西方诗歌趋势一致，容易引起西方读者共鸣，适宜译成英语。② 因此，他翻译了较多的宋诗，出版了苏东坡、陆游等宋代诗人的译诗专集。这说明华兹生比较注重原诗的语言风格和思想主题，关注其是否迎合时代的诉求，是否适宜译成英语。

为了增强译本的可读性，华兹生有时甚至会在译诗集中适当增加一些他认为适宜译成英语的汉诗。例如，在翻译日本学者吉川幸次郎的《宋诗概说》时，他在译文中增加了一些原书没有的汉诗。在该书的《译者序言》（Translator's Preface）中，他解释说："在征得原作者吉川幸次郎许可后，我增加了一些译诗。这些汉诗能够更好地译成英文。这样或许可以更好地传达原作的优秀品质，从而提高诗人在读者心中的印象。"③ 可见，原诗语言的可译性是华兹生选本时考虑的重点。实际上，以原文语言的可译性为导向选本也无可厚非，因为原文语言的可译性与译文的可读性息息相关。具有高可译性的原文本更容易产出具有高可读性的译本。只有当译本具有一定的可读性，读者才会接受和认可。因此，华兹生以原文是否适宜翻译作为选本的依据，实际上体现了强烈的目标读者意识和母语意识。归根到底，以原文的适译性作为选本条件，说明他选本时以目标读者为理念，反应了他对目标读者语言能力的适应选择意识。

五、参照底本多元化——以"博"迎合大众读者

博采众家之长，借鉴不同译本的选本优点也是华兹生译诗选本的选本策略。在译诗选本时，他不仅参考中文底本，还参照日译本、英译本，甚至法译本等其他语种的译本，他的译诗选本呈现出国际化的多维视野，充分体现了他兢兢业业、精益求精的译诗精神。在接受巴尔克的一次访谈中，华兹生强调说："因为我经常提到查阅了汉语文本的这个或那个日译本，有些人可能认为我是从日译本转译过来，而

---

① Burton Watson. Chinese Lyricism: Shih Poetry from the Second to the Twelfth Century [M]. New York & London: Columbia University Press, 1971: 3.

② Burton Watson. The Old Man Who Does As He Pleases: Selections from the Poetry and Prose of Lu Yu [M]. New York & London: Columbia University Press, 1973: xi.

③ Burton Watson. An Introduction of Sun Poetry [M]. New York & London: Harvard University Press, 1967: viii.

非从汉语原本翻译过来。实际上并不是这么回事。汉语评论家通常只解释诗歌或段落的难点和典故，不对诗歌做整体性解读。日本评论家所写的汉诗评论主要针对母语非汉语的读者，其解读更为全面透彻。我接受我能得到的各种不同解读。"① 华兹生对各种汉诗译注版本的解读和注释是兼容并包的。他对不同注释版本客观包容的态度有利于在译诗选本时做出更好的选择，提高译本满足不同读者的审美品位。

华兹生译诗选本的多维视野在其译著的"译者注"（Translator's Note）中反映出来。在《寒山：唐代诗人寒山诗百首》的"译者注"中，华兹生特意对一大批译注底本给他带来的帮助表示感谢，如日本的名古屋大学（Nagoya University）中国文学系教授入矢义高（Yoshitaka Iriya）出版的关于寒山诗的著作，对寒山的身份做了介绍，该书附有 126 首日译寒山诗以及详尽的注释，华兹生从中挑选了九十首作为翻译参照底本。阿瑟·韦利在《邂逅》（Encounter）上发表的 27 首寒山译诗，加里·施耐德在《长青评论》（Evergreen Review）上发表的寒山诗译作，华兹生在翻译和选择底本时也做了一些参考。此外，他还参考了 1957 年《通报》（T'oung Pao）上华裔学者吴其昱（Wu Chi-yu）发表的《寒山研究》（A Study of Han-Shan），以及由霍克斯（David Hawkes）发表在《美国东方社会学报》（Journal of American Oriental Society）上的有关寒山的译诗与汉语原文等②。

华兹生的译作《苏东坡诗选》以日本京都大学中国文学教授小川环树（Ogawa Tamaki）的两卷苏东坡诗作日译本为选本基础，还参考了吉川幸次郎的《宋诗概说》、林语堂的《快乐的天才》（The Gay Genius）、克拉克（C. D. Le Gros Clark）的两卷苏东坡赋体诗译本《苏东坡选集》（Selections from Su Tung P'o）与 1935 年在上海出版的《苏东坡赋体诗》（The Prose Poetry of Su Tung P'o），以及王红公（Kenneth Rexroth）的译著《一百首中国诗》（One Hundred Poems from the Chinese）中的 25 首英译苏诗。他还参考了《中国文学》（Chinese Literature）杂志上的 34 首匿名英译诗歌。此外，华兹生在"译者注"末尾着重提到了清代学者王文诰（Wang Wen-Kao）的苏诗版本《苏文忠公诗编注集成》（Su Wen-Chung-Kung-Shih Pien-Chu Chi-Ch'eng），称其为一部收集苏诗的详尽力作。该书收集的苏诗按时间先后顺序排列，对理解诗人生活和文学成长颇具价值③。华兹生的译作借鉴了王文诰版本的优点，也是按这种顺序排列。

华兹生译诗选本参照的底本多，充分借鉴了不同底本的优点，确保选本能迎合

---

① Balcom John. An Interview with Burton Watson［DB/OL］.（2011-04-04）［2022-6-15］.http://site.douban.com/106369/widget/notes/134616/note/143615399/.

② Burton Watson. Cold Mountain：100 Poems by the T'ang Poet Han-shan［M］. New York：Columbia University Press，1970：15—16.

③ Burton Watson. Selected Poems of Su Tung-p'o［M］. Washington：Copper Canyon Press，1994：13—14.

大众读者的阅读需求。单个诗人的译诗专集，如《寒山：唐代诗人寒山诗百首》《一位率性的老人：陆放翁诗歌散文选》等，华兹生一般撰写"译者注"，说明他具体参考的底本和文献。而综合性译诗集，如《哥伦比亚中国诗选：从早期到 13 世纪》《中国赋：汉魏六朝时期赋体诗》等则一般撰写"参考文献"（Bibliography），明示其参照的底本文献和资料。阅读华兹生的"译者注""参考文献"，可以发现其用功之艰、涉猎之广。他参照的底本既有中国的文献资料，也有日本、欧美等汉学家的作品和译作，颇具国际化的视野，反映了华兹生先生"译不惊人誓不休"的翻译精神和风貌。华兹生参考底本多元化、国际化的特点体现了他扎实严谨的翻译态度和学风。这也是我们向国外读者推广中国文化时应该学习和秉持的翻译态度①。

　　华兹生的译诗选本理念体现了强烈的目标读者意识。他的目标读者定位无疑影响了他对翻译原本的选择：他侧重选译汉诗名篇，以"美"打动大众读者；选译抒情汉诗，以"情"感染大众读者；选译特色汉诗，以"奇"吸引大众读者；选择适宜译成英语的汉诗，以"通"顺应大众读者；参照底本多元化，以"博"迎合大众读者。华兹生所取得的翻译成就与他明确的目标读者定位以及顺应目标读者的诉求是分不开的。他在译诗选本时以目标读者为导向的选本策略对于中国文学走出去之翻译选本理念具有一定的参考价值。

第三节　华兹生、译诗选本与现实读者的生态关系

　　生态翻译学借鉴了生态学的适应选择论、系统论、和谐共生论等理论观点，认为翻译活动中的译者、读者、原文作者、译本、原本、翻译赞助人等共同构成了一个动态和谐的系统，彼此之间互相影响，互相制约，互相适应选择。翻译过程实质上就是各翻译元素之间彼此互相适应选择的过程。就选择翻译原本而言，既是译者根据目标读者的需求做出的适应性选择，也是译者从自身审美品位出发做出的主观判断和选择。目标读者是影响译者翻译选本的主要因素，但译者自身的知识背景、审美标准也会影响翻译选本。在翻译选本时，华兹生尊重目标读者的审美品位，将西方大众读者因审美体验、文化传统等形成的"期待视野"纳入考虑的范围，力

---

① 李红绿，赵娟. 美国汉学家华兹生译诗选本研究 [J]. 外国语文，2017, 33 (04)：100—104.

求实现读者对译作的接受与认同。除了目标读者的影响，华兹生的译诗选本也受到自身审美心理、知识背景等制约，尤其当翻译活动不受制于赞助人，是他个人的自娱自乐之举时更是如此。相对而言，如果受翻译赞助人干预，译诗译本能否取得理想的效果则主要取决于他选译的汉诗能否引起目标读者的共鸣。因此，译者、目标读者与译诗选本之间构成了一种互相制约、互相依存的生态关系。

一、华兹生与汉诗翻译原本选择

翻译选本是整个翻译活动中重要的一环，对翻译活动的价值和意义以及翻译目标的达成起着决定性的作用。选本不当，忽略译文读者的审美品位和情趣都将对翻译活动产生消极影响，难以如期实现翻译目标。翻译选本于翻译活动之重要性，早有学者进行过论述。梁启超在《变法通译》一书第七章《论译书》中论述了翻译选本的重要性，将其放在翻译活动中最重要的位置。他说："今日而言译书，当首立三义：一曰，择当译之本；二曰，定公译之例；三曰，养能译之才。"① 所谓择当译之本，就是选择合适的原本翻译。梁启超将翻译选本放在"三义"之首足见他对翻译选本的重视。读者的知识品味、审美情趣和阅读需求决定了他对译作的取舍态度。读者通常根据自己的阅读喜好对译作进行评价和反馈。因此，翻译选本虽由译者主导，但实际上受制于译作服务的目标读者。

翻译选本是基于译者、读者等翻译主体的知识结构、审美品位、文化背景的选择性适应活动。海德格尔等人提出的现代阐释学理论为分析华兹生、目标读者、译诗选本等三者之间的生态关系提供了理论依据。译者和读者总是从自己的个人视界和历史视界阐释和接受原文本。所谓个人视界就是指主体现在的视界，也就是主体对文本意义的预期和前判断；所谓历史视界，就是指文本本身置身其中的历史视界，以及在与历史对话中形成的各种不同阐释②。海德格尔认为人的存在是一种历史或时间的存在。阐释主体根据在历史中形成的认知模式去阐释客体。他将事先形成的认知模式称为前结构或前理解。前结构由阐释者的前有、前见、前设构成。前有指主体在阐释之前已有的文化习惯和思想文化背景，前见指主体在阐释之前已经掌握的相关概念和范畴，前设指阐释理解之前的预先假设。前理解决定了理解的视域。阐释者始终处于历史与传统中。历史与传统将阐释者和阐释对象联系在一起，既是构成前理解的重要因素，也促成了新的理解。海德格尔提出的前结构或前理解等理念对于分析译者选择翻译原本与读者适应译本的态度具有启发意义。译者是原文的阐释者，而读者主要是译文的接受者。他们都会根据事先形成的认知模式，即

① 陈福康. 中国译学理论史稿 [M]. 上海：上海外语教育出版社，2000：99.
② 马新国. 西方文论史 [M]. 北京：高等教育出版社，2003：579.

前结构或前理解，选择原文和理解译文。

译者主宰着翻译原本的选择。尽管目标读者的定位对译者的翻译选本发挥着潜在的影响，但是译者发挥着决定性作用。译者的思想观念、宗教信仰、审美品位和知识结构都会影响翻译原本的选择。即便是应赞助人之约翻译，译者也可能向翻译赞助人建议他自己认可的翻译底本。因此，译者对原本的选择虽然主要受目标读者的影响，是选择与适应读者的结果，但同时多少也受到自身的制约，是自我适应与选择的结果。

译者的思想观念、宗教信仰是构成译者个人视界的重要元素，对译者的选本产生影响。安德烈·勒菲弗尔（André Lefevere）在分析古希腊喜剧《吕西斯忒拉忒》（Lysistrata）的英译本时提出意识形态和诗学操控翻译活动的观点①。操控既可以体现在语言层面翻译策略的运用上，也可以体现在宏观层面的翻译选本上。如果原文表达的宗教理念、思想观念等意识形态切合译者的意识形态需求，那么这些作品就容易进入译者的选本范围。华兹生译介寒山与苏轼的诗歌与这些诗表达的禅宗思想有关。华兹生信仰佛教，每周两次去附近的寺庙参加禅修，20世纪50年代曾与施耐德（Snyder）在"美国第一禅学研究所"（the First Zen Institute of America in Japan）做兼职翻译工作。他还替日本创价学会（The Soka Gakkai）翻译过佛教文本，如鸠摩罗什（Kumarajiva）的中文本《妙法莲花经》（The Lotus Sutra），以及他最喜爱的《维摩诘经》（Vimalakirti）等。他选译寒山诗在一定程度上是因为寒山诗中传达的佛禅思想引起他宗教信仰上的共鸣。华兹生翻译苏东坡的部分诗歌也与苏诗中表达的佛家、道家思想有关。在《苏东坡诗选》中，华兹生称苏轼的哲学是儒家、佛家与道家相结合的产物。在其诗歌中，苏轼的佛家与道家思想得到了充分体现。他母亲是一个虔诚的佛教徒，苏轼本人对佛教文化与教义很感兴趣，花费大量的时间拜访辖区内的寺庙。禅宗是佛学流派中最为活跃、最具影响力的流派，其思想在苏轼的诗歌中表现得非常明显②。因为信仰佛教，华兹生选择翻译了不少苏轼的禅诗。

除了宗教信仰、思想观念等意识形态因素外，华兹生的汉诗选本在很大程度上还受到自身诗学观的影响。当原诗表达的主题、意象以及采取的诗体形式、语言风格等诗学元素与译者的个人视界契合时，这些诗作更容易成为译者的选本对象。华兹生选择翻译陆游的诗歌、白居易的诗歌、杜甫的诗歌等主要是因为这些诗歌的语言风格、诗体主题更容易与他的个人视界相融合。华兹生称，他特别喜欢陆游诗歌所表现出来的精致、细腻的诗风。他说，陆游是一个情感丰富、风格多变的诗人。

① 安德烈·勒菲弗尔.翻译策略：生命线，鼻子，腿，把手：以阿里斯托芬的《吕西斯忒拉忒》为例[A].马会娟，苗菊.当代西方翻译理论选读[C].北京：外语教学与研究出版社，2009：169—173.
② Burton Watson. Selected Poems of Su Tung-p'o [M]. Washington：Copper Canyon Press，1994：8.

他的诗歌有两类截然不同的主题：一类是充满爱国热情的主题；另一类本质上完全不同，以平静快乐、充满生活情趣的日常生活为主题①。在他看来，陆游的爱国诗歌总是号召人们去战斗。但是，不论这些诗歌如何客观和真诚，华兹生都觉得难以接受。因此，相比而言，他选择翻译此类诗歌相对较少。他更喜欢陆游描写日常生活的诗歌，尤其是那些描写乡村生活的诗歌。他喜欢这些诗歌精致的细节安排以及在意象上的创新。在这些诗歌中，陆游运用了不少以往文学中不常见的意象，努力用其周围的乡间实景、实物、声音创作自己的诗歌②。华兹生认为，陆游日常生活主题诗歌的真实感、细腻感与美国的乡村诗歌有相通之处，很容易引起他的共鸣。这是他选择翻译陆游诗歌的主要原因。

华兹生选择翻译白居易的诗歌与白诗的平易与朴实诗风有关。2011 年 10 月，华兹生再次造访西安，他向中国读者解释了他喜欢白居易诗歌的主要原因。他说，白居易的诗歌诗风浅白，容易阅读，他的很多诗歌他都能感同身受。③ 关于杜甫诗歌，华兹生曾说过，他选译杜甫诗歌主要出于两方面的考虑。首先，杜甫诗歌名气大，不仅在中国文学史上诗名远扬，而且在世界文学史上也占有重要地位。其次，杜甫诗歌具有崇高的文学性，如诗歌形式丰富多样，诗歌主题宽泛多变，诗歌语言丰富多彩，从高雅的语言到与诗人同时代的口语，从浓缩的用典到非诗化的用语，几乎无所不用，无语不入诗，具有超常的创新性。因此，尽管杜诗难以理解，最难翻译，甚至不可译，他还是克服困难，迎难而上，在不可译中尝试可译性。④ 可见，原诗的题材、主题、风格、语言等诗学因素对华兹生的译诗选本产生影响。他更乐于选择翻译自己认可的诗歌。

通过这些选本案例可以看出，华兹生的译诗选本虽然以目标读者为导向，充分考虑读者对原本的认同感，但他本人秉持的宗教信仰、诗学观念，以及对原本的认知程度等诸因素对他选择翻译原本也产生影响。无论是意识形态还是诗学因素都是构成译者个人视界的重要元素。换言之，当原作所蕴含的历史视界与译者的个人视界融合时，这些作品也就相对容易进入译者的选本范围。如果翻译不是应赞助人之约而发起，仅仅是译者个人的自娱自乐之举，译者更有可能根据自己的喜好，结合目标读者的阅读品味选择翻译底本。当然，如果翻译活动并不是由译者本人发起，而是应赞助人之约而开展，那么赞助人可能成为影响翻译选本的重要因素，有时甚

---

① Burton Watson. The Old Man Who Does As He Pleases：Selections from the Poetry and Prose of Lu Yu ［M］. New York & London：Columbia University Press, 1973：xiv.

② Burton Watson. The Old Man Who Does As He Pleases：Selections from the Poetry and Prose of Lu Yu ［M］. New York & London：Columbia University Press, 1973：xvi.

③ 秦泉安. 翻译家巴顿·华兹生教授的汉学情结 ［DB/OL］. (2015-07-14) ［2015-10-15］. http：// cul. qq. com/a/20150714/041266. htm.

④ 华兹生. 杜甫诗选 ［M］. 长沙：湖南人民出版社, 2009：44—45.

至可能操纵着翻译原本的选择。此时，译者可能根据赞助人、赞助人预设的目标读者，以及赞助人委托选本的专业人士等人的审美品位与阅读需求选择翻译原本。不管哪种情况，目标读者与译者都会在翻译选本中发挥作用，都是影响翻译选本的决定性因素，是操控翻译选本的"一只看不见的手"，不同的是译者和读者对翻译选本的影响程度有所差别。

二、华译汉诗选本与现实读者的反应

现实读者对译作的反应是评价译者选本能力、目标读者审美品味预判能力、翻译生态环境感知能力的重要参数，直接决定译本能否"适者长存"。因此，现实读者的反应是评价翻译活动成败的一个重要因素。从读者的角度评价翻译活动大致可以分为四步。第一步，译者接受翻译任务，明确翻译目标，确定译作的目标读者。第二步，译者根据目标读者的定位选择合适的翻译原本，完成语言转换，产出译本。第三步，出版译本，接受现实读者的考验。第四步，根据现实读者的评价和反馈，判断翻译活动之成败。华兹生根据目标读者的审美品位与阅读诉求完成了译诗选本，其选本质量如何，其译本是否为目标读者即西方大众读者所喜爱，是否达成了预期目标，对这些问题的回答最终还需等到译作翻译出版后，现实读者对译作的评价与反馈。从现实读者的反馈来看，华兹生的译诗获得了西方大众读者的认可，评价颇高。这说明华兹生在翻译实践中按照目标读者定位选择翻译原本，其译作最终为现实读者认可，实现了翻译目的，圆满地完成了翻译任务。

接受美学创始人姚斯（Hans Robert Jauss）提出的"期待视野"，为分析现实读者对译作的反应，以及评价华译汉诗选本之成败提供了理论基础。从接受美学的视角来看，译作能否满足目标读者的"期待视野"是评价译本选本质量的重要指标。由于华兹生在译者、目标读者、原文、译文等构成的翻译生态环境中建构了一个和谐的"生态链"，他根据目标读者的审美期待选择翻译文本，其译诗最终得到了现实读者的的普遍认可，实现了翻译目的。所谓期待视野就是指读者根据自己的审美体验、文化传统等针对文本设置的某种期盼。简而言之，"期待视野"就是指读者阅读作品之前的审美期待，类似于海德格尔的前理解和伽达默尔的个人视界。伽达默尔提出的视界融合和姚斯提出的期待视野都强调历史、传统和文化对理解和接受文本的重要性。在姚斯看来，文本的意义依靠读者去建构和阐释，每一代文学接受者都有自己的期待视野，都以自己既定的期待视野去面对新作品，一部文学史就是文学的接受史①。与姚斯不同，伊塞尔的文本理论受现象学的影响较大。他提出的文本空白理论受英伽登的"未定点"论的影响，指文本中需要读者根据自己

---

① 马新国. 西方文论史 [M]. 北京：高等教育出版社，2003：584—587.

想象填充的部分。文学文本不同于非文学文本的重要区别是两者在文本空白和未定点上的差异性。在文本未被读者接受之前，只是未定性的"召唤结构"。如果译作的审美品位、知识结构与读者的"期待视野"相当，读者自然也就容易接受译作。反之，如果译作所表达的观念、思想及风格与读者的"期待视野"相差太远，读者就难以理解和接受译作。由于华兹生选择翻译的汉诗与现实读者的期待视野一致，现实读者对华译汉诗作出了积极正面的反应。这说明华兹生的译诗选本策略是成功的。

接受美学认为任何一个读者，在其阅读任何一部具体的文学作品之前，都已处在一种先在理解或先在知识的状态。没有这种先在理解与先在知识，任何新的东西都不可能为经验所接受。[①]华兹生注重选择名人名作如李白、陶渊明等人的诗歌，一方面是因为这些诗人的诗作在西方已有一定的影响，西方读者对此已具有一定的先在理解与先在知识，对汉诗中的名篇诗作形成了某种"期待视野"，这些诗作容易被他们接受。另一方面，也与名人名作蕴含的普遍美学品质有关。向西方读者译介中国文学应该从这些有一定接受基础的诗人诗作开始，从名篇到非名篇，从重要的诗人到次重要的诗人，有序地推进，不断挑战读者的"期待视野"，从而缩小"熟识的先在经验与较陌生作品接受所需要视野变化之间的距离"[②]，逐渐扩大西方大众读者的"期待视野"。华兹生的译诗选本正好遵循了这种规律，他采取以名篇为主的选本理念，在西方大众读者中为他的汉诗译作塑造良好的印象。在侧重译介汉诗名篇的基础上，华兹生在译诗集中通常也会译介一些二流、三流诗人的诗歌。华兹生这样做的目的也许是想逐步深化西方读者对中国诗歌的整体认识，避免他们对汉诗产生一叶障目、见木不见林的误读。从现实读者对华兹生译作的反应来看，华兹生这种以名篇为主、一般诗歌为辅的选本实践是成功的，取得了理想的效果，不仅他选择翻译的名篇名作广为流传，一些非主流的诗歌，如寒山诗也开始为西方读者所熟知。

华兹生选译的爱情诗、友情诗、咏怀诗、乐府民歌、山水诗、田园诗等诗歌，抒发的是人类普遍的情感。这些诗歌本身具有较高的普适性，不管放在哪个国家、哪个时代都容易引起读者的共鸣，能够普遍地适应目标读者的"期待视野"。美国诗人詹姆斯·冷弗斯特（James Lenfestey）的诗集 *A Carfload of Scrolls*：100 *Poems in the Manner of Tang Dynasty Poet Han Shan*（《仿拟唐代诗人寒山诗百首》）就深受华兹生译本的影响。他宣称华兹生优美的寒山译诗打动了他。他不仅欣赏到了美丽的寒山之歌，而且给他的诗歌创作带来了灵感。[③] 寒山在中国国内称不上一流的诗

---

① 胡经之. 西方文艺理论名著教程（下）[M]. 北京：北京大学出版社，2003：408.
② 胡经之. 西方文艺理论名著教程（下）[M]. 北京：北京大学出版社，2003：409.
③ 胡安江. 美国学者伯顿·华生的寒山诗英译本研究 [J]. 解放军外国语学院学报，2009（6）：80.

人，但因其诗作迎合当时美国社会反越战、反种族主义、反现代技术社会的文化诉求，受到美国嬉皮士的推崇，在美国社会广为流传。

任何一个民族的文化都是世界文化的有机组成部分，"科学无国界"，"音乐无国界"，好的诗歌也无国界。华兹生侧重选择有中国民族特色的诗歌，较精确地把握了汉诗的优秀民族文学特质，同时也回应了目标读者猎奇猎艳的审美期待，得到了西方大众读者的认同。华兹生选择翻译的具有中国民族文化特色的赋体诗《中国赋：汉魏六朝时期赋体诗》在西方也产生广泛影响。香港大学中文系何沛雄教授曾撰写《读赋拾零》，论述赋体诗在西方的译介情况。何教授认为，华兹生是译介赋体诗较多的译者之一。1971年他出版的《中国赋：汉魏六朝时期赋体诗》是继法国学者马国理斯（G. Margoulies）赋体诗译著《文选中之赋》之后，在西方影响力颇大的代表性赋体诗译作。① 联合国教科文组织将该书选入中国系列代表性作品，美国教育机构将其作为本科生通识教育的教材，说明这些译作已得到了现实读者的较高评价和良好的反馈，无疑说明华兹生以目标读者为导向的选本策略是成功的。

华兹生译诗选本具有多维化、国际化的视野，注重选择翻译其他汉诗译者译诗集中出现频率较高的汉诗。一方面，这些诗歌所体现的历史和文化维度切合不同读者的文化品位和审美期待，容易被他们理解和接受。另一个方面，译诗集中收集的这些已被西方读者广泛熟识的译诗，本身可以构成一个先在的知识结构、语境和文化背景，成为目标读者"期待视野"的一部分，为其理解和接受其他相关汉诗打下基础。例如，华兹生在其译著《哥伦比亚诗选》中收有李白的一些名篇。由于读者对这些名篇的风格和思想已有一定认识，这些已有的认知可以在西方大众读者中为李白诗歌创造新的"期待视野"，从而为他们接受李白的其他诗歌做铺垫。华兹生通常在每部译作前面附上解释性的引言，有时甚至在每一章或每一首诗的后面附加注释或对原诗的创作背景和创作思想进行解释。这些注释和解读大大地丰富了西方读者对汉诗的看法，拓展了西方大众读者的汉诗知识结构，在读者与译作之间搭建起一个共通的文化场域，为适应现实读者的"期待视野"服务。

总之，华兹生践行了以西方大众读者为导向的译诗选本理念。从现实读者的实际反应来看，他的译作认可度高，顺应了大众读者的审美期待，满足了大众读者的"期待视野"，得到了大众读者的认可，实现了译诗选本的预期目标。

---

① 孙晶. 西方学者视野中的赋——从欧美学者对"赋"的翻译谈起 [J]. 东北师范大学学报, 2004
(2)：87.

第四节 读者反馈与文化影响考察

华兹生坚持以西方大众读者为导向挑选汉诗翻译原本，注重选择翻译汉诗中的名人诗作，推崇汉诗中的抒情诗和具有民族特色的诗歌，注重吸收不同译诗选集收录的优秀汉诗，在译者、读者、原作、译作四者之间维持了一种和谐的生态关系。华兹生热爱中国文化，酷爱中国古典诗歌，把翻译与传播中国文化作为自己终生追求的梦想。他曾说过，自他在哥伦比亚大学开始学习汉语的那天起，他就渴望有一天能实现自己的梦想，到中国去拜访孔子、庄子、李白、苏东坡、陆游、寒山等华夏圣贤的故乡。① 由于仰慕华夏先贤，酷爱传统汉诗，华兹生视译诗为自己的人生事业，充分考虑西方大众读者的阅读诉求，在翻译汉诗时精益求精。生态翻译学认为译者在翻译活动中追求翻译的价值，力求实现"译有所为"之目标②。华兹生始终以"译有所为"态度对待译诗事业，希望自己的译作能够促进中西文化交流，推动中国诗歌文化在西方的传播。华兹生的汉诗译作不仅被收入联合国教科文翻译集，而且被用作通识教育的教材，广泛地收藏于世界各大图书馆，惠及西方普通大众读者，一度形成"寒山热"，影响了美国部分诗人的诗歌创作，在促进中国文化西传、中西文化交流方面发挥了积极作用，实现了华兹生为西方大众读者而译的翻译初心。

一、华兹生汉诗译本的文化影响

华兹生的汉诗译作多达十一部，不仅译诗数量多，而且译诗反响好，享誉西方。在这些汉诗译作中，1962 年哥伦比亚大学出版社出版的《早期中国文学》一书"系哥伦比亚大学东方研究委员会举办的亚洲思想与文学研究系列的第一批作品"，是"普通大众得以欣赏亚洲传统的得力之作"③。同年树丛出版社（Grove Press）出版的华译《寒山：唐代诗人寒山诗百首》收入《联合国教科文组织翻译集·中国系列丛书》。因为受读者青睐，1970 年，该书由哥伦比亚大学出版社再

---

① 伯顿·沃森. 我的中国梦——1983 年中国纪行 [M]. 胡宗锋，译. 西安：陕西师范大学出版社，2015：2—3.

② 胡庚申. 生态翻译学的研究焦点与理论视角 [J]. 中国翻译，2011（2）：5—9.

③ Burton Watson. Early Chinese Literature [M]. New York：Columbia University Press，1962：vii.

版。1965 年，哥伦比亚大学出版的华译《苏东坡：一位宋朝诗人诗选》再度收入《联合国教科文组织翻译集·中国系列丛书》。1994 年，铜谷出版社（Copper Canyon Press）出版了该书的修改版《苏东坡诗选》，受到全国艺术捐赠协会（the National Endowment for the Arts）、读者文摘基金（Reader's Digest Fund），华盛顿州立艺术委员会（The Washington State Arts Commission）等多家机构的赞助。次年，该修订版本获翻译金笔奖（Pen/Book-of-the-Month Club Translation Prize）。加里·施耐德（Gary Snyder）为该书题词，称"华兹生是本世纪译笔最好、最能持之以恒、最多产的中国文学翻译家"①。1971 年，哥伦比亚大学出版社出版了华兹生的译著《中国抒情诗：从 2 世纪至 12 世纪诗选》。该书受到纽约卡耐基公司（the Carnegie Corporation of New Yok）的资助，作为美国本科生关于亚洲通识教育（Undergraduate General Education Concerning Asia）的教材，同时也在哥伦比亚大学东方人文项目（the Columbia College Oriental Humanities Program）中使用②。因此，该译著在美国国内影响力较大。德·巴里在前言中称"该书对中国古典抒情诗歌的主要发展阶段做了总的介绍，在亚洲研究系列丛书中占有重要一席。该书再次证明了华兹生教授是中国文学译介的超级天才"③。同年，华译《中国赋：汉魏六朝时期赋体诗》也由哥伦比亚大学出版社出版。该书的出版既受美国国防教育法案（the National Defense Act）教育办公室资助，也受到卡耐基公司的资助，用作美国本科生关于亚洲通识教育的教材，并被收入《联合国教科文组织翻译集·中国系列丛书》。由于译笔流畅，华兹生的译书受到了广泛的称赞。

此外，1973 年哥伦比亚大学出版社出版的华译《一位率性的老人：陆放翁诗歌散文选》也是哥伦比亚大学东方经典译作之一。1984 年，该出版社出版的华译《哥伦比亚中国诗选：从早期到 13 世纪》，2000 年出版的华译《白居易：诗歌选集》以及 2002 年出版的《杜甫诗选》，在西方总体评价也较高。其中，《杜甫诗选》曾被国家资助的《大中华文库》选为向西方读者推广中华文化的经典译作之一。熊治祁在该书前言中称华兹生为"当代最出色的一位翻译家"，他英译的《杜甫诗选》译笔流畅、通俗易懂，便于一般读者接受④。华兹生的译作不仅得到了西方学者的认可，而且得到了中国国内原语国学者的认可。这与他考究之选本、上乘之译笔、严谨之译风不无关系。

---

① Burton Watson. Selected Poems of Su Tung-p'o ［M］. Washington：Copper Canyon Press，1994：back cover.

② Burton Watson. Chinese Lyricism：Shih Poetry from the Second to the Twelfth Century ［M］. New York & London：Columbia University Press，1971：iv.

③ Burton Watson. Chinese Lyricism：Shih Poetry from the Second to the Twelfth Century ［M］. New York & London：Columbia University Press，1971：vii.

④ 华兹生. 杜甫诗选 ［M］. 长沙：湖南人民出版社，2009：25.

二、各大图书馆收藏情况与读者反馈分析

华兹生曾多次说明他的汉诗译本以广大普通读者为目标读者。从广大读者反馈的情况来看，他的译诗选本确实顺应了广大读者的审美品位和阅读诉求。例如，傅汉思（1986）在评价华译《哥伦比亚中国诗选：从早期到 13 世纪》时称，该诗集选本明智，翻译准确，对普通读者极有吸引力①。华兹生的大众读者意识为他的译作在世界范围内的传播与流传产生了非常积极的影响。下表是根据检索世界最大的联机书目数据库 WorldCat② 再统计得出的结果，将华兹生与世界著名汉学家韦利、理雅各、翟理思（Herbert Allen Giles）等三人在世界各大图书馆的收藏情况，读者的阅读层次要求等列表进行对比，分析读者对华兹生译作的反应及这些译作在世界范围内的影响力。韦利、理雅各、翟理思均在中国典籍译介，包括传统汉诗译介方面取得了非凡的成绩，将华兹生与这三位翻译大家放在一起对比有一定的说服力。鉴于图书馆的收藏情况最能反映译者的影响力，最受欢迎的代表性译作最能反映译者的核心竞争力，译作对读者的阅读水平要求最能反映译者的目标读者意识，因此本次对比主要从这三个方面展开。根据检索联机书目数据库得到的数据，将四位译者三个方面的具体数据列表如下：

译者	收藏译作的图书馆数量	最受欢迎的代表性译作 （Most widely held works）	读者阅读水平 （Audience Level）
韦利	44，367	汉诗译作类两部： 1. *Translations from the Chinese*（《译自中国》），由 2187 个世界范围内的 WorldCat 成员图书馆收藏； 2. *The life and times of Bai Juyi*（《白居易的生活与时代》），由 1562 个世界范围内的 WorldCat 成员图书馆收藏。	0.34

---

① Hans H. Frankel. Review：The Columbia Book of Chinese Poetry：From Early Times to the Thirteenth Century by Burton Watson［J］. Harvard Journal of Asiatic Studies, 1986（1）：288—295.

② Worldcat 是 OCLC 公司（联机计算机图书馆中心）的在线编目联合目录，是世界范围内的图书馆和其他资料的联合编目库，同时也是世界最大的联机书目数据库。OCLC（Online Computer Library Center, Inc）即联机计算机图书馆中心，总部设在美国的俄亥俄州，是世界上最大的提供文献信息服务的机构之一，它是一个非赢利的组织，以推动更多的人检索世界上的信息、实现资源共享并减少使用信息的费用为主要目的。本次统计截止日为 2018 年 9 月 6 日。

续表

译者	收藏译作的图书馆数量	最受欢迎的代表性译作（Most widely held works）	读者阅读水平（Audience Level）
翟理思	14, 928	中国汉诗译作类三部： 1. *History of Chinese literature*（《中国文学史》），由 1898 个世界范围内的 WorldCat 成员图书馆收藏； 2. *Gems of Chinese literature*（《中国文学精华》），由 1072 个世界范围内的 WorldCat 成员图书馆收藏； 3. *Chuang Tzu*(《庄子》)，由 466 个世界范围内的 WorldCat 成员图书馆收藏。	0.51
理雅各	20, 894	中国传统典籍（包括汉诗译作）三部： 1. *The I Ching*（《易经》），由 1993 个世界范围内的 WorldCat 成员图书馆收藏； 2. *Tao Te Ching*（《道德经》），由 1085 个世界范围内的 WorldCat 成员图书馆收藏； 3. *The Chinese classics*（《中国经典》），由 1001 个世界范围内的 WorldCat 成员图书馆收藏。	0.34
华兹生	41, 020	汉诗译作类三部： 1. *The Complets of Chuang Tzu*（华兹生将《庄子》视为诗歌），由 2192 个世界范围内的 WorldCat 成员图书馆收藏； 2. *The Columbia book of Chinese poetry*（《哥伦比亚中国诗选》），由 1382 个世界范围内的 WorldCat 成员图书馆收藏； 3. *Early Chinese literature*（《早期中国文学》），由 1221 个世界范围内的 WorldCat 成员图书馆收藏。	0.20

从上面列表可以看出，华兹生译著在世界各大图书馆的收藏率非常之高，在收藏数量上与大翻译家韦利非常接近，超出翟理思与理雅各的总和，足见华兹生译作在世界范围内的影响力颇大。从代表性译作来看，华兹生的《庄子》英译本高居榜首，《哥伦比亚中国诗选》的收藏率也非常之高。这说明华兹生译作的核心竞争力较强，高质量的译作得到了较为普遍的认可。从译作对读者的阅读水平要求来看，在这四位著名翻译家中华兹生的译作阅读难度系数是最低的，读者阅读水平仅为 0.2，普通读者的阅读反应是难易适中。

根据联机计算机图书馆中心（OCLC）提供的解释，读者阅读水平（Audience Level）是一个目标读者指数（a "Target Audience" indicator），是读者阅读作品所需的知识层次（The intellectual level of the audience）要求。学龄期至初中毕业约 0—0.15，高中至大学毕业约 0.15—0.25，成年读者或学者在 0.25—1.0，例如，《图书馆信息机构操作研究》（*Operations Research for Libraries and Information Agencies*）系数为 0.78，《追风筝的人》（*The Kite Runner*）系数为 0.43，《哈利波特与魔法石》（*Harry Potter and the Sorcerer's Stone*）系数为 0.15。① 华兹生译作的读者阅读水平要求在 0.2 左右，刚好介于大学生与成年读者之间，这也许是华兹生的汉诗译作被广泛地选用为美国大学通识教育教材的主要原因。此外，0.2 的阅读能力要求可能也是他的译作获得大众读者认可的原因，正好印证了华兹生一直强调的"为普通大众而译，非为专业人士而译"的读者定位。由于华兹生的译著阅读难度系数适中，所以他的译作颇受西方大众读者喜爱。正如约翰·巴尔克所言，"西方国家选修亚洲或中国研究课程几乎无一不读他的译作"②。

华兹生取得了骄人的译诗成就，翻译出版汉诗译著十一部，为西方大众读者奉上的汉诗力作，为他赢得了世界性声誉，对于推广和弘扬中国文化作出了巨大贡献。他选择汉诗原本时以西方大众读者为导向，十分考究，反映了他兢兢业业、精益求精的译家风范。华兹生译本在世界各大图书馆的收藏率比肩理雅各、翟理斯、韦利等翻译大家，他的汉诗译作得到联合国教科文组织的认可，当作中国与亚洲研究的参考书目使用，部分汉诗译作在美国走上讲台，成为大学生的通识教材，能取得如此大的影响力与华兹生明确的目标读者定位以及根据目标读者定位选择翻译原本的理念不无关系。

---

① 关于读者阅读水平的相关资料和信息来自 https：//www. oclc. org/research/activities/audience. html.

② John Balcom. An Interview with Burton Watson[DB/OL]. (2011-04-04) [2014-10-15]. http://site. douban.com/106369/widget/notes/134616/note/143615399/.

第五章　三维适应选择转换——华兹生的汉诗语言、文化意象与诗体形式翻译

　　生态翻译学从语言、文化、交际三个维度构建了翻译方法体系，提出这三个维度的适应选择转换程度、读者对译文评价的好坏、译者素质高低是评价译文的主要标准。① 本章以汉诗语言、文化意象、诗体形式的适应选择转换为例，分别从语言维、文化维、交际维三个维度探讨华兹生汉诗翻译的方法及特点。

　　针对汉诗语言翻译、文化意象翻译、诗体形式翻译，华兹生均提出了一系列的观点，分别从语言、文化、交际等不同维度建构了自己的译诗方法体系。关于译诗语言，华兹生曾说过："作为译者，我所面临的问题与其说是搞懂原文，倒不如说是怎样用清楚和流利的英文来表达原文的意思"，"我在译文中从不使用古英语，而是尽量使用明了和悦耳的现代英语"②。关于文化意象翻译，他说："既然诗歌翻译的主要目的不是传达科学数据，而是建立丰富多彩的语言结构和情境，那么运用英语语言中的对等物来翻译对我来说是唯一可以接受的"③。关于汉诗诗体翻译，他说："翻译华夏古诗没必要押韵，所以也就没有必要同情那些为了押韵而害意的译者。"④ 这些观点都体现了生态翻译学"适应选择转换"的译学主张，即译者需在语言、文化、交际等维度做出适应选择转换，以实现译文获得较高"整体适应选择度"。

　　华兹生在语言、文化、交际等维度采取的翻译方法折射出他一以贯之的译诗理念。他主张紧贴原文语言而译、保留汉语原诗的文化特色，同时适当变通，放弃用韵，用现代英语翻译等。华兹生忠实、通俗、通达的译诗理念是对西方传统译诗思

---

① 胡庚申. 傅雷翻译思想的生态翻译学诠释 [J]. 外国语, 2009 (2)：47—53.

② 伯顿·沃森. 我的中国梦——1983 年中国纪行 [M]. 胡宗锋，译. 西安：陕西师范大学出版总社，2015：208.

③ Burton Watson. Early Chinese Literature [M]. New York：Columbia University Press, 1962：271.

④ 伯顿·沃森. 我的中国梦——1983 年中国纪行 [M]. 胡宗锋，译. 西安：陕西师范大学出版总社，2015：198—200.

想的继承和发展，既与他所持的诗学理念有关，也与他选择为西方大众读者而译的目标读者定位有关，还受到西方意识形态、主流诗学、赞助人提出的翻译要求等的影响。华兹生在语言、文化、交际等三个维度上采取的翻译方法、践行的译诗理念体现了他对目标读者的适应选择，与为西方大众读者而译的翻译目标相吻合，取得了预期翻译效果。

第一节　语言维的适应选择转换
——以汉诗语言翻译为例

　　译者在语言维使用的翻译方法及其提出的翻译主张体现了译者对译文忠实性与可读性的权衡，决定了译文的整体特征。在翻译过程中，译者既要根据译语语境对原文语言进行适应选择转换，确保译文的忠实性，也要适当变通，保证译文的可读性。纵观华兹生的汉诗译本可以发现，他既尽力维持译文的忠实性，也努力维持译文的可读性。一方面，他紧贴原诗语言翻译，力求再现原诗语言的意义和风格，确保译文在语言维忠实于原文。另一方面，他通过运用现代英语翻译，并在此基础上，根据汉英两种语言的语法差异、词语的多义性、模糊性等进行适应性变通，维持译文的可读性。华兹生在语言维采取的适应性转换既体现了他尊重原作语言和艺术的翻译旨趣，也体现了他以读者为旨归的译诗特点。

一、顺应原语——紧贴原诗语言翻译

　　生态翻译学认为，翻译是"文本移植"①。"文本移植"首先是语言的"移植"。华兹生在"移植"汉诗语言时采取的主要翻译方法是顺应原文语言形式，"紧贴原诗语言"翻译。所谓"紧贴原诗语言"翻译就是指在翻译汉诗语言时忠于原文措辞，不改变原诗的语言表现形式，原诗的句法结构等，以再现原诗的语言特征。这是华兹生在语言维翻译转换时坚持的译诗方法。在其代表性译作《庄子》的引言中，华兹生阐发了紧贴原诗语言的翻译方法。华兹生将《庄子》看成是用散文形式写成的诗歌。他说："广义来讲，庄子的作品也是中国古代最伟大的诗篇

---

① 胡庚申，罗迪江. 生态翻译学话语体系构建的问题意识与理论自觉 [J]. 上海翻译，2021（5）：11—12.

之一。鉴于此种原因，在翻译《庄子》时，我认为尽力紧贴中文原文的精确措辞与意象显得尤为重要。"① 为了论述翻译汉诗时紧贴原诗语言的必要性，他以《庄子·德充符》中"而与物为春"为例，说明他紧贴原文措辞而翻译的原因。他说，翟理斯将这条短语译为"live in peace with mankind"，回译成汉语是"与人类和谐相处"，冯友兰将其译为"be kind with things"，回译成汉语是"善待万物"。这两个译文都消解了原文的语意和主旨，无法反映庄子的措辞方式和语言风格。读这样的译文，读者会觉得庄子不过是陈词滥调。但事实上，庄子写作的语言是史无前例的、极富创意的。为了再现庄子的语言风格，华兹生采取紧贴原诗语言的翻译方式，采取与其他译者不同的翻译方法，将"而与物为春"译为"make it spring with everything"，回译成汉语是"使万物为春"，与原诗在措辞方式上保持高度的一致性②。显然，华兹生的译文是紧贴原文语言而译。他的译文确实较好地保留了庄子的行文风格和措辞习惯。

为了保留原诗的语言风格，华兹生始终把忠于原文的措辞放在首要位置。他甚至认为，只要不影响读者的理解，即使英语译文听起来有些奇怪，也在所不惜③。在译诗实践中，华兹生特别重视译文语言的忠实性。他强调他不会以牺牲译文的忠实性为代价换取译文的可读性，认为只要译文不影响理解，不影响可读性，再怎么忠实也不为过。因此，横向移植与全面保留原诗语言形式是华兹生在语言维采取的主流翻译方法。当然，虽然华兹生注重译文语言的忠实性，但这并不意味着他弃译文的可读性不顾。他主张在保留译文语言忠实性的前提下，也需兼顾译文的可读性。如果译文因紧贴原诗语言而难以理解、行文不畅或引起误解，他也会做适当变通，提高译文的可读性。因此，紧贴原诗语言翻译是华兹生的主流翻译方法，而根据译语语境采取选择性变通是他的辅助和补充手段。华兹生在汉诗语言维的翻译基本上形成了忠实为主，变通为辅的翻译风格。

古典汉诗充分利用了汉语语言表达的精炼性、灵活性和形象性，语言表达简约流畅、行云流水，读起来抑扬顿挫、铿锵悦耳。华兹生认为，为了再现原诗的语言美，紧贴原诗语言翻译是一种比较合理的选择。当然，这种翻译方法也存在不少掣肘的因素，如汉语中定语和状语一般置于被修饰词之前，英语的定语和状语则以后置为主，变化多端，汉英主谓语也不总是一一对应等。一旦紧贴原文语言翻译，译

---

① Burton Watson. The Complete Works of Chuang Tzu [M]. New York & London: Columbia University Press, 1968: 19.

② Burton Watson. The Complete Works of Chuang Tzu [M]. New York & London: Columbia University Press, 1968: 19—20.

③ Burton Watson. The Complete Works of Chuang Tzu [M]. New York & London: Columbia University Press, 1968: 19—20.

文的可读性就会大受影响。从华兹生的译诗实践来看，他的绝大多数译诗都紧贴原诗语言，较好地保留了原诗的语言风格，同时译文可读性又没受到多大影响，充分展示了他在进行汉英语言适应选择转换时的高超技艺。这也是华兹生在处理汉诗语言时表现出的过人之处。下面以华译南唐后主李煜的《浪淘沙令·帘外雨潺潺》（Tune："Ripples Sifting Sand：A Song"）为例来说明他紧贴原诗措辞的译诗方法。

原文：

帘外雨潺潺，春意阑珊。罗衾不耐五更寒。梦里不知身是客，一晌贪欢。
独自莫凭栏，无限江山。别时容易见时难。流水落花春去也，天上人间。①

译文：

Beyond the blinds, the rain rattles down,

Spring moods fading away,

Yet the gauze coverlet can't keep off the fifth watch cold,

In dreams I forget I'm a stranger here,

Clutching at happiness for a moment—

Don't lean on the railing all alone,

before these endless rivers and mountains.

Times of parting are easy to come by, times of meeting hard.

Flowing water, fallen blossoms—spring has gone away now,

as far as heaven from the land of men.②

读这篇译文可以发现，华兹生的英语译文紧贴原诗的措辞，原诗中的短语、词组等语言形式绝大多数在译文中都得以保留。例如，华兹生以三个英语单词"Ripples Sifting Sand"对译词牌名"浪淘沙"三个汉字，将"春意"直译为"spring moods"，"五更寒"直译为"fifth watch cold"，"一晌"译为"a moment"，"江山"直译为"rivers and mountains"，"别时"直译为"times of parting"，"见时"直译为"times of meeting"，"流水"直译为"flowing water"，"落花"直译为"fallen blossoms"，"人间"直译为"the land of men"等，这些英语译文贴近汉语原文，在语

---

① 李煜. 浪淘沙令·帘外雨潺潺. [DB/OL]. (2015-07-14) [2022-6-15]. http：//so. gushiwen. org/view_ 71076. aspx.

② Burton Watson. The Columbia Book of Chinese Poetry：from Early Times to the Thirteenth Century [M]. New York：Columbia University Press, 1984：362.

言表达形式上与汉语无异，确实做到了紧贴原诗语言翻译。其中，"spring moods"（"春意"），"the land of men"（"人间"）等英语译文甚至有中式英语的感觉，对英语母语读者而言读起来有些陌生感和异质感。尽管如此，但这些译文也还可以理解，其可读性并没有受太大的影响。

译文既要保留原语语言的异质性，又要保持译文的可读性本来是一件很难做到的事。但是，在翻译这首词时，因华兹生做了适应选择转换，以直译为主，意译为辅，他既保留了原诗的语言风格，确保译文的忠实性，同时也兼顾了译文的可读性。与华兹生不同，华裔汉学家裘小龙在翻译这首词时主要采用意译法和省译法等翻译方法，如将"人间"意译为"world"，将"春意"省译为"spring"。他将关注点主要放在译文的可读性上。虽然他的译文同样传达了原诗的语意和主旨，但在措辞方式上与原诗保持了一定的距离，导致译诗与原诗在语言风格上差异较大。译者的译诗方法和理念就是通过这些差异体现出来。通过这首译诗可以看出，华兹生主要通过采取紧贴原诗语言等翻译方法再现原诗的语言形式和特征。

汉英两种语言既存在差异性，也具有相似性。这是华兹生在语言维进行适应选择转换的语言基础。例如，中英两种语言大部分词汇相通，可以对译。语序都比较固定，组成短语或句子的核心结构如主谓结构、偏正结构也较为相似。中英两种语言的相似性为华兹生紧贴原语而译奠定了基础。因此，在大部分情况下，紧贴原文语言词汇和句法翻译是行得通的。有时即便在中英语言存在差异的地方，华兹生也努力克服语言障碍，将译文语言的忠实性放在重要的位置。他说："汉语文言文是高度精炼的语言，有很多地方原文只用一至二个汉字，译成英语却需要扩充成一个或多个从句才能理解。尽管如此，我还是采取尽力紧贴原文措辞的方式翻译，保留原文精炼的语言风格。"① 华兹生的译诗方法和理念虽然受西方汉学家的影响，但主要源自自身的翻译实践经验。在译诗实践中，华兹生坚持以保留原文语言特质为主。例如，在翻译汉赋诗时，华兹生采用音译的形式直接保留了汉赋中大量的动植物名词，然后对这些译名附加注释，帮助读者理解原文。可见，在语言维的翻译转换上，华兹生采取紧贴原文语言为主。他是一位注重保留原诗措辞方式的译者。

当然，如果无法保留原文措辞方式或因紧贴原文语言翻译而引起误解时，华兹生也会根据语境，选择性地适应变通，以适应性较强的译意为主，部分放弃原诗的语言形式和措辞风格。例如，在翻译苏东坡的《江城子》时，他将"料得年年肠断处"译为"Year after year will it break my heart?"② 在译文中，他并没有全部保留原诗中所有的语言形式。为了顺应英语读者的语言习惯，他将"肠断"意译为

---

① Burton Watson. The Tso Chuan［M］. New York & London：Columbia University Press，1989：xxxv.

② Burton Watson. The Columbia Book of Chinese Poetry：from Early Times to the Thirteenth Century［M］. New York：Columbia University Press，1984：365.

"break my heart"（伤心），而非直译为"break my intestines"（断肠）。可见，为了使译文符合译语语言规范，避免读者误解汉诗原意，华兹生会在忠于原诗语意与忠于原诗语言的表达方式两者之间进行适应性选择。在此译例中，他根据英语表达习惯选择了前者，因为如果不选择适应性较强的译意方法，读者也许无法准确地理解译文，甚至可能误解原诗的语意和主题。

简而言之，华兹生在语言维采取了紧贴原诗语言为主、适当变通为辅的译诗方法，在译文语言的忠实性与可读性之间做了选择和取舍。这些选择和取舍受多重因素的影响和制约，既有忠于原诗语言风格的考量，也有顺应目标读者阅读背景的考量，还有基于汉英两种语言相似性和差异性的考量，体现了他努力在整个汉诗翻译生态体系中维持一种动态平衡的译诗思想。

二、顺应译语——运用当代英语翻译

语言随时代变迁而呈现不同的风格。古汉语崇尚精炼，典雅简洁，古奥难懂；现代汉语崇尚语法逻辑，句法结构相对完整，通俗易懂。古英语语法相对简单，词序相对固定，性、格、数比较复杂，与中古德语相近，今古英语相通性比今古汉语还小，对现当代英语读者而言晦涩难懂。古典汉诗用古汉语写成，究竟是顺应原诗古雅的语言风格用古英语翻译还是顺应当代大众英语读者的语言背景用当代英语翻译，需要译者为所适应的对象而做出选择。华兹生是一位具有强烈目标读者意识的译者，注重译文在母语语境的适应度。

译者的翻译用语策略，即译者选用何种语言翻译，用古英语翻译抑或现代英语翻译，不仅事关译文的语言风格和可读性，而且还决定译文能否再现原文的语言特征。为了使译文适应当代英语语境，华兹生选用的翻译用语策略是运用当代英语翻译古典汉诗。在评价许渊冲教授和汪建中教授翻译的《中国古诗一百首》时，华兹生就适应当代英语语境应采取的译诗用语策略提出建议。他说："参照我和其他一些西方译者的做法，把汉诗翻译成当代英语。大家当记住，即便是古诗，译为英语时仍为新诗。故此，当用新音来译。要用当代英语，不要用诸如"君"（thee）和"汝"（thou）那样的古语。语句要与汉语一样简洁明了。因为不用考虑韵律，所以可以直白和坦率。"[①] 华兹生建议汉诗译者应运用当代英语翻译，这样译文相对直率通畅，通俗易懂，更符合当代英语读者的阅读需求。很明显，他的汉诗翻译用语策略是一个妥协性的适应选择方案。一方面，运用当代英语翻译典雅的汉诗难以再现原诗的语言风格，但另一方面运用当代英语翻译典雅的汉诗又有助于提高译文

① 伯顿·沃森.我的中国梦——1983年中国纪行［M］.胡宗锋，译.西安：陕西师范大学出版总社，2015：198—200.

的可接受性，使之更容易融入译语语境。当然，运用古英语翻译古典汉诗在语言风格上可取得与原诗相当的古雅的语言效果，但对西方大众读者而言语言晦涩难懂，又失去了原诗应有的吸引力，对读者的阅读兴趣产生消极影响。因此，华兹生运用当代英语翻译古典汉诗是他在译文语言的忠实性与可读性之间所做的适应性选择。

翻译用语一直是翻译研究关注的问题。中西译论家都就此提出过不同的观点。晚清翻译家严复提出"信、达、雅"的翻译标准，倡导运用古雅的文言文翻译近代西洋的社会科学作品，使译文语言符合清末士大夫的审美要求。16世纪英国最杰出的翻译家荷兰德（Holland）在《罗曼史》译本序言中提出运用通俗的语言风格翻译①。受西方传统译论的影响，华兹生主张用当代美国英语翻译汉诗。在《中国抒情诗：从2世纪至12世纪诗选》一书的引言部分，华兹生明确地提出了汉诗翻译用语的适应选择方法，主张以当代美国诗人为模范，用当代美国口语英译诗。他说："我把原文译成当今美国口语。毫无疑问，这种语言是我最熟悉的语言，成功的机遇最大。也是我能取得成功的语言用法。我做翻译的时候，好似我在用自己的语言写作，而且是以我最仰慕的当代美国诗人为模范进行的创作。"② 为了适应西方大众读者的阅读口味，华兹生主张诗歌翻译用语应选择模仿当代美国诗人的语言风格，运用当代英语翻译。他把翻译的成败与译诗用语方法直接联系起来。阅读华兹生的汉诗译作时可以明显的感受到这一点，他的译诗都是运用当代英语翻译而成，译语通俗地道，畅晓浅白。下面以华译《诗经·齐风·还》（*How quick you are!*）为例加以说明。

子之还兮，遭我乎猎之间兮。
并驱从两肩兮，揖我谓我儇兮。
子之茂兮，遭我乎猎之道兮。
并驱从两牡兮，揖我谓我好兮。
子之昌兮，遭我乎猎之阳兮。
并驱从两狼兮，揖我谓我臧兮。③

"How quick you are！"
You met me in the region of Mount Nao,
　side by side we chased a pair of boars.

---

① 谭载喜. 西方翻译简史 [M]. 北京：商务印书馆，2004：79
② Burton Watson. Chinese Lyricism：Shih Poetry from the Second to the Twelfth Century [M]. New York & London：Columbia University Press, 1971：14.
③ "中华诵"读本系列编委会. 诗经诵读本 [Z]. 北京：中华书局，2011：64—65.

You bowed to me and said, "You're the one who's nimble!"

"What a fine figure you cut!"

You met me on the road to Nao,

side by side we chased a pair of bucks.

You bowed to me and said, "You're the one who's handsome!"

"How good you are at it!"

You met me on the sunny side of Nao,

side by side we chased a pair of wolves.

You bowed to me and said, "You're the one who's expert!"①

　　原诗用词考究，如"猗""揖""儇""臧"等词语庄重正式，词义深奥，典雅古朴，有敦敦教化之风，一般汉语读者都较难理解，更别说西方大众读者。对比一下华兹生的译文，可以发现这些词的译文如"Mount Nao""bow""nimble""expert"等在语意上忠于原文，但语言的正式程度明显下降，原诗古雅的语言风格经华兹生翻译发生了改变，转变成通俗畅晓的美国当代英语，部分译文甚至明显带有口语化的色彩，可读性强，适合普通大众读者阅读。例如，华兹生将"谓我好兮"译成"You're the one who's handsome!"；将"子之昌兮"译成"How good you are at it!"；将"谓我臧兮"译成"You're the one who's expert!"。读这些译文，感觉是当下两个美国人之间的一段日常对话。很明显，通过运用当代美国英语翻译，华兹生将原文古雅的汉诗变成通俗易懂的现代英诗，使译文适应当下英语语境，切合大众读者的阅读要求，在译语中获得新生。

　　华兹生通过运用当代英语翻译提高了译文的可读性，中和了因紧贴原语翻译而带来的弊端。在语言维的翻译上，如果译文向原语靠得较近，译文的可读性势必受到影响。译者势必会采取一些适应性变通翻译方法，如添加注释，降低语言正式程度等，提高译文在译语语境的整体适应度。因华兹生紧贴原诗语言翻译，译文的可读性降低，所以他采取一些适应性变通译法提高译文的可读性。当代英语比古典英语更适合西方大众读者的阅读品味，华兹生通过运用当代美国英语翻译古典汉诗，在语言的正式程度上做了适应性变通，弥补了因紧贴原文而造成译文可读性不强的问题。

　　不可否认，华兹生运用当代英语翻译传统汉诗有不少弊端，如导致原诗语言风

---

① 　Burton Watson. The Columbia Book of Chinese Poetry: from Early Times to the Thirteenth Century ［M］. New York: Columbia University Press, 1984: 30—31.

格发生变化，由古雅转变为朴实。但他的译诗用语方法也具有两大优势。首先，运用当代英语翻译有利于更好地发挥译者的语言优势。正如华兹生所说的，当代美国英语是我最熟悉的语言，也是我能取得成功的语言。①与古英语相比，华兹生显然能够更好地驾驭当代英语。这也是华兹生根据自我语言能力做出的最佳适应选择。其次，运用当代英语翻译可以更好地践行以目标读者为导向的译诗用语策略。对西方大众读者而言，用当代英语翻译而成的译文比用古英语翻译而成的译文能够更好地满足他们的阅读要求。这也是华兹生对目标读者语言能力适应选择的结果。华兹生的汉诗译文毕竟是译给当代读者阅读，而非给古代读者阅读。运用古雅英语翻译，表面上切合了原文的风格，实际上译语却已不适应当代读者的阅读诉求。华兹生紧贴原文而译已基本再现了原诗的语言风格，而运用当代美国英语则提高了译文的整体适应度，获得当代读者的认可。他在语言维所做的适应选择翻译在一定程度上化解了译文语言的忠实性与可读性之间的矛盾。

华兹生的译诗用语策略将目标读者、原语、译语、原文、译文等生态翻译元素都纳入了考虑范围，体现了他在译诗语言维坚持生态整体理念和系统理念的翻译思想。长期以来，如何维持译文语言的忠实性，再现原诗的语言形式以及如何确保译文语言的可读性，适应目标读者的语言背景等两个问题一直是翻译研究的焦点问题。华兹生通过紧贴原诗语言形式和结构翻译，确保了译文的忠实性，通过运用当代英语翻译，弥补了译文的可读性，在一定程度上回答了如何平衡译文忠实性与可读性两者之间的关系。他的汉诗译文既避免了因过于紧贴原文措辞而丧失可读性，也避免了因过于迁就译语而丧失忠实性，在译文的忠实性与可读性之间维持了一种动态平衡。

三、汉英语言表达差异上的适应选择转换

汉英两种语言的词法、句法等同中有异，异中有同，相通的语言表达和差异性语言表达均普遍存在。在翻译汉诗时，译者通常需要针对汉英语言的差异性表达做适应性变通，译文的可读性方可不受影响。英语是形合语言，注重语言的形式和结构，讲究以形驭意，对词法和句法结构有较为严谨的要求。汉语是意合语言，注重语意的传达，以意控形，对语言形式的要求相对宽松，导致汉语中存在大量无主语的句子。将汉诗翻译成英语时，必须给无主句补充主语。在词汇层面，英语中抽象词、静态词的使用比汉语更为普遍，故汉诗中部分动词可根据语境转译成抽象或静态的名词。此外，汉诗中的文化词汇通常在英语中找不到对应的词汇，译者也需进

---

① Burton Watson. Chinese Lyricism: Shih Poetry from the Second to the Twelfth Century [M]. New York & London: Columbia University Press, 1971: 14—17.

行选择性变通。在翻译汉诗时，华兹生针对汉英语言上的差异表达做了适应性调整和转换。下面从语法层面、词汇层面分析华兹生在语言维所做的选择性适应转换。

（一）语法差异上的适应选择转换

华兹生认为汉语传统语法通常只区分"实词"和"虚词"两大类词语。实词词性灵活多变，词性之间转化非常普遍，如名词和动词可以互相转化。一个词语可以承担多个不同的语法功能，导致词性很难确定。因语法形式限制少，汉语文言文中词类转化远比英语灵活。此外，在汉语诗歌中，语言省略现象非常普遍，如"虚词"常常省略。基于以上两大原因，文言文基本上形成了简洁通达，语言高度浓缩的特点，与英语形态上的屈折变化，句法结构上的严谨完备形成鲜明对比。

汉英语言因语法不同而导致语言表达上存在诸多差异，译者需根据原语语境与译语语法规范进行适应选择转换才能产生较为理想的译文。例如，汉诗诗歌常常省略连词、数词、人称代词，甚至主语等。[①] 这些省略的成分对古汉语而言冗余累赘，但对英语而言又必不可少。翻译时，译者需根据译语语法规范对这些省略的成分进行适应性变通处理。因文言文偏好简洁的语言表达，修辞词用得非常节制，语意含蓄，有时译者甚至需要发挥创造性想象，才能揣测文本语意。例如，《诗经》中的场景和故事均在诗外，有许多不同的隐喻性解读。[②] 对译者而言，解读的方式不同，使用的翻译方法不同，产生的译文也就随之不同。因此，华兹生认为，汉诗语言高度浓缩，省略了大量的语法结构和句法成分，译者在阅读汉诗时须发挥创造性想象，方可把握原诗语言传达的意思。因此，在翻译汉诗时，译者需顺应译语语境、适当变通才可产生理想的译文。

另外，汉语文言文无屈折变化，名词无单复数形式，动词无时态标志等，[③] 而这些语法规则对英语文法而言却是不可缺少的。因此，在翻译汉诗时，译者必须揣摩原诗中动词的时态，名词的单复数，省略的虚词和实词，以及词性发生改变的词语等，根据语境在译文中增加相应的语法结构，做出适应性变通处理，使译文符合英语语法规范要求。在翻译实践中，华兹生通常会根据汉英语法规则上的差异做适应性翻译。下面以他翻译的白居易的五言诗《不如来饮酒·其一》（*Better Come Drink Wine with Me*）为例对他在语言维的适应选择转换进行说明：

莫隐深山去，君应到自嫌。

齿伤朝水冷，貌苦夜霜严。

① Burton Watson. Early Chinese Literature ［M］. New York：Columbia University Press，1962：14—15.

② Burton Watson. Early Chinese Literature ［M］. New York：Columbia University Press，1962：215.

③ Burton Watson. Early Chinese Literature ［M］. New York：Columbia University Press，1962：10—14.

渔去风生浦，樵归雪满岩。
不如来饮酒，相对醉厌厌。①

Don't go hide in the deep mountains——

You'll only come to hate it.

Your teeth will ache with the chill of dawn water,

your face smart from the bite of the night frost.

Go off fishing and winds will blow up from the cove;

return from gathering firewood to find snow all over the cliffs.

Better come drink wine with me;

face to face we'll get mellowly, mellowly drunk.②

在这首诗中，"深山""齿""风""岩"等名词都没有单复数形式，其单复数不甚明朗。一些动词如"隐""醉"等不仅缺少主语，而且时态也不甚明确，难以判断。有些语言表达非常简洁，浓缩精炼，意义和结构含混不清，如"渔去""樵归"等词语，可以有不同的解读和阐释方式。还有个别词语如"樵""苦""满"等的词性也不甚明确，"樵"既可以做名词，理解为"樵夫"；也可以做动词，理解为"砍樵"。"苦"和"满"本是形容词，在本诗中又可以解读为动词。这些词语和短语如果译成英语，语意和语法都需要明晰化，故译者在翻译前必须推敲一番。在翻译此诗时，华兹生首先根据汉语诗歌中的语境，结合自己的理解，确定了这些词语的意思，然后根据英语的语法规则，变通地处理了相关语法问题。他分别将"深山""齿""风""岩"等名词翻译成复数名词"deep mountains""teeth""winds""cliffs"，将"朝水""夜霜""浦""雪"等名词翻译成单数名词或不可数名词"dawn water""night frost""cove""snow"。华兹生的译文反应了他根据原诗语境与译语规范所做的适应性变通处理。

在这篇译文中，华兹生在语言维方面所做的适应选择转换体现在多个方面。首先，他将"深山""岩"等名词译成复数名词。在本诗中，"深山"指隐士的隐居之所。"莫隐深山去"这句诗是针对某一个人建言，还是针对一群人建言并不明确。如果仅针对一个人建言，则"深山"更有可能是单数，可以理解为一个隐士隐居在一座深山之中。但是，如果是针对一群人建言，则"深山"可能是复数，

① 白居易. 不如来饮酒 [DB/OL]. (2011-04-04) [2022-6-15]. http://so.gushiwen.org/view_ 23174. aspx?WebShieldDRSessionVerify=ADySRmcDNpAZyw92mLt.

② Burton Watson. The Columbia Book of Chinese Poetry: from Early Times to the Thirteenth Century [M]. New York: Columbia University Press, 1984: 256.

可以理解为不同的人隐居在一座座深山中。因为汉语名词没有单复数形式变化，很难判断这些意象名词的单复数，从而导致语意模糊。在第四行诗中，华兹生用了一个单数英语名词"your face"对译原诗中的"貌"，说明他将这句诗理解为诗人针对某一个人提出的建议。但是，如果诗人是对一个人提出不去归隐的建议，那把第一句诗中的"深山"译为单数也许更为恰当。当然也可以解读为一个人隐身于群山之中，突显归隐者的孤寂。但这样一译整个诗境可能与原诗有些许背离。其次，华兹生还对原诗中的动词也做了适应性选择转换，给动词增补了时态，给诗中的无主句添加了主语。例如，他将原诗动词时态确定为一般现在时，给最后一行诗添加了主语"we"。再次，华兹生还将"樵""苦""满"等词性不甚明朗的词语做了明晰化处理，分别译成动词，形容词和副词。可以看出，在翻译这首诗时，为了顺应英语对时态、词性、单复数、主语等方面的语法要求，华兹生针对英、汉语言不同的语法差异和语言风格做了较多的适应选择转换。

（二）原语多义的适应选择转换

汉语词汇普遍具有多义性，翻译时译者需根据语境适当变通。汉语词义的多义性通常由两种原因导致。第一种情况，汉语词汇在语法上表现的多功能性导致词义的多义性。例如，在不同的语境下，有些词语既可用作名词，也可用作形容词，还可以用作动词等，承担不同的语法功能，导致词义变化多端。翻译这些词语时，译者需顺应译语语法做出选择性变通。这种变通实际上也属于语法差异上的适应性变通。

第二种情况，词语的多义性并非语法的多功能导致，而是词语在漫长的使用过程中通过引申获得了多义性。在翻译这些词语时，译者也需根据具体情况进行适应性转换。华兹生以汉语"fa（法）"的翻译为例，说明他在翻译多义性词语时的适应性变通。他说，汉语佛典中的"法"是一个具有多义词的词语。在中文版《妙法莲花经》中，"法"有时表示"真"（the truth）。他据此将其译为"Dharma"或"the law"。但是，当"法"前面有复数词"诸（chu）"修饰时，如果译为"the laws"，则欠妥，感觉像法律术语。他不得不根据语境选择较为对等的表达将其译为"doctrines"（教义）或"teachings"（训示）。在"诸法实相"（chu-fa shih-hsiang）这个短语中，"法"表示一种事物（thing）或一种现象（phenomenon），他就将其译为"the true aspect of all phenomena"。此外，他还认为"法"还可以翻译成"rules"（规则）和"a method or an approach"（方法）①。可

---

① Burton Watson. The Essential Lotus：Selections from the Lotus Sutra［M］. New York & London：Columbia University Press, 2002：xxxv.

见，华兹生根据原语具体语境理解词语的意思，然后以语义为基础根据译语语境、语言表达习惯与具体情况适当变通，采用译语中语意相当的对等词语翻译，在译文与原文之间保持了一种整体上的语意平衡。

（三）原语文化内涵差异的适应选择转换

语言是文化的载体。汉诗中的部分词汇蕴含着丰富的文化意义，为汉文化所独有，构成了一个独特的词类，谓之文化词汇，也称作文化负载词。这些词汇是翻译中的难点，往往需要译者根据不同的情况做不同程度的变通处理。在翻译汉诗中的文化词汇时，华兹生也同样做了选择性适应转换。他着重论述了翻译汉诗文化词汇时译者必须做出适应性变通的三种情况。

第一种情况是因词语文化意义在英语中空缺而变通。有些汉语文化词汇在汉诗中经常出现，但在英语中空缺，找不到对应的词语。华兹生认为此类词语应该以语意转换为主，着力保留原语词汇的情感意义与联想意义，从英语中选择语意相当的名词来翻译，以取得大致相当的读者反应效果。因为这些词语是汉语中独特的语言现象，在英语中不曾存在，如果简单音译，不做变通直接保留，西方读者难以理解。华兹生以汉赋中的文化词汇为例详细地论述翻译此类词汇应采取的方法。他说，中国赋作家写赋的时候，他们一手拿着词典，一手挥动画笔，将许多英语中空缺的名称写进诗歌。对西方译者而言，这些名称的意义今天已经无法确认，是翻译中非常棘手的问题。如果简单地采用音译，就会产生毫无美学意义的译文如 "And then there were Wu trees，Pao trees，Ling trees and ts'ai trees"。译文在译语读者身上产生的效果与原文在原语读者身上产生的效果完全不同。因此，在有些情况下音译不是一个好的解决方法。他主张译者应该变通地翻译这些名词，以评论家的暗示性解读为基础，运用英语中的语意对等物来翻译。①他进一步予以解释："既然诗歌翻译的主要目的不是传达科学数据，而是建立丰富多彩的语言结构，那么在这些情况下，运用这种方法——用英语语言中的文学对等词汇来翻译，对我来说是唯一可以接受的。"② 华兹生认为诗歌翻译不应该仅仅拘泥于机械地传达原文的知识信息，更要灵活地传达原文丰富多彩的语言艺术。因此，空缺文化词汇的翻译必须根据具体情况适当变通，兼顾译语读者的阅读背景。

华兹生针对空缺文化词汇提出的适应性转换翻译方法与霍克斯就《楚辞》（Ch'u Tzu—The Songs of the South）中文化词汇英译提出的翻译方法是一致的。霍克斯认为，《楚辞》中花的文化名词很多。其中，许多花今天已无法证实是否存

---

①　Burton Watson. Early Chinese Literature ［M］. New York：Columbia University Press，1962：271.

②　Burton Watson. Early Chinese Literature ［M］. New York：Columbia University Press，1962：271.

在。即使真实存在，有些花名如果直译成对应的英语名词，这样的译名也只是一个植物学上的术语，无太多联想意义。任何有文学修养的译者或有读者意识的汉学家是不会在译文中使用这样的翻译术语的。他说，如果译文不能"给西方读者传达图像"，只是"植物学上的术语"，那样的翻译毫无意义，译尤未译。译者应该运用西方文学术语中的对等名词来翻译①，传达原诗中文化词汇的联想意义。这就说明，霍克斯在译诗时除了关注文化意象名词的字面意义外，还综合考虑其联想意义和情感意义，与华兹生提出的运用英语中的文学对等物来翻译是相通的。

华兹生运用英语文学中的语意对等词汇翻译汉诗中文化词汇的观点也与韦利和庞德所倡导的的文化词汇翻译观是一致的。韦利和庞德都注重在翻译中再现汉语文化词汇的情感意义。庞德认为，在译诗时译者应抓住细节，突出意象，而不是推敲词句的字面意思，应该使自己的感情进入原诗作者的角色，将原作中的思维方式和感情方式进行浓缩提炼，再传达到英语中去。② 词语的情感意义可以创作情境，激发读者的创造性情感体验。这种体验随着诗歌节奏、诗境的波动而波动，对于读者接受译文显得非常重要。因此，译者在翻译汉诗时不能忽视词语的情感因素。从华兹生推崇的翻译理念来看，他显然侧重传达文化词汇的情感意义，注重在译语语境中重塑原文的文学性，承袭了西方传统的翻译方法和策略。

第二种情况是因汉英对应词汇的文化联想意义不同而变通。汉诗中的部分文化词汇在英语中可以找到字面意义或指称意义对应的词语，但因文化差异，传达的情感意义和内涵意义与对应的英语词语并不相同。有时，这些词语表达的褒贬色彩甚至与对应的英译词语相反，产生歧义。华兹生以汉诗中"彩虹"的翻译为例说明翻译这类词语应该采取的翻译方法。他说，"彩虹"在西方文学中有吉祥的象征意义，但在中国古代诗歌中却有倒霉、性的不端行为等联想意义和情感意义。如果将其译为"rainbow"，产生的译文字面意思也许忠实，但实际上内涵意义并不相同。这样翻译势必会影响译文的可读性③。因此，华兹生认为，遇到此种情况，译者应该将词语的字面意义或指称意义置于一边，着重翻译词语的内涵意义或联想意义。可见，在翻译汉诗中的文化词汇时，西方译者必须正确地理解这些词语的内涵意义，注意传递原诗的情感意义和象征意义。如果误解了诗歌的情感本旨，译文就难以适应译语文化生态。在译诗实践中，对于这些字面意义或指称意义相同，但引申意义不同的文化词汇，华兹生在忠于原文内涵意义的基础上做了适应性变通处理。

第三种情况是因汉英文化词汇的文化意义不完全对应而适应性变通。有些汉语文化负载词虽然共通性较小，但在英语中可以找到部分语意对应的词语。翻译这些

---

① 洪涛. 美国诗人兼翻译家 David Hinton 演绎的《九歌·山鬼》[J]. 中国楚辞学, 2011 (16)：122.

② 许钧. 当代美国翻译理论 [M]. 武汉：湖北教育出版社, 2002：45.

③ Burton Watson. Early Chinese Literature [M]. New York：Columbia University Press, 1962：205.

文化词汇时，如果适当变通，产生的译文可读性差，有时无法适应译语生态环境，取得理想的翻译效果。在翻译这些词汇时，华兹生根据译语生态环境采取了较为灵活的适应性变通手段。他认为，语意部分对应的文化词汇应该充分利用对应部分的语意翻译。他以汉语中人名的翻译为例来说明他在翻译此类文化词汇时采取的翻译方法。他说，古代中国人可以用不同的名字来称呼，如字、号、名、官职头衔等，比英语中人名复杂得多。西方读者很难区别这些不同的名号所传达的意义。翻译时如果完全保留这些复杂的名号，显然会增强西方读者的理解难度，影响他们的阅读兴趣。因此，在翻译时，华兹生尽力给读者降低阅读难度，采取更加自由的方法翻译。他通篇选择一至两个语意部分对应的名字用来翻译某个历史人物。华兹生认为，虽然这样翻译会丢失原文的某些特质，但变通翻译而成的译文可读性更高，足以弥补丢失的信息①。

用固定的名字替代原文中品类繁多的称呼显然是一种变通的翻译方法，与华兹生紧贴原语而译的方法有些抵牾。这样翻译也许会改变原文的翻译风格，在翻译时一般应该避免。但是在特殊情况下，为了提高译文在译语语境的适应度，这种翻译方法也是可以接受的。例如，在特殊语境下，为了避免掉入翻译极端，防止因紧贴原文而影响译文的可读性，译者不得不在译文的忠实性与可读性之间做出选择，这时译者应该采取折中的翻译方法。华兹生利用汉英文化词汇的部分对应语意处理文化词汇的翻译，本身是不得已的折中翻译方法。但是，由于在大部分情况下华兹生总是设法把原文信息的减损控制在一定的范围内，所以这种折中的翻译方法并不会对原文的风格造成太大的影响，偶尔的变通处理也不会改变华兹生忠实原文的翻译风格。

综合来看，华兹生在语言维采取的适应性变通译法是他对紧贴原语而译的忠实译法的修正和补充，旨在激发读者的阅读兴趣，提高译文的可读性，主要在特殊情况下使用，如在汉英语法差异较大的情况下、因汉语词义的多义性而汉语词汇语意不对等的情况下、文化词汇的空缺性与不对应等情况下使用。中英两种语言在语法、语意、语言结构、语言风格等方面既有相同的地方，也有不同的地方。在相同的地方，华兹生一般采取紧贴原文措辞的方式翻译。但是，在语言表达相异的地方，华兹生根据具体情况做了不同程度的适应性变通。考察华兹生的译文可以发现，改写或替代等适应性变通译法在他的译文中用得非常节制，并不是他的主流翻译方法。华兹生一直坚持忠实为主、选择性变通为辅的翻译理念。他所做的变通主要基于顺应译语语境，提高译文可读性的考量，体现了一种强烈的读者意识、母语意识。正如他所言，变通是为了解除读者的阅读重负。由于他译诗时忠实中有变

---

① Burton Watson. The Tso Chuan [M]. New York & London: Columbia University Press, 1989: xxxvi.

通，他的译文才能够在忠实的前提下行之有文，既尊重原作的风格，也力求获得读者的认可。

总之，中英两种语言虽然相通的地方较多，但差异性也普遍存在，译文要处处忠于原文的措辞几乎是不可能的。在忠实于原文措辞的基础上，适应性改译、选择性意译等是必不可少的翻译手段。因此，在译文无法实现横的移植的时候，华兹生往往会采取顺应译语语境的方法，适当变通，在语言整体移植的基础上进行选择性、适应性变通，运用母语读者可以接受的语言形式翻译。在这种情况下，语言维的转换由保留原诗的语言形式向传达原文的意义转变，译文的可读性成为译者关注的主要问题。

第二节 文化维的适应选择转换
——以汉诗文化意象翻译为例

生态翻译学认为，在翻译文化负载词的问题上，译者需在考量译文目的的基础上审慎使用翻译策略，保证东西方各民族文化传播途径的多元创新，从而维护语言文化生态系统的永续繁荣。① 文化负载词是文化意象的载体，维系着汉诗文化生态系统，是汉诗翻译的难点。本节从文化意象的翻译出发，分析华兹生在文化维采取的适应性翻译策略与方法。

汉诗中的文化意象是一类特殊的诗歌意象，除了具有一般诗歌意象的美学品位外，还具有文化词汇特有的联系意义和情感意义，语言高度浓缩，意义丰厚，是诗人营造诗境，表达情志的重要诗性元素。汉诗中的文化意象可以构建汉诗独有诗境，给汉语读者带来独特的情感体验，引起他们的共鸣，但对西方读者而言，因缺乏相关的语言知识和文化背景，难以理解其深层次的美学意义，无法获得与汉语读者一样的审美体验。因此，文化意象翻译既是汉诗翻译的难点，也是汉诗翻译的重点。为了说明华兹生在文化维运用翻译策略和方法的倾向性特征，本节以华译《古诗十九首》中的文化意象为例，对华兹生的汉诗文化意象翻译策略与方法进行了抽样统计，通过量化分析论述华兹生如何在忠于原文措辞与适应译语语境之间取

---

① 郭旭明. 从生态翻译学视角看全球化语境下汉语文化负载词的英译 [J]. 中南林业科技大学学报（社会科学版），2011（3）：73—75.

得平衡,如何在文化维坚持忠实为主,变通为辅的译诗理念。

一、汉诗文化意象的特点及翻译

汉英诗歌因文化和诗学传统不同,诗歌中运用的意象也有所差异。汉诗文化意象与汉民族的习俗、信仰、历史和文化传统息息相关,蕴含着广大汉语读者普遍认同的美学品质。例如,宋代诗人王安石在诗歌《元日》中写道:"爆竹声中一岁除,春风送暖入屠苏。"这句诗中的"爆竹"意象与汉文化喜迎新春的习俗有关。因人们耳濡目染,体验和使用频率高,"爆竹"在不断的互文指涉中积累了丰富的文化内涵意义,最终沉淀为文化词汇。汉语读者读到"爆竹"这个文化意象词就可能联想到喜庆的节日,一家人团聚的热闹场景和幸福氛围,获得一种汉民族独有的"家"文化情感体验。实际上,所有的文化意象都是在漫长的使用过程中通过人们反复体验、反复互文引用与指涉形成的。因西方读者缺乏相关的文化体验,这些文化意象对他们而言是非常陌生的。他们无法将王安石《元日》中的"爆竹"与家的温馨、合家团聚的幸福场景联系起来。由于文化背景不同,西方读者难以理解汉诗中文化意象所传达的引申意义。因此,即使将"爆竹"译成英语中指称意义相近的词语"firework"(烟花),西方读者也难以获得与汉语读者完全一样的审美感受。碰到这种情况,译者需从文化的维度做出适应性转换,附加注释,补充文化语境,帮助西方读者理解原诗的主题和意象。

(一) 汉诗文化意象的特点

诗歌中的意象是构成诗歌情境的重要元素。"意"指诗人的主观情感和情志,"象"指客观物象。"意象"就是指诗人表达个人主观情感的客观物象。"意象"是中国传统诗学的重要术语,最早可以追溯到《易经》:"圣人立象以尽意,设卦以尽情伪。"刘勰在《文心雕龙》中把"意""象"两个词结合在一起,独照之匠,窥意象而运斤,① 指出具有独创精神的诗人善于运用客观物象表达个人心志。当然,在跨文化交际中,文化意象是一个相对的概念,指为一种文化所独有、而在另一种文化中空缺的意象,一般由文化词汇充当,且多由名词性的文化词汇充当。

文化词汇有许多别名,如文化空缺词汇、民族文化词汇、特色文化词汇、国俗文化词汇、文化负载词等。包惠南将文化意象定义为空缺词汇,是一类"原语词汇承载的文化信息在译语中找不到对应词"的特殊词类②。廖七一认为,文化词汇也称文化负载词,包括某种文化特有的词、词组和习语。文化词汇是某一民族在漫

---

① 龙必锟. 文心雕龙全译 [Z]. 贵阳:贵州人民出版社,1992:327.
② 包惠南、包昂. 中国文化与汉英翻译 [M]. 北京:外文出版社,2004.

长的民族发展历程中逐渐积累的独特词汇，能够揭示该民族的民族性，与其他民族的用语有一定的差异性①。也有学者将文化负载词定义为具有独特文化涵义、为一个民族所特有的词语，承载着某个民族的文化追求，能够传达某种文化意象，② 直接将文化词汇与文化意象联系起来。这些文化词汇的定义表述方式各异，但都强调文化词汇和文化意象所体现的独特文化属性。汉诗中的文化意象同样具有独特的文化属性，具有以下特点。

其一，汉诗中的文化意象高度浓缩、信息量大，具有上乘的美学品质。文化意象高度浓缩的联想意义是经过人们长期互文指涉、互文引用后形成的。人们反复引用或互文指涉逐渐把大家的审美体验附加到这些意象上，不断地丰富文化意象的内涵，尤其是名人名流的指涉、引用或创造性阐发，可以使某些意象在文化圈广为传颂，赋予文化意象更多的引申意义。例如，在汉语文化圈中，"月亮"意象具有丰富的内涵意义，可以产生不同的联想意义。"月亮"演变成汉诗中的文化意象，既与中国古代的神话传说有关，也与历代文人墨客如李白、苏轼等人反复互文引用和创作月亮的诗篇有关。通过"月亮"意象，读者可以联想到嫦娥奔月的神话故事、美丽的爱情、思乡的游子等。显然，在汉诗中，月亮不再是一个远不可及的天体，而是一个浓缩了多重美学意义的有情物，寄托着人们的思想和情感。

人们通过互文引用、反复指涉，历史故事、神话传说等演变成文化词汇，在汉诗中常常被用作文化意象。因此，一个形式简单的词组和短语所产生的文化意象都有相关的文化背景，常常浓缩了漫长的语言运用史，表达了诸多信息，传达了深厚情感。要正确理解文化意象必须理解其背后隐含的文化背景。例如，要理解汉诗中的典故意象就必须知道这些典故的来源。西方读者无相关文化背景和审美体验，无法正确地全面地理解文化意象所暗含的多重意义。这是文化意象难以翻译的原因之一。

其二，汉诗文化意象在英语中互通性小，英语读者理解难度大。汉诗中的文化意象为汉文化所特有，反映了汉民族独特的诗歌审美体验和情感表达方式。它与汉诗传统、汉民族的生活方式息息相关，是汉民族在生活中反复体验、认识后，经过漫长时间沉淀而成的文化现象。由于文化差异，英语中很难找到与之相对应的意象。汉语读者和英语读者对汉诗文化意象的解读和体验可能大相径庭。前者理解汉诗所需的历史、文化背景，容易与这些意象实现视界融合，后者则由于生活方式和文化背景不同，很难理解汉诗文化意象所表达的美感。例如，汉民族赋予竹子"正直""刚正不阿"等文化内涵。在英语文化中，竹子只是一种普通的禾本科植

① 廖七一. 当代西方翻译理论探索 [M]. 南京：译林出版社，2002：232.

② 方娇娇，吴婷婷. 近年来汉语文化负载词英译研究综述 [J]. 德宏师范高等专科学校学报，2014 (1).

物。汉语读者对牛郎织女的传说非常熟悉，读到"牵牛星"的意象，可以会不自觉地追溯到牛郎织女的故事，马上联想到美丽的爱情，而西方英语读者则很难将牛郎与织女联系到一起，将其演绎成一个感人的爱情故事。大多数英语读者对汉诗的文化意象的认识深度不够，难以体会其丰富的内涵文化。由于中西读者对汉诗文化意象的体验和审美感受不同，译者翻译文化意象时必须注意译文的可读性。

受诗行长短与篇幅的限制，中国古代诗人在诗歌创作时喜欢运用文化意象塑造情境，表达情感。这是因为文化意象具有文约意丰的特点，可以在有限的空间传达更多的信息，表达更深的情感，故在诗歌中用得非常普遍。典故类文化意象虽然简短，但传达的信息量大，美学品质较佳，故汉诗中典故意象运用较为普遍。例如，唐代大诗人杜甫的诗歌，用典非常考究，典雅精致，营造了浓厚的儒家文化气息。但也进一步增加了汉诗英译的难度。

（二）汉诗文化意象翻译策略与方法简论

如何翻译诗歌中的文化意象一直是学者们讨论的话题。有不少学者认为，文化意象翻译的得失往往决定着整个译诗的成败。处理好文化意象一直是诗歌翻译的核心问题之一，具有十分重要的意义。传统译论认为文化意象应以译意为主。廖七一先生认为，文化意象翻译应遵循意义再现优先于形式再现的原则①。他的观点更注重译语读者的感受与译文的流畅性。20世纪90年代，劳伦斯·韦努蒂（Lawrence Venuti）大力倡导异化翻译策略。汉诗文化意象的翻译观点发生了较大的变化，由译意为主转向了译音为主，注重原汁原味地向西方传播中国文化。

21世纪以来，对文化意象英译的看法又有了一些新的变化。有不少学者认为，如果一味采用音译，不兼顾译语读者的接受背景和审美品味，译文难以取得成功，实现预定的翻译目的。2008年奥运会举办前夕，学术界就"福娃"的英译展开辩论。学者们普遍认为，译文既要传播中国文化，也要注意译文的可接受性。王银泉先生认为文化词汇应采取"解释性翻译策略"，根据两种语言间不同的语言习惯、表达方式，在音译时增添一些短语或句子，译出原语作者感到理所当然而目标语的对方却不甚了解甚至感到诧异的意义。② 这是一种较为折中的翻译策略，极富有代表性。目前，关于汉诗文化意象的翻译，较为主流的观点是既要向西方传播中国文化，也要注重译文的可读性。

文化意象具有丰富的文化内涵，在诗歌中广泛运用。在汉诗中，松、竹、梅、菊等文化意象用得十分普遍。这些意象具有丰富的文化联想意义，汉语读者在情感

① 廖七一. 当代西方翻译理论探索 [M]. 南京：译林出版社，2002：236.
② 王银泉. "福娃"英译之争与文化负载词的汉英翻译策略 [J]. 中国翻译，2006（3）：75.

上容易与之产生共鸣，西方读者则很难体会其文化内涵。翻译这些文化意象时，如果简单地采取直译或音译保留原诗中的文化意象而不进行任何解释或加注，英语读者也许会不知所云。一方面，他们缺乏相关的文化背景而难以理解；另一方面，诗歌的语境是浓缩的、跳跃的。在没有充足语境的情况下，读者很难精确地揣测文化意象所传达的含义。

诗歌的句法结构也是构成西方读者理解汉诗的一大障碍，语序不同于日常用语，而诗歌语言又具有隐喻性，进一步制约了读者对文化意象的理解。在翻译文化意象时，译者如果不做解释，一味音译，英语读者势必难以理解，更遑论欣赏原诗的美感了。相反，如果简单地删除或替代原诗中的文化意象，以这种方法译出的译文，英语读者虽可以理解，但原诗诗境因意象的删减会发生变化，也许与原诗大异其趣，原文的异质性特征也难以体现，这种翻译就难以实现文化之间的平等交流。因此，文化意象的翻译最容易遁入两种极端。一种是过度紧随原文，置译文的可读性不顾。另一种是过度关注译文的可读性，置原文的异质性不顾。这两种情况都应尽量避免。

文化意象的英译方法主要有直译法、直译加解释性翻译法、意译法、音译法、音译加解释性翻译法、借译法（即替代法）、省略法（也叫删译法）、直译加注法、音译加注法等。这些译法是翻译文化意象的一些常见方法。根据译文对译语读者接受背景的考虑程度以及原语文化在译文中的保留程度可将这些译法分为三类：第一类，充分考虑译入语读者接受背景的相关译法，此类译法主要与归化翻译策略有关；第二类，充分考虑传播原语文化的相关译法，此类译法主要与异化翻译策略有关；第三类，兼顾译文可接受性与传播原语文化的相关译法，根据实际情况，灵活运用异化和归化翻译策略。这三类译法各有取舍，下面分别予以论述。

第一类译法充分考虑译入语读者的接受背景，优先考虑他们的知识文化背景，以译文的可接受性为旨归。这一类译法以归化为主，主要包括意译法、替代法、省略法等三种译法。意译法以译意为主，对原语的语音和形式结构等不做重点考虑。如一箭双雕译成一石二鸟。原语中的"箭"和"雕"等意象没有保留，分别被置换为"石"和"鸟"。尽管如此，原文的意思在译文中保留下来，而且更符合目的语读者的审美习惯。替代法就是用符合译语表达习惯的语言形式替代原文本中的文化意象，如霍克斯将"对立东风里"中的"东风"译成"夏风"（soft summer breeze）①。省略法包括部分省译和全部省译两类。所谓省译就是因译语中无对等词而略去原文中的文化意象不译。有时，出于对译文的流畅性和可接受性考虑，也可能省去原文中的部分内容不译。不管是哪种原因，省译都会造成原文信息的流失。

---

① David Hawks. The Story of the Stone [Z]. London：Penguin Books，1977：75.

例如，汉诗中的某些文化意象如阴阳、孟母等，英语中无法找到对应词汇，如果勉强译出，译语读者难以理解，所以有些译者索性省略不译。

意译法、替代法、省略法等译法主要考虑译文的可接受性和译语读者的接受背景，更多地关注翻译过程中的读者因素，较少关注原文信息的传达。使用这些译法时译者应该谨慎，应尽量将其控制在一定的范围之内，不然会造成原文信息的损失，影响译文的忠实性。译法本无错，关键是要在译文的可接受性与原文信息的传达两者之间维持一种平衡，不能顾此失彼。

第二类译法以传播原语文化为旨归，着重考虑在译语中如何保留、推广和宣传原语文化。这类译法以异化为主，主要包括音译法和直译法。音译法以原语的语音为基础进行翻译，力求保留原文语言的异质性特征，如将"阴阳"音译成"yin-yang"，"黄泉"音译为"huangquan"。坚持音译法的译者认为，在一定语境下译入语读者可以理解音译词，或者音译词经过较长时间的使用后最终可以在译语语境中被接受。无可否认，音译法在保留原语文化方面有一定优势。在实践中，确实有相当一部分汉语音译词融入了英语文化。但是，不是所有的音译词都会被异域文化所吸收。从总体上讲，因西方英语读者对汉诗中的文化意象体验不深，他们对音译词只有一个模糊印象。这样译忽略了读者的文化背景和审美情趣，可能会挫伤读者的阅读兴趣。如果读者不积极参与译作阅读，又谈何大力推广原语文化呢？

与音译译文相比，直译译文的语言异化程度相对较低，更符合译入语的表达习惯，更有利于译入语读者的理解。直译的译文既保留了原语文化，又具有较高的可接受性，当然是较为理想的译法。但并不是所有的文化意象都可以直译的。有些直译的译文难免给读者造成误解。文化意象是文化空缺词，运用直译法时必须注重译出原语的内涵含义而非字面意义。译者还应该注意译入语读者的文化背景与译文的可接受性。

第三类译法设法在译文的可接受性与译文的忠实性之间找到一个平衡点，既照顾译语读者的审美情趣、知识背景，又考虑传播原语文本的文化内涵，保留原文本的信息和语意。这类译法采用归化和异化相结合，主要包括音译加释译、直译加释译、音译加注法、直译加注法等。所谓音译加解释性翻译法就是首先以音译的方式保留原语文化信息，然后再通过解释提高译文的可接受性，如"压岁钱"译成"yasuiqian or gift money, is one ritual of Chinese in celebrating Lunar New Year"①。王银泉先生认为，这种译法非常巧妙地保留了中国文化，又具有可读性，是翻译文化词汇时应遵守的原则。所谓直译加释译法就是先以直译方式保留原语文化信息，然后再通过附加解释，给译文提供背景，使之易于为译语读者理解和接受。如将

---

① 王银泉. "福娃"英译之争与文化负载词的汉英翻译策略 [J]. 中国翻译，2006（3）：75.

"八仙过海"译成"The Eight Fairies（the eight immortals of Taoism in Chinese folklore）crossed the sea each displaying his own talent"①。音译加注与直译加注与前两种译法大致相似。不同之处在于这两种译法一般以加尾注或加脚注的方式进行解释，而不是在译文后直接做解释。加注出于两个方面的考虑：一方面给读者提供解读背景；另一方面，注释放在页底或页尾就不会打断读者的阅读过程，照顾了不同层次的读者，尤其是当读者有一定的原语文化知识，原语中的某些文化意象无需加注就能够理解时，就不会因加注而影响其阅读进程。

　　生态翻译学认为，翻译生态是由原文、源语和译语所构成的世界，即由语言、交际、文化、社会，以及作者、读者、委托者等互联互动的整体，②涉及的因素较多，必须维持翻译生态中各个因素之间的平衡。在翻译汉诗中的文化意象时，译者如果不添加注释，他们难以理解音译词的内涵和意义。但是，译文中添加的注释过多也会影响读者的阅读兴趣。因此，在一首诗内大量使用音译词或添加大量的注释都不太可取。译文读者和原语文化信息是翻译的两端，而译者是两者之间的协调人。如果协调人只考虑一方而忽视了另一方，其协调效果难以取得理想的效果。翻译是一种艺术，译者应该根据翻译生态，灵活运用各种译法，以保持翻译生态的整体平衡。

　　相比而言。第三类译法避免了第一类译法因过度关注译文的可接受性而导致原语文化信息损失的问题，也避免了第二类译法因过度关注原语文化信息而导致译文可接受性不高的毛病，在翻译文化意象时通常被广大译者作为主流译法使用。

二、华兹生的文化意象适应性转换策略和方法

　　文化意象在汉诗中运用得非常普遍。一方面，由于文化意象承载了大量信息，联想意义丰富，具有较强的美感，可以取得文简意繁的效果；另一方面，由于汉诗篇幅较短、诗行的限制，诗人总想在有限的诗行空间表达丰富深厚的诗意，创造出文约旨深的效果。因此，运用文化意象营造诗境成了汉诗创作的常用技巧。华兹生先生也注意到了这一点。在《唐诗中的意象》一文中，他说，中国诗人对诗歌细节的选择受用典和象征传统左右，广泛使用文化意象。这是因为如果诗人选择的树种或物种缺乏传统隐喻联想意义，这些意象就只能在具体描写层面起作用，最多只是个性化符号，其象征意义就非常薄弱。③由于汉诗中广泛地使用文化意象，给汉诗翻译增添了难度。

---

① 吕瑞昌，喻云根，张复星等. 汉英翻译教程［M］.西安：陕西人民出版社，2001：138—143.
② 胡庚申.生态翻译学的研究焦点与理论视角［J］.中国翻译，2011（2）：5—9.
③ Burton Watson. Chinese Rhyme-Prose：Poems in the Fu Form from the Han and Six Dynasties Periods［M］. New York & London：Columbia University Press，1971：133.

在翻译汉诗文化意象时，华兹生采用了归化、异化、归化异化并举等翻译策略。其中，异化策略是华兹生英译汉诗文化意象的主流策略。这种倾向性显然与华兹生在语言维坚持紧贴原诗措辞而译的理念是相辅相成。翻译策略通过翻译方法来体现。就翻译方法而言，华兹生主要运用了直译法、直译加释译法、直译加注法、音译法、音译加释译法、音译加注法等方法翻译汉诗中的文化意象。下面以汉诗文化意象翻译为例，分异化、归化、归化异化并举三种情况论述华兹生在文化维采取的适应性选择转换方法。

（一）异化策略及其适应选择翻译方法

异化翻译策略是一种以保留原语文化为主的翻译策略，主要通过忠于原文措辞来体现。美国学者劳伦斯·韦努蒂认为，采用异化策略有利于不同文化之间的平等对话与交流，有利于突显译者的身份。异化翻译策略主要通过直译法、直译加解释性翻译法、直译加注法、音译法、音译加释译法、音译加注法等翻译方法体现。目前，运用异化策略翻译文化意象是一种主流观点，如孔莎认为推广汉语音译词有利于宣传汉语，增强汉语在世界范围内的影响力，有利于中国文化输出等[1]。甚至有学者呼吁，文化意象翻译应尽量运用异化翻译策略，可以译成"中国英语"[2]。这些观点体现强烈的文化意识，着力考虑保留原语文化生态。但部分观点有失偏颇，从反对归化走向了另一种极端——过度异化。如果不考虑译语生态，译文过度异化，译文势必难以卒读，从而影响西方读者的阅读兴趣。如果读者兴致不高，又遑论向西方传播中国文化？从生态翻译学的角度来看，翻译是一个由译者、读者、译语、原语、原文本、译文等构成的生态体系，译者需维持整个翻译生态体系的平衡，不能执其一端，拘泥于原文或译文，原语文化或译语文化。汉诗翻译当然应注意传播和输出原文本蕴含的文化元素，但也要将读者的审美品位、接受背景纳入考虑范围。成功的译者必须两者兼顾。在翻译文化意象时，华兹生既注重译文的可读性，也重视译文的忠实性，主要采取了音译法、音译加注法、直译、直译加注等异化式翻译方法。下面以文化意象翻译为例说明华兹生在文化维运用的异化翻译策略及适应性选择翻译方法。

（1）音译法及音译加注法

音译法及音译加注法是华兹生翻译汉诗文化意象的主要适应性翻译方法。下面以华译汉诗中的地理意象为例来加以说明。地理名词是汉诗中一类常见的文化意象。汉诗中的地理名词通常具有丰富的历史和文化隐喻意义。相比而言，西诗中地

---

① 孔莎. 从中国英语音译词论汉语文化负载词的英译策略 [J]. 四川理工学院学报，2012（3）：73—75.
② 晏小花、刘祥清. 汉英翻译的文化空缺及其翻译对策 [J].，中国科技翻译，2002（1）.

理名词的使用频率低于汉诗。在翻译汉诗时，华兹生意识到了这一点。他说，汉诗中的地理名词并不是一个单纯的地理概念，而是一个具有丰富历史意义或联想意义的文化意象，与中国悠久的历史有关。在汉诗中一提到地点名词，就足以唤起失去的辉煌、激烈的战斗、喧闹的城市、孤寂的边境等场景。将地点名词写入诗中，还可以表达一种真实感或传达一种充满戏剧性的怀旧感。中国古代宗教崇拜山水神，一提到某些地点名词常常可以构成一种对神灵的祈祷。运用地点名词是汉诗的一大传统。①但在西诗中，这类名词并不常见。华兹生认为，翻译这类意象时，如果简单的删除或替代，都会损失原诗丰厚的文化意蕴。因此，他以保留原语文化意象为主，多采用音译法及音译加注法，注重原汁原味地向西方读者传播中国文化，如他翻译杜甫诗歌《闻官军收河南河北》（*On Hearing That Government Forces Have Recovered Henan and Hebei*）一诗中的地点名词。

剑外忽传收蓟北，
初闻涕泪满衣裳。
……
即从巴峡穿巫峡，
便下襄阳向洛阳。②

Beyond Sword Gate, suddenly word Jibei recovered,
On first hearing it, tears splash all over my robe.
…
straight off through Ba Rapids, threading Wu Rapids,
Then down to Xiangyang, heading for Luoyang.
JIBEI: the northern part of the ancient province of Jizhiu, stronghold of the rebels.③

这首诗共使用了"剑外""蓟北""巴峡""巫峡""襄阳""洛阳"等六个地点名词。这些地点名词与中国古代的一些传说及历史事件有密切的关系。通过这些地点名词，读者可以追忆远逝的历史和神话传说，大大地丰富诗歌的内涵。华兹生对中国诗学传统有较深刻的认识，对诗歌中地名意象所传达的深层意义和美感有深刻的体会。他坚持以音译为主，在译文中将这些意象都保留下来。六个地点名词中

---

① Burton Watson. Chinese Lyricism: Shih Poetry from the Second to the Twelfth Century [M]. New York & London: Columbia University Press, 1971: 128—129.
② 邓启铜，傅英毅注释. 唐诗三百首 [Z]. 南京: 东南大学出版社，2010: 171.
③ 华兹生. 杜甫诗选 [M]. 长沙: 湖南人民出版社，2009: 228—229.

有五个通过音译进行适应性选择转换，"襄阳"音译成"Xiangyang"；"洛阳"音译为"Luoyang"；"巴峡"和"巫峡"也以音译为主，分别译为"Ba Rapids"及"Wu Rapids"；"蓟北"采用音译加注，译成"Jibei"并加以脚注解释；只有"剑外"采用直译，译为"Sword Gate"。通过保留原诗的文化意象，华兹生的译文再现了原诗的诗境。

汉诗中用典比较普遍。典故意象可以拓展诗境，丰富诗歌的内涵意义与外延意义。典故是历史化的隐喻，"其字面意思通过与历史事件、神话传说、宗教故事、文学文本及古人虚构的故事等建立联系，把典故所暗含的喻义映射到诗人所要表达的对象和物体上"①。杜甫诗歌以用典精致而著称。在《杜甫诗选译》序言中，华兹生提到了杜甫诗歌高度浓缩的语言特征与典故意象的运用有直接联系，是翻译时最难把握的地方②。下面以华译杜甫诗歌《醉时歌赠广文馆博士郑虔》（*Drunk Song*, *Written for Zheng Qian*, *Doctor of the Broad Learning Academy*）为例，说明华兹生汉诗典故意象的英译方法。

但觉高歌有鬼神，
焉知饿死填沟壑？
相如逸才亲涤器，
子云识字终投阁。③

We're only aware that in our lofty songs gods and spirits join us；
who knows if we'll starve to death, end tumbled in a ditch？
Sima Xiangru, of rare talent, with his own hands washed the dishes；
Yang Xiong, learned in letters, finally threw himself from a tower.

（NOTE：At one point in his life, the famed poet Sima Xiangru（179 B. C. E–117B. C. E.）ran a wine shop and, leaving his wife to mind the counter, washed the dirty dishes at the community well. The poet, linguist, and official Yang Xiong（53 B. C. E. –18 C. E.）, fearful of arrest for political reasons in the time of the usurper Wang Mang, threw himself from the upper story of the office where he was working.）④

---

① 郭善芳. 典故的认知模式［J］. 贵州大学学报，2015（3）：139.
② 华兹生. 杜甫诗选·序言［M］. 长沙：湖南人民出版社，2009：44—45.
③ 华兹生. 杜甫诗选［M］. 长沙：湖南人民出版社，2009：42.
④ 华兹生. 杜甫诗选［M］. 长沙：湖南人民出版社，2009：43.

上述四句诗用了两个典故，一个是诗人及辞赋家司马相如洗碗碟，另一个典故是诗人扬雄（杨子云）投阁。华兹生均采用音译加注的方式做了适应性选择转换。在脚注中，他介绍了这两个典故的内涵及由来。"相如逸才亲涤器"引用典故，讲述了司马相如纵然才华横溢，为了谋生也不得不亲自洗涤食器；"子云识字终投阁"引用典故，指出扬雄因博学多才教人故奇字，却无端受牵连坐罪，跳下天禄阁。典故意象与古代的历史故事有关，与特定的历史文化语境有关。[①] 汉诗用典通常体现了不同语境下，人们对传统思想观念、道德意识、价值取向等多维度的传承。由于典故是浓缩的隐喻性故事和传说，西方读者难以理解其深层的文化内涵和美学意蕴。典故意象一直是汉诗翻译中最棘手的问题之一。华兹生主要采用了音译、音译加注等异化为主的方法翻译汉诗中的典故意象。

（2）直译及直译加注

音译和音译加注是华兹生翻译典故意象的主要方法。此外，他也采用直译及直译加注等方法翻译汉诗中的典故，如他翻译杜甫诗歌《丽人行》（*Ballad of the Beautiful Ladies*）中的典故意象时就采用了直译加注法。

杨花雪落覆白蘋，
青鸟飞去衔红巾。
炙手可热势绝伦，
慎莫近前丞相嗔。[②]

The snow of willow catkins blankets the white-flowered reeds;
a blue bird flies off, in its bill a crimson kerchief.
Where power is all-surpassing, fingers may be burned.
Take care, draw no closer to His Excellency's glare!

(NOTE: There were rumors that Yang Guozhong was carrying on an intrigue with the Lady of Guo, and this probably explains the reference to the bluebird, the traditional bearer of love notes. According to Chinese custom, sexual relations between persons of the same surname—in this case between cousins—was considered highly immoral.)[③]

上述四行诗包含有两个典故，其中"杨花雪落覆白蘋"一句含有一个典故，

---

① 华兹生.杜甫诗选·序言 [M].长沙：湖南人民出版社，2009：44—45.
② 华兹生.杜甫诗选 [M].长沙：湖南人民出版社，2009：38.
③ 华兹生.杜甫诗选 [M].长沙：湖南人民出版社，2009：39.

影涉杨国忠与虢国夫人私通，也暗指北魏胡太后和杨白花私通之事，胡太后曾作"杨花飘荡落南家""愿衔杨花入窠里"等诗句。杜甫用这个典故暗讽唐朝诸杨之姓及兄妹丑行。"青鸟飞去衔红巾"一句中的"青鸟"是神话中的鸟名，西王母的使者。相传西王母将见汉武帝时，先有青鸟飞集殿前，后常指男女之间的信使。华兹生在翻译这些典故时均采用了直译加注的方法。他将"杨花"直译成"willow catkins"，"青鸟"直译成"blue bird"并加脚注"there were... immoral"进行解释，给读者提供理解典故的背景知识。

（二）归化策略及其适应选择翻译方法

归化策略是一种较为变通的翻译策略，其主要目的是提高译文的可读性。归化以译语为旨归，强调译文的通顺、流畅，是西方传统的主流翻译策略。韦努蒂对西方归化的翻译传统早有过论述。他认为在英美翻译传统中，归化翻译策略一直占据主流。译者通过把原文译成流畅的英语，使译文表达符合英文习惯，产生可读性较高的译文。[①] 韦努蒂对归化翻译策略提出质疑，批评这种翻译策略降低了译文的异质性特征，使读者感觉不到译者的存在，导致译者的隐形（invisibility）。他认为流畅译法或透明译法是意识形态之下的产物，这是一种文化侵略现象，人们无须视之为翻译的最佳策略。[②]他主张译者应尽量让翻译显形，以抵抗式的异化翻译策略取代传统的流畅归化译法。

韦努蒂提出的抵抗式异化翻译策略在中国译学界产生了较大的反响。学者们纷纷在期刊上撰文回应，归化策略逐渐为人们所诟病。纵观当前的研究成果，韦努蒂的异化翻译策略已得到了普遍的认可。传统的通达式归化翻译策略受到了巨大的冲击，甚至曾经主张归化翻译策略的学者也倒向了异化策略。可以说，异化翻译策略取得了主流地位。无可否认，学者们的这些观点都具有一定的合理性。溯其源，大多数学者认为异化翻译策略是基于文化对等交流考虑的，担心英美强势文化会造成汉语文化在中外文化交流中患文化失语症。这种考虑和担心不是不必要。但是如果过度强调紧随原文，翻译就会走向极端，适得其反。译文的可读性就会受到影响，难以获得读者的喜欢，译本将冒着被人遗忘的风险。译者不仅要面临着赞助方的质疑，而且还要应对译作失败后的各种困局。翻译汉诗文化意象时，华兹生尽力在译文的忠实度与流畅性两者之间保持平衡，既尽可能忠实于原文，也尽可能使译文符合当代美国英语的行文习惯，增强译文的可读性与可接受性。华兹生虽然坚持以异化翻译策略为主，但他还是注意灵活变通，辅以意译法、替代法、删译法等归化译

---

① Jeremy Munday. Introducing Translation Studies［M］. London and New York：Routledge, 2001：146.

② 张南峰，陈德鸿. 西方翻译理论精选［M］. 香港城市大学出版社, 2000：235—238.

法。例如，在下面的译诗中他使用了意译、删译、替代等归化译法翻译文化意象。

（1）意译

意译是一种以翻译原文联想意义或内涵意义为主的翻译方法。意译舍弃了原语的字面意义，将关注的焦点选择性地转向了原语的内涵意义，是一种适应性变通策略。在翻译韦应物的《杂曲歌辞·宫中调笑》（Tune：“*Flirtations Laughter*”）中的文化意象时，华兹生就采用了意译：

河汉，河汉，

晓挂秋城漫漫。

愁人起望相思，

江南塞北别离。

离别，离别，

河汉虽同路绝。①

Milky Way

Milky Way

at dawn stretching on and on over the autumn city：

one who is sorrowful rises，gazes at it，thinking of him——

south of the river，north of the border——so far apart！

far apart

far apart

the same Milky Way for both of us，but roads between cut off！②

在上面这首译诗中，华兹生运用了多种翻译方法。他将原诗中“河汉”意译成西方文化中的“Milky Way”，使之适应译语文化。虽然这两个词都是指天上的银河，但传达的文化意义并不一致。汉诗中的“河汉”将银河比喻成河流，既影射了中国古代的汉水文化，也喻指牛郎织女的神话故事。英语中的“Milky Way”将银河比喻成大路，是天后赫拉（Hera）溅洒在天空中的乳汁，与西方文化中的神话故事有关。原文“河汉”与译文“Milky Way”的指称意义一致，但传达的内涵意义、联想意义与文化意义相差较大。显然，在翻译这个文化意象时，华兹生采取

---

① 韦应物. 杂曲歌辞·宫中调笑. [DB/OL]. （2011-07-04）［2014-10-15］http：//www. shicimingju. com/chaxun/list/143950.htm l.

② Burton Watson. The Columbia Book of Chinese Poetry：from Early Times to the Thirteenth Century ［M］. New York：Columbia University Press，1984：357.

适应性选择转换方法，通过意译，使译文适应读者的文化背景。当然，有些文化意象华兹生并没有进行适应性选择转换，如他根据"江南"的字面意义，将其直译成"south of the river"。译文与原文虽然字面意义一致，但传达的指称意义与内涵意义有较大区别。汉诗中的"江南"是指长江以南，是传统汉诗中的诗意栖居地，但翻译成英语"south of the river"，就成了一般河流的南部，意义非常单薄，原文的文化意义荡然无存。可见，翻译方法的选择对于文化意象的翻译具有一定的指导意义。

（2）替代和删译

替代是用译语中对应的文化意象替换原语中的文化意象。删译就是删除原诗中的文化意象。两种译法都是典型的归化翻译，是译者根据译语文化生态采取的适应性变通翻译方法。在翻译汉诗典故意象时，华兹生虽以保留原文为主，但有时也对原诗意象做一些删改和替代，以提高译文的可读性。赋体诗中列举性的文化意象特别多，有些在英语中无法找到对应的词语，所以在翻译赋体诗时，华兹生这两种方法运用得较为普遍。例如，在翻译司马相如《子虚赋》（*Sir Fantasy*）中的文化意象时，他就采用了替代和删译的译法，使译文适应译语文化生态。

其东则有蕙圃：
衡兰芷若，
芎藭昌蒲，
茳蓠麋芜，
诸柘巴苴。①

To the east stretch fields of gentians and fragrant orchids,

Iris, turmeric, and crow-fans,

Spikenard and sweet flag,

Selinea and angelica,

Sugar cane and ginger.②

上述诗句运用了多种植物意象：蕙草、兰花、杜衡、白芷、杜若、川芎、菖蒲、江蓠、蘼芜、甘蔗与芭蕉等。除了"菖蒲"与"sweet flag"，"兰花"与"or-

---

① 司马相如. 子虚赋. ［DB/OL］. （2011-07-04）［2014-10-15］http://so. gushiwen. org/shangxi_17790.aspx.

② Burton Watson. Chinese Rhyme-Prose: Poems in the Fu Form from the Han and Six Dynasty Periods ［M］. New York & London: Columbia University Press, 1971: 32.

chids"，"甘蔗"（诸柘）与" sugar cane"大致对等外，其他几个意象华兹生都是用替代法翻译的。他用"gentian"（龙胆草）替代"蕙草"，用"iris"（鸢尾属植物）替代"杜衡"，用"turmeric"（郁金）替代"白芷"，用"crow-fans"替代"杜若"，用"spikenard"（甘松）替代"川芎"等。如此大量地使用替代法，主要是这些意象在英文中空缺。如果全部音译，读者难免不知所云。正如华兹生自己所言，赋体诗中的事物名词大量存在。由于这些名称西方译者今天已经无法确认，只好运用英语语言中的对等物来翻译。① 显然，对于赋体诗中的文化意象的翻译，华兹生主要以适应性转换翻译方法为主。

对于英语中空缺的汉诗文化意象，除了使用替代译法，华兹生采用删译，如他在翻译杜甫诗歌《乾元中寓居同谷县作歌七首》（*Seven Songs Written During the Qianyuan Era*（758—760）*While Staying at Tonggu District*）时，就省译了其中的典故意象，使译文顺应西方读者的文化背景。

有客有客字子美，
白头乱发垂过耳。
岁拾橡栗随狙公，
天寒日暮山谷里。②

A traveler, a traveler, Zimei his name,
white hair tousled, dangling below the ears,
through the years I gather acorns in the wake of the monkey pack：
cold skies at dusk within a mountain valley.③

上述四句诗选自杜甫《乾元中寓居同谷县作歌七首》中的第一首诗。其中"岁拾橡栗随狙公"一句运用了"狙公分栗"的典故，指一个名叫"狙公"楚国人，以养猕猴为生。他每天分派猕猴上山采果，从中抽取十分之一供养自己。杜甫运用这个典故来影射自己困苦的生活处境。翻译这个典故时，华兹生删除了原诗中的意象"狙公"，取其大意译之。

（三）归化异化并举及其适应选择翻译方法

异化和归化两种翻译策略并不是水火不容。两者只是强调点不同而已。异化策

① Burton Watson. Early Chinese Literature［M］. New York：Columbia University Press, 1962：271.
② 华兹生. 杜甫诗选［M］. 长沙：湖南人民出版社, 2009：158.
③ 华兹生. 杜甫诗选［M］. 长沙：湖南人民出版社, 2009：159

略突出传达原语文化的主宰作用，归化则侧重译入语读者的接受态度。不管是原语文本还是译语读者都是翻译过程中的重要因素，两者都不可或缺，不容忽视，是一体两面，不可以任意将两者分割。在翻译过程中，归化、异化并举可以调节译文的忠实性与可读性。在翻译文化意象时，华兹生也采用了归化、异化并举的策略，在读者、译文、原文、原语文化、译语等生态体系之间维持一种动态平衡，如他英译李白的《越中览古》（*In Yüeh Viewing the Past*）：

> 越王勾践破吴归，
> 义士还乡尽锦衣。
> 宫女如花满春殿，
> 只今惟有鹧鸪飞。①

> Kou-chien, king of Yüeh, came back from the broken land of Wu;
> his brave men returned to their homes, all in robes of brocade,
> Ladies in waiting like flowers filled his spring palace
> where now only the partridges fly.②

在上面这首诗中，华兹生既采用了异化翻译策略，如他将"越王勾践"音译成"Kou-chien, king of Yueh"；也采用归化策略，将"义士"意译成"brave men"（勇士），将"宫女"替换成"ladies in waiting"（等待的女士）。通过归化与异化并举，采取适应性选择转换方法，华兹生既保留了原文中重要的文化意象，也保证了译文的可读性。在翻译过程中，如果一味地突出原语文本的异质性特征，忽视译入语读者的审美品位，产生的译文难以引起读者共鸣。同理，如果一味地强调译入语读者的阅读背景，任意增删，任意改写，那与文学创作又有何异？显然，两种极端译法都难以达到传播原语文化的目的。因此，译者应把握好归化和异化的尺度，既要注重传播原语文化，也不能忽视译入语读者的接受品味，既要避免因过度异化而造成译文无法理解甚至误解，也要避免过度归化而导致原语文化信息无所保留，译文中看不到原语文化的异质性特征。协调处理好译文的忠实性与可接受性是翻译的难点所在，也是翻译的魅力所在。译无达诂，译无止境。通过归化与异化相结合，选择适当的翻译方法，华兹生在文化维实现了文化意象的适应性转换。

---

① 李白. 越中览古. ［DB/OL］. (2011-07-04)［2014-10-15］http://so. gushiwen. org/view_ 8357. aspx?WebShieldDRSessionVerify=LNgWDtD1PMDOC8UaQIrG.

② Burton Watson. The Columbia Book of Chinese Poetry: from Early Times to the Thirteenth Century ［M］. New York: Columbia University Press, 1984: 209.

　　在汉诗翻译实践中，单一的归化翻译和异化翻译都是行不通的。单纯地保留、简单地删减或替代原诗中的文化意象都有较大的弊端。而采取直译或音译加解释性翻译，译文又难免结构松散，译诗的句式长短均会发生较大的变动。译文会明显变长，更别说译文的节奏韵律会显得拖沓繁乱，成了散体，不像诗体。音译加注和直译加注两种方法既有优势，也有劣势。其优势主要体现在两个方面：一方面通过音译或直译保留了原诗中的意象和诗境；另一方面，通过加注使读者容易理解，易于接受。但这两种译法并不是天衣无缝，也有迫使读者不断地查看注释的弊端，可能会打断读者的思路，影响读者的阅读兴趣。弗罗斯特曾说过，"译诗就是翻译时失去的东西"。的确，虽不说诗不可译，但至少可以说诗绝对不好译。因此，在翻译过程中，需要译者根据原语和译语语境发挥译者主体性，选择适应性较好的翻译方法。相对而言，对于汉诗文化意象的翻译，音译加注和直译加注两种方法目前是不少汉诗译者较为认可的翻译方法。华兹生也较为广泛地使用了这两种方法。当然，除了这两种翻译方法，华兹生还运用了替代或删除、音译、直译、意译等不同的翻译方法。总的来说，在翻译汉诗文化意象时，华兹生充分发挥了自己的主观能动性。他根据读者的阅读背景、文化意象的可译度、译语文化生态等选择适应性较强的翻译方法，在文化维维持了整体生态平衡。

三、华兹生文化意象翻译策略与方法抽样分析

　　本节以华译《古诗十九首》中的文化意象为例，对华兹生的文化意象翻译策略与方法进行抽样统计，揭示华兹生在文化维采取的主流翻译策略和方法。统计结果发现，在翻译汉诗文化意象时，华兹生采用了异化为主的翻译策略。在翻译方法上，他主要采用了音译、直译、音译加注、直译加注等四种翻译技巧。总体说来，华兹生的译文既注重保留原诗中的文化意象，也注重译文的可读性。他根据原语语境和译语文化进行适应性选择转换，维持了整个翻译生态的动态平衡。

（一）抽样统计目的与对象

　　生态翻译学认为，译者的适应性选择体现在不同的层面，在宏观层面上，比如在选择译文的翻译过程中，究竟是归化好，还是异化好？到底是直译好，还是意译好？① 本次统计的目的主要是想对这些问题做出回答。通过量化分析，揭示华兹生在文化维选择翻译策略与方法上体现出的倾向性特征，同时阐明这一倾向性特征所反应的译诗理念。在统计文化意象的翻译策略和方法之前，拟首先确定文化意象的统计范围和对象，对其归类整理，然后进行统计分析。

----

① 胡庚申. 翻译适应选择论［M］. 武汉：湖北教育出版社，2004：124.

文化意象或文化词汇从不同的角度可以划分不同的类别。张红艳女士将文化词汇分为三类：物质文化词如中国古代的'鼎'，制度习俗文化词如'祭酒'，精神文化词如佛教用语'空''色'等①。这种划分有重叠现象，如精神文化词与制度习俗文化词存在着包容关系。王琼女士将文化词汇分为四类：生态文化词如五台山；物质文化词如荔枝；社会文化词如三媒六证；宗教文化词如菩萨；语言文化词如习语、俗语②。这种划分使部分类别之间存在着包容关系。杨德峰先生将文化词汇分为15类：历史、地理、政治制度、宗教、人物、文艺、服饰、饮食、节令、习俗、礼仪、器具、建筑、成语、其他。③ 这种划分非常细致，对于文化意象的翻译有一定的指导意义，但彼此之间也存在着包容关系。分类必须有分类标准和角度。否则，划分的类别一方面难以穷尽，另一方面难免存在着包容关系，或者存在重叠关系。邓炎昌、刘润清先生从原语和译语的对应情况，将文化词汇分为四类：第一，两种语言中的非对应词；第二，字面意义对应，但内涵意义不对应的词语；第三，一种语言中的词语在另一种语言中有多个对应词但没有完全对应的词语；第四，基本含义对应，但附加意义不对应的词语。④ 邓炎昌与刘润清两位先生的划分方式是相对合理的，对于文化意象的翻译实践具有一定的指导意义。

凡分类皆有目的。从翻译的角度来看，划分文化意象类别主要是为了分析不同文化意象类型应采取的翻译策略和方法。研究翻译离不开对两种语言进行对比分析。文化意象翻译也是如此。文化意象在原语与译语中的对应情况可以为其翻译提供指导依据。根据汉英两种语言的对应情况，可以将汉诗文化意象分为三类：第一类，在英语中空缺的汉语文化意象，如大部分汉诗中的典故意象、地点意象等。第二类，与英语意象部分对应的汉语文化意象，包括指称意义对应但内涵意义不同的文化意象，如"河汉"与"Milky"，以及指称意义不同，但内涵意义大致相当的文化意象，如汉诗意象"春日"与英诗意象"summer's day"尽管指称意义相反，但文化内涵意义却又大致相当。第三类，与英语意象大致对应或完全对应的文化意象，如"浮云"与"floating cloud"等。本次统计将采取这种分类方式对统计对象进行归类整理分析。

本次统计以华兹生1971年出版的《中国抒情诗：从2世纪至12世纪诗选》中收录的《古诗十九首》译文为统计译本，以华译《古诗十九首》中文化意象的翻译策略和方法为统计对象进行分类统计。华译《古诗十九首》共包括《行行重行

---

① 张红艳. 试评《红楼梦》中文化意象的翻译 [J]. 安徽大学学报，2007（4）：60—63.

② 王琼.《红楼梦》英译本文化意象翻译研究 [J]. 杭州电子科技大学学报，2014（3）：74—78.

③ 杨德峰. 汉语与文化交际 [M]. 北京：北京大学出版社，1999：135.

④ 邓炎昌、刘润清. 语言与文化——英汉语言文化对比 [M]. 北京：外语教学与研究出版社，1989：9—10.

行》（*On and on*, *Going on and on*）、《青青河畔草》（*Green Green, River Bank Grasses*）、《青青陵上柏》（*Green Green the Cypress on the Ridge*）、《今日良宴会》（*We Hold a Splendid Feast Today*）、《西北有高楼》（*Northwest the Tall Tower Stands*）、《明月皎夜光》（*Clear Moon Brightly Shinning in the Night*）、《冉冉孤竹生》（*Frail Frail, Lone-growing Bamboo*）、《庭中有奇树》（*In the Garden a Strange Tree Grows*）、《迢迢牵牛星》（*Far Far Away, the Herd-boy Star*）、《回车驾言迈》（*I Turn the Carriage, Yoke and Set off*）、《驱车上东门》（*I Drive my Carriage from the Upper East Gate*）、《生年不满百》（*Man's Years Fall Short of a Hundred*）、《孟冬寒气至》（*First Month of Winter*：*Cold Air Comes*）等十三篇译诗，尚有六篇未收录。

选取华译《古诗十九首》中的文化意象进行统计分析主要出于三个方面的考虑：其一，《古诗十九首》的篇幅长短及诗篇数目适宜人工统计，所运用的文化意象数量对本研究也较为适中。其次，《古诗十九首》在中国诗歌史上具有一定地位，是对《诗经》《楚辞》意象的继承和发展，可以作为中国古典诗歌的代表性诗作进行统计。《古诗十九首》是中国古代诗歌文人化的标志，在五言汉诗的发展史上具有非常重要的意义，其题材和手法广为后人师法，其意象具有原型意义，上溯《诗经》《楚辞》，下达唐宋诗文，影响深远。刘勰在《文心雕龙》中将其誉之为"五言之冠冕"，钟嵘在《诗品》叹之"天衣无缝，一字千金"。《古诗十九首》中的文化意象具有典型性和代表性①。其三，《古诗十九首》也是华兹生的代表性译作，以此作为统计底本有利于揭示其汉诗英译的普遍特征。鉴于以上三个方面的原因，本节以华译《古诗十九首》为底本，统计分析华兹生在文化维采取适应性选择转换策略时体现的倾向性特征。

（二）文化意象翻译策略与方法抽样统计情况

本次统计分意象空缺、部分对应、大致对应等三类对华译《古诗十九首》中文化意象的翻译策略和方法进行统计。翻译策略是译者在翻译过程中所遵守的翻译规范，与译者的文化意识、读者意识、译文取向有很大关系，揭示了译者的适应性选择转换策略。如果从语言和信息对等层面来划分，翻译策略可以分为三类：第一类策略是保留原语语言和信息；第二类策略是替代原语语言和信息；第三类策略是删除原语语言信息。第一类策略与韦努蒂所说的异化翻译策略一致，后两类策略与归化翻译策略一致，故本次统计分归化和异化两种情况对华兹生的文化意象翻译策略进行统计。翻译策略主要通过翻译方法来体现。常用的翻译方法主要包括音译、音译加注法、直译、直译加注法、意译、替代、删除等。例如，异化翻译策略主要

---

① 孙秀华.《古诗十九首》植物意象统观及文化意蕴诠释 [J]. 宁夏社会科学，2010（5）：168.

通过直译及直译加注，音译及音译加注等方法体现；归化翻译策略主要通过意译、替代、删译等方法体现。本次统计也对这些翻译方法进行统计。下面以华译《古诗十九首》中的文化意象为例，分归化、异化两类翻译策略，结合语言及文化信息保留情况，从翻译策略和翻译方法两个层面进行统计。具体统计结果如下①：

类别	原文	译文	翻译方法	翻译策略
意象空缺10个	杞梁妻	the wife of Ch'i Liang note：Ch'i Liang , a man of the state of Ch'i, was killed in battle in 550 B. C.. His grief-stricken wife composed several early songs or stories before committing suicide	音译加注	异化
	王子乔	Prince Ch'ao note：Wang-tzu Ch'ao is a man who lived a long time, and later becomes an important figure in the cult of the hsien or immortal spirits.	直译加注	异化
	蟾兔	toad and hare note：A toad and a hare inhabit the moon.	直译加注	异化
	宛与洛	Wan and Zo note：The Eastern Han had its capital at Loyang. The city of Wan was honored with the title of southern capital.	音译加注	异化
	清商	The clear shang note：Shang is one of five modes or keys of traditional Chinese music	音译加注	异化

---

① 译文节选自 Burton Watson. Chinese Lyricism：Shih Poetry from the Second to the Twelfth Century ［M］. New York & London：Columbia University Press, 1971：20—30.

续表

类别	原文	译文	翻译方法	翻译策略
意象空缺10个	黄泉	Yellow Springs note：The Yellow Springs is the land of the dead.	直译加注	异化
	阴阳	Times of heat and cold	意译	归化
	泰山	high hill	意译	归化
	胡马	the Hu horse	音译+直译	异化
	越鸟	the Yue bird	音译+直译	异化
部分对应7个	牵牛星	the Herdboy Star note：The herdboy is said to be in love with the Weaving Lady. According to legend, the lovers are doomed to year-long separation, Lon the different sides of the Milky Way or River of Heaven. The Herdboy constellation corresponds roughly to Aquila.	直译加注	异化
	河汉	the River of Heaven note：ibid	直译加注	异化
	玉衡	the jade bar note：The jade bar seems to refer to the handle of the Big Dipper	直译加注	异化
	南箕（星）	Southern Winnow	意译	归化
	北斗（星）	Dipper in the north	直译	异化

续表

类别	原文	译文	翻译方法	翻译策略
部分对应7个	万余里	ten thousand li note：Earlier poetry and prose had been content to express the idea of great distance by the phrase "one thousand li".	音译加注	异化
	千里	a thousand miles	意译	归化
大致对应11个	浮云	shifting clouds	直译	异化
	游子	the traveler	直译	异化
	倡家女	singing-house girl	直译	异化
	荡子	wanderer	直译	异化
	知音	those who understand the song	直译	异化
	鸿鹄	calling crane	意译	异化
	女萝	moss	替代	归化
	蕙兰花	orchis and angelica	替代	归化
	兔丝	creeper	意译	归化
	神仙	sages and wise men	替代	归化
	孟冬	first month of winter	直译	异化

　　以上列表是对华译《古诗十九首》中文化意象的译文及其翻译策略与方法的大致统计。统计难免存在疏漏，但总体上还是可以揭示华兹生文化意象翻译策略和方法的某些倾向性特征。在文化意象类别的统计中，需要补充的是有些意象可能难以归类，如某些文化意象既可以视为空缺词汇，也可以看作部分对应词汇，如

"胡马"与"越鸟"。这两个意象的概念意义"马"和"鸟"在英语中是存在的，但"胡马"与"越鸟"所表达的总体意象在英语中又是空缺的。在此种情况下，本次统计以意象的总体特征作为分类统计标准。因为统计的主要目的是揭示华兹生整个文化意象翻译策略与方法的主要特征，这种分类上的取舍不会影响根据整个统计结果所得出的最终结论。

（三）统计结果分析

上述列表一共包括 10 个空缺文化意象、7 个部分对应文化意象、11 个大致对应文化意象，共计 28 个文化意象。10 个空缺意象的译文中，使用音译加注或直译加注的译例共 6 例，占此类译例的 60%；音译直译相结合共 2 例，占此类译例的 20%；意译 2 例，占此类译例的 20%；异化译例共 8 例，占此类译例的 80%左右，归化 2 例，占此类译例的 20%。异化译例明显多于归化译例，说明华兹生在翻译汉语空缺意象时，绝大多数情况下使用异化策略，并且以采用音译加注或直译加注的方法最多，只有少数情况做了变通。

在 7 个部分对应文化意象的译例中，4 例译文使用音译加注或直译加注，占此类译例的 57%左右；1 例使用直译，占此类译例的 14%左右；2 例使用意译，占此类译例的 29%左右；异化译例 5 例，占此类译例的 71%左右，归化译例仅 2 例，占此类译例的 29%左右。异化译例明显超出归化译例，绝大部分译例采用意译、直译加注等方法，以保留原诗的文化意象。与空缺意象的译例相比，变化最为明显的是加注的译例有所减少。这说明随着文化意象共通性的增加，华兹生减少了相关背景注释。

在 11 个大致对应文化意象的译例中，6 例使用直译，占此类译例的 55%左右；意译 2 例，占此类译例的 18%左右；替代 3 例，占此类译例的 27%左右；异化译例共 7 例，占此类译例的 64%左右；归化译例 4 例，占此类译例的 36%左右。异化译例明显多于归化译例。这些译例最明显的特点是没有使用加注译法和音译法，归化译例明显增加。这说明随着文化意象共通性的增加，华兹生更倾向于用英语意象比照或取代汉诗意象。人们普遍认为，当原语意象在译语中有大致相当的意象时，译者用译语意象取代原语意象的可能性就增加。这一结论与人们普遍认可的观点刚好相同。

将这三类意象的译文做纵向比较可以发现，随着汉英文化意象对应程度逐渐增加，使用注释和音译的译法逐渐下降，这一结论与预期的观点一致；但是，随着对应程度的增加，归化译例逐渐从 20%、29%增加到 36%，说明华兹生使用的归化译法与汉英意象的对应程度成正相关，刚好与预期的观点相反。这也说明，在不同文化的交流中，相近的文化因素会不断整合，有同质化的趋势，而差异较大的文化因素只能慢慢地理解、接受和吸收。横向来看，三类文化意象的英译，华兹生均以异化翻译为主，以归化策略为辅。华兹生译文所体现的这种特征刚好与他所坚持的忠实为主，变通为辅的翻译理念一致。

总的说来，以上28个译例中，音译、音译加注、直译及直译加注共19例，约占全部译例的68%；意译共6例，约占21%；其他译法共3例，约占11%。在翻译策略层面，归化译例共8例，约占全部译例的29%，异化译例共20例，约占全部译例的71%。这些说明华兹生在英译文化意象时坚持以保留原语文化为主的翻译策略和方法，注重向西方读者传播中国文化。这是他汉诗翻译的总体倾向性特征。华兹生使用单纯音译法的译例只有2例，绝大数译例分别使用了加注、直译、意译或其他变通译法，说明华兹生非常重视译文的可接受性。此外，对于文化内涵意义较为丰厚的汉诗文化意象，华兹生广泛使用加注译法，多达10例，约占全部译例的36%，说明华兹生有强烈的读者意识，极其重视西方读者的接受背景，这也不难说明其译作为何能在西方取得成功。例如，汉诗中的典故具有文约意简的语言特征，再加上汉英历史文化背景的差异，典故是汉诗翻译中最难处理的文化词汇。在翻译典故时，华兹生对全部译例几乎都做了注释，说明他非常注重译语读者的文化背景与个人视界，以及译文的可读性。

本次统计结果显示，华兹生选择采用了异化为主的翻译策略，主要采用音译、音译加注、直译、直译加注等翻译技巧，在译语中非常注重保留汉诗中的文化意象。华兹生也兼顾译文的可读性，通过给文化意象英译词附加注释，给译入语读者提供相关背景知识，在译者、读者、译文、译语语境、原语文化之间维持了总体的生态平衡。对于中英文中对应度较高的措辞，华兹生大多采取紧贴原文的方式来翻译。即使在翻译英语文化中空缺的汉诗文化意象词时，华兹生也力求保留汉诗中的措辞方式，采取异化为主的策略，注重原语文化"横向移植"。同时，在翻译汉诗文化意象时，华兹生还充分注重译文的可读性，给一些西方读者难以理解的异化译文附加注释，帮助他们理解，使译文顺应译语语境，适应读者的阅读品味。由此可见，在翻译汉诗文化意象时，华兹生较好地平衡了译文忠实性与可读性的动态关系，在文化维践行了忠实为主，变通为辅的译诗理念。

第三节　交际维的适应选择转换
——以汉诗诗体翻译为例

　　翻译适应选择论将翻译定义为"译者适应翻译生态环境的选择活动"①。为了适应译语和原语语言文化生态环境，华兹生在语言维、文化维提出了一系列的适应选择转换观点，通过选择运用适当的翻译方法，既避免了因紧贴原文而造成译文可读性不强的问题，也避免了因过度顺应译语文化而造成译文忠实度不高的问题，从而化解了适应译语语言文化与顺应原语语言文化之间的矛盾。为了实现翻译之交际目的，华兹生在交际维同样采取了兼顾原文与译文交际意图的翻译方法。例如，在论述寒山诗的翻译方法时，华兹生说："大家可以看到，我们两人（他和美国翻译家加里·施耐德）的译文都保持了原文的格式和语序。每行起首字母大写，行末有标点。没有押韵，也没有用古词"，比尔·波特（汉名赤松）的寒山诗译本也没有押韵，但他翻译出版的寒山诗在美国诗歌界相当轰动，不少译者、学者和业余爱好者竞相演绎。② 华兹生在汉诗语言、文化与诗体上提出的翻译观点是他在权衡翻译生态系统中诸因素的生态平衡后所做出的适应性选择。从功能语言学角度来看，语言维关注的是翻译的文本语言表达，文化维关注的是翻译的语境效果表达，交际维关注的是翻译的人际意图。③ 本节以汉诗诗体翻译为例，分析华兹生在交际维选择的翻译策略和方法，探讨他如何在诗体翻译上实现翻译的交际意图。

一、紧贴原诗诗体结构翻译

　　诗歌格律和韵律、句法结构形式是构成诗体结构的重要组成部分。其中，句法结构直接影响着诗体结构的形式。对偶句、平行结构、叠句等句法结构既是构成汉诗诗体对仗结构、重章叠句体式的核心元素，也是传达诗意，形成诗歌节奏和韵律的重要手段之一。翻译汉诗时，改变原诗的句法结构不仅会改变原诗的语意和诗境，而且会改变原诗的韵律形式、音乐效果和诗体形式。因此，如何处理汉诗结构

---

① 胡庚申. 翻译适应选择论［M］. 武汉：湖北教育出版社，2004：128.
② 伯顿·沃森. 我的中国梦——1983 年中国纪行［M］. 胡宗锋，译. 西安：陕西师范大学出版总社，2015：196—197.
③ 胡庚申. 翻译适应选择论［M］. 武汉：湖北教育出版社，2004：132—133.

是诗体翻译的核心问题。诗歌翻译界讨论此问题由来已久，并为诗体形式句法结构的翻译提出两种不同的翻译方法：其一，打破汉诗原有结构，选择符合西方诗学理念的跨行句对译；其二，紧贴原诗结构翻译。相比而言，第一种诗体结构的翻译方法在西方用得较普遍。叶维廉先生曾说过，"几乎所有中国古诗的英译，都忽略了中国古诗特有的句法结构，即中国古诗诗体特有的表达模式，千篇一律地变成了英诗的结构"①。但是如此一译，原诗诗体结构所传达的视觉、听觉等交际意图荡然无存。华兹生非常重视汉诗诗体结构的翻译，在《杜甫诗选》序言中他曾就汉诗中对偶结构的翻译发表看法，提出了紧贴汉诗结构翻译的观点。在创作律诗时，杜甫大量地运用对偶结构，手法老道纯熟，艺术水平很高，不仅意义优美，而且传递的声音悦耳和谐，是他的一大诗歌特色。华兹生认为，只有紧贴原诗结构翻译才能再现原诗的美感，实现原诗的交际意图和目的。

对偶结构是构成汉诗诗体形式的一种重要元素，在汉诗中广泛使用。除了杜诗中对偶结构运用得较为普遍，其他唐代诗人也常常使用。对偶结构是汉诗诗体结构中一类很有特色的诗歌结构形式，但是翻译好对偶结构是一件非常困难的事。华兹生认为，如果把汉诗中的对偶结构翻译成押韵的英文对偶结构，英文译文要么显得矫揉做作，要么死板呆滞，全无灵气，与现代英诗所遵守的诗学规范有很大差距。现代英语诗歌中已很少使用押韵的对偶结构，翻译时如果句法结构和韵律形式兼顾，则译文根本无法实现原诗的交际意图，取得与原诗对等的交际效果。传统汉诗尤其是律诗对偶结构频繁使用，语言高度浓缩，诗句主谓倒置极为常见，语序散杂，句子结构的成分关系很难理顺。如果采用直译，原诗的意象不仅全无美感，缺乏生机，而且也无法再现对偶结构的对称美。有些译者通过打乱原诗对偶结构的对称形态，或者通过把某些诗行译成跨行句（run-on line），延续到下一行，改变原诗每行诗末尾停顿结句的方式，从而摆脱原诗的单调感。华兹生说，他理解这些译法的动机，但在他的译文中，绝大多数情况下，他还是尽量紧贴原诗的措辞与诗行结构（I have endeavored in most cases to stick as closely as possible to the wording and lineation of the original）②。他认为只有这样译才能保留原诗的诗体结构，传达原诗的诗体美，实现翻译的交际目的。下面以华译《古诗十九首》中的《迢迢牵牛星》（*Far far away, the Herd-boy Star*）为例加以说明华兹生诗体结构的翻译方法：

迢迢牵牛星，
皎皎河汉女。

① 许钧. 当代美国翻译理论 [M]. 武汉：湖北教育出版社，2002：301.
② 华兹生. 杜甫诗选·序言 [M]. 长沙：湖南人民出版社，2009：50.

纤纤擢素手，
札札弄机杼。①

Far far away, the Herd-boy Star;
bright bright, the Lady of the River of Heaven;
slim slim, she lifts a pale hand,
clack clack, plying the shuttle of her loom.②

　　上述诗节选自《迢迢牵牛星》的前四句。在这四句诗中，诗人连用了四个叠音词"迢迢""皎皎""纤纤""札札"，产生了回环往复，悦耳动听的音韵效果。这些叠音词均由两个字形相同的汉字组成，通过重复，构成了重章叠句的诗体形式，强化了诗人想要表达的思想和情感。原文中的四个叠音词既是双声词，也是叠韵词，构成了两个对仗结构，是华兹生经常提到的所谓的二项式对仗结构，是汉诗翻译的难点之一。如果采用重复法翻译这两个词，译文在音韵效果上可能取得与原文相当，或者比原文更浓的效果，但连贯性不如原文流畅。如果用一个词来译，译文的音乐效果比原文轻。如果交替使用两种译法，就会破坏原诗中的对仗结构。这是一个两难的问题。华兹生认为在此种情况下，译者必须在众多的译法中进行选择。他的做法是尽力保留原诗中的措辞方式和对仗结构，采用重复法翻译原诗中的四个叠音词，分别将其译成"far far away""bright bright""slim slim""clack clack"既保留四个叠音词的重叠结构，也保留由这四个叠音词构成的对仗结构，在总体上保留原诗的诗体结构，传达了原诗诗体形式的交际意图。
　　华兹生重视原诗诗体形式的翻译。他通过紧贴原诗结构翻译完成了原诗诗体结构的适应性转换，实现了交际目的。这种译法是华兹生的主流诗体结构翻译方法。下面再以华兹生的译文 *Deer Fence*（《鹿柴》）为例来加以说明：

空山不见人，
但闻人语响。
返影入深林，
复照青苔上。③

---

① 汪榕培译. 汉魏六朝诗三百首 [Z]. 长沙：湖南人民出版社，1998：58.
② Burton Watson. Chinese Lyricism: Shih Poetry from the Second to the Twelfth Century [M]. New York & London: Columbia University Press, 1971: 28.
③ 邓启铜，傅英毅注释. 唐诗三百首 [Z]. 南京：东南大学出版社，2010：199.

The Deer Enclosure

On the lonely mountain I meet no one.

I hear only the echo of human voices.

At an angle the sun's rays

enter the depths of the wood,

And shine upon the green moss.① （C. J. Chen &Michael Bullock，1960）

Deep in the Mountain Wilderness

Deep in the mountain wilderness

Where nobody ever comes

Only once in a great while

Something like the sound of a far off voice.

The low rays of the sun

Slip through the dark forest,

And gleam again on the shadowy moss.② （Kenneth Rexroth，1970）

Deer Fence

Empty hills, no one in sight,

Only the sound of someone talking;

Late sunlight enters the deep wood,

Shining over the green moss again.③ （Burton Watson，1970）

对比这三首译诗的结构可以发现，华兹生的译文虽然没有押韵，但最贴近原诗结构。原诗四行，华兹生也译成四行，依然保留了原诗四行诗体的特征。陈与布洛克（Chen & Bullock）将原诗四行译成五行，将原诗改成了五行诗体，诗体结构变动较大。王红公译成七行，将原诗改译成七行诗体，变动最大。原诗非常简洁，第一、二行诗是无主语结构。在翻译这二行诗时，伯拉克和王红公根据英文语法分别添加了主语"I"和"nobody"，但华兹生的译文没有添加主语，采用英文短语对译，依然保留原诗结构，他的诗最贴近原诗的诗体结构。

华兹生紧贴原诗诗体结构的翻译方法得到了西方译界同行的认可。在对比《鹿柴》的十几个译本后，艾略特·温伯格（Eliot Weinberger）和奥克塔维奥·帕

---

① Weinberger & Paz. Nineteen Ways of Looking at Wangwei [M]. Kingston：Asphodel Press, 1987：18.

② Weinberger & Paz. Nineteen Ways of Looking at Wangwei [M]. Kingston：Asphodel Press, 1987：22.

③ Weinberger & Paz. Nineteen Ways of Looking at Wangwei [M]. Kingston：Asphodel Press, 1987：24.

斯（Octavio Paz）认为"华兹生表达的意象像汉诗原文一样直接。一共用了 24 个英语单词（每行六个）对译汉诗 20 个汉字。他既翻译出了原诗中的每一个汉字，也不显得放纵拖沓。这一点与其他译者不同。他采用一种电报式的翻译方式将字数控制到了最少程度。翻译诗歌，最难做到的就是简洁。华兹生毫不费劲地保留了原诗中的对偶结构"①。他们认为华兹生是这些译者中唯一一位保留原诗结构的译者，以非常简洁的方式实现了翻译交际目的。

译诗是一种两难的艺术。有时译者不得不在诗体句法结构和韵律上做出选择性的取舍和妥协。如果译者选择打破原诗结构，同时又不保留或再现原诗的押韵方式，全然不顾原诗的诗体形式，采用散体译诗，那么原诗的诗意和诗韵就难以体现出来，无法实现译诗的交际目的。译者要么选择保留原诗的押韵模式，在诗歌的句法结构上做一些变通；要么选择保留原诗的句法结构，在诗歌韵律上做一些变通，这样方可传达原诗的形式之美或韵律之美。在押韵与保留原诗句法结构之间，华兹生根据西方现代主流诗学的趋势选择了后者。因华兹生先生的译文保留了原诗的句法结构，译文总体上还是忠于原诗的诗体形式。

为了实现诗体形式翻译的交际目的，在其译著中，他通常会对原诗的句法结构、韵律形式等进行说明。例如，在《一位率性的老人：陆放翁诗歌散文选集》的序言中，他对陆游诗歌的诗体形式和结构进行了说明，为读者提供了传统汉诗的相关背景知识，方便读者理解和接受译文。他说："在译文中，我都会对原诗诗行中汉字的个数，原诗的结构做说明。这样读者就可以了解这些诗歌的不同形式。"②在《苏东坡诗选》中，华兹生同样对苏东坡诗歌的形式、结构和主题等做了说明，甚至将苏轼诗歌的结构特征与苏轼诗歌的特质同等对待。他说，通过对苏轼诗歌诗体形式和结构的提示和说明，读者就可以更好地感受苏东坡个性中的某些特质③。可见，因为重视原诗的诗体结构特征，所以在译诗中他力求保留原诗的诗体形式。

二、顺应现代英诗诗体特征

生态翻译学认为，翻译过程中交际意图的适应性选择转换是指译者除语言信息的转换和文化内涵的转换之外，把选择转换的侧重点放在交际的层面上，关注原文中的交际意图是否在译文中得以体现。④ 为了实现汉诗翻译的交际意图，让西方读者理解和接受他的译诗，华兹生在诗体结构层面做了适应性变通处理。他选择顺应

---

① Weinberger & Paz. Nineteen Ways of Looking at Wangwei [M]. Kingston: Asphodel Press, 1987: 25.
② Burton Watson. The Old Man Who Does As He Please: Selections from the Poetry and Prose of Lu Yu [M]. New York & London: Columbia University Press, 1973: xiv.
③ Burton Watson. Selected Poems of Su Tung-p'o [M]. Washington: Copper Canyon Press, 1994: 12.
④ 胡庚申. 翻译适应选择论 [M]. 武汉：湖北教育出版社，2004: 137.

现代英诗的主流诗体特征，在诗歌韵律、语言结构上做了选择性调适。

（一）韵律上的适应选择变通

诗歌韵律是构成诗体形式的重要元素，主要包括节奏和韵脚（押韵）等方面的内容，主要根据语音的特性建立起来的。中英两种语言在拼写规则和语音体系上共通性小，汉英诗歌的韵律差异较大。汉诗主要通过平仄对仗安排韵律，而英诗主要通过有序的轻重读音节安排诗歌韵律。与语意相比，汉诗和英诗的韵律对应程度不高，译诗须对汉诗的韵律进行变通，否则无法实现诗歌翻译的交际意图。

诗歌翻译的交际意图主要包括实现诗歌翻译的目的，传达原语诗歌的"会话含义"。就诗歌韵律翻译目的而言，首先应考虑诗歌的韵律是否可译或是否该译，然后才考虑怎样传达原语诗歌的"会话含义"。诗歌韵律是否该译一直是译界争论不休且无定论的问题。例如，美国翻译家伯顿·拉尔夫（Burton Raffel）认为原诗中的韵律是不可译的。他说，要想在一种语言中再现另一种语言的节奏是不可能的，唯一的办法是按目的语的韵律来译诗。[1] 显然，拉夫尔主张原韵不可译论。只有放弃原诗的韵律，另起炉灶，用目的语的韵律来改写，才行得通。原韵对译诗者是一种束缚，在很大程度上影响着措辞，进而影响到译文的忠实性。韵体译诗很难避免因韵害义。要避免因韵害义，有时不得不在韵与义两者之间取舍，根据具体情况进行选择。否则，韵义两端都难以做好，更枉谈实现诗歌翻译的交际目的。下面以华译李白的《绝句·其一》（*Jueju* 1）为例来说明华兹生在"韵""义"两者之间的取舍：

迟日江山丽，
春风花草香。
泥融飞燕子，
沙暖睡鸳鸯。[2]

In late sun, the beauty of river and hill;
on spring wind, fragrance of flower and grass:
where mud is soft the swallows fly,
where sands are warm, mandarin ducks doze.[3]

---

① 许钧. 当代美国翻译理论 [M]. 武汉：湖北教育出版社，2002：216.
② 华兹生. 杜甫诗选 [M]. 长沙：湖南人民出版社，2009：246.
③ 华兹生. 杜甫诗选 [M]. 长沙：湖南人民出版社，2009：247.

　　杜甫原诗对仗工整，"丽"与"子"押韵，"香"与"莺"押韵。在翻译此诗时，华兹生放弃保留原诗的韵律。"hill"与"fly"，"grass"与"doze"没有相同的韵脚，也就谈不上押韵。虽然没有以译译诗，保留原诗的韵律，但华兹生成功地保留了原诗结构，传达了原诗的诗体美，达成了交际目的。例如，他将"江山丽"译成"the beauty of river and hill"，将"花草香"译成"fragrance of flower and grass"，不仅结构上像原诗一样对仗工整，而且意思的表达，措辞的通俗性均与原诗相当。从这则译例可以发现，在翻译汉诗时，华兹生在韵律、意义与结构三者之间进行了适应性选择，是有所取舍的。他放弃韵律是为了更好地保留原诗的结构，实现诗歌翻译的交际意图。

　　在《早期中国文学》一书中，华兹生就韵是否可译发表看法。他说，"我要求读者牢记，诗歌比散文尤甚，其美与音乐性存在于原文本中，一经翻译成其他语言，就无可奈何地丢失了"①。这种观点与伯顿·拉尔夫的观点一脉相承，都认为原韵是不可译的。在接受采访时，华兹生也多次表明韵不可以译的观点。曾有记者问他，在翻译中国古诗时，是否考虑过保留原诗韵律？华兹生回答的非常直接果断，称他从来没有考虑过保留原诗韵律。他遵循的是字对字的翻译，着重考虑保留原诗的意思，没有考虑平仄②。

　　在保留原诗的结构与韵律两者之间，华兹生选择了后者。他通过保留原诗的结构，放弃原诗韵律实现汉诗诗体翻译的交际意图。华兹生在诗体翻译上所做的选择顺应了当代英美诗歌的诗学诉求。古典英诗比较注重诗歌的韵律，但是，在20世纪，英语诗歌已不太注重韵律，诗人们将关注点转移到诗歌意义和情感的表达。应时代之需，华兹生没有过多地关注原诗的韵律。与当代英诗不同，中国古典汉诗对诗歌韵律有严格的要求。刚开始翻译汉诗时，华兹生曾担心过放弃原诗韵律会影响中国古诗的美感。但是，在后来的翻译实践中，他发现选择无韵律译诗不仅没有受到读者们的抵制，反而博得认可。据此，他认为选择无韵译诗是成功的。显然，这种成功基于他对译诗歌过程中各生态元素的考量，注重读者的阅读诉求，将实现译诗的交际目的放在重要的位置。

　　保留诗体结构、放弃原诗韵律的译诗策略充分说明华兹生较强的交际意识。他将英诗的时代特点，读者审美品味译诗等影响交际的因素都纳入了考虑范围。放弃原诗韵律，他就可以更多地关注原诗的结构和意义。在译诗时，他以主流诗学观为依据，以当代美国英语诗歌为蓝本，反对因韵害义，主张散体译诗，基本上形成了

① Burton Watson. Early Chinese Literature [M]. New York：Columbia University Press, 1962：201.
② 狄蕊红. 86 岁美国汉学家 28 年后再访西安——访汉学家、翻译家巴顿·华兹生. 参见秦泉安. 翻译家巴顿·华兹生教授的汉学情结 [DB/OL]. (2015－07－14) [2015－10－15]. http://cul. qq.com/a/20150714/041266.htm

以实现交际目的为导向的诗体翻译观。这一切都是他在综合权衡各个因素后做出的适应性选择。

除了受当代主流诗学的影响外，华兹生放弃原诗韵律的译诗理念还受西奥多·赛弗里萨瓦里（Theodore Horace Savory）、庞德、韦利等西方诗歌译者的影响。关于诗歌翻译，西方传统译论有两种不同的观点。早期诗歌译者多主张韵体译诗，但20世纪以来，散体译诗也逐渐被人们接受。例如，萨瓦里就反对韵体译诗。他认为韵体译诗最终会导致以韵害义，韵的翻译是译介过程中一个重要难题。为韵而韵的译法缺陷很多，弊大于利。由于这种译法司空见惯，许多论述翻译的人也就承认了它的合法性，并把这种低级不准确的翻译美其名曰翻译可以增减更改。①萨瓦里反对以韵害义的做法。

庞德也持放弃原诗韵律的观点。他说，诗歌中能触动读者眼睛而引起想象的部分译成外语一点也不会遭到损失；而诉诸读者耳朵的部分则只有阅读原作的人才能感到。②"触动读者眼睛而引起想象的部分"实际上就是指诗歌意象。作为意象派领袖，庞德一直强调意象在译诗中的重要性是不难理解的。"诉诸读者耳朵的部分"实际上就是指原诗的韵律。显然，庞德认为原诗的韵律是不可译的，只有阅读原作的人才能感悟欣赏。韦利也持相似的观点，他认为汉诗的押韵效果很难在译文中再现。如果译者以韵文对译，译文语言不仅会丧失活力，也难以做到忠实于原诗。③庞德、韦利、萨瓦里等相当多的西方诗歌翻译家观点一致，反对因韵害义，提倡散体译诗。他们都强调通过发挥散体在遣词炼句方面的优势，按原语的自然节奏表达，增加译文的忠实性。显然，华兹生的诗体翻译观受到了他们的影响。

（二）诗体结构上的适应选择变通

汉英两种语言的语音系统、词法和句法系统差异较大，诗体结构上不对应的地方较多。汉语是分析型（analytic）语言，英语是综合型（sythetic）语言。汉语的语序较固定，而英语的语序较为灵活。从语音角度来看，汉语是声调语言，一个声调就是一个汉字；英语是非声调语言，一个英语单词可能有多个音节。语言形态、读音和构词上的差异对汉英两种语言的审美有较大的影响。汉语中有些语言结构如四字结构、平行结构等，切合声调语言、分析型语言的审美要求，颇受汉语读者认可。但是，译成英语后，原有结构发生改变，西方读者难以领会其美感。英语中某些语法结构如独立主谓结构、分词结构、不定式结构、主从复合句等，切合综合型

---

① 许钧. 当代英国翻译理论 [M]. 武汉：湖北教育出版社，2004：65.
② 许钧. 当代美国翻译理论 [M]. 武汉：湖北教育出版社，2002：47.
③ Arthur David Waley. A Hundred and Seventy Chinese Poems [M]. London：George Allen and Unwin Ltd，1918：34.

语言的审美要求，译成汉语后，原有结构发生改变，汉语读者难以领会其美感。

　因语言差异，华兹生在诗体结构上翻译上做了适应性选择变通。其中，华兹生着重对汉诗中的二项式结构（binomes）进行定义，对其翻译进行了详细的论述和说明。华兹生认为，二项式结构是汉诗中经常出现的结构形式，大部分二项式结构难以在英语中找到对应结构，给翻译造成了巨大的困难。为了保留这些结构的音韵效果和审美效果，华兹生通常根据具体情况进行适应性变通。他将这些二项式分为三类：第一类由单个汉字简单重复组成。另两类分别是双声（起音重复）和叠韵（末音重复）结构。这些二项式结构既巧妙地传达了诗歌意义，也通过重复声音，产生了悦耳和谐的效果，具有非凡的音乐品质，对营造诗意具有重要意义，是翻译中的难点。①在翻译这些二项式结构时，华兹生尽力再现原诗的审美效果，实现诗歌翻译的交际目的。例如，描写声音的二项式结构，一般英语中也有相似的词语存在，华兹生采用英语拟声词对译。下面以华译《国风·召南·草虫》（*Chirp Chirp the Katydids*）为例来加以说明：

喓喓草虫，趯趯阜螽；未见君子，忧心忡忡。
亦既见止，亦既觏止，我心则降。
陟彼南山，言采其蕨；未见君子，忧心惙惙。
亦既见止，亦既觏止，我心则说。
陟彼南山，言采其薇；未见君子，我心伤悲。
亦既见止，亦既觏止，我心则夷。②

Chirp chirp the katydids, hop hop the hoppers:
before I've seen my lord, my grieving heart quails,
but once I've seen him, once I've laid eyes on him,
then my heart is calm.

I climb that southern hill, there pick its ferns:
before I've seen my lord, my grieving heart is pained,
but once I've seen him, once I've laid eyes on him,
then my heart is glad.
I climb that southern hill, there pick its ferns:

---

① 华兹生提到的二项式结构实际上就是指叠音词。同一首诗中可能用到多个叠音词，这些叠音词又可以构成平行结构，翻译起来非常棘手。

② "中华诵"读本系列编委会.诗经诵读本［Z］.北京：中华书局，2011：9.

before I've seen my lord, my heart is hurt and sore,

but once I've seen him, once I've laid eyes on him,

then my heart's at rest.①

　　原诗描写了一位女人思念久未归来的丈夫或情人的场景。诗歌首节使用了"喓喓""趯趯""忡忡"等三个二项式结构。其中"喓喓""趯趯"分别用来描写"草虫"和"阜螽"鸣叫和跳跃的样子，暗示女主人公相思的时间是秋天，突出秋思之苦。"忡忡"用来描写她忧伤的样子。第二节和第三节用采蕨和采薇来暗示时间，已是来年的春夏之交，女主人的思念之情愈浓愈深。诗中运用二项式结构"惙惙"来进一步凸显相思之苦。诗中的四个二项式结构不仅增加了诗歌的韵律美，而且对诗意的表达，诗境的塑造起着非常重要的作用。

　　对于汉诗中的拟声二项式结构，华兹生通常采用英语中对应的拟声词翻译。在上面这首诗中，"喓喓"是一个描写声音的二项式结构。华兹生运用英语中对应的拟声词"chirp"翻译。他通过重复该拟声词在结构和声韵效果上取得了和原文大致相当的效果。在翻译《国风·周南·关雎》第一行"关关雎鸠，在河之洲"中的二项式结构"关关"时也是如此。他采用英语拟声词"Gwan! Gwan!"② 翻译。在处理其他几个非拟声二项式结构时，华兹生根据具体情况区别对待。例如，在翻译"趯趯"时，他通过重复英译词"hop"保留原诗的音乐品质。"hop hop"和"chirp chirp"构成了对仗结构，在整体上保留了原诗的对仗结构的特点，体现了华兹生紧贴原诗诗体结构而译的翻译风格。

　　除了拟声二项式结构，汉诗中还有一类描写情态或道德品质的二项式结构，英语中几乎无相关对等词可用。华兹生认为，这些二项式结构英语读者也很难理解，他有时无从翻译。即使勉强翻译，也无法实现交际目的和意图。鉴于对译文可读性的考虑，他删译了一部分二项式结构。③还有一些二项式结构，不仅音乐性较强，而且有丰富的隐喻意义。在翻译时，他很难做到两全，必须在保留原诗的音乐性和传达原诗的意义之间做出选择。在这种情况下，他通常选择放弃原文的音乐品质，更多地关注传达原文意义，以实现翻译的交际目的。下面以华译《国风·陈风·东门之杨》（Willow by the Eastern Gate）为例来加以说明：

---

① Burton Watson. The Columbia Book of Chinese Poetry: from Early Times to the Thirteenth Century [M]. New York: Columbia University Press, 1984: 20.

② Burton Watson. The Columbia Book of Chinese Poetry: from Early Times to the Thirteenth Century [M]. New York: Columbia University Press, 1984: 18.

③ Burton Watson. The Complete Works of Chuang Tzu [M]. New York & London: Columbia University Press, 1968: 20.

东门之杨，其叶牂牂。

昏以为期，明星煌煌。

东门之杨，其叶肺肺。

昏以为期，明星晢晢。①

Willow by the eastern gate,

its leave are lush and full：

we were to meet at twilight—

now the morning star is shining.

Willow by the eastern gate,

its leave are dense and dark：

we were to meet at twilight,

but now the morning star gleams.②

这是一首非常委婉的爱情诗。诗中共用了"牂牂""煌煌""肺肺""晢晢"等四个二项式结构。其中"牂牂""肺肺"是指树木生长茂盛的样子，诗中用来修饰陈国都城"东门"外的杨柳树，暗示男女约会的时间在春夏之交和初夏。"煌煌"和"晢晢"是指星光灿烂的样子，诗中用来描写星星，用来暗示约会的时间和渲染约会的气氛。全诗写得非常含蓄，看不到人的身影，全是写景。初夏时节，星光璀璨，在东门外枝繁叶茂的白杨树下约会是一件多么浪漫、温馨和惬意的事。但是，诗中的"明星"是指启明星，暗示已是第二天早上，约会的人还没有出现，主人公感到非常遗憾和失落。

诗中的二项式结构不仅对仗工整，音韵和谐，而且喻意丰富，非常含蓄地暗示了约会的时间、地点和结果，是构成原诗诗体结构的重要元素。华兹生分别将"牂牂"译成"lush and full"，"煌煌"译成"shining"，"肺肺"译成"dense and dark"，"晢晢"译成"gleam"。这四个译文，除了"dense and dark"压头韵外，其他三个译文并没有押韵。华兹生在这四个二项式结构的喻意、音乐品质与诗体结构三者之间做了适应性选择转换，侧重平衡原诗意义、诗体结构、音乐品质等多个元素的关系。

华兹生认为，二项式结构是汉诗特有的结构形式，品类繁多，特点各异。在翻

① "中华诵"读本系列编委会. 诗经诵读本 [Z]. 北京：中华书局，2011：93.

② Burton Watson. The Columbia Book of Chinese Poetry：from Early Times to the Thirteenth Century [M]. New York：Columbia University Press, 1984：34.

译这些二项式结构时，译者必须根据不同的情况选择相应的翻译方法，以实现翻译的交际目的。如果能够保留原诗结构，应尽力保留，如《诗经》中的某些二项式结构较为结实，译者可以保留。如果能再现原诗的音乐品质，译者应设法再现这些音乐特质。如果不能再现原诗的音乐品质，译者可以将注意力转移到原诗意义的转换上。当保留结构与再现音乐品质发生冲突时，译者应在两者之间维持一种平衡。当原诗的结构形式与音乐性都对诗歌整体效果起着至关重要的作用时，他认为此时翻译是一件艰难的事情，必须在两者之间做出取舍。否则，无法实现翻译的交际意图。例如，在结构较长的汉赋中，有时多达连续八个二项式术语描写崇高的山脉或十四个左右的术语描写湍急的流水。此类二项式结构所产生的纯音乐性与节奏感在诗歌整体效果中起着至关重要的作用。译者即使想保留这些效果也无能为力。[①] 遇到这种情况，除非做出适应性选择，否则无法翻译。

从上面的论述可以看出，在诗体结构翻译层面，华兹生针对每一种情况做了大量适应性选择转换，或紧贴原诗结构，或保留原诗音乐品质，或将关注点转移到原文语意的传达，通过增译、删译、调整句法结构等方法保留译文语言通达，以实现翻译的交际目的和意图。

第四节　三维适应选择转换与华兹生的译诗理念

华兹生在语言维、文化维、交际维采取的适应性翻译方法揭示了他一直坚守的译诗理念。他顺应译语语境和文化，在语言维、文化维、交际维进行适应性选择转换，在译文的可读性与忠实性之间维持一种生态平衡，体现了他在忠实的前提下追求通俗、通达的译诗理念。溯其源，华兹生的译诗理念受到西方传统译论、西方主流诗学观及其赞助人等多个因素的影响。他在语言维、文化维、交际维选择了合适的翻译方法，坚持了忠实为主、通俗、通畅为辅的译诗理念，取得了理想的译诗成就。

一、三维适应选择转换蕴含的译诗理念

华兹生在语言维、文化维、交际维采取的适应性选择方法蕴含着内涵丰富的译

---

① Burton Watson. Early Chinese Literature [M]. New York: Columbia University Press, 1962: 206.

诗思想和理念，体现了译诗的忠实观、通俗观与通畅观。纵观华兹生的译诗实践可以发现，他根据目标读者定位选择了适当的译诗方法，形成与之相适应的译诗理念。忠实、通俗、通畅既是华兹生汉诗英译的译诗标准，也是他一直坚持的译诗理念。

（一）忠实的标准

华兹生坚持紧贴原诗语言而译、紧贴原诗诗体结构而译，坚持异化为主的文化翻译策略，这些适应性翻译方法的普遍运用说明他将忠实作为译诗的基本标准，构成了他的翻译忠实观。译文忠实于原文是翻译的基本要求，也是评价译本优劣最基本的标准。我国早期佛经翻译的文质之争实际就是译文忠实性与行文风格关系的辩论。质派以老子的"美言不信、信言不美"为依据，主张翻译应忠实为主，译文语言应该质朴；文派则以孔仲尼的"言之无文，行之不远"为依据，主张译文语言须有文采，才能为信徒所接受，流芳百世。文派更加注重译文的可读性。尽管文本类型不同，译文忠实的程度也有所变化，但译文是否忠于原文始终是译者关心的问题。

译者实现译文忠实的途径各异，与译者所持的翻译理念有很大的关系。不管是中国早期译经的"文""质"之争，还是后来玄奘提出的"求真""喻俗"，严复的"信、达、雅"，鲁迅先生的"宁信不顺"与赵景深先生的"宁顺不信"，对译文的忠实度都极为关注。对华兹生而言，实现汉诗译文忠于原文主要有三种途径：其一，在语言维方面忠于原文的措辞方式，如在词汇、句法等层面忠于原文；其二，在文化维方面采用异化为主的策略，尽可能保留原诗的文化意象；其三，在交际维方面通过紧贴原文的结构，尽力保留原文的形式和内容，实现原诗的交际意图。华兹生对译文忠实性的阐释比较独特，具有很强的操作性。他坚持忠实的译诗标准，通过保留原诗的措辞，诗体结构、文化意象等传达原诗的美感，说明他充分尊重原文的异质性特征。

（二）通俗的标准

华兹生主张运用当代英语翻译古典汉诗，与他选择以西方大众读者为目标读者的定位相符，体现了他坚持通俗的译诗标准，构成了他的译语观。华兹生倡导的通俗的译诗标准与我国古代佛经翻译大师玄奘提出的"既须求真，又须喻俗"译经标准几乎相通。所谓"求真"就是要求译文应该忠实于原文。玄奘所说的"喻俗"就是要求译文表达应该通俗地道，符合大众读者的口味，与华兹生主张的用当代美国英语翻译一致。

华兹生通俗的译诗标准对提高译文的可读性具有积极的意义，说明他充分考虑读者的审美品位和文化背景，注重译文的可读性，是他在忠实为主的前提下所做的适当变通。译诗既要重视译文的忠实性，也要注重译文的可读性。翻译仅求忠实，不做变通，难免招致可读性丧失，掉入死译的窠臼。相反，如果翻译忽视原文的思想和风格，甚至背离原文主旨，译作犹如创作，这样的翻译难以实现翻译之交际目的。华兹生的汉诗译本质量高，与其译诗理念有直接联系。

华兹生坚持运用当代美国英语翻译并不妨碍译文的忠实性，主要出于对读者的考虑。毫无疑问与古英语相比，当代美国英语更加通俗。在评价许渊冲和汪建中的《静夜思》英译本时，华兹生强烈建议，回避古体措辞，不要像《中国古诗一百首》中那样，用"o'er"代替"over"，用"but"代替"only"，用"mom"代替"morning"，还有用诸如"behold"（君不见）这样的词，不要为了押韵，用笨拙的词组"in homesickness I'm drowned"来代替清晰自然的"dream of home"。① 华兹生认为，当代美国英语有俗的表达也有雅的表达，用当代美国英语翻译完全可以再现原文的行文风格。

通俗是从译诗用语层面考虑，与忠于原文措辞并不矛盾。华兹生把通俗作为译诗标准，彰显他对译文可读性的重视。与译文的忠实性一样，可读性也是译文之所以能够存续下去，在译语中获得生命力的基本要求。华兹生坚持通俗的译诗标准说明他具有开明的翻译态度。他曾说过，"翻译汉诗时，我的理念是各种形式的创新和实验均应欢欣鼓舞。只有通过创新和不断的实验才能找到更有效的翻译方法，将中国诗歌的美感带入英文"②。向国外读者译介汉诗就应该坚持这种开明的态度。唯有尊重读者，尊重他们的审美品位和语言背景，尝试不同的翻译理念和方法，译者才能找到通向翻译的成功之路。华兹生运用当代美国英语译诗的理念在实践中经受了读者的考验，是正确可行的。

（三）通畅的标准

华兹生通畅的译诗标准是指在确保译文忠实的前提下适当变通，如放弃原诗韵律，根据汉英语言、文化差异适当变通，确保译文行文通达。华兹生通畅的译诗标准是对忠实标准的修正和补充，与忠实的标准相得益彰，体现了他的翻译变通思想。清代翻译家严复提出的翻译三大标准"信""达""雅"，影响深远，其中"信"就是要求译文应该忠实，"达""雅"是对译语的要求，要求译文语言不仅应当通畅，而且应该优雅。鲁迅先生提出"宁信而不顺"的翻译理念，强调译文的

---

① 伯顿·沃森. 我的中国梦——1983 年中国纪行 [M]. 胡宗锋，译. 西安：陕西师范大学出版社，2015：198-200.

② Burton Watson. The Columbia Book of Chinese Poetry：from Early Times to the Thirteenth Century [M]. New York：Columbia University Press, 1984：13.

忠实性比译语表达的流畅性更为重要，这样才有利于从西方语言引进新的表达法，输入新的血液。林语堂先生提出的翻译三标准"忠实标准""通顺标准""美的标准"①，也将译文的忠实性放在首位。其"通顺"的标准与严复先生的"达"一脉相承，都要求译文通畅。与中国传统译家的思想一致，华兹生不仅坚持通畅的译诗标准，而且提出了确保译文通畅的适应性译诗方法。

忠实是华兹生译诗的主色调。华兹生认为，汉英两种语言有许多共性，相通或相似的地方较多，这是他践行忠实翻译标准的语言基础。大部分情况下译者都可以选择忠于原文措辞和紧贴原文结构来翻译。但是，汉英语言和文化也有不少的差异性，需要根据具体情况选择适当的转换方法才能维持译文的通畅。在汉诗英译的过程中，华兹生以忠实翻译为主，同时通过以下几种适应性翻译方法确保译文通畅。首先，囿于汉英语音系统的差异，华兹生放弃保留汉诗的押韵方式，在译诗韵律上做了适应性变通。其次，由于汉英语言在语法、文风、结构上的差异，华兹生顺应英语的行文习惯，也做了变通，维持译文通畅。最后，由于汉英文化差异，华兹生翻译汉诗文化词汇时也做了适应性变通，维持译文的可读性。

译文通畅才具有可读性，译文忠实才能实现传播文化之目的。汉英诗歌因韵律、语法、文化等方面的差异而难以翻译，常常顾此失彼，忠实的译文不通畅，通畅的译文又不忠实。遇到这种情况，华兹生通常适当变通，提高译文的通畅性，避免因译文过于紧贴原文而影响读者的阅读兴趣。变通是根据具体情况，适当调整忠实度，增强译文可读性的一种翻译手段。汉英两种语言不属于同一个语系，汉语属于汉藏语系，英语属于印欧语系。两者在语言表达上存在一些差异性。在文化传统上，两者也有诸多不同之处。中国传统文化是典型的农耕文化和大陆文化，而英语文化则是典型的游牧文化和海洋文化。在汉英语言和文化差异较大的地方，译者如果一味紧贴原文，不做变通，译文势必不堪卒读。对于结构和语法差异较大的地方，只有在变通处理后，译文才可能流畅，通顺，在译语环境中获得新生。

此外，不同的汉诗，风格不同，翻译的难度不同，变通的程度也有所不同。例如，华兹生认为，杜甫诗歌风格多变，语言高度浓缩、语意丰富，是最难翻译的诗歌，翻译时必须变通。他认同霍克斯（Hawkes）"杜诗无法译透"的观点。在翻译杜诗时，变通是不得已之举。译者必须做一些变通才能在各种不可译性中进行尝试翻译，确保译文通达。② 华兹生在译诗时遵守自己的翻译理念，在忠实的前提下适当变通，在变通中努力确保忠实。考察华兹生的译文可以发现，改写或替代等译法在他的译文中用得较为节制，他主张以忠实为主，尽量保持原文内容和形式，以通

---

① 陈福康，中国译学理论史稿 [M]. 上海：上海外语教育出版社，2000：327.
② 华兹生. 杜甫诗选·序言 [M]. 长沙：湖南人民出版社，2009：49—50.

俗、通畅为辅,坚持在忠实的前提下做适当变通,确保译文的可读性。正如他所言,变通是为了减轻读者的阅读压力。由于忠实中有变通,他的译文才能够具有较高的可读性,获得读者的认可。

忠实、通俗、通畅三个译诗标准相辅相成,相得益彰,是构成华兹生汉诗翻译理念的核心内容。华兹生通过紧贴原文的结构和措辞确保译诗的忠实性,通过运用当代英语翻译古雅的汉诗确保译文通俗易懂。他根据汉英两种语言的语法和结构差异,汉诗语言的多义性,适当变通,采用自由诗体翻译汉诗,确保译文通顺流畅。华兹生汉诗翻译的忠实观、通俗观、通畅观是一个统一的整体,彼此关联,构成了一个较为完整的译诗系统。

二、华兹生的译诗理念与西方传统译论之关联

忠实、通俗、通畅一直是西方传统译论的主流翻译话语,是构成西方传统译论的重要元素。华兹生分别就维持译文的忠实、通俗、通畅提出了具体方法。他并没有系统地论述"忠实、通俗、通达"三个翻译术语的概念内涵,而是把关注的焦点放在如何实现译文忠实通畅、通俗易懂。他提出通过紧贴原诗措辞和语言结构确保译文忠于原文,通过运用当代美国英语翻译,根据具体语境适当变通确保译文的通俗流畅。他根据自己的翻译实践,提出一些具有可操作性的具体方法,形成了自己的译诗理念。但溯其源,华兹生的译诗理念均受西方传统译论的影响。

华兹生紧贴原诗语言和诗体结构的忠实翻译理念可以追溯到韦利的直译论。韦利在翻译汉诗时坚持直译(literal translation),反对释译(paraphrase)。他认为,真正的翻译应忠实于原文,否则,就不是翻译①。韦利所说的"literal translation"(直译)就有紧贴原文翻译的意思。"literal translation"中的"literal"英语释义含有"照字面本义的""完全按照原文的"②等意思。华兹生"忠于原诗措辞和结构"的观点与韦利的"直译论"是一脉相承的。

华兹生主张运用当代美国英语翻译的通俗译诗观受庞德、韦利等西方翻译家译诗传统的影响。庞德主张译者应创造性译诗,不应受原语文法羁绊,译诗应该与时俱进。译者如果用20世纪的观点看待过去,就得用20世纪的经验和观点来重现过去的诗歌。庞德的译诗用语观对华兹生的通俗翻译观有明显的影响。

华兹生放弃原诗韵律,确保译文通畅的变通观同样受西方译诗传统的影响,尤其受庞德、韦利等人的影响甚深。庞德认为原诗的音乐性是不可译的,译者应该把注意力集中到原诗的意象和译语表达上去,译文应使用优美、地道地表达。他主

---

① Arthur David Waley. A Hundred and Seventy Chinese Poems [M]. London: George Allen & Unwin Ltd. 1918: 33.

② 霍恩比,李北达. 牛津高阶英汉双解词典(第四版)[Z]. 北京: 商务印书馆, 2002: 867.

张，翻译汉诗时英文译文应该采用地道的表达①，应在译诗中放弃原诗词句的推敲，抓住细节，突出意象②。韦利的译诗观同庞德有许多相似之处，也主张放弃用韵，不能以韵害义，为韵而韵，损害译语的活力与表达力。华兹生继承了庞德、韦利等人的译诗传统，尤其是韦利散体译诗观对华兹生的汉诗翻译影响最大。在《哥伦比亚中国诗选：从早期到 13 世纪》中，华兹生写道，"只有译者将英诗传统中的节奏和韵律放置一边，才可能成功地将古典汉诗译为英诗，创造一种能够传达原诗表达活力的自由诗体形式。这种创造行为已众所周知。通过庞德、韦利等人的笔墨在本世纪的前几十年中已大放异彩。至今，我们耕耘在此领域的译者仍受益匪浅。"③华兹生崇尚西方的译诗传统，放弃保留原诗的韵律，主张以自由体译诗。对于韵体译诗，他觉得除非押韵技法纯熟精湛，不然难免因韵害义，有时甚至"有一种诙谐滑稽的倾向"。④ 这样译反而觉得不妥，无法实现诗体翻译的交际意图。因此，在汉诗翻译时，华兹生对原诗的听觉效果仅予暗示，通过注释指出其存在的方式，并没有在译文中再现原诗的韵律。

　　华兹生的汉诗翻译理念既接受了西方传统译论的影响，也在一定程度上发展了西方翻译传统。18 世纪著名英国翻译家亚历山大·弗雷泽·泰特勒（Alexander Fraser Tytler）在《论翻译的原则》一书中提出了翻译三原则：一是译作应完全复写出原作的思想；二是译作的风格和手法应和原作属于同一性质；三是译作应具备原作所具有的通顺。⑤ 华兹生提出的忠实的翻译理念与泰特勒的第一条和第二条翻译原则相近。他提出的通俗流畅的翻译理念与泰特勒第三条翻译原则一致，对如何实现译文通顺提出了具体可行的操作方法，在一定程度上发展了泰特勒的第三条翻译原则。20 世纪英国翻译理论家萨瓦里提出了十二条翻译指导原则，其中第八条原则写道：译文读起来应该像译者同时代的作品。⑥这种观点与华兹生运用当代英语翻译的理念不谋而合。

　　与同时代美国著名翻译家奈达、英国汉学家葛瑞汉等人相比，华兹生与他们的翻译理念也有相同之处。在《翻译理论与实践》一书中，奈达给翻译下了一个这样的定义：在译语中，用最自然、最贴切的方式再现原文的信息，首先是意义方面

---

① 廖七一. 当代西方翻译理论探索 [M]. 南京：译林出版社，2002：30.
② 许钧. 当代美国翻译理论 [M]. 武汉：湖北教育出版社，2002：45.
③ Burton Watson. The Columbia Book of Chinese Poetry：from Early Times to the Thirteenth Century [M]. New York：Columbia University Press，1984：13.
④ Burton Watson. The Complete Works of Chuang Tzu [M]. New York & London：Columbia University Press，1968：20.
⑤ 谭载喜. 西方翻译简史 [M]. 北京：商务印书馆，2004：129.
⑥ 许钧. 当代英国翻译理论 [M]. 武汉：湖北教育出版社，2004：55.

的，其次是风格方面。① 奈达倡导的最自然、最贴切的翻译方式与华兹生通俗流畅的译语理念在本质上是相通的，不同之处是华兹生希望通过运用当代地道的美国英语翻译取得自然贴切的行文效果。如果用华兹生的译语观来解读，英国汉学家葛瑞汉在《晚唐诗歌》一书的序言中写道，翻译最好是用母语译入外语文本，而不是把母语译成其他语言，这是一条无法打破的规律②。华兹生遵守了这些译诗传统，主要是运用当代美国英语翻译中国和日本的典籍。在《中国抒情诗：从 2 世纪至12 世纪诗选》一书中，他把葛瑞汉的这篇序言当成一条颇有价值的译诗指导性文献推荐给读者，反映了他对西方译诗传统的传承。

纵观西方翻译史，从西塞罗（Cicero）和圣·哲罗姆（St. Jerome）的译意论（sense-for-sense）、德国宗教改革运动领袖马丁·路德（Martin Luther）提出的"用普遍民众的语言翻译"、多雷（Dolet）的翻译五原则，到当代功能学派所主张的忠实性翻译原则（fidelity rule）、连贯性翻译原则（coherence rule）等，都不乏对译文"忠实性""通俗性""通畅性"的论述，从中可以看华兹生译诗理念与西方翻译传统的一致性与传承性。在接受巴尔克的采访中，华兹生强调："尤其是诗歌翻译，我发现最好的方法是尽量多读优秀的当代美国诗歌。我希望把当代美国英语中的习语运用到诗歌翻译中去。我从来没有想过把汉诗译成古代英语诗歌的形式或风格。"③ 在某种程度上，华兹生继承和发展了西方的翻译传统。

三、意识形态、诗学与赞助人对华兹生译诗理念的影响

华兹生的汉诗翻译理念除了受西方译诗传统的影响，还受赞助人、西方意识形态、诗学传统的影响。安德烈·勒菲弗尔（André Lefevere）在论述影响或操控翻译活动的主要因素时写道：意识形态和诗学观是文学系统内部操控译者活动的主要制约性因素，而赞助人则在文学系统外部起着影响作用。④ 诗学传统由两部分组成，"第一部分内容是文学手段、体裁、主题、典型人物和情境、象征符号等的集合体；另一部分则是对文学作为一个整体在社会系统中应该扮演的作用，所持的观

① Eugene A. Nida & Charles R. Taber. The Theory and Practice of Translation［M］. Shanghai：Shanghai Foreign Language Education Press，2004：12.

② A. C. Gramham. Poems of the Late Tang［M］. Middlesex，Penguin Book，1965：37，quoted from Burton Watson. Chinese Lyricism：Shih Poetry from the Second to the Twelfth Century［M］. New York & London：Columbia University Press，1971：13.

③ John Balcom. An Interview with Burton Watson［DB/OL］.（2011-04-04）［2022-6-15］. http：//site. douban. com/106369/widget/notes/134616/note/143615399/.

④ 马会娟，苗菊. 当代西方翻译理论选读［M］. 北京：外语教学与研究出版社，2009：166.

念"。① 为了使译作便于读者接受，译者必须遵守译语文化语境中的诗学传统。赞助人是推动或阻碍文学阅读、写作或翻译的权力机构，它以个人、团体或媒介的方式在特定时间和情景下对译者的翻译理念产生影响，使其译文不致脱离社会系统。为了保证其译作发表出版，获得经费支持，译者必须与其保持良好的合作关系②。赞助人哥伦比亚大学东方研究委员会以西方普通读者而非专业人士为目标读者的定位也影响了华兹生采取的翻译策略和方法，进而影响了他的译诗理念。为了实现这一翻译目标，华兹生运用当代美国英语翻译，适当变通，确保译文通俗、通畅，符合西方大众读者的审美品位。意识形态、诗学观、赞助人的要求这三个因素影响着译者的翻译活动，支配着译者的翻译方法和理念。华兹生提倡的忠实、通俗、通畅的翻译理念同样受到这三个因素的影响和支配。

（一）意识形态的影响

美国翻译理论家列夫维尔指出，"意识形态不仅限于政治层面的意义，也指形体样式传统及信仰等支配影响我们行动的诸因素"③。意识形态是影响译者翻译理念和策略的一个重要因素。

华兹生汉诗翻译活动受其信仰的影响。他生于一个信奉基督教的家庭，但后来因对佛教产生兴趣而成了一名佛教徒。20 世纪 50 年代，华兹生住在京都期间，曾在鲁斯富乐·佐佐木女士（Ruthe Futter Sasaki）创建的美国第一禅院（the First Zen Institute of America）兼职做佛经翻译。在美国禅院做兼职工作是华兹生第一次接触佛教文本。当时，加里·施耐德也在京都，和华兹生一道给该禅院做翻译、校稿等工作④。施耐德帮助华兹生推荐出版译作，将其寒山诗译本推荐给美国《俄利根》（Origen）诗歌杂志编辑科尔曼（C. d. Corman）。此后，华兹生开始信仰佛教，每周参加吉田禅师（Shodo Roshi）主持的寺院禅修团体活动。静修后，吉田禅师经常会给年长者讲述公案集（Koan）中的宗门葛藤集（the Kattoshu），华兹生就是其中的参与者⑤。在日本坐禅静修，研究禅宗公案时，华兹生接触了较多的中国禅宗文本。由于信仰佛教，经常参与佛教活动，华兹生翻译了不少佛教经典和佛教诗歌，如王维、寒山、苏轼等人的佛禅诗歌。

---

① S. Bassnett & A. Lefevere. Translation, history and culture: a source book [M]. London: Routledge, 1992: 26.

② 马会娟，苗菊. 当代西方翻译理论选读 [M]. 北京：外语教学与研究出版社，2009：166—169.

③ S. Bassnett & A. Lefevere. Translation, history and culture: a source book [M]. London: Routledge, 1992: 16.

④ Burton Watson. The Zen Teachings of Master Lin-chi [M]. Boston & London: Shambhala, 1993: xxix.

⑤ John Balcom. An Interview with Burton Watson [DB/OL]. (2011-04-04) [2014-10-15]. http: //site. douban. com/106369/widget/notes/134616/note/143615399/.

除了给美国第一禅院翻译佛经，华兹生后来还为日本创价学会（the Soka Gak-kai）翻译了一些佛教经典。创价学会是一个信奉日本日莲佛教（the Nichire School of Buddism）的组织。应创价学会的要求，华兹生翻译了大乘佛教（Mahayana Bud-dism）、鸠摩罗什（Kumara Jiva）的中文版《妙法莲华经》（the Lotus Sutra）等佛教经典。因为信仰原因，华兹生非常重视佛经翻译。当创价学会主席池田大作（Daisaku Ikeda）要求他翻译《妙法莲花经》时，华兹生称那是一项非常美好的工作，能为该组织从事翻译工作而感到非常欣慰。用他的话说，翻译这样举足轻重、流传不朽的佛教经典，其机会难得，他"无比感动"（extremely grateful for the op-portunity）①。佛经翻译使他受益匪浅，大大地拓宽了他的佛教知识和中国历史文化知识，对他的汉诗翻译大有裨益。

由于信仰佛教，华兹生在翻译佛教诗文时态度十分虔诚，对原文本的理解力求透彻精确，紧贴原文的结构与措辞，以非常忠实的方式翻译原文本的教义。这种虔诚的译经态度对他的汉诗翻译理念产生影响，构成了列夫维尔所说的意识形态对译者的操控。华兹生的佛经信仰还对他的译诗选本、译本编排产生影响。他翻译寒山诗、苏轼的禅诗与他的佛教信仰有一定联系。在《哥伦比亚中国诗选》中，华兹生将寒山与唐代著名诗人韩愈、白居易并置一章，从中可以看出华兹生的意识形态——宗教信仰对翻译活动的影响和操控。

（二）赞助人的影响

赞助人是影响译者翻译活动不可忽视的重要因素，既可能有助于译作的产生和传播，也可能妨碍或禁止译作的出版发行②。赞助人决定着译者的收入和报酬，译者一般会照赞助人的要求完成翻译工作，这是译者的职责所在。赞助人对出版物的定位和导向直接影响着译者的翻译策略和理念。译者一般会按照赞助人提出的翻译要求执行翻译任务，也就是安德鲁·切斯德曼（Andrew Chesterman）所说的履行译者的职业道德和伦理。

华兹生出版的绝大多数译作受到哥伦比亚大学东方研究委员会（the Columbia University Committee on Oriental Studies）的赞助。在《中国赋：汉魏六朝时期赋体诗》《寒山：唐代诗人寒山诗百首》《中国抒情诗：从2世纪至12世纪诗选》等译作中，德·巴里代表赞助人哥伦比亚大学东方研究委员会撰写了前言（"Fore-word"），说明这些译作的翻译目标和读者定位。在《寒山：唐代诗人寒山诗一百首》译本的前言中，他写道："哥伦比亚大学东方研究委员会赞助出版的这些译作

① Burton Watson. The Essential Lotus: Selections from the Lotus Sutra [M]. New York: Columbia University Press, 2002: xxxiii.
② Burton Watson. The Zen Teachings of Master Lin-chi [M]. Boston & London: Shambhala, 1993: xxix.

旨在向西方读者传播亚洲思想与亚洲文学传统中的主要代表性作品。我们的目标是这些译作虽然以学术研究为基础，但主要是针对普通读者，而不是为专家而译。"① 在《中国赋：汉魏六朝时期赋体诗》的前言中，他重申了这种观点，这些译作以学者的研究成果为基础，其翻译对象主要针对普通读者，尤其是为本科生通识教育课程提供读本，而不是为专家所译②。赞助人要求华兹生为普通读者和接受通识教育的本科生提供译本。华兹生按照赞助人的要求，采取与之相适应的翻译方法和理念，满足了赞助人提出的翻译要求，遵守了翻译职业道德，完成了赞助人交给他的翻译任务。

　　华兹生的译诗理论在某种程度上是赞助人施加影响的结果。回首最初的诗歌翻译经历时，华兹生曾说过，他在 1954 年才开始真正意义上的汉诗翻译活动。尽管他当时尽力而为，但由于采用生硬古雅的英语翻译，自己的译文回过头来一看着实尴尬不堪③。由于最初翻译时目标读者定位不清，导致译文效果不佳。但自参加哥伦比亚大学东方研究委员会委托的翻译项目以后，华兹生的读者意识明显提升。他更加注重读者的文化背景、知识能力和阅读诉求，译诗理念发生了根本性的变化。他运用当代美国英语翻译，确保译语的流畅性和通俗性，使译文满足目标读者的阅读需求。由于他放弃了翻译初期晦涩的翻译文风，接受了哥伦比亚大学提出的翻译新规范，采取忠实、通俗、通畅的译诗理念，华兹生在翻译事业上实现了华丽的转身。

（三）诗学传统的影响

　　诗学传统既是构成译者个人视界的一部分，也是构成读者个人视界的一部分。只有尊重读者的诗学传统，译文才易与读者实现视界融合。诗学传统与译诗传统都是影响华兹生建构译诗理念的重要因素。在哥伦比亚大学攻读硕士期间，华兹生师承美籍华裔翻译家王际真。王际真曾出版过一些优秀的中国古代及现代文学作品的英译本。王际真认为语言通俗流畅是当前西方主流诗学的普遍要求，所以他坚持运用现代英语翻译。美国学者马克范·多伦曾评价王际真译文的特点是"坚持口语化的翻译文风"④。华兹生坦承他的翻译理念受王际真先生的影响颇深。王际真先生主张译文不仅应该意思准确，而且译文风格应该自然流畅，决不可使用生硬过时

---

① Burton Watson. Cold Mountain：100 Poems by the T'ang Poet Han-shan［M］. New York：Columbia University Press，1962：5.

② Burton Watson. Chinese Rhyme-Prose：Poems in the Fu Form from the Han and Six Dynasties Periods［M］. New York & London：Columbia University Press，1971：vii.

③ John Balcom. An Interview with Burton Watson［DB/OL］.（2011-04-04）［2014-10-15］. http：//site. douban. com/106369/widget/notes/134616/note/143615399/.

④ 魏家海. 诗学. 意识形态. 赞助人与伯顿. 沃森英译中国经典［J］. 合肥工业大学学报，2009（3）.

（old fashioned and stilted）的译语。受其影响，华兹生学会了在翻译时应该使用什么样的语言翻译①。

一代有一代之文学，每个时代都有其独特的诗学诉求。当代英美诗人普遍运用当代英语创作英语诗歌。现代英美诗人如弗罗斯特（Frost）、艾略特（Eliot）、罗斯科（Roethke）、罗威尔（Robert Lowell）、奥哈拉（Frank O'Hara）和莱特（James Wright）等人的诗作都是运用现当代英语创作的。他们的诗歌因通俗易懂而深得当代读者的认可。华兹生非常喜欢这些诗人的诗歌。在翻译汉诗时，华兹生顺应了主流诗学的特点，以这些诗人的诗歌为典范，运用当代美国英语翻译。正如陈文成先生所言，"华兹生先生1984年版《哥伦比亚诗选》中的寒山诗比1962年版《唐代诗人寒山诗一百首》中的译诗更加口语化。实际上，现代英诗呈现出口语化的发展趋势"②。华兹生认为只有运用当代美国英语翻译，译文方可通俗流畅，才能取得理想的译诗效果。他说，从来没有哪个著名的译家把《希腊诗集》（*The Greek Anthology*）译成古语，以暗示其古典性。为了能让译作成功，一个优秀的译者必须像原作者用今天的语言重写原文一样。③ 华兹生运用当代美国英语译诗的主张显然受到了时代主流诗学的影响，说明他在译诗时有强烈的诗学意识。

美国当代主流英语诗歌有淡化用韵的趋势。在翻译汉诗时，华兹生也接受了这种诗学观念的影响。他放弃用韵，以译意和保留原诗结构为主。当然，放弃用韵并不意外着华兹生不注重译文的音乐品质。他引用诗人爱德华·菲尔德（Edward Field）的话来说明诗歌音乐品质的重要性。他说，"如果词语听起来像敲锣打鼓，意义就逃到了窗外。"④ 音乐性是诗歌中重要的元素，可以加强意义的表达。华兹生放弃原诗的韵律，将注意力转移到译文整体音乐效果的提升，诗歌自然乐感的塑造。他特别推崇惠特曼（Whitman）的自由诗，虽不用韵，但因注重英语语言的自然节奏，读起来颇有乐感。在译诗时，华兹生以惠诗为楷模，放弃用韵，却努力确保译文的乐感。受西方译诗学传统的影响与西方当前的主流诗学的制约，华兹生形成了忠实为主、变通为辅的译诗理念。

① John Balcom. An Interview with Burton Watson ［DB/OL］. （2011-04-04）［2022-6-15］http：//site. douban. com/106369/widget/notes/134616/note/143615399/.

② 陈文成. 沃森编译《中国诗选》读后［J］. 中国翻译，1991（1）：45.

③ Burton Watson. Chinese Lyricism：Shih Poetry from the Second to the Twelfth Century ［M］. New York & London：Columbia University Press, 1971：13.

④ Burton Watson. Chinese Lyricism：Shih Poetry from the Second to the Twelfth Century ［M］. New York & London：Columbia University Press, 1971：3.

第五节 华兹生三维适应选择转换的译诗效果

华兹生通过借鉴西方传统的译诗经验，顺应西方当前的主流诗学，尊重目标读者的审美品位，在语言维、文化维、交际维选择了适应性较强的翻译方法，取得了理想的译诗效果。生态翻译学认为，一个理想的译者应该尊重原文的特质和译语生态，既要维持译文的忠实性，也要确保译文的可读性，方可达到翻译目的。在三维转换时，华兹生既注重译文的忠实性，也注意译文的可读性，在译文与原文，译语与原语，译者、读者与赞助人之间维持了整体平衡，实现了翻译的价值。

一、语言维适应转换的译诗效果

华兹生在语言维的适应转换整体上体现了忠实为主、适度变通的译诗思想。他一方面紧贴原诗语言而译，着力保留原诗的语言风格；另一方面，他根据目标读者的语言和文化背景适当变通，努力提高译诗的可读性。他的大部分译诗兼顾了语言上的忠实性与可读性。

华兹生认为，在大部分情况下，译者都可以紧贴原诗语言而译。这是因为中英两种语言在语序、词汇、语言结构等方面异中有同，相同或相近的表达普遍存在。从表达内容来看，大部分汉诗表达了真、善、美等人类的普遍情感，在英语中大多可以找到对应的词汇。因此，在绝大多数情况下，译文语言可以忠于原文语言。华兹生的汉诗译文在语言维确实做到了这一点。当然，汉语原诗中某些文化词汇所传达的文化内涵，汉语词汇的多义性，汉英语法上的差异，汉语某些语言表达方式与英语表达有所差异。西方读者因缺乏相应的文化背景、百科语言知识，有一定的理解难度，需要译者适当变通，改变语言的表达方式。在这些地方，华兹生尊重读者的阅读品味，通常做了适应性转换，兼顾译文的可读性。

赞助人对译者的语言转换策略也会产生影响。华兹生的翻译赞助人哥伦比亚大学东方研究委员会要求他为普通大众及大专院校本科生提供译本。为了译本能够符合赞助人的要求，华兹生运用当代美国英语翻译汉诗，采用通俗畅晓的语言风格翻译。浅白的译语风格显然顺应了西方大众读者的语言品格，得到了目标读者的认可。因此，在语言维的转换过程中，华兹生满足了赞助人提出的翻译要求，遵守了相关翻译规则，忠于自己的翻译职业，履行了翻译职责，达成了译诗目标。

每一个译者心中始终存在一个"理想的译本"。"理想的译本"其实就是一个能激起目标读者强烈阅读欲望的文本①，具有强大的文本召唤功能，驱使实际读者运用经验和知识去解读和赏析。对华兹生而言，他的"理想的译本"就是一个忠实通畅但又具有异质性的译本。文本的异质性是对话的基础，最能激起读者的阅读兴趣。华兹生通过践行忠实的译诗风格保留了原诗的异质特征，在汉诗译本留下了空白和未定点，等待着目标读者发挥主观能动性去填充。他通过保留原诗的措辞方式、语言表达和文本结构，再现了原诗语言的美学特征，制造了陌生化效果，激励读者发挥想象，填充译本的空白点，欣赏原诗呈现的异质美感，享受文本阅读的乐趣。

二、文化维适应转换的译诗效果

生态翻译学认为，翻译生态是由原文、原语文化、原文作者、译语、译语文化、译者、译语读者等元素组成的生态体系。其中，原文本中文化元素的转换对译者提出了较大的挑战，是译者翻译过程中不能忽视的重要因素。原文作者以原语文化为背景进行创作，原文本具有与之相应的历史背景和文化背景。因与原文作者具有同一文化语境，原语读者容易理解原作的思想和情感，理解和体验原文的文化意义和美学品质。但是，对译语读者而言，原文本蕴含的文化元素就像一道难以逾越的文化防火墙。在翻译时，译者不仅自己要突破这道防火墙，而且要协助译语读者翻越这道防火墙。因此，文化维的转换需要译者适时地做出适应性变通处理。

华兹生在文化维采取异化为主的翻译策略，通过运用音译加注、直译加注等翻译方法，为读者提供理解原文的知识和文化背景，取得了理想的译诗效果。由于采取异化为主的翻译策略，他的译文总体上再现了原诗的艺术特色，保留了原诗蕴含的异质文化因子，取得了与原诗大致相当的文化效果。同时，华兹生通过给译文附加注释、给译语读者提供理解原文所需的知识结构和文化背景，提高了译文的可接受性，使读者的视界与文本的视界两者趋于融合。

汉诗文化意象词是一类意义和功能独特的文化词汇。从阐释—接受美学的视角来看，汉诗中的文化意象具有两大特点：一方面，因缺乏相关的审美体验、历史和文化语境，译语读者难以理解文化意象传达的语意、美感和文化内涵。另一方面，汉诗中的文化意象是原文本中重要的空白点和未定点，是突显原文本艺术特征，实现文本召唤功能的重要手段。文化意象通过把历史语境投射到文本当下的现实语境，赋予文本新的隐喻意义，彰显文本独特的美学品格和文化情境，提升其思想深

---

① Wolfgang Iser. The Act of Reading：A Theory of Aesthetic Response［M］. Baltimore：The Johns Hopkins U-niversity Press，1978：34.

度和艺术高度，是汉诗中的重要结构元素。由于诗行长度和篇幅的限制，汉诗多采用言简意丰的表达方式。文化意象表达形式高度浓缩，刚好顺应这种艺术需求，因此在诗歌中普遍运用。汉诗中文化典故的运用几乎成了汉诗创作必不可少的重要技法之一。因此，文化意象是打造诗歌主题，营造诗境的重要手段。译者应采取合理的方法和策略处理好汉诗文化意象的转换，审慎地把握好译语读者的审美品味，既要设法保留汉诗文化意象，也要重视译语读者的阅读背景，关注译文的可读性。通过对华译《古诗十九首》中的文化意象的翻译策略和方法进行抽样考察，研究发现在文化维的转换上，华兹生依然坚持了忠实为主，变通为辅的译诗理念。他在保留汉诗文化特质与尊重译语读者审美品味之间维持了平衡，总体上是成功的。

三、交际维适应转换的译诗效果

生态翻译学认为，翻译不仅是语言信息的转换和文化内涵的转换，还涉及到交际意图的转换。译者不仅要传达原文的语言信息和文化内涵，而且要"关注原文中的交际意图是否在译文中得以体现"①。交际意图"是动态交际系统的始发点，是意义的基体；意义是意图在交际中作用于目的认知域的一种映射，是意图的变体"②。交际通常以特定的环境和双方共同的理解能力为前提。为了达成交际目的，实现交际意图，华兹生均以读者的理解能力为基础翻译汉诗。这一点在语言表达、文化词汇、诗体结构等各个层面均表现得非常明显。

就诗体结构翻译而言，他提出紧贴原诗结构和放弃原诗韵律的观点，着力从整体上再现原诗整体的音乐品质，以切合目标读者的审美要求。从阐释—接受理论视角来看，翻译的过程是译者个人视界与文本历史视界的融合过程，译本的接受过程是读者的个人视界与译本历史视界的融合过程。华兹生虽然有些译诗放弃原诗韵律，失去了原诗部分音乐品质，但由于紧贴原诗结构，充分发挥译语优势，在忠实的基础上确保了通俗流畅的行文风格，在忠实性与可读性之间做出了较为和谐的选择，仍然取得了理想的交际效果。

汉诗的结构虽然有别于西诗，但大多数汉诗结构在英语中仍可以找到大致对应的语言结构或相关语言表达。华兹生紧贴原文结构而译，译文呈现出陌生化的特征，适当地挑战西方大众读者的期待视野，但又不游离于期待视野之外，确保西方读者可以理解和接受译文，实现了翻译的交际目的。相比而言，因汉英两种语言的语音系统截然不同，英、汉两种诗体采取的韵律形式迥异。西方大众读者缺乏理解汉诗所需的平仄概念和韵律知识，难以理解原诗韵律传达的交际意图，有时甚至可

---

① 胡庚申. 翻译适应选择论 [M]. 武汉：湖北教育出版社，2004：137.
② 林波. 交际意图的语用认知新探 [J]. 外语教学，2002 (03)：28—33.

能产生误解，正如华兹生所言"西方读者真弄不懂为什么中国诗人几百年来只满足运用简单的尾韵方式"①。因此，如果译文不加变通，不仅不能传达原诗的音乐美质，反而可能破坏原诗的美学形象。通过保留原诗结构，华兹生适当地补偿了因放弃原诗平仄关系和韵脚后的韵律缺失感，最大限度地传达了翻译的交际意图。

华兹生在语言维、文化维、交际维的适应性转换体现了强烈的目标读者意识，迎合了主流诗学倡导的语言通俗化、韵律清淡化、思想和情感厚重化的时代诉求，说明他力求在立体多元的翻译生态环境而非平面单一的语言维、文化维、交际维实现翻译目的，传达交际意图。华兹生既重视原诗在语言、文化、交际等不同维度的美学品质，也尊重西方读者的知识结构和历史文化背景，确保了译诗的忠实性与可读性。他的汉诗译本可以满足但同时又在不断地挑战目标读者的期待视野。

考察华兹生的译诗实践可以发现，他有清晰的目标读者定位，所使用的翻译方法均以适应西方大众读者为目的；有明确的语言转换方法，运用当代英语翻译，紧贴原文，适当变通；有明确的文化意象转换方法，以直译、直译加注、音译、音译加注为主；有明确的诗体翻译方法，保留原诗诗体结构，放弃用韵。简而言之，他灵活地处理汉英语言的差异，迎合了目标读者的阅读需求。

华兹生的翻译目的与翻译手段相辅相成，在语言维、文化维、交际维坚持了忠实为主，变通为辅的译诗理念，既注重保留汉诗语言和文化特质，也力求再现汉诗的音乐品质，实现了翻译的交际目的，在忠实、通俗与通畅之间维持了动态平衡，体现了生态译诗的思想。

---

① Burton Watson. Chinese Lyricism: Shih Poetry from the Second to the Twelfth Century [M]. New York & London: Columbia University Press, 1971: 17.

第六章　华兹生汉诗英译的当代启示

　　"适应选择"是生态翻译学倡导的核心翻译理念，涉及到译者的自我适应与选择，读者的适应与选择，语言、文化与交际等不同维度的适应与选择。纵观华兹生的翻译人生，适应与选择的理念贯穿他整个翻译活动。他顺应自身内心的诉求，根据自己的爱好与兴趣选择职业，把中国文化典籍翻译作为自己一生的事业追求。他以西方大众为目标读者，根据他们的审美品位、兴趣爱好、阅读诉求，选译汉诗名篇，以"美"打动大众读者；选译抒情汉诗，以"情"感染大众读者；选译特色汉诗，以"奇"吸引大众读者；选择适于译成英语的汉诗，以"通"顺应大众读者；广泛借鉴各类译诗底本之长，以"博"迎合大众读者。为了适应"翻译生态环境"，华兹生在语言维、交际维、文化维等维度对译文进行适应选择转换，在翻译的忠实性与可读性之间维持动态平衡。他坚持异化为主的翻译策略，紧贴原诗的语言和诗体结构翻译，确保译文的忠实度；同时运用通俗地道的当代美国英语翻译，适当变通，提高译文的可读性。因此，他的汉诗译作不仅忠实贴切，而且通俗流畅，取得了预期翻译效果，为中国传统文化的对外传播作出了卓越贡献。

　　生态翻译学认为，在翻译实践中，译者应"译有所为"，不仅要满足个人的主观诉求，以译"求生"，以译"弘志"，以译"适趣"，以译"移情"，而且要实现翻译的客观目标，"在促进交流沟通""引发语言创新""激励文化渐进""催生社会变革"等方面发挥积极作用[1]。华兹生通过翻译传统汉诗不仅实现了个人的人生理想，取得了丰硕的翻译成果，而且在客观上促进了中国文化西传，在英语世界产生了社会反响，催生了文学革新运动。华兹生之所以"译有所为"是因为他采取了较为合理的译诗理念。他顺应目标读者的语言和文化品位，奉行忠实、通俗、通畅的译诗理念，为中国文化典籍译介留下了借鉴经验和方法，对当前中国文化外译具有启发意义。

---

① 胡庚申. 生态翻译学的研究焦点与理论视角 [J]. 中国翻译，2011 (2) : 7.

第一节 华兹生汉诗翻译回顾

生态翻译学在"翻译生态与自然生态作隐喻类比的基础上进行整体性研究",对译者与翻译生态环境相互关系进行研究,特别是译者在翻译生态中的自我适应选择能力、读者适应选择能力、语言、文化与交际维度的适应选择转换能力等相关研究①。华兹生视汉诗翻译为终身事业体现了对自我兴趣、能力的适应与选择,他根据目标读者的审美品位与阅读兴趣选择翻译底本体现了对读者的适应与选择。在翻译过程中,他在语言、文化、交际维所做的适应选择转换体现了对译语文化生态的适应与选择。可见,华兹生不仅要适应自我、适应读者,而且要适应包括自我、读者、原语、译语等多重元素所构成的整个"翻译生态环境"。所谓"翻译生态环境"是指原文、译文、原语和译语所呈现的"世界",是语言、交际、文化、社会以及作者、读者、委托者等构成的互联互动的整体。② 运用生态翻译学审视华兹生的汉诗英译活动可以发现,在翻译汉诗过程中,他总是努力适应翻译生态环境,主动优化多维选择性适应转换,不断追求最佳的整合适应选择度。下面运用生态翻译学的适应选择理论对华兹生的译诗经历和经验进行回顾和总结。

一、自我适应与选择

每一个人都具有根据自身能力和情趣选择奋斗目标的本能。译者的能力、兴趣和情感是译者进行自我适应与选择的基础。对译者而言,他首先考虑的是根据自己的能力和兴趣选择翻译作品,实现自身生存、发展等基本的价值目标,然后在此基础上才可能考虑译作长存、文化交流、社会反响等高层次的价值追求。胡庚申先生认为,晚清翻译家林纾是译者自我适应与选择最成功的案例之一,他根据自己的能力、个性与爱好,选择了与自己认可且与自己的风格、情调、能力相适应或相接近的作品去翻译,最终获得成功③。与翻译家林纾一样,华兹生在选择翻译底本时也同样遵循了顺应自我的原则。王佐良先生曾指出,就译者来说,个人的条件决定了适应于译何种性质的语言……他应该选择与自己风格相近的作品来译,无所不译必

---

① 胡庚申. 傅雷翻译思想的生态翻译学诠释 [J]. 外国语, 2009 (2): 48.
② 胡庚申. 傅雷翻译思想的生态翻译学诠释 [J]. 外国语, 2009 (2): 48.
③ 胡庚申. 翻译适应选择论 [M]. 武汉:湖北教育出版社, 2004: 104.

然出现劣译。① 华兹生就是依据个人条件选择底本而取得成功的翻译家。

华兹生将翻译中国文化典籍作为自己的职业是自我适应与选择的结果。人的情感、兴趣和能力三位一体，互相依存，互相影响。情感可以激发人对事物的探索欲望和兴趣，兴趣可以调动人的积极性，促使其付诸实践，而实践可以促进个人能力的发展。儿童时期，华兹生初次接触中国文化便留下了美好印象，萌生了学习汉语的想法。青年时期，他在日本感受到了东方文化的魅力，立志学习汉语。自海军退役后，他在哥伦比亚大学开始了五年的专业汉语学习，有幸得到美籍华人王际真教授、美国著名汉学家古德里奇博士等人的指导，广泛地研读了中国古代史学、哲学、文学典籍，诸如《史记》《汉书》《韩非子》《庄子》以及大量的诗赋等，浸润在学习中国文化的氛围之中。人因情感而产生兴趣，因兴趣而付诸行动。显然，华兹生忘我地研读中国典籍与他迷恋中国文化是分不开的。读华兹生的自传性游记《我的中国梦——1983 年中国纪行》可以感受到字里行间都流淌着他对中国文化的眷恋。1983 年旅居中国期间，他参观了北京、西安、浙江等地的名胜古迹。每经过一处名胜都会燃起他对中国文化的热情，唤起他对中国历史的回忆。在游览颐和园走过人群聚集的长廊和院子时，他觉得空气中都弥漫着一种友好、迷人的人文气息。他打量着在场的中国人，倾听他们的交谈，如此陌生但无比熟悉，感觉心里非常愉快。在旅居西安时，每经过一条河流、一条街道，他都会不由自主地想起汉代的一些历史事件。为了祭奠史学界司马迁，他特意参拜了司马迁的祠堂，虔诚地对这着司马迁的塑像行礼，凭吊这位他最热爱的中国史学家②。正是出于对司马迁的仰慕之情，他全力以赴完成了《史记》的翻译工作。可见，华兹生因热爱中国文化而投入中国文化典籍的翻译事业是他对自我情感与兴趣适应选择的结果。

华兹生对中国文化的热爱与他的人生经历不无关系。在哥伦比亚大学学习期间，华兹生不仅打下了扎实的古汉语功底，而且爱上了中国古典文学和诗歌，开始尝试翻译古典汉诗。在哥伦比亚大学硕士毕业之后，他希望去中国从事中国文化研究与工作。但是，在他的梦想即将实现的时候，因政治因素，他不能前往中国大陆。他只好选择离中国较近，且受中国文化影响较深的日本③。去那里选修中国文学方面的课程，继续追逐自己的中国文化梦。日本素有收藏中国古代典籍的传统，对中国文化典籍的研究水准较高，成果颇多。由于日本收藏的中国文献资料充实，

---

① 刘艳明，张华. 译者的适应与选择——霍克思英译《红楼梦》的生态翻译学解读 [J]. 红楼梦学刊，2012 (2)：284.

② 伯顿·沃森. 我的中国梦——1983 年中国纪行 [M]. 胡宗锋，译. 西安：陕西师范大学出版总社，2015：2—3.

③ 伯顿·沃森. 我的中国梦——1983 年中国纪行 [M]. 胡宗锋，译. 西安：陕西师范大学出版总社，2015：7—47.

在日本学习期间，华兹生阅读了大量的中国古代典籍及日本汉学家的中国文化研究成果，对中国语言文化有了更深入的了解。在攻读博士期间，除了短期回国学习外，华兹生长期侨居日本。这一点与英国著名汉学家阿瑟·韦利有相似之处，他们都以日本为学习、翻译和研究中国文化的基地。这可能与日本良好的汉学研究氛围、丰富的中国典籍文献不无关系。可见，华兹生独特的人生经历铸就了他的中国文化情怀，培育了他对中国文化的兴趣和爱好，而他的情感和兴趣又成为他从事中国文化翻译的驱动力。

华兹生翻译汉诗是对自我情感与能力适应的结果。他对中国文化怀有深厚的情感。他根据自己的情趣选择翻译汉诗，视译诗为最崇高的事业，认为翻译汉诗是一种实现自我价值的方式。个人的兴趣爱好、生存驱动以及高层次的价值追求激励着华兹生努力学习中国文化，他阅读了大量的中国文化典籍，积累了深厚的中国语言文化功底，为他的汉诗译介奠定了坚实的基础。他译介中国古代典籍三十余部，汉诗译作达十一部，在中国文化典籍英译史上树立了一座丰碑。

华兹生本人也认为对自己对中国文化怀有的深厚情感对翻译汉诗有激励作用。据华兹生本人自述，自他在哥伦比亚大学开始学习汉语的那天起，他就特别仰慕司马迁、李白、杜甫、苏东坡、陆游、寒山等中国古代义化名流，希望有朝一日能够去中国亲自参拜他们曾经学习、工作与居住过的地方。然而由于种种原因，他的梦想一直被耽搁。直到1983年，他才有机会第一次踏上让他魂牵梦绕的华夏大地。在游览中国时，他说："过去，我读中国文学作品时，看到的只是文字；现在，伴随着文本的是脸庞和风景，同文字一起走来的有味道、声音和画面。我的工作有了新动力，更有理由尽我所能把中国的文学翻译成最优美的英文。"① 因为热爱中国文化，他渴望能去中国亲自体验中国文化。如愿以偿来到中国后，更加坚定了他翻译中国文化作品的事业心。他花大力气阅读中国古代文学、史学、哲学、佛学著作。扎实的汉诗修养为他翻译和研究汉诗创造了良好的条件。他对汉诗语言、汉诗意象、汉诗主题、汉诗诗体等都有过深入的论述。在论述汉诗时，他高屋建瓴，从中国文学的发展演变轨迹出发，结合中国古代历史和哲学的特点论述汉诗的特点。华兹生的汉诗论述水准不仅显示了他扎实的汉诗功底，而且说明他的译诗起点高，基础扎实，能准确地把握汉诗的主题与诗体特征。华兹生高超的汉诗翻译与研究水平是他顺应自我情趣，立足译有所为的结果。

二、读者适应与选择

生态翻译学认为，翻译生态环境是由译者、读者、原语、译语、原文等构成的

---

① 伯顿·沃森.我的中国梦——1983年中国纪行［M］.胡宗锋，译.西安：陕西师范大学出版总社，2015：165—166.

一个"互联互动的整体"。在翻译过程中，译者需维持整个翻译生态的整体平衡。因为译作最终指向读者，接受读者的考验，所以译者首先必须有清晰的读者定位，然后根据目标读者的阅读品味和审美诉求采取合适的翻译策略①。在翻译汉诗时，华兹生有明确的读者定位，他选择西方大众读者作为翻译的目标读者。在此基础上，他根据目标读者的阅读兴趣选择合适的翻译底本，采取适应性翻译策略和方法，实现翻译目标与自我价值。

华兹生对读者的适应与选择是多维度的、立体的。首先，为了译作能满足读者的情感诉求，华兹生侧重译介汉诗中的抒情诗，如民谣、友情诗、送别诗、归隐诗等。汉诗中的抒情诗抒发的是人类普遍的情感。这些情感如爱情、友情、亲情等具有普世性的特点，西方大众读者容易理解，容易感受。华兹生还注重译介有中国文化特色的诗篇，如译介寒山的禅诗、中国赋等。这类诗歌对西方读者而言具有异质性的特点，能不断地挑战读者的期待视野，易引起他们的好奇心，激发他们的阅读兴趣。当然，这些诗歌受西方读者推崇的原因还与诗歌本身所具有的思想性、文学性有关。这些诗歌能够满足异域读者的审美诉求。例如，寒山诗所传达的遗世独立、返璞归真、空澄明净的思想境界和主旨，正是当时美国商业文明所缺乏的，所以得到美国嬉皮士的认同。华兹生的译诗选本还具有多维视野，广泛地吸收了其他译本的优点。他不仅借鉴中国本国学者编辑汉诗诗集的选本策略和方法，而且还借鉴日本汉学家、英国汉学家、法国汉学家的汉诗选本方式。因为广泛地借鉴了其他底本，华兹生的译诗选本范围更广泛，更易于与读者实现视界融合，从而适应读者的阅读需求。

读者是译者服务的对象。读者对译者的反应是衡量翻译成败的一个重要指标。因此，译者应选择好目标读者定位，适应好目标读者。任何一个读者，在阅读文本前都有一定的理解视角和切入点，译者只有把读者的历史视界、知识体系作为适应读者的重要的参照依据，充分尊重读者的审美品味，其译作才容易与读者形成视界融合，唤起读者的阅读兴趣，提高译作的可接受性。华兹生在译诗选本时特别注重原作是否适应读者的知识结构和文化背景。例如，他侧重选择汉诗中的名篇名作，如《诗经》《楚辞》中的名篇，陶渊明、李白、杜甫、白居易等人的名作。这些诗篇或诗作在西方已有一定的译介，西方大众读者具有接受和理解这些译作所需的"前识"和"前理解结构"，易与读者产生共鸣，与读者实现视界融合。

华兹生译介的汉诗成果多达十一部，既有为单个诗人而译的译诗专集，也有涵盖多个诗人诗作的综合性译诗集。从汉诗译介的时间跨度来看，自先秦诗歌如

---

① 李红绿. 中国文学走出去之读者意识研究——以美国汉学家华兹生译诗选本为例 [J]. 广州大学学报（社会科学版），2019（01）：112—113.

《诗经》《楚辞》至唐宋诗篇，纵横两千多年的诗史。从汉诗译介的诗体来看，有古体诗、近体诗、赋、宋词等，无所不译。通过考察华兹生的译本发现，他的汉诗选本主要具有如下特点：注重选译名篇汉诗，崇尚中国抒情诗和具有中国民族特色的汉诗、注重选译适宜译为英文的汉诗，译诗选本参照的底本多元化等。这说明华兹生在选择汉诗原本时精准地把握了汉诗中的经典诗歌，采取以读者为旨归的译诗选本策略，体现了较强的读者选择与适应意识。

其次，在翻译策略的选择上，他坚持以异化为主，紧贴原诗语言与诗体结构而译，确保译文的忠实性，同时也通过附加注释，适当地变通，注意译语的通畅性与可读性，在保留原文思想内容的基础上着力提高译作的可读性以适应读者的阅读品味，贯彻了以适应选择论为主导的生态译诗思想。任何文本都是开放的图式结构，具有空白和未定点，需要读者根据自己的想象加以填充。读者与文本的交流就在这些空白和未定点发生①。文本的空白和未定点是文本的特质所在，是吸引读者阅读的基础。为了顺应读者的阅读要求，译者既要尊重原文本的空白和未定点，设法在译文中予以保留，再现原文本的魅力；也要充分利用文本结构的召唤功能，合理解读，使之符合读者的期待视野。过度归化或过度异化的译文是翻译时顾此失彼的表现，前者忽视了原文本结构的空白和未定点，过度迁就读者的个人视界；后者则忽视了读者的"前理解结构"，过度迁就原文的文本结构。只有在两者之间维持平衡，才有可能产生较为理想的译文。华兹生的汉诗译文在原文的文本结构与读者个人视界之间保持平衡，从而适应了读者的阅读需求。

华兹生尊重读者、适应读者还体现在兢兢业业的译诗风格上。为了译文能够获得读者的认可，华兹生会仔细推敲难以拿捏的字词，确定其词义，努力找到能为读者所接受的译文。他说在为哥伦比亚大学的东方研究委员会翻译汉语古典著作，如《庄子》《荀子》《韩非子》时发现，最棘手的就是如何把中国古典宗教和哲学中的关键术语译成恰当的英文。中国哲学中的一些关键术语，如"仁"和"义"，或者是佛教中一些相似的术语，很难在英文中找到完全对应的确切译文。他认为，虽然这些术语的翻译并不总是完全对等，但通过广泛阅读相关书籍，通常就会理解其整个含义②。因此，他的做法是广泛研读中国古典文献，确定原语词义，然后在英语中尽量找到对应词，或者添加注释帮助读者理解。

三、三维适应选择转换

语言维、文化维、交际维的三维适应选择转换是生态翻译学在文本转换层面提

---

① 马新国. 西方文论史 [M]. 北京：高等教育出版社，2003：583.

② 伯顿·沃森. 我的中国梦——1983 年中国纪行 [M]. 胡宗锋，译. 西安：陕西师范大学出版总社，2015：195—206.

出的翻译方法和策略。三维转换理论强调在翻译过程中，译者应在语言、文化、交际等三个维度上采取选择性适应转换策略，使译文融入译语文化，从而为译语读者所理解、所接受。生态翻译学认为译者已不再是传统译学中所谓的"一仆二主"，而是整个翻译生态系统中重要的一员，需从整体上把握原文本的特点与译语文化的特点，通过在语言、文化、交际等不同维度采取适应性翻译策略和方法，使译文适应并融入译语文化生态①。华兹生在语言维、文化维、交际维等三个维度上均采取了适应性翻译策略和方法。下面从三个维度适应选择转换入手，回顾华兹生诗歌翻译的特点。

在语言维，华兹生主张紧贴原诗语言措辞和结构翻译，力求忠实于原诗，同时适当变通，运用当代英语译诗，确保译诗通俗畅晓。紧贴原诗语言翻译体现了华兹生尊重原作的思想，而运用当代英语翻译则体现了他对大众读者阅读语言习惯的选择性适应。可见，华兹生在忠于原文语言与适应译语读者之间维持了生态平衡。译文紧贴原诗措辞才能再现原诗风格和语言特征，从而激起读者获取异域文本语言信息的兴趣。运用当代英语翻译，译文才有望适应大众读者的语言风格。如果译文过于古雅，势必与他以西方大众读者为目标读者的定位相悖，难以获得大众读者的认可。因此，华兹生根据自己选择的目标读者制定译语策略，迎合了西方大众读者的语言习惯，适应了目标读者的阅读诉求。

在文化维，华兹生在归化与异化之间做了适应性选择，采取异化为主、归化为辅的翻译策略，主要运用了直译、直译加注、音译、音译加注等翻译方法。采用异化翻译，译文才能保留原诗的文化特质，适应西方读者好奇的文化心理。采用归化翻译，译文才能够通畅易懂，适应西方读者的语言和文化审美心理。生态翻译学认为，在生态翻译的文化框架下，根植于不同文化的各种语言从来都是本民族文化的外显与反映，特别是在文化负载词的翻译问题上，译者需在考量译文目的的基础上审慎使用翻译策略，保证东西方各民族文化传播途径的多元创新，从而维护语言文化生态系统的永续繁荣。② 在翻译汉诗文化意象时，华兹生尤其注重维护语言文化生态系统的永续繁荣。他坚持以保留原诗文化意象为主，同时兼顾译文的可接受性。文化意象属于文化词汇，包括生态文化词、物质文化负载词、社会文化负载词、语言文化负载词等。汉诗中的文化意象，西方读者无相关背景，有一定的理解难度。通过给译文加注，华兹生给西方读者提供了理解原文所需的背景知识，使译文适应西方大众读者的文化品味。

在交际维，华兹生遵循现代英诗韵律弱化的趋势，放弃原诗韵律，同时尊重当

---

① 胡庚申. 生态翻译学的研究焦点与理论视角 [J]. 中国翻译，2011 (2)：5.

② 郭旭明. 从生态翻译学视角看全球化语境下汉语文化负载词的英译 [J]. 中南林业科技大学学报（社会科学版），2011 (3)：73—75.

代英语读者的诗学理念，紧贴原诗诗体结构翻译，打破原诗诗体和韵律的束缚，实现翻译的交际目的。汉英诗歌在押韵方式、格律、组建诗行的方式、诗节划分、诗行数目等方面均有一定差异。古典汉诗以平仄关系区分格律，西诗以轻重音的排列组合划分格律。英诗诗行数目影响诗节或诗篇的格律和韵律，形成了两行诗节，三行诗节，四行诗节等，进而影响英诗诗体形式①。因诗体形式各异，汉英诗歌呈现出不同的艺术风格。英语译文难以保留汉语原诗的韵律。译者被迫在放弃原诗韵律与用英诗韵律替代原诗韵律之间做出选择。如果用英诗韵律替代原诗韵律，汉诗的句法结构被迫调整重组。以这种方式译诗，译文在诗体结构和韵律上都有较大变动。与原诗相比，译文的诗体结构变动较大，难以实现诗歌翻译的交际目的。华兹生选择了折中的译法，一方面放弃原诗的韵律，另一方面在诗体结构上紧贴原诗，保留原诗的句法和诗体结构特征，通过适应性选择实现译诗的交际目的。

第二节　华兹生的生态译诗思想

生态翻译学是一种从生态视角综观翻译的研究范式，致力于从生态视角对翻译生态整体和翻译理论本体进行综观和描述，既借鉴了西方现代生态思想，也吸收了东方生态智慧。它基于（西方）生态整体主义的基本原则，又受惠于中国传统的生态智慧，是一项翻译学和生态学的跨学科研究。②华兹生尊重原语文化和语言，以保留原诗结构和措辞为主，体现了文化共存的生态思想。他在语言、文化、交际等三个维度上采取较为适当的转换策略，体现了适应选择的生态思想。他向西方优秀诗歌译者学习，习他人之长，在译诗的忠实性与可读性，原诗与译诗，译语文化和原语文化，译者、读者与翻译赞助人诸因素之间维持着一种生态平衡，体现了兼容并包的生态思想。

一、文化共存的生态译诗思想

生态翻译学倡导文化共存、文化平等、文化互补的翻译理念，主张在翻译过程中译者应该尊重原语文化，设法保留原语文化的特质，维护丰富多元的世界文化生

---

① 何功杰. 英诗艺术简论 [M]. 苏州：苏州大学出版社，2011：42—77.
② 胡庚申. 生态翻译学：建构与诠释 [M]. 北京：商务印书馆，2013.

态。关于原语文化特质的保留问题，不同译者采取的策略各有所异。例如，鲁迅先生主张通过保留原文表达形式以再现原文的丰姿，韦利主张紧贴原文翻译以再现原文的美感和特质。受西方译诗传统的影响，华兹生主张紧贴原文措辞和结构来再现原文的语言、文化和诗体特征。在其译作《庄子》的序言中，华兹生论述了紧贴原文措辞的重要性。为了保留原诗的美感，他尽力忠于原文的措辞。只要不影响读者的理解，即使译文读起来有些奇怪也在所不惜华兹生将原诗的措辞和结构视为诗歌特质最重要的部分。在《苏东坡诗选》中，他不仅紧贴原诗的措辞和结构翻译，而且对原诗的诗歌形式和结构等做了详细的说明。他认为只有这样读者才能更好地感受到苏东坡诗歌的某些特质[1]。华兹生紧贴原诗措辞和结构的翻译理念体现了尊重原语文化的生态译诗思想。下面以华译《春宵》为例加以说明：

春宵一刻值千金，	Spring night—one hour worth a thousand gold coins;
花有清香月有阴。	clear scent of flowers, shadowy moon.
歌管楼台声细细，	Songs and flutes upstairs—threads of sound;
秋千院落夜沉沉。	in the garden, a swing, where night is deep and still.[2]

华兹生在翻译这首诗时体现了对文化平等和文化互补的追求。首先，华兹生的译诗尊重了原语文化。他将"春宵一刻值千金"直译为"Spring night—one hour worth a thousand gold coins"，保留了原诗中的文化意象和比喻，使英语读者能够感受到原诗所要传达的春夜宝贵、时间无价的文化内涵。同时，他也将"花有清香月有阴"译为"clear scent of flowers, shadowy moon"，通过保留"花"和"月"的意象，传递了原诗中的自然美和幽静氛围。其次，华兹生的译诗体现了文化互补的翻译理念。在翻译"歌管楼台声细细"时，他将其译为"Songs and flutes upstairs—threads of sound"，通过解释性的翻译和生动的英文表达，使英语读者能够理解并感受到原诗中所描绘的细腻音乐之声。这种翻译方式不仅传达了原诗的意义，还为英语读者提供了一种新的文化体验，实现了文化的互补。华兹生通过保留原语文化的特质，使英语读者能够接触到不同的文化元素和表达方式。这种翻译方式有助于促进文化交流，推动世界文化多样性。在"秋千院落夜沉沉"的翻译中，他将其译为"in the garden, a swing, where night is deep and still"，通过保留"秋千"和"夜沉沉"的意象，为英语读者展现了一个具有东方特色的夜晚庭院景象，丰富了他们的文化视野。

[1] Burton Watson. Selected Poems of Su Tung-P'o [M]. Washington: Copper Canyon Press, 1994: 12

[2] Burton Watson. The Columbia Book of Chinese Poetry from Early Times to the Thirteenth Century [M]. New York: Columbia University Press, 1984: 298.

华兹生通过生动的英文表达使英语读者能够感受到原诗的美感和文化内涵。这种翻译方式有助于促进文化交流，维护丰富多元的文化生态。

二、适者生存的生态译诗思想

除了突显文化平等、文化共存的翻译理念，生态翻译学也提倡翻译的整体适应性，主张"适者生存，不适者淘汰"的生态丛林原则同样适用于生态翻译理论。在当前市场经济的大潮中，译作必须经得起丛林原则的考验，才能够在市场中存续下去。为了保证译本在竞争激烈的市场中生存，译者必须考虑读者的审美品味和情趣，保证译本的可读性。翻译生态体系是一个由市场、读者、译者、赞助人、原语文本与译本等元素构成的动态多维的生态系统，各翻译元素彼此独立但又互相依存，各自发挥着不同的作用。关于汉诗英译，华兹生主张既要保留原语结构，紧贴原文翻译，充分尊重赞助人的翻译要求，也要顺应译语读者的语言和文化背景，提倡放弃原诗韵律，运用当代美国口语翻译古雅的汉诗。从华兹生的译诗主张可以看出，他在韵律与诗体结构、顺应译语文化与忠于原文之间进行取舍，切合生态翻译学倡导的适应选择论，体现"适者生存"的生态翻译思想。华译《国风·邶风·北风》就体现了适应与选择的生态译诗思想：

北风其凉，	Cold is the north wind,
雨雪其雱。	the snow falls thick.
惠而好我，	If you are kind and love me,
携手同行。	Take my hand and we'll go together.
其虚其邪？	You are modest, you are slow,
既亟只且！	But oh, we must hurry!
北风其喈，	Fierce is the north wind,
雨雪其霏。	the snow falls fast.
惠而好我，	If you are kind and love me,
携手同归。	Take my hand and we'll go together[①].

对比一下原诗和译诗可以发现，译诗虽然紧贴原诗语言结构，但没有像原诗一样用韵。原诗非常典雅，主旨委婉含蓄，讲述了在一个大雪飞扬的日子里，诗人劝

---

① Burton Watson. The Columbia Book of Chinese Poetry from Early Times to the Thirteenth Century [M]. New York: Columbia University Press, 1984.

说友人携手逃离高寒之地，逃往美好的理想生存之所。因原诗写得含蓄，评论家对其主题的解读各有所异，有的将其释为政治诗，但也有的将其释为爱情诗。但从译诗来看，由于语言表述直率，原诗隐晦的主题在译诗中朝清晰化的路径演进，华兹生将原诗译成了爱情诗。原诗中的"霙"意为"雪盛貌"、"惠"意为"慧然、友好"、"亟"即"急"、"霏"意为"雪疾扬"。这些词语非常典雅，在翻译时华兹生运用现代美语分别将"霙"译为"fall thick"，"惠"译为"kind"，"亟"译为"hurry"，"霏"译为"fall fast"，虽在语意上紧贴原文，忠实地道，但由于译文语言较为通俗浅白，原诗典雅含蓄的风格转变成轻松欢快的口语文风。但是，因为语体上的转变，译诗显然更切合当代西方读者的审美品味和情趣。

关于译诗的韵律问题，华兹生曾说过，虽然古典英诗注重押韵，但当代英语诗歌有淡化用韵的趋势，与诗歌的韵律相比，译诗应该更加侧重意义和情感的表达①。这篇译文没有用韵，在韵律、诗体与语言风格上背离了原诗，但由于在措辞和句法结构上紧贴原诗，译文总体上还是传达出了原诗的意义和情感。在回应导师古德里奇对他的译本《史记》做批评时，华兹生就对自己所持的翻译理念进行了解释。他说，他应赞助人哥伦比亚大学东方研究委员会的要求翻译，译本面对的是大众市场，而非小撮专业人才，所以翻译时运用当代美语翻译，这一切都是源于对读者的考虑②。华兹生的这些翻译观点体现了"适者生存，不适者淘汰"的生态翻译思想。

华兹生紧贴原诗语言结构而译，尽力保持原诗独特的文化艺术特色，同时放弃用韵、运用当代美语翻译，尊重赞助人提出的翻译要求，重视读者的阅读背景和审美情趣。他的译诗理念体现了适应选择的生态翻译思想。他努力在译者、读者、赞助人、原作、译作等翻译诸因素构成的翻译生态体系中维持一种动态平衡。

三、兼容并包的生态译诗思想

在译诗过程中，华兹生将原文本、读者、赞助人、意识形态、赞助人、主流诗学和西方译诗传统等因素都纳入考虑范围，尊重原文本的文化内涵，顾及目标读者的阅读兴趣，考虑赞助人的翻译要求，承续西方翻译传统，顺应西方主流诗学和意识形态，维持了翻译生态的整体平衡，体现了兼容并包的生态思想。

首先，华兹生将赞助人提出的要求融入到了他的译诗选本策略与三维转换过程

① 狄蕊红. 86 岁美国汉学家 28 年后再访西安——访汉学家、翻译家巴顿·华兹生. 参见秦泉安. 翻译家巴顿·华兹生教授的汉学情结 [DB/OL]. (2015－07－14) [2015－10－15]. http://cul.qq.com/a/20150714/041266.htm.

② Burton Watson. Brief Communications: Rejoinder to C. S. Goodrich's Review of Records of the Grand Historian of China [J]. Journal of the American Oriental Society, 1963 (1): 114—115.

中。他的大部分汉诗译著受哥伦比亚大学东方研究委员会赞助，要求华兹生为西方大众读者翻译。这些汉诗译作主要用作英美普通读者的日常读物，或者用作美国大学生通识教育的教材，而不是用作学术文献供专家研究时查阅。因此，赞助人要求华兹生的译文必须通俗易懂、具有较高的可读性。华兹生遵守了赞助人提出的翻译规范要求，恪守了翻译伦理。他运用当代美国英语翻译，译文畅晓，可读性强，实现了翻译目的。

其次，华兹生从西方译诗传统中吸收营养，提高自己的翻译素养。在多部译诗集的序言中，他提到了西方译诗传统对他本人诗歌翻译理念的影响。例如，在译诗方法上，华兹生受韦利、庞德两人的影响颇大。此外，华兹生也受到了导师王际真的翻译思想的影响。据他自述，青年时期他在哥伦比亚大学求学期间，王际真要求他运用通俗优美的语言翻译汉诗。他深以为然，后来一直坚持这种翻译理念。可见，华兹生的译诗实践博采众家之长，体现了兼容并包的生态翻译思想。

最后，华兹生将西方主流诗学纳入译诗的考虑范围。华兹生认为当代英美诗歌都是用当代美国英语创作的，并不注重押韵。英语诗歌的这些特点代表了当代西方主流诗学的方向。在翻译汉诗时，华兹生放弃保留原诗的韵律，运用当代美国英语译诗，使译文切合主流诗学的要求。华兹生在译诗过程中对赞助人、主流诗学等诸因素全面综合的权衡体现了兼容并包的生态译诗思想。

第三节 华兹生汉诗翻译对中国文化外译的启示

华兹生译介传统汉诗十余部，其中多部译作已被公认为汉诗英译的经典之作，推动中国诗歌文化在世界的传播。他根据自己的兴趣与情感选择人生事业，将译介中国文化典籍作为自己的毕生追求。受兴趣与情感的驱使，他刻苦钻研中国文化典籍，积累了深厚的中国文化功底，表现出了强烈的自我选择与自我适应意识。在翻译汉诗时，他侧重选译西方大众读者感兴趣的汉诗，运用当代美国英语翻译，努力适应目标读者的阅读诉求。生态翻译倡导的"多维度适应与适应性选择"强调译者应在翻译过程中、在翻译生态环境的不同层次、不同方面上力求多维度地适应，继而依此做出适应性选择转换①。在翻译汉诗时，华兹生不仅对自己、读者、赞助

---

① 胡庚申. 翻译适应选择论 [M]. 武汉：湖北教育出版社，2004：129.

人，而且对原语文化、语言和交际意图都做出了适应性选择转换。他坚持忠实、通畅、通俗的译诗标准，既重视保留原语文化，注重译文的忠实性，也重视读者的审美品位和文化背景，注重译文的可读性。他的汉诗翻译经历、汉诗翻译选本理念、三维转换策略对中国文化外译均具有借鉴意义。

一、兴趣、情感与译者对翻译事业的选择

兴趣和情感是译者进行翻译活动必不可少的内在动因，是译者自我适应与选择的基础。兴趣可以激发人们对事物的求知欲与探索热情，调动人们学习与研究的积极性、主动性与创造性。一般说来，受兴趣与情感的驱动，译者才会主动而非被动地在某个领域学习钻研，积累知识，形成翻译素养。译者的兴趣和素养可以促成翻译职业的选择。从译者的自我适应来看，译者通常会选择自己感兴趣并且能够把握的作品翻译①。

华兹生早期对中国文化的兴趣和情感后来逐渐升华为学习中国文化、翻译中国文化的梦想。他希望自己成为中西文化交流的使者，也渴望有一天能亲自到中国祭拜孔子、庄子、李白、苏东坡、陆游、寒山等华夏名流②。1983年，华兹生首次来到中国，终于实现了自己的梦想，他情不自禁地说："多年来，到中国去看看的想法一直萦绕在我心头，让我既兴奋又担忧，就像是终于即将要和一位仰慕已久的他乡知己相逢。相逢能否如愿以偿？双方可会彼此欣赏？……我坚信自己打心眼里喜欢这个国家和她的人民，我更确信多年前决定从事中国文化研究没错。"③ 他的话透露出他对中国人民、中国文化深沉的情感。正是这种对中国文化的热情使华兹生走上了翻译中国文化典籍之路。

兴趣与情感不仅是译者自我适应与选择的基础，更是成就译者宏伟事业的前提和保证。适趣而译、适情而译的人生态度促成了华兹生非凡的翻译成就。这是华兹生汉诗英译生涯留给我们的启示。生态翻译学认为，译者的本能驱动是译者生存、发展、实现自我价值的原动力。由于酷爱中国文化，受兴趣与情感的驱动，华兹生不仅广泛地阅读了中国文化典籍，而且吸收了日本、美国等国家的汉学研究成果，对中国文化有较为深入的理解和研究。由于寄情于中国文学，他几十年如一日地从事中国文化典籍翻译工作。正如美国笔会2015年的颁奖词所言，华兹生是我们这个时代东亚古典诗歌的创造者，几十年来，他翻译的诗集和学术著作被认为是北美

---

① 胡庚申. 翻译适应选择论 [M]. 武汉：湖北教育出版社，2004：103—106.
② 伯顿·沃森. 我的中国梦——1983年中国纪行 [M]. 胡宗锋，译. 西安：陕西师范大学出版总社，2015：2.
③ 伯顿·沃森. 我的中国梦——1983年中国纪行 [M]. 胡宗锋，译. 西安：陕西师范大学出版总社，2015：156.

学生和读者阅读的东亚文学经典。更让我们尊敬的是，虽然年事已高，他仍旧每天都在译海中努力前行。① 华兹生的译诗经历告诉我们，从兴趣和情感出发是选择翻译方向和领域的门径。译者在某一个感兴趣的领域持续投入，长期累积，这样方可成就伟大的事业。华兹生学习中国文化的经历对译者资质的培养也具有启发意义。译者应该全方位地加强知识与能力的培养，多读原典提高汉语水平，文、史、哲兼修，广泛关注世界各国的汉学研究成果，注重翻译综合能力的培养。作为译者，知识储备应该多元化、国际化与专业化，这样翻译时方可广泛地借鉴其他译作之长，吸取最前沿的研究成果，其译作才可以厚积薄发、海纳百川，能够为不同文化背景的读者所接受。

二、读者定位、翻译选本与翻译用语

生态翻译学认为，读者在翻译生态中起着重要的作用，既是制约译者最佳适应和优化选择的因素，又是译者多维度适应与适应性选择的前提和依据之一②。华兹生非常重视读者对翻译活动的影响和制约作用。他有明确的读者定位，以西方大众读者为目标读者。不仅如此，他还根据大众读者的审美诉求选择翻译底本、翻译用语，体现了顺应读者习惯的强烈意识，这是他译诗事业取得成功的主要原因之一，对中国文化外译具有一定的借鉴意义。

首先，译介中国文化应该有准确的读者定位。不同的读者群有不同的阅读诉求，译者应该根据不同读者群的知识背景和阅读诉求翻译。根据西方读者对中国文化的熟知程度，读者可以分为普通读者和专业读者。普通读者对中国文化接触相对较少，对中国文化了解不够深入。他们阅读中国文化译作的主要目的是为了怡情，从阅读中获得愉悦，遵循快乐原则。为这些读者译介中国文化作品时，译者应顺应他们的知识结构和对中国文化的熟知程度，译作应该通俗易懂、流畅地道、生动有趣，体现通畅浅白、怡情怡心等普适性的美学特质。例如，李白的诗歌豪放飘逸，具有自由不羁、放浪形骸等具有普适性的精神气质，翻译他的诗歌应着力再现原作这些语言和文化特性。这样译作才更容易引起西方大众读者的普遍共鸣。对大众读者而言，译作通俗易懂、深入浅出、传神达意才更容易被接受。华兹生的汉诗译作就体现了这些特点，与他的目标读者定位一致，对今天中国文化外译具有借鉴价值。

与普通读者不同的是，专业读者对中国文化已有一定了解，在某些领域甚至已经积累了深厚的功底。他们阅读中国文化译作的主要目的或是为了学习，或是为了

---

① 伯顿·沃森. 我的中国梦——1983年中国纪行 [M]. 胡宗锋，译. 西安：陕西师范大学出版总社，2015：20.

② 胡庚申. 生态翻译学的研究焦点与理论视角 [J]. 中国翻译，2011（2）：5—9.

研究，遵循获取知识的原则。为这些读者译介中国文化作品时，译者应结合他们对中国文化的了解和知识背景，译作应该忠实，选本应该专、精，以深度翻译为主。中国文化传播进程来看，一般在传播初期，专业读者发挥的作用相对更大。星星之火可以燎原，专业读者劈莽，冲击文化壁垒，推动中国文化渗入西方文化。在传播中后期，大众读者发挥的作用相对更大。他们广泛参与中国文化译作的阅读与讨论，推动中国文化走进他们的社会生活，此时才真正形成文明互鉴、文化互信、文化包容、文化平等的交流格局，实现中国文化外译之最终目的。通过 19 世纪西方传教士、外交官的翻译与传播，中国文化已经走过了传播初期。华兹生翻译中国文化典籍正值 20 世纪下半叶，此时中西文化大交流的格局已经形成。他将目标读者定位为西方大众读者切合中国文化对外传播的时代特点，扩大了翻译的影响，不失为明智之策，对今天中国文化外译仍具有借鉴价值。

其次，译介中国文化应根据读者定位，选择与之相适应的翻译底本。翻译选本能否适应目标读者的需求直接影响着翻译目标的达成。如果选本不能适应目标读者的阅读诉求，译作就难以引起读者的共鸣。没有读者的支持，就难以实现翻译目标，翻译价值也会受到影响。华兹生以西方大众读者为导向的译诗选本策略对当前中国文化外译具有指导价值和借鉴意义。

向西方译介中国文化应该优先选译中西文学中公认的最具代表性的作品。这些作品符合西方读者的审美兴趣，有利于读者与译本的视界融合，引起读者共鸣，激发他们的阅读兴趣。华兹生选译的汉诗名篇就是中西文学中公认的最具代表性的作品。一方面，名篇名作在西方已有不同程度的译介；另一方面，名著名篇本身具有较强的文学性和思想性，体现了中国文学的精髓，与西方经典诗歌具有某些共性，易于为西方读者所接受。华兹生选择的抒情诗抒发了人类普遍的情感，与西方读者的情感诉求一致，也容易为他们所接受。华兹生选译的寒山诗作虽然在国内名气并不太高，但顺应当时美国社会反越战、反物质文化的诉求，容易引起共情，因而受美国大众读者推崇，在美国社会产生反响。因此，与西方审美诉求和社会思潮一致的中国文学作品也值得译介，容易为西方读者所接受，从而促进中国文化西传，提高中国文化的影响力。

再次，在译介中国文化时，还必须考虑翻译选本的适译性，即原文适于翻译的文本特征。这也是华兹生在译诗选本方面留给我们的宝贵经验。在多部译作序言中，他反复提到侧重选择适宜译为英文的汉诗。在《中国赋：汉魏六朝赋体诗》序言中，他写道："我选择的十三篇赋体诗，除一首外，其余都出自《文选》中的赋篇……我选择的这些赋体诗除了我喜欢外，它们更适宜译成英语。"① 在《哥伦比亚诗选》中华兹生较多选译白居易的诗，他说："我觉得白居易的诗似乎比其他重要诗人的诗更能有效地译成英语。在这一点上，我与韦利有同感。因此，我选择白居易的诗比较多"②。在接受巴克利采访时，华兹生表达了对白居易的仰慕，称"白居易是我最喜欢的中国诗人。他的诗相对来说容易阅读，容易翻译，常带有一种幽默感。很多时候，我对他所说的话都能感同身受"③。华兹生对《苏东坡诗选》中的译诗选本也做了类似说明："我的译诗选集《苏东坡诗选》包括112首诗，2首赋，以及从上述信件中节选的部分内容……我选择的诗歌都是适合译成英语，并且是我所喜欢的诗歌"④。在《中国抒情诗：从2世纪至12世纪诗选》一书序言中，华兹生进一步说明译诗选本的三个主要因素，其中之一便是原诗适于译成当代美国英语："《中国抒情诗：从2世纪至12世纪诗选》这个诗集我大约选译了200多首诗，选择这些诗不仅受我个人偏好的影响，而且根据我的判断，也最便于译成英文，能够代表某一个时期最好的风格和诗学倾向。"⑤ 华兹生将原文本是否适于译成英语视为一个非常重要的选本条件。由于他贯彻了这种选本理念，所以他的译文流畅通顺，符合西方大众读者的阅读品味，更容易为西方大众读者所接受。

最后，除了选本策略，华兹生的译语策略也值得我们学习和借鉴。他的译语策略就是根据目标读者的语言背景，选择与之相适应的语言翻译。华兹生以西方大众读者为目标读者，提出了运用当代美国英语翻译古典汉诗的译语观。他说："作为译者，我所面临的问题与其说是搞懂原文，倒不如说是怎样用清楚和流利的英文来表达原文的意思。有些译者试图运用古语和圣经体让译文显得崇高和有宗教意味。我在译文中从不使用古英语，而是尽量使用明了和悦耳的现代英语。"⑥ 因为从读者的语言背景出发，采取相应的译语策略，所以他的译诗在可读性方面脱颖而出。

在其译著《中国抒情诗：从2世纪至12世纪诗选》的引言中，华兹生明确提出以当代美国诗人为模范，用现代美国英语翻译汉诗是最佳的翻译用语策略。这是一种典型的归化翻译策略。劳伦斯·维努蒂曾说："在英美翻译传统中，归化翻译

---

① Burton Watson. Chinese Rhyme-Prose：Poems in the Fu Form from the Han and Six Dynasties Periods［M］. New York & London：Columbia University Press, 1971：20.

② Burton Watson. The Columbia Book of Chinese Poetry：from Early Times to the Thirteenth Century［M］. New York：Columbia University Press, 1984：242.

③ John Balcom. An Interview with Burton Watson［DB/OL］.（2011-04-04）［2022-6-15］http：//site. douban. com/106369/widget/notes/134616/note/143615399/.

④ Burton Watson. Selected Poems of Su Tung-p'o［M］. Washington：Copper Canyon Press, 1994：12.

⑤ Burton Watson. Chinese Lyricism：Shih Poetry from the Second to the Twelfth Century［M］. New York & London：Columbia University Press, 1971：3.

⑥ 伯顿·沃森. 我的中国梦——1983年中国纪行［M］. 胡宗锋，译. 西安：陕西师范大学出版社，2015：208.

策略一直占据主流，译者通过把原文译成流畅的英语，使表达符合英语的行文习惯，才可能产生可读性较高的译文。"①。归化的翻译策略会降低原文的异质性特征，使读者感觉不到译者的存在，即使译者隐形（invisibility）。在译诗过程中，华兹生并没有考虑归化式翻译策略和异化式翻译策略的弊端。他着重考虑如何平衡归化式翻译与异化式翻译之关系，充分发挥两种不同翻译策略的优势。在译诗实践中，他以异化翻译为主，但也通过附加注释尽可能使译文符合现代美国英语的行文习惯，增强译文的可读性和可接受性。华兹生一直将译文的可读性放在一个非常重要的位置，也许他认为可读性差的译本难以获得读者的认可，届时译者不仅要遭遇"隐形"风险，而且也可能遭遇生存危机。

华兹生的翻译用语策略与西方传统翻译一脉相承。庞德主张的"英文译文应采用地道的表达"②和"在译诗中放弃原诗词句的推敲，抓住细节，突出意象"③的译诗理念在华兹生的译诗实践中都实现了选择性应用。《寒山：唐氏诗人寒山诗百首》就体现了这种译诗用语策略：

父母续经多，	My father and mother left me a good living;
田园不美他。	I need not envy the fields of other men.
妇摇机轧轧，	Clack... clack... my wife works her loom,
儿弄口喁喁。	Jabber, jabber, goes my son at play.
拍手摧花舞，	I clap hands, urging on the swirling petals,
支颐听鸟歌。	Chin in hand, I listen to singing birds.
谁当来叹赏，	Who comes to commend me on my way of life?
樵客屡经过。	Well, the woodcutter sometimes passes by.

寒山诗是典型的禅诗，大多用通俗的白话写成，意近旨远，虽然浅白如话，但诗意隽永。在翻译这首诗时，华兹生大量采用了口语化的词汇，如 a good living, at play, listen to, come, pass by 等当代美式英语词汇。此外，词法、句法表达口语化特征也非常明显，如 leave me a good living, need not envy, go at play, 以及由 who 所引导的一个简单疑问句等，微妙地再现了原诗的风格。华兹生的译诗用语策略影响了译文的行文风格，对译文的流畅性、可读性产生了积极的影响。

译者一仆二主，既要对原作者负责，也要对读者负责。林琴南译西洋文学，为

---

① Jeremy Munday. Introducing Translation Studies: Theories and Application [M]. London and New York: Routledge, 2001: 146.
② 廖七一. 当代西方翻译理论探索 [M]. 南京：译林出版社，2002：30.
③ 郭建中. 当代美国翻译理论 [M]. 武汉：湖北教育出版社，2000：45.

了译作能适应当时国内读者的阅读口味，对原作的身体书写部分进行有目的的删减。严复为了译作能够顺应当时救国图存的社会诉求，优先选译社科著作，在译作中不断发出自己的政治呼声，体现了强烈的读者意识。今天，中国文学走出去也同样需要译者有一定的读者意识，强调读者意识并不意味着为了取悦读者，译者需要削足适履式地翻译，或为了迎合西方读者的口味，大肆选译那些不能真正代表中国优秀文化和文学的作品。在翻译选本上，可以发挥本国学者的优势，选译中国文学名著、文化影响力较大的文本，也可以和西方学者合作，优先选择翻译符合当前西方社会审美诉求的文本。

三、主流诗学、文化立场与翻译策略

生态翻译学认为，译者从事翻译活动应该尽量适应翻译的生态环境，努力提高语言、文化、交际等多维适应选择转换，不断提高译文的整体适应选择度。从适应译语文化生态环境来看，译者应根据目标读者、赞助人等生态主体的要求选择翻译策略。主流诗学与文化立场是影响译者翻译策略的两个主要因素。从华兹生的译诗实践来看，他尊重原语文化，顺应译语主流诗学趋势，采取了相应的适应选择转换策略，实现了"译有所为"的翻译目标。华兹生的译诗策略对当前中国文化外译具有启示意义。

首先，华兹生在文化维采取的适应性选择翻译策略对当前中国文化外译具有借鉴价值。华兹生尊重中国文化的异质特征，选择保留以原诗文化意象为主的异化翻译策略。文化意象具有隐喻意义，是塑造诗境、传情达意的重要元素。由于缺乏与之相关的文化背景，西方大众读者难以理解汉诗中文化意象所传达的深层隐喻意义。华兹生采取音译加注、直译加注等方式化解了文化意象的翻译困境。一方面，通过保留原诗中的文化意象，传播原诗的文化异质特征；另一方面通过给译文附加注释给西方读者提供相关历史和文化语境，帮助西方读者理解汉诗文化意象的深层文化涵义。

其次，华兹生在语言维、交际维采取的适应性选择翻译策略对当前中国文化外译也具有启发意义。在诗歌语言和诗体结构翻译上，华兹生主张尊重原诗语言和诗学特征，紧贴原诗措辞和语言结构翻译。同时，他也强调顺应西方主流诗学趋势，适当变通，放弃原诗韵律。华兹生认为西方当代诗歌已经呈现出弱化用韵的趋势，诗歌译者应该尊重这种趋势，放弃原诗韵律。关于诗歌韵律的翻译，有两种截然不同的观点。一种观点主张"以诗译诗"，译诗应保留原诗的韵律，再现原诗的韵律美。另一种观点则主张放弃原诗韵律，用自由体译诗。华兹生赞成第二种观点，主张译为自由体英诗，侧重再现原诗意境和主题，不考虑保留原诗的韵律特征。

华兹生之所以放弃原诗韵律是因为他认为中英两种语言在声韵体系上存在差

异，原诗歌的韵律在译文中是无法保留的。在《早期中国文学》一书译序中，他提出韵律美与音乐性存在于原文本中，诗歌比散文尤甚，一旦翻译成其他语言，就无可奈何地丧失了①。在其译著《哥伦比亚诗选：从早期到 13 世纪》的译序中，华兹生再次强调，译者只有将英诗传统中的节奏和韵律放置一边，才可能成功地将古典汉诗译为英诗，创造一种能够传达原诗诗境涵义与力量的更为自由的形式。这种创造行为通过庞德、韦利等人的笔墨在 20 世纪的上半叶已大放异彩。至今，译者仍受益匪浅②。

华兹生虽然放弃原诗韵律，但对原诗语言结构及诗体形式极为关注，并尽力在译文中保留。例如，他总是设法保留汉诗中的对偶结构。他说，汉诗中的对偶结构应用广泛，但一经翻译，译文读起来要么矫揉造作，要么显得死板。律诗中的对偶结构尤甚，由于其语言高度浓缩，一经翻译，意象就变得死板而毫无活力。有些译者通过打乱原诗对偶结构的对称形态，减少其矫揉造作的效果，或者通过把某些诗行译成跨行句，延续到下一行，改变原诗诗行末尾停顿结句的方式，从而摆脱原诗的单调感。华兹生表示自己虽然理解这些处理方式后面的动机，但是这样一译，原诗语言结构之美荡然无存，所以他还是尽量紧贴原诗的语言与诗行结构翻译。

华兹生在译文的忠实性与可读性之间做了适应性选择。他虽然没有保留原诗韵律，但保留了原诗的结构。考察他的译作不难发现，华兹生既注重翻译的科学性，也兼顾翻译的艺术性。一方面他紧贴原诗结构和忠于原文语言，确保译文的忠实性；另一方面放弃原诗的韵律，在中西语言、文化差异之处适当变通，侧重从整体效果上保留原诗的艺术特色。

总之，华兹生在语言维、文化维、交际维运用的翻译策略对中国文学走出去具有启示意义。首先，在语言维的翻译，译者应在译文的忠实性与可读性之间做出适应性选择。华兹生通过紧贴原诗语言翻译，确保译文在语言上忠于原文；通过运用当代美国英语、适当变通，确保译文通俗畅晓。其次，在文化维的翻译，译者应该有明确的文化立场，坚持以异化为主的翻译策略，注重传播中国文化的异质特征，同时适当变通，附加注释，增强译文的可读性。在翻译过程中，译者可以和西方汉学家合作，充分发挥西方译者以母语为译入语的优势，聘请他们为主译或助译，对译文进行润色，提高译文的可读性，在翻译的忠实性与可读性之间维持生态平衡。最后，在翻译交际意图的达成上，译者应该根据译入语国家的主流诗学趋势选择适当的诗学翻译策略，确保译文文体与风格符合主流诗学规范，增强译文的可接受性，实现翻译的交际目的。

---

① Burton Watson. Early Chinese Literature [M]. New York: Columbia University Press, 1962: 201.

② Burton Watson. The Columbia Book of Chinese Poetry: from Early Times to the Thirteenth Century [M]. New York: Columbia University Press, 1984: 13.

参考文献

一、中文文献

［1］白居易. 白居易诗选［M］. 汤华泉，释. 郑州：中州古籍出版社，2011：7—21.

［2］北京大学哲学系外国哲学史教研室，编译. 古希腊罗马哲学［Z］. 三联书店，1957：133.

［3］包惠南，包昂. 中国文化与汉英翻译［M］. 北京：外文出版社，2004.

［4］鲍晓英. "中学西传"之译介模式研究——以寒山诗在美国的成功译介为例［J］. 外国语，2014，37（01）：65—71.

［5］鲍晓英. 从莫言英译作品译介效果看中国文学"走出去"［J］. 中国翻译，2015（1）：13—17.

［6］伯顿·沃森. 我的中国梦——1983年中国纪行［M］. 胡宗锋，译. 西安：陕西师范大学出版总社有限公司，2015.

［7］蔡新乐. 翻译世界：朦胧区域及其含混性——从一首小诗的译文看翻译的理想化作用［J］. 外国语，2005（05）：61—67.

［8］曹波，李中涵. "感染型"公示语的分类与翻译［J］. 外国语言与文化，2020（04）：93—102.

［9］陈福康. 中国译学理论史稿［M］. 上海：上海外语教育出版社，2000.

［10］陈宏天，赵福海等. 昭明文选（第二卷）［Z］. 长春：吉林文史出版社，2007.

［11］陈惠，蒋坚松. 庞德与韦利汉诗英译之比较［J］. 外语与外语教学，2009（2）.

［12］陈琳，胡强. 陌生化诗歌翻译与翻译规范［J］. 外语教学，2012（04）：94—99.

［13］陈琳，张春柏. 翻译间性与徐志摩陌生化诗歌翻译［J］. 中国比较文学，

2009（04）：46—60.

［14］陈文成.沃森编译《中国诗选》读后［J］.中国翻译，1991（1）.

［15］陈晓琳.伯顿·华兹生译中国古诗词翻译风格研究［D］河北师范大学，2013.

［16］陈永国.诗、画、思：关于自行置入艺术之真理的道说［J］.兰州大学学报，2020（01）：134—141.

［17］陈永国.回归物本体的生态阅读［J］.江西社会科学，2020（01）：150—156.

［18］陈永国.翻译与世界文学：从文学中的世界性说起［J］.西北工业大学学报，2019（02）：67—76.

［19］邓启铜.唐诗三百首［Z］.傅英毅，释.南京：东南大学出版社，2010.

［20］邓启铜.楚辞［Z］.诸泉，释.南京：东南大学出版社，2010.

［21］邓炎昌，刘润清.语言与文化——英汉语言文化对比［M］.北京：外语教学与研究出版社，1989.

［22］方梦之.论翻译生态环境［J］.上海翻译，2011（01）：1—5.

［23］方梦之.生态范式 方兴未艾（序一）［M］∥胡庚申.生态翻译学：建构与诠释.北京：商务印书馆，2013：i-viii.

［24］方梦之.再论翻译生态环境［J］.中国翻译，2020（5）：20—27.

［25］冯舸.《庄子》英译历程中的权力政治［D］.华东师范大学，2011.

［26］冯秋香.华兹生英译《左传》可读性分析［D］.大连理工大学，2006.

［27］冯全功.立论、倡学与创派——《生态翻译学：建构与诠释》评介［J］.山东外语教学，2015（6）：106—110.

［28］封宗信.符号学视角下转喻的认知绕道［J］.中国外语，2021（01）.

［29］封宗信.当代语用学的多面性及其符号学维度［J］.外语教学与研究，2017（05）.

［30］辜正坤.中国诗歌翻译概论与理论研究新领域［J］.中国翻译，2008，29（04）.

［31］耿强.副文本视角下16至19世纪古典汉诗英译翻译话语研究［J］.外国语，2018，41（05）：104—112.

［32］耿强.中国文学走出去政府译介模式效果探讨——以"熊猫丛书"为个案［J］.中国比较文学，2014（1）：66—77.

［33］郭建中.当代美国翻译理论［M］.武汉：湖北教育出版社，2000：45.

［34］郭善芳.典故的认知模式［J］.贵州大学学报，2015（3）：139.

［35］郭旭明.从生态翻译学视角看全球化语境下汉语文化负载词的英译［J］.

中南林业科技大学学报（社会科学版），2011（3）：73—75.

[36] 海德格尔. 海德格尔选集·上 [M]. 上海：三联书店，1996.

[37] 何功杰. 英诗艺术简论 [M]. 苏州：苏州大学出版社，2011：42—77.

[38] 洪明. 论接受美学与旅游外宣广告翻译中的读者关照 [J]. 外语与外语教学，2006（8）：56—59.

[39] 洪涛. 美国诗人兼翻译家 David Hinton 演绎的《九歌·山鬼》[J]. 中国楚辞学，2011（16）.

[40] 胡安江，彭红艳. 美国诗人 Peter Stambler 寒山诗英译的"体认"考察 [J]. 外语教学与研究，2022，54（02）：298—307.

[41] 胡安江. 美国学者伯顿·华生的寒山诗英译本研究 [J]. 解放军外国语学院学报，2009（6）：75—80.

[42] 胡安江，胡晨飞. "整合适应选择度"与译本的接受效度研究——以《好了歌注》的两个英译本为例 [J]. 外国语文，2013（6）：110—116.

[43] 胡安江，周晓琳. "求同"还是"存异"？——以美国汉学家华兹生的日本汉诗英译为例 [J]. 岭南师范学院学报，2015（1）.

[44] 胡安江. 中国文学海外传播效果评估研究——以美国汉学家华兹生的中国文学英译为例 [J]. 上海翻译，2023（02）：73—78+95.

[45] 胡庚申. 生态翻译学：产生的背景与发展的基础 [J]. 外语研究，2010（4）：62—66.

[46] 胡庚申. 傅雷翻译思想的生态翻译学诠释 [J]. 外国语，2009（2）：47—53.

[47] 胡庚申. 生态翻译学的研究焦点与理论视角 [J]. 中国翻译，2011（2）：5—9.

[48] 胡庚申. 生态翻译学：建构与诠释 [M]. 北京：商务印书馆，2013.

[49] 胡庚申. 生态翻译学：生态理性特征及其对翻译研究的启示 [J]. 中国外语，2011（6）：96—99.

[50] 胡庚申，罗迪江. 生态翻译学话语体系构建的问题意识与理论自觉 [J]. 上海翻译，2021（5）.

[51] 胡庚申. 生态翻译学解读 [J]. 中国翻译，2008（6）：11—15.

[52] 胡庚申. 适应与选择：翻译过程新解 [J]. 四川外语学院学报，2008（4）：90—95.

[53] 胡庚申. 从术语看译论——翻译适应选择论概观 [J]. 上海翻译，2008（2）：1—5.

[54] 胡庚申. 从"译者主体"到"译者中心" [J]. 中国翻译，2004（3）：

12—18.

［55］胡庚申. 翻译适应选择论［M］. 武汉：湖北教育出版社，2004.

［56］胡庚申. 生态翻译学的"虚指"研究与"实指"研究［J］. 解放军外国语学院学报，2021（6）：117—126.

［57］胡庚申. 生态翻译学：译学研究的"跨科际整合"［C］//王宏主编. 翻译研究新视角. 上海：上海外语教育出版社，2011.

［58］胡经之. 西方文艺理论名著教程（下）［M］. 北京：北京大学出版社，2003.

［59］胡美馨. 理雅各"以史证《诗》"话语特征及其对中国经典"走出去"的启示——以《中国经典·诗经·关雎》注疏为例［J］. 中国翻译，2017，38（06）：68—74.

［60］胡适. 译书［C］//欧阳哲生编. 胡适文集（第10卷）. 北京：北京大学出版社，1998.

［61］华兹生. 杜甫诗选［M］. 长沙：湖南人民出版社，2009.

［62］黄杲炘.《老洛伯》一百岁了——从胡适的"尝试"看译诗发展［J］. 中国翻译，2019，40（01）：159—166.

［63］黄艳春，黄振定. 简论异化与归化的运用原则［J］. 外语教学，2010（2）.

［64］黄振定. 翻译研究［J］. 外语学刊，2008（6）.

［65］黄振定. 翻译学的动态开放性简论［J］. 外语学刊，2008（5）.

［66］黄振定. 解构主义的翻译创造性与主体性［J］. 中国翻译，2005（1）.

［67］黄振定. 翻译学——艺术论与科学论的统一［M］. 长沙：湖南教育出版社，1998.

［68］黄振定. 英汉互译实践教程［M］. 长沙：湖南人民出版社，2007.

［69］黄忠廉，王世超. 生态翻译学二十载：乐见成长 期待新高［J］. 外语教学，2021（6）：12—16.

［70］霍恩比，李北达. 牛津高阶英汉双解词典（第四版）［Z］. 北京：商务印书馆，2002.

［71］吉川幸次郎. 宋诗概说［M］. 郑清茂，译. 台北：联经出版社，2012.

［72］蒋洪新，尹飞舟. 伯顿·华兹生的《韩非子》英译本漫谈［J］. 外语与外语教学，1998（6）：46—47.

［73］蒋洪新. 新时代翻译的挑战与使命［J］. 中国翻译，2018（02）：5—7.

［74］蒋洪新. 叶维廉翻译理论述评［J］. 中国翻译，2002（4）.

［75］蒋坚松，陈惠. 语境·文本·文化·文体——语境与典籍翻译的三重关注

［J］. 大连大学学报，2010（1）.

［76］荆兵沙. 巴顿·华兹生与雷蒙·道森英译《史记》之比较［J］. 渭南师范学院学报，2020（10）：20—25.

［77］蓝红军. 从学科自觉到理论建构：中国译学理论研究（1998—2017）［J］. 中国翻译，2018（1）：7—16.

［78］李冰梅. 韦利创意英译如何进入英语文学——以阿瑟·韦利翻译的《中国诗歌170首》为例［J］. 中国比较文学，2009（03）：106—115.

［79］李红绿. 中国文学"走出去"之翻译策略——以美国汉学家华兹生的禅诗英译为例［J］. 浙江树人大学学报（人文社会科学），2019，19（01）：71—75.

［80］李红绿. 中国文学走出去之读者意识研究——以美国汉学家华兹生译诗选本为例［J］. 广州大学学报（社会科学版），2019，18（01）：106—113.

［81］李红绿，赵娟. 美国汉学家译诗选本研究［J］. 外国语文，2017（4）.

［82］李秀英. 华兹生的汉学研究与译介［J］. 国外社会科学，2008（4）.

［83］李秀英. 华兹生英译《史记》的叙事结构特征［J］. 外语与外语教学，2006（9）：52 55.

［84］李秀英. 20世纪中后期美国对外文化战略与《史记》的两次英译［J］. 大连海事大学学报（社会科学版），2007（1）：125—129.

［85］梁士楚，李铭红. 生态学［M］. 武汉：华中科技大学出版社，2015.

［86］廖乐根. 关于"前理解"［DB/OL］.（2015—06—14）［2015—09—15］. http：//www. jcedu. org/dispfile. php？id=1198.

［87］廖七一. 当代西方翻译理论探索［M］. 南京：译林出版社，2002.

［88］林波. 交际意图的语用认知新探［J］. 外语教学，2002（03）：28—33.

［89］林嘉新. 华兹生与中国文化的海外传播［N］. 中国社会科学报，2021—11—03（012）.

［90］林嘉新. 诗性原则与文献意识：美国汉学家华兹生英译杜甫诗歌研究［J］. 中南大学学报（社会科学版），2020，26（04）：180—190.

［91］林嘉新，徐坤培. 副文本与形象重构：华兹生《庄子》英译的深度翻译策略研究［J］. 外国语（上海外国语大学学报），2022（02）：111—120.

［92］刘敬国. 简洁平易，形神俱肖——华兹生《论语》英译本评鉴［J］. 天津外国语大学学报，2015（1）：23—28.

［93］刘军平. 互文性与诗歌翻译［J］. 外语与外语教学，2003（01）：55—59.

［94］刘雅峰. 译者的适应与选择：外宣翻译过程研究［D］. 上海：上海外国语大学，2009.

［95］刘艳明，张华. 译者的适应与选择——霍克思英译《红楼梦》的生态翻译学解读 [J]. 红楼梦学刊，2012（2）：280—289.

［96］刘云虹，许钧. 一部具有探索精神的译学新著——《翻译适应选择论》评析 [J]. 中国翻译，2004（6）：42—45.

［97］龙必锟. 文心雕龙全译 [Z]. 贵阳：贵州人民出版社，1992.

［98］陆侃如，冯沅君. 中国诗史 [M]. 天津：百花文艺出版社，1999.

［99］鲁枢元. 生态批评的空间 [M]. 上海：华东师范大学出版社，2006.

［100］罗选民，何霜. 文化记忆与玉文化外译形象建构——以《红楼梦》为例 [J]. 中国外语，2022（02）：89—95.

［101］罗选民.《红楼梦》译名之考：互文性的视角 [J]. 中国翻译，2021（06）：111—117.

［102］罗选民，李婕. 典籍翻译的内涵研究 [J]. 外语教学，2020（06）：83—88.

［103］罗选民. 衍译：诗歌翻译的涅槃 [J]. 外语教学理论与实践，2012（02）：60—66.

［104］罗益民. 新批评的诗歌翻译方法论 [J]. 外国语，2012，35（02）：71—80.

［105］罗益民. 新批评的诗歌翻译方法论 [J]. 外国语，2012（02）：71—80.

［106］罗益民. 等效天平上的"内在语法"结构——接受美学理论与诗歌翻译的归化问题兼评汉译莎士比亚十四行诗 [J]. 中国翻译，2004（3）：26—30.

［107］吕瑞昌，喻云根，张复呈等. 汉英翻译教程 [M]. 西安：陕西人民出版社，2001：138—143.

［108］马会娟，苗菊. 当代西方翻译理论选读 [M]. 北京：外语教学与研究出版社，2009.

［109］马萧. 文学翻译的接受美学观 [J]. 中国翻译，2002（2）：47—51.

［110］马新国. 西方文论史 [M]. 北京：高等教育出版社，2003.

［111］麦肯齐，鲍尔，弗迪. 生态学 [M]. 孙儒泳等，译. 北京：科学出版社，2004.

［112］牟宗三. 中国哲学十九讲 [M]. 上海：上海古籍出版社，1997.

［113］宁一中. 比尔·布朗之"物论"及对叙事研究的启迪 [J]. 当代外国文学，2020（04）：131—136.

［114］宁一中. 中国古代评点中的"结构"与西方结构主义的"结构"之比较 [J]. 叙事理论与批评的纵深之路，2015（01）：291—303.

［115］祁华.《楚辞》英译比较研究——以许渊冲译本和伯顿·沃森译本为案

例 [D]. 合肥工业大学，2011.

[116] 秦泉安. 翻译家巴顿·华兹生教授的汉学情结 [DB/OL]. (2015—07—14) [2015—10—15]. http：//cul.qq.com/a/20150714/041266. htm.

[117] 佘正荣. 生态智慧论 [M]. 北京：中国社会科学出版社，1996.

[118] 思创·哈格斯. 生态翻译学的国际化进展与趋势 [J]. 上海翻译，2013 (4)：1—4.

[119] 孙晶. 西方学者视野中的赋——从欧美学者对 "赋" 的翻译谈起 [J]. 东北师范大学学报，2004 (2)：87—93.

[120] 孙琳，韩彩虹.《北京折叠》中文化负载词的英译——生态翻译学视角 [J]. 上海翻译，2021 (4)：90—94.

[121] 孙秀华.《古诗十九首》植物意象统观及文化意蕴诠释 [J]. 宁夏社会科学，2010 (5)：168—172.

[121] 谭载喜. 西方翻译简史 [M]. 北京：商务印书馆，2004：129.

[122] 田德蓓. 论译者的身份 [J]. 中国翻译，2000 (06)：21—25.

[123] 屠国元，李静. 文化距离与读者接受：翻译学视角 [J]. 解放军外国语学院学报，2007 (02)：46—50.

[124] 汪榕培译. 汉魏六朝诗三百首 [Z]. 长沙：湖南人民出版社，1998.

[125] 王东风. 百年英诗汉译的节奏演变：问题与展望 [J]. 中国翻译，2021，42 (03)：64—74.

[126] 王东风. 反思 "通顺" ——从诗学的角度再论 "通顺" [J]. 中国翻译，2005 (06)：10—14.

[127] 王东风. 五四以降中国百年西诗汉译的诗学谱系研究断想 [J]. 外国语，2019，42 (05)：72—86.

[128] 王东风. 归化与异化：矛与盾的交锋 [J]. 中国翻译，2002 (5)：24—26.

[129] 王晶晶. 华兹生与倪豪士《史记》英译中语境顺应的对比研究 [D]. 山东大学，2021.

[130] 王宏.《墨子》英译对比研究 [J]. 解放军外国语学院学报，2006 (6)：55—60.

[131] 王宁. 生态翻译学：一种人文学术研究范式的兴起 [J]. 外语教学，2021 (06)：7—11.

[132] 王宁. 生态文学与生态翻译学：解构与建构 [J]. 中国翻译，2011 (2).

[133] 王琼.《红楼梦》英译本文化意象翻译研究 [J]. 杭州电子科技大学学报，2014 (3)：74—78.

［134］王如松，周鸿. 人与生态学［M］. 昆明：云南人民出版社，2004：77.

［135］王文强. 踔厉奋发，踵事增华：华兹生《汉魏六朝赋英译选》研究［J］. 外语研究，2023（02）：80—86.

［136］王银泉. "福娃"英译之争与文化负载词的汉英翻译策略［J］. 中国翻译，2006（3）：75.

［137］魏家海. 杜甫题画诗宇文所安翻译中的文化形象重构［J］. 中国翻译，2022，43（02）：126—134.

［138］魏家海. 伯顿·沃森英译《楚辞》的描写研究［J］. 北京航空航天大学学报，2010（1）：103—107.

［139］魏家海. 诗学，意识形态，赞助人与伯顿. 沃森英译中国经典［J］. 合肥工业大学学报，2009（3）.

［140］温柔新. 华兹生《汉书》选译本中东方朔形象的再现［D］. 大连理工大学，2007.

［141］吴赟. 历史语境与翻译变迁——罗伯特·彭斯诗歌在中国的译介［J］. 英美文学研究论丛，2014（01）：75—90.

［142］吴涛. 勒菲弗尔"重写"理论视域下的华兹生《史记》英译［J］. 昆明理工大学学报，2010（5）.

［143］吴涛，杨翔鸥. 中西语境下华兹生对《史记》"文化万象"词的英译［J］. 昆明理工大学学报，2012（3）：102—108.

［144］吴原元. 略述《史记》在美国的两次译介及其影响［J］. 兰州学刊，2011（1）：159—163.

［145］武恩义. 英汉典故对比研究［D］. 中央民族大学，2005：75.

［146］谢天振. 中国文学走出去：问题与实质［J］. 中国比较文学，2014（1）：1—10.

［147］兴膳宏. 从四声八病到四声二元化［J］. 唐代文学研究，1992（8）：491—506.

［148］徐芳. 叙事学视角下伯顿·华兹生《左传》英译本研究［D］. 四川外国语大学，2013.

［149］徐陵（南朝陈）. 玉台新咏［Z］. 上海：上海古籍出版社，2013.

［150］许钧. 当代英国翻译理论［M］. 武汉：湖北教育出版社，2004.

［151］许钧. 当代美国翻译理论［M］. 武汉：湖北教育出版社，2002.

［152］许钧. 翻译的主体间性与视界融合［J］. 外语教学与研究，2003（4）：290—295.

［153］许均. 翻译论［M］. 武汉：湖北教育出版社，2003.

[154] 许钧. 开发本土学术资源的一面旗帜（序二）[M]∥胡庚申. 生态翻译学：建构与诠释. 北京：商务印书馆, 2013.

[155] 晏小花, 刘祥清. 汉英翻译的文化空缺及其翻译对策 [J]. 中国科技翻译, 2002 (1).

[156] 杨德峰. 汉语与文化交际 [M]. 北京大学出版社, 1999.

[157] 杨丽慧. 接受美学理论渊源及其对教育的新启示 [J]. 兰州学刊, 2004 (3).

[158] 杨权编注. 易经 [Z]. 南京：东南大学出版社, 2010.

[159] 杨自俭. 译学理论研究的一个新视角（序）[M]∥胡庚申. 翻译适应选择论. 武汉：湖北教育出版社, 2004.

[160] 余谋昌, 王耀先. 环境伦理学 [M]. 高等教育出版社, 2004：48.

[161] 袁鼎生. 生态艺术哲学 [M]. 北京：商务印书馆, 2007.

[162] 翟弘, 蒋洪新. 翻译中"回避策略"的多维思考 [J]. 外语教学, 2007 (5).

[163] 曾繁仁. 生态文明时代的美学探索与对话 [M]. 山东大学出版社, 2013：3—66.

[164] 曾繁仁. 生态美学基本问题研究 [M]. 北京：人民出版社, 2015.

[165] 曾文雄. "文化转向"核心问题与出路 [J]. 外语学刊, 2006 (2)：90—96.

[166] 张保红. 韦利译诗节奏探索 [J]. 外语教学, 2020, 41 (01)：87—92.

[167] 张丹丹. 中国文学借"谁"走出去——有关译介传播的 6 个思考 [J]. 外语学刊, 2015 (2)：150—154.

[168] 张红艳. 试评《红楼梦》中文化意象的翻译 [J]. 安徽大学学报, 2007 (4)：60—63.

[169] 张南峰, 陈德鸿. 西方翻译理论精选 [M]. 香港城市大学出版社, 2000.

[170] 张西平, 管永前编. 中国文化"走出去"研究总论 [Z]. 北京：北京大学出版社, 2016.

[171] 张旭. 翻译规范的破与立：马君武译诗研究 [J]. 外语教学, 2022, 43 (02)：81—87.

[172] 张智中. 汉诗英译中的主语与人称 [J]. 外语教学, 2014, 35 (04)：99—104.

[173] "中华诵"读本系列编委会. 诗经诵读本 [Z]. 北京：中华书局, 2011.

[174] 郑燕虹. 风筝之线——评王红公、钟玲翻译的李清照诗词 [J]. 外语学刊, 2011 (03)：125—129.

[175] 郑燕虹. 肯尼斯·雷克思罗斯的"同情"诗歌翻译观 [J]. 外语教学与研究，2009（02）：137—141+161.

[176] 周文蕴.汉学家的中国古史画卷 ——华兹生英译《史记》研究 [D]. 福建师范大学，2010.

[177] 朱嘉春，罗选民.《西游记》蓝诗玲英译本中译述策略的运用——兼论译述对典籍外译的意义 [J]. 外国语，2022（03）：111—120.

[178] 朱健平. 现代阐释学和接受美学在我国翻译研究中的运行轨迹 [J]. 上海科技翻译，2002（1）：6—12.

[179] 朱健平. 翻译：跨文化解释——哲学诠释学与接受美学模式 [M]. 湖南人民出版社，2007.

[180] 朱振武，杨世祥.文化"走出去"语境下中国文学英译的误读与重构——以莫言小说《师傅越来越幽默》的英译为例 [J]. 中国翻译，2015（1）：77—80.

二、英文文献

[1] John Balcom. An Interview with Burton Watson [J]. Translation Review, 2005 (1)：7—12.

[2] T. H. Barrett. Review：Records of the Grand Historian [J]. Bulletin of the School of Oriental and African Studies, University of London, 1994 (3)：651.

[3] S. Bassnett & A. Lefevere. Translation, History and Culture：A Source Book [M]. London：Routledge, 1992 .

[4] John L. Bishop. Review：Early Chinese Literature [J]. Books Abroad, 1963 (2)：220.

[5] John L. Bishop. Review：Records of the Grand Historian of China [J]. Books Abroad, 1962 (3)：336.

[6] Allan B. Cole. Review：Records of the Grand Historian of China, 1961 [J]. Annals of the American Academy of Political and Social Science, 1962 (Vol. 341)：144—145.

[7] Stephen Durrant. Smoothing Edges and Filling Gaps：Tso Chuan and the " General Reader" [J]. Journal of the American Oriental Society, 1992 (1)：36—41.

[8] Hans H. Frankel. Review：The Columbia Book of Chinese Poetry：From Early Times to the Thirteenth Century by Burton Watson [J]. Harvard Journal of Asiatic Studies, 1986 (1)：288—295.

[9] H. G. Gadamer. Truth and Method [M]. London：Sheed and Ward Ltd, 1975.

[10] Edwin Gentzler. Contemporary Translation Theories (Revised 2nd Edition) [M]. Shanghai: Shanghai Foreign Language Education Press, 2004.

[11] C. S. Goodrich. A New Translation of The Shih Chi [J]. Journal of the American Oriental Society, 1962 (2): 190—202.

[12] A. C. Gramham. Poems of the Late Tang [M]. Middlesex, Penguin Book, 1965: 37.

[13] A. C. Graham Review: The complete works of Chuang Tzu [J]. Bulletin of the School of Oriental and African Studies, University of London, 1969 (2): 424—426.

[14] Grant Hardy. Review: His Honor the Grand Scribe Says [J]. Chinese Literature: Essays, Articles, Reviews, 1996 (Vol. 18): 145—151.

[15] David Hawkes. Review: Cold Mountain: 100 Poems by the T'ang poet Han—shan by Burton Watson [J]. Journal of the American Oriental Society, 1962 (4): 596—599.

[16] M. Heidegger. Being and Time [M]. London: SCM Press Ltd, 1962.

[17] W. L. Idema Review: The Columbia Book of Chinese Poetry, from Early Times to the Thirteenth Century by Burton Watson [J]. T'oung Pao, 1985 (4/5): 295—296.

[18] Wolfgand Iser. The Act of Reading: A Theory of Aesthetic Response [M]. Baltimore: The Johns Hopkins University Press, 1978.

[19] David R. Knechtges. Reviews: Chinese Rhyme—Prose. Poems in the Fu Form from the Han and Six Dynasties Periods [J]. Journal of the American Oriental Society, 1974 (2): 218—219.

[20] Paul W. Kroll. Reviews: The Columbia Book of Chinese Poetry: From Early Times to the Thirteenth Century by Burton Watson [J]. The Journal of Asian Studies, 1985 (1): 131—134.

[21] D. C. Lau. Review: Han Fei Tzu: basic writings [J]. Bulletin of the School of Oriental and African Studies, University of London, 1966 (3): 634—637.

[22] Li Chi. Review: Su Tung-Po: Selections from a Sung Dynasty Poetry [J]. Pacific Affairs, 1965—1966 (3/4): 374.

[23] James J. Y. Liu. The Art of Chinese Poetry [M]. Chicago: University of Chicago Press, 1962.

[24] Bonnie S. McDougall. Literary Translation: The Pleasure Principle [J]. 中国翻译, 2007 (5).

[25] Jeremy Munday. Introducing Translation Studies: Theories and Application [M]. London and New York: Routledge, 2001.

［26］ J. Makeham. The Analects of Confucius ［J］. Journal Of Chinese Studies, 2009 (1): 454—461.

［27］ Victoria Neufeldt. Webster's New World College Dictionary, 2nd ed ［Z］. New York & Cleveland: MacMillian, 1996: 429.

［28］ Eugene A. Nida & Charles R. Taber. The Theory and Practice of Translation ［M］. Shanghai: Shanghai Foreign Language Education Press, 2004.

［29］ William H. Jr. Nienhauser. Review: Po Chii-i, Selected Poems ［J］. Chinese Literature: Essays, Articles, Reviews (CLEAR), 2000 (Vol. 22): 189.

［30］ Kenneth Rexroth. Review: On The Old Man Who Does As He Pleases ［J］. The American Poetry Review, 1974 (4): 54—55.

［31］ Robert C. Stauffer. Haeckel, Darwin, and Ecology ［J］. The Quarterly Review of Biology, Vol. 32, No. 2 (Jun., 1957): 138—144.

［32］ J. H. Schumann. A Neurobiological Perspective on Affect and Methodology in Second Language Learning ［C］. In Jane Arnold (ed.). Affect in Language Learning. Cambridge: Cambridge University Press, 1999: 28—41.

［33］ J. P. Seaton. Reviews: The Columbia Book of Chinese Poetry by Burton Watson ［J］. Chinese Literature: Essays, Articles, Reviews, 1985 (1/2): 151—153.

［34］ Raman, Selden. A Reader's Guide to Contemporary Literary Theory ［M］. Beijing: Foreign Language Teaching and Research Press, 2004.

［35］ Alexander Coburn Soper. Review: Han Fei Tzu: Basic Writings ［J］. Artibus Asiae, 1966 (4): 317—318.

［36］ Vincent Y. C. Shih. Review: Cold Mountain ［J］. The Journal of Asian Studies, 1963 (4): 475—476.

［37］ Ching-I Tu. Review: Chinese Rhyme-Prose ［J］. The Journal of Asian Studies, 1972 (1): 135—136.

［38］ Arthur David. Waley. A Hundred and Seventy Chinese Poems ［M］. London: George Allen & Unwin Ltd., 1918.

［39］ Arthur David. Waley. The Way and Its Power: A Study of the Tao Te Ching and Its Place in Chinese Thought ［M］. London: George Allen and Unwin Ltd., 1934.

［40］ Burton Watson. An Introduction to Sung Poetry ［M］. New York & London: Harvard University Press, 1967.

［41］ Burton Watson. Brief Communications: Rejoinder to C. S. Goodrich's Review of Records of the Grand Historian of China ［J］. Journal of the American Oriental Society, 1963 (1): 114—115.

[42] Burton Watson. Chinese Lyricism: Shih Poetry from the Second to the Twelfth Century [M]. New York & London: Columbia University Press, 1971.

[43] Burton Watson. Chinese Rhyme-Prose: Poems in the Fu Form from the Han and Six Dynasties Periods [M]. New York & London: Columbia University Press, 1971.

[44] Burton Watson. Cold Mountain: 100 Poems by the T'ang Poet Han—shan [M]. New York: Columbia University Press, 1970.

[45] Burton Watson. Early Chinese Literature [M]. New York: Columbia University Press, 1962.

[46] Burton Watson. Po Chu-i: Selected Poems [M]. New York: Columbia University Press, 2000.

[47] Burton Watson. Selected Poems of Su Tung-p'o [M]. Washington: Copper Canyon Press, 1994.

[48] Burton Watson. The Columbia Book of Chinese Poetry: from Early Times to the Thirteenth Century [M]. New York: Columbia University Press, 1984.

[49] Burton Watson. The Complete Works of Chuang Tzu [M]. New York: Columbia University Press, 1968.

[50] Burton Watson. The Essential Lotus: Selections from the Lotus Sutra [M]. New York: Columbia University Press, 2002.

[51] Burton Watson. The Old Man Who Does As He Pleases: Selections from the Poetry and Prose of Lu Yu [M]. New York: Columbia University Press, 1973.

[52] Burton Watson. The Shih Chi and I [J]. Chinese Literature: Essays, Articles, Reviews, 1995 (Vol. 17): 199—206.

[53] Burton Watson. The Tso Cchuan [M]. New York & London: Columbia University Press, 1989.

[54] Burton Watson. The Zen Teachings of Master Lin—chi [M]. Boston & London: Shambhala, 1993.

[55] Lien—sheng Yang. Review: Records of the Grand Historian of China: Translated from the Shih chi of Ssu—ma Ch'ien [J]. Harvard Journal of Asiatic Studies, 1961 (23): 212—214.

[56] Brook Ziporyn. Review: The Vimalakirti Sutra [J]. The Journal of Asian Studies, 1998 (1): 205—206.

后记

本书稿是我在博士论文的基础上修改而成。2015 年博士毕业后，我陆续对论文的部分章节做了修改。今年二月以来，我再次集中精力对博士论文进行了较为系统的补充和完善。白天备课、上课，夜晚挑灯奋战，专注修改论文，未曾松懈，常常忙至夜深人静。尽管执着如此，然力不能逮，不如人愿者仍有之。但是，于我而言也算了结了一桩心事。终于可以长舒一口气，为本书写一个后记，感谢在我学术成长道路上鼓励我、帮助我的师长和亲友。

我的博士生导师黄振定教授，生活中和蔼可亲，乐观豁达；学术上精益求精，严谨周密。他经常叮嘱我，对待学术要严肃认真。在我博士论文的撰写过程中，他对每个章节都会认真审读，一丝不苟。因为黄老师的悉心教导和栽培，我才顺利完成博士论文的撰写。毕业后，黄老师多次敦促我继续打磨书稿，争取早日出版。在黄老师的激励下，我反复打磨修改书稿，努力提高书稿的质量。黄老师乐观的人生态度、严谨的学术风范是我在读博期间收获到的最宝贵的精神财富。

我的硕士生导师尹飞舟教授学识渊博、温文尔雅。2003 年，我有幸师从尹飞舟教授。刚入师门，尹老师便将我引荐给他的同学、朋友。周末假日，老师常邀我去他家小聚，赠我新书，交流读书心得。硕士毕业以后，虽然和老师相聚的时间少了，但他一直关心我的发展。每次与老师交谈，他总是提醒我要不忘初心，继续奋进。读博期间，尹老师再次倾心相助，给我提供了许多撰写书稿急需的文献资料。人生能遇一位这样的恩师，何其有幸！

读博期间，蒋洪新教授给我们上文学课程。蒋老师讲课时大开大合，睿智幽默，让人如沐春风，大大地开拓了我的学术视野。他和我的硕士生导师尹飞舟教授1998 年在《外语与外语教学》上发表的论文《伯顿·华兹生的〈韩非子〉英译本漫谈》是国内最早研究华兹生典籍翻译的论文。我从他们的研究成果中获得灵感，把华兹生汉诗翻译研究作为博士论文选题。在博士论文撰写的过程中，蒋老师经常鼓励我，如同明灯照亮我前行的道路，让我更加坚定地迈向学术的殿堂。

蒋坚松教授翻译功底扎实，学术严谨，工作兢兢业业，出版过《菜根谭》《坛经》等多部典籍译作，永远是我学习的榜样。他的文学翻译课程、典籍翻译课程深入浅出，循循善诱，让我受益匪浅。蒋老师早年曾在美国讲授中国古典文学，对西方的中国文化典籍教材非常熟悉。他曾告诉我，在美国给大学生讲授《庄子》时，他用的教材就是华兹生的译本。他鼓励我研究华兹生，在博士论文撰写过程中给我提供了许多帮助，给我的博士论文提出了许多中肯的建议。

白解红教授和邓云华教授的认知语言学课程给我的研究工作带来了许多意想不到的收获。认知语言学提出的概念语义理论、典型范畴理论、百科语义理论等对分析译本的可读性具有启发意义。曹波教授、郑燕虹教授、邓颖玲教授等湖南师范大学诸位教师的教育和关怀是我在学术成长的路上收获到的珍贵礼物。

湖南大学朱健平教授、湘潭大学胡强教授对我的博士论文提出了宝贵的修改建议，点化之功，兰蕙芬芳。朱老师为人和善，德艺双馨，关心后学，赠我力作，书香永存。胡强教授平易近人，思维敏捷，视野开阔，亦师亦友，促我奋进。

读博期间，我的妻子独自操劳家务。她无私的奉献成就了我的事业。读博期间我们聚少离多，家里的事情我不仅帮不上忙，有时还向她诉说读博的压力。她总是认真倾听，或晓之以情，或动之以理，以励我志。诗云：执子之手，与子偕老。妻子用她润物无声的日常关怀诠释了《诗经》中典雅敦厚的关切之情。有了妻子的坚定支持，我的求学过程不再是孤军奋战，更加坚定执着。儿子是我的开心宝，给我枯燥的求学生活增添了诗意。感谢你们的坚守和陪伴。

抚今追昔，我要感恩的人还有很多。我资质平平，若无各位师长的帮助与提携，定不可能走上学术研究之路。童年时代，家里缺乏劳动力，大部分时间我替家里放牛打杂，再加之自身喜动厌静，学习兴趣也不大，学习成绩往往是中等水平。上初中的时候，我遇到了人生中的第一个恩师刘汉清老师。他经常开导我，鼓励我奋发进取，跳出农门。在他的引导下，我才有了自己的奋斗目标，我的学习态度才有所改变。20世纪90年代，农村孩子以考上中专为荣。我当时特别希望考上一所师范学校，能够去中学当英语老师。初中毕业，我如愿考上了冷水江师范学校。但梦想并不总是直线运动的，当年的冷师主要培养中小学语文和数学老师，没有开设英语课程。毕业后，我被分配到一所乡村学校担任语文教师，未实现当英语教师的梦想。20世纪90年代正值改革开放初期，很多英语老师下海淘金，农村中学英语教师一度极为缺乏。为了解决英语师资短缺问题，学校鼓励老师通过自学提升英语水平，参与英语教学工作。我积极响应学校号召，利用休闲时间自学英语。在自学英语的过程中，我了解到通过自学考试可以提升学历。我兴奋不已，不久便购买了英语自考教材，开启了学历提升之旅。

路漫漫其修远兮，吾将上下而求索。自考之路艰辛而漫长。完成教学工作后，我全心扑在英语自学上，或利用空余时间去湖南师范大学进修学习，或坐绿皮火车去长沙铁道学院外语系蹭课（当时，湖南省英语专业的自学考试由长沙铁道学院负责举办）。20世纪90年代末，坐火车很拥挤，常常夜晚从县城小站上车，站到次日清晨在长沙火车站下车，再急匆匆换乘公交车去听课。罗选民、张旭等诸位老师博学多才，知识渊博。我很幸运能遇到这么优秀的老师，感恩他们的帮助，圆了我的大学梦。他们的才华、学识给我留下深刻的印象，激励我奋发进取。两年后，我完成了英语专科、本科自学考试科目，我的梦想开始升华，希望有朝一日能成为一名大学英语教师，站在大学讲台为我国的高等教育事业做贡献。

如今，我终于实现了当一名大学英语教师的梦想。回顾自己的逐梦之旅，我深深地感觉到实现梦想并不容易。没有数十年的坚持不懈，我的梦想不会实现；没有诸位老师的鼓励与提携，我的梦想不会实现；没有国家教育政策的支持，我的梦想也不会实现。我感恩追梦路上所有给予我帮助的家人和师长，感恩时代和国家给予我不断实现梦想的机会。最后，我祝福所有的追梦人能够逐梦成功，并以兰斯顿·休斯（Langston Hughes）的诗《梦想》与君共勉：

Hold fast to dreams,
For if dreams die,
Life is a broken-winged bird,
That can never fly.

Hold fast to dreams,
For when dreams go,
Life is a barren field,
Frozen only with snow.